山河 枕

墨书白 著

上卷

图书在版编目（CIP）数据

山河枕 / 墨书白著. — 成都：天地出版社，2020.8（2024.12重印）
ISBN 978-7-5455-5634-6

Ⅰ.①山… Ⅱ.①墨… Ⅲ.①长篇小说-中国-当代 Ⅳ.①I247.5

中国版本图书馆CIP数据核字（2020）第063765号

SHANHE ZHEN
山 河 枕

出 品 人	杨　政
作　　者	墨书白
责任编辑	王筠竹
封面设计	叶　茂
版式设计	桑楚森
内文排版	四川最近文化传播有限公司
责任印制	王学锋

出版发行	天地出版社
	（成都市锦江区三色路238号　邮政编码：610023）
	（北京市方庄芳群园3区3号　邮政编码：100078）
网　　址	http://www.tiandiph.com
电子邮箱	tianditg@163.com
经　　销	新华文轩出版传媒股份有限公司

印　　刷	北京文昌阁彩色印刷有限责任公司
版　　次	2020年8月第1版
印　　次	2024年12月第9次印刷
开　　本	710mm×1000mm 1/16
印　　张	53.75
字　　数	1008千
定　　价	108.00元（全三册）
书　　号	ISBN 978-7-5455-5634-6

版权所有◆违者必究

咨询电话：（028）86361282（总编室）
购书热线：（010）67693207（营销中心）

如有印装错误，请与本社联系调换。

【目录】

◎ 上卷

一	我夫君卫珺何在？！	001
二	生死卫家人	022
三	以身为烛，照此世间	048
四	来是我自己选的，走也得我自己选！	078
五	沙场生死赴，华京最风流	107
六	是精心设计，还是有口无心？	132
七	完了，坑哥了！	153
八	如今我来了，你随我走吧	176
九	去长公主府，怎的如入龙潭虎穴一般？	198
十	以后你要的，我都会给得起	224
十一	大侠，您得对我负责啊	245

◎ 中卷

十二　守住凤陵，朕就还人　　　　　　　267

十三　踏平北狄，接她回家　　　　　　　285

十四　但求同生，亦能共死　　　　　　　306

十五　上辈子文顾武卫，这辈子也当如此　327

十六　让他逾越，仅此一次　　　　　　　347

十七　嫂子也是可以继承的？！　　　　　368

十八　愿得盛世太平，许以江山为聘　　　391

十九　送完你这段路，我再走　　　　　　412

二十　顺手救了位夫人　　　　　　　　　433

二十一　我喜欢年龄大一点的男人　　　　452

二十二　唯有相思苦　　　　　　　　　　476

二十三　嫂嫂，等我回来　　　　　　　　495

二十四　要么你杀了我，要么你嫁给我　　514

二十五　昔日少年，可撑天地矣　　　　　532

◎ 下卷

二十六	待我加冠之日，可能为我一舞？	549
二十七	我这一辈子，都只是卫七郎	566
二十八	人都爱少年，可人都会长大	583
二十九	左前锋沈佑，愿降	604
三十	我不惹事，可我也不怕事	623
三十一	阿瑜，我回来了	638
三十二	这天下，只喜欢你一个	653
三十三	没有辜负对方，亦不曾亏待自己	670
三十四	卫家军楚瑜，在此守城迎战！	687
三十五	她不会背叛，也不能背叛	706
三十六	来世间走一遭，值得了	722
三十七	许多人一辈子，连一次真正的喜欢都不曾有过	739
三十八	你在之处，便是漫漫余生	756

山河枕

◎ 番外

番外　孩子	783
番外　赵顺	788
番外　赵玥	795
番外　宋世澜	804
番外　魏清平	815
番外　顾楚生	828
番外　楚临阳	843

一　我夫君卫珺何在？！

屋外轻雨微寒，淅淅沥沥的雨声混杂着诵经之声落入耳中，让楚瑜的神志有些恍惚，昏昏欲睡。她身上带着凉意，膝下有如针刺一般疼，似乎是跪了许久。

外面是熟悉又遥远的吵闹声。

"她马上要出嫁了，这样跪着，跪坏了怎么办？！

"我听不得你说这些道理不道理的，我且只问，她如今可曾半步迈出将军府了？！既然没有，有什么好罚？！

"如今打也打过，骂也骂过，你们到底是要如何？"女人的声音里带了哭腔，"非要逼死阿瑜才肯作罢吗？！"

是谁？

楚瑜的思绪有些涣散。她抬起头来，面前是神色慈悲的观音菩萨，香火缭绕而上，让菩萨面目有了那么几分模糊。

这尊玉菩萨像让楚瑜心里有些诧异，因为在她祖母去世之时，这尊像就作为陪葬随着葬下了。而她祖母去世至今，已近十年。

若说玉菩萨像让她吃惊，那神志逐渐回归后，听见外面那声音，楚瑜就更觉得诧异了。因为那声音，分明是她那四年前过世的母亲的！

这是哪里？！她心中惊诧，逐渐想起那神志不清前的最后一刻。

那应该是冬天，她躺在厚重的被子里，周边是劣质的炭燃烧后产生的黑烟。

有人卷帘进来，带着一个不到八岁的孩子。来人身着水蓝色蜀锦裁制的长裙，外笼羽鹤大氅，圆润的珍珠耳坠垂在耳侧，随着她的动作轻轻起伏。她已经年近三十，却仍旧带着少女独有的那份天真明媚，与躺在病床上的楚瑜截然不同。

楚瑜与面前的女子是一前一后同日出生的，然而她尚容貌如初，楚瑜却已似暮年沧桑。双手粗糙，满是伤痕，面上因长期忧愁而细纹横生，一双眼里全是死寂绝望，分毫不

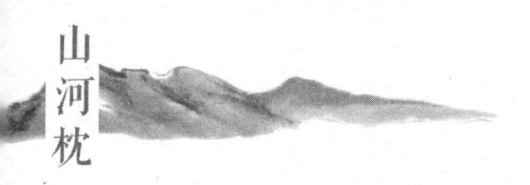

见当年将军府大小姐的那份飒爽英姿。

那女子上前来，恭恭敬敬地给楚瑜行礼，一如在将军府中时一般："姐姐。"

楚瑜已没有力气，她迟钝地将目光挪向那女子身边的孩子，静静地看着他。然而，那孩子看见楚瑜，没有分毫亲近，反而退了一步，颇有些害怕的模样。

楚瑜呼吸迟了些，那女子察觉到她情绪起伏，推了推孩子，同他道："颜青，叫夫人。"

孩子上前来，恭恭敬敬地叫了一声："大夫人。"

楚瑜的瞳孔骤然收缩。大夫人？什么大夫人，分明自己才是他的母亲！分明自己才是十月怀胎将他生下来的那个人！

"楚锦……"楚瑜的声音颤抖着，本想脱口骂出，然而触及自己妹子那从容的模样，她骤然发现，谩骂并不会有作用。此时此刻，她早已失去了手中的剑、心中的剑，她想要这个孩子唤一声母亲，须得面前这个妹妹许肯。

她恳求地看着楚锦。楚锦明了她的意思，却是笑了笑，假装不知，上前掖了掖她的被子，温柔道："楚生一会儿就来，姐姐不必挂念。"

楚瑜知晓，楚锦是不会让她听到顾颜青的那声"母亲"了。她一把抓住楚锦，死死地盯住她。

楚锦则静静地打量着她，许久后，缓缓地笑了。她挥了挥手，让人将顾颜青送了下去，随后又低头瞧向楚瑜的眼睛："姐姐看上去，似乎不行了呢。"

楚瑜说不出话来。楚锦说的是实话。她不行了，她的身子早就败了。

她曾多次向顾楚生请求，想回到华京去，想看看自己的父亲——这辈子唯一对她好的男人。然而顾楚生一次次将她的请求驳回。如今她将不久于人世，顾楚生终于回到乾阳来，说要带她回华京。

可是她回不去了，她注定要死在这异乡。

楚锦瞧着她，神色慢慢冷漠。"恨吗？"她平淡地开口。

楚瑜用眼神给了她回复。怎么会不恨？她本天之骄子，却一步一步落到了今日的地步，怎能不恨？

"可是，你凭什么恨呢？"楚锦温和地出声，"我有何处对不起你吗，姐姐？"

这话让楚瑜愣了愣。楚锦抬起手，如同年少时一般，温柔地覆在了楚瑜手上："每一条路，都是姐姐自己选的。阿锦从来听姐姐的话，不是吗？是姐姐要私奔嫁给顾楚生，阿锦帮了姐姐。是姐姐要为顾楚生挣军功，上战场败了身子，与他人无干。是姐姐一厢情愿要嫁给顾楚生，没人逼姐姐，不是吗？"

是啊，是她要嫁给顾楚生。当年顾楚生是和楚锦定的娃娃亲，可她却喜欢上了顾楚生。那时候顾家蒙难，顾楚生受牵连被贬至边境，楚锦来朝她哭诉，怕去边境吃苦。她见妹妹对顾楚生无意，于是要求自己嫁给顾楚生，而楚锦代替她，嫁给镇国侯府的世子卫珺。

那时候所有人都觉得她疯了，用一门顶好的亲事换一个谁见着都不敢碰的落魄公子。疼爱她的父亲自然不会允许，而顾楚生本对她无意，也没答应。没有人支持她这份感情，是她自己想尽办法跟着顾楚生去的昆阳，是顾楚生被她这份情意感动，感恩于她危难时不离不弃，所以才娶了她。

她陪着顾楚生在边境度过了最艰难的六年，为他生下孩子。而顾楚生本也非池中物，他步步高升，回到了华京，一路官至内阁首辅。

如果只是如此，那也算段佳话。可问题就在于，顾楚生心里始终记挂着楚锦，而楚锦代替她嫁去的镇国侯府，却在不久后满门青年战死沙场，只剩一个十四岁的卫韫独撑家门。那时候楚锦不愿意为卫珺守寡，于是从卫家拿到休书，恢复了独身。

顾楚生遇到了楚锦，两人旧情复燃，重修于好。这时候楚瑜哪里忍得？于是，在楚锦进门之后，她大吵大闹，因嫉妒失了分寸，一点一点消磨了顾楚生的情意，最终被顾楚生以侍奉主母的名义，送去了乾阳。

在乾阳一待六年，直到她死去，满打满算，她陪伴了顾楚生十二年。

楚锦问得是啊。她为什么要恨呢？顾楚生不要她，当年就说得清楚，是她强求；顾楚生想要楚锦，是她仗着自己曾经牺牲，就逼着他们二人分开。他们或许有错，但千错万错，错在她楚瑜不该执迷不悟，不该喜欢那个不喜欢她的人。

风雪越大，外面传来男人急促而稳重的步子。他向来如此，喜怒不形于色，你也瞧不出他心里到底在想些什么。

片刻后，男人打起帘子进了屋来。

他身着紫色绣蟒官服，头戴金冠，看上去消瘦了许多，一贯俊雅的眉目间带了几分凌厉的味道。他站在门口，止住步子，风雪夹杂灌入，吹得楚瑜一口血闷在胸口。

她骤然发现，十二年，再如何深情厚谊，似乎都已经放下。看着这个男人，她发现自己早已不爱了，她的爱情早就消磨在了时光里，只是她放不下执着。她不是爱他，她只是不甘心。

想通了这一点，她突然如此后悔这十二年。十二年前她不该踏出那一步，不该追着这个薄情人远赴他乡，不该以为自己能用热血心肠，焐热这块冰冷的石头。

她缓慢笑开，好似尚在十二年前，她还是将军府英姿飒爽的嫡长女，手握长枪，神色

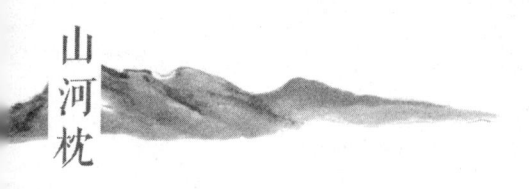

傲然。

"顾楚生，"她喘息着，轻声开口，"若得再生，愿能与君，再无纠葛！"

顾楚生的瞳孔骤然紧缩。只见楚瑜说完这一句，一口血急喷而出，楚锦惊叫出声，顾楚生急忙上前，将人一把揽进了怀里。

他双手微微颤抖，沙哑地出声："阿瑜……"

若得再生……

楚瑜的脑子里回荡着自己死前的最后心愿，恍然间明白了什么。巨大的狂喜涌入心中，她猛地站起身来。旁边正在诵经的楚老太君被她吓了一跳，只见她踉跄着扶门而出，冲到大门前，盯着正在争执的楚大将军夫妇。

楚夫人谢韵正由楚锦搀扶着，与楚建昌争执，楚建昌已濒临暴怒边缘，勉强控制着自己的情绪道："镇国侯府何等人家，容你想嫁谁就嫁谁？顾楚生那种文弱书生，与卫世子有何可比？莫要说卫世子，便就是卫家那只有十四岁的卫七郎，都比顾楚生强！别说要折了镇国侯府的颜面，哪怕没有这层关系，我也绝不会让阿瑜嫁给他！"

"我不管你要让阿瑜如何，我只知道她如今被你打了还在里面跪着！"谢韵红着眼，"这是我女儿，其他的我不管，我就要她平平安安的。今日她若跪出事来，你能还我一个女儿？！"

"她自幼学武，你太小看她。"楚建昌皱起眉头，"她皮厚着呢。"

"楚建昌！"谢韵提高了声音，"你还记不记得她只是个女儿家！"

"所以我没上军棍啊。"楚建昌脱口而出。

谢韵气得抬起手来，整个人脸涨红，正要将巴掌挥下，就听得楚瑜急促又欣喜的呼唤声："爹，娘！"

那声音不似平日，而是包含了太多，仿佛是旅人跋涉千里而来，历经了红尘沧桑。两人微微一愣，扭过头去，便看见楚瑜急促地奔过来，猛地扑进了楚建昌的怀里。

"爹……"温暖骤然而来，楚瑜几乎要痛哭出声。

还活着，大家都还活着。一切都还没有发生，她的人生，完全还可以，重新来过。

楚瑜突如其来的撒娇吓了楚建昌一大跳，他的第一反应是，这孩子是不是跪坏了？毕竟楚瑜自幼跟他习武长大，和一般的姑娘家有些不同，从来没这么哭哭啼啼、扭扭捏捏过。她喜欢顾楚生，就什么好的都给着他。顾家因着为谋反的秦王说话而获罪，所有人躲都躲不及，她就能在自己即将出嫁前给顾楚生送钱送信，还要跟着他私奔去边境。

这个胆子，是大得没边了。不过好在这件事被楚瑜的贴身侍女告诉了楚建昌，他才在楚瑜逃跑的前一刻将她拦了下来，没让她犯下大错。

想到这里，楚建昌又板起脸来，冷着声道："想清楚没？还没想清楚，就继续去跪着。"

"想清楚了！"

楚瑜知道楚建昌问的是什么事儿。她捋了捋记忆，现在应该是在她十五岁的时候。十五岁那年，她由皇上赐婚，许嫁镇国侯府世子卫珺。婚事定了下来，三媒六聘，眼看着就要成亲了。结果也是在这时候，谋反了半年的秦王终于被擒入狱，而顾楚生的父亲曾经受恩于秦王妃，便为秦王家眷说了几句求情话，引得圣怒。顾楚生的父亲被砍头，而刚刚步入朝堂的顾楚生也受到牵连，被贬至边境，从翰林学士变成了一个九品县令。

楚瑜得知此事心中焦急，恰巧楚锦来同她哭诉，不愿陪着顾楚生去边境受苦，于是姐妹俩一合计，让楚瑜先跟着顾楚生私奔，等楚瑜跑了，楚家没办法，只能让楚锦顶上，嫁到镇国侯府去。

楚锦也是嫡女，但不是嫡长女。与一贯舞刀弄棒的楚瑜不同，楚锦自幼跟着谢韵学诗作赋，加上容貌昳丽，是华京大半公子日思夜想的正妻人选。将楚锦嫁去镇国侯府，以卫家和楚家的关系，卫家大概也不会说什么。

两人算计得好，于是遣小厮先给顾楚生报了信，让顾楚生离开那天在城门外等着。眼见着就要到时间了，结果楚瑜爬墙的时候被楚建昌逮了个正着。之后，楚瑜跪了一晚上，是楚锦说动了谢韵，将她带回房间，然后又偷偷放跑了她，她才有机会快马加鞭一路追上已经走了的顾楚生。

而这一次，楚瑜是绝不会再跑了。她果断地同楚建昌道："我不跑了，我好好等着嫁给卫世子！"

楚建昌狐疑地看了楚瑜一眼，不明白她怎么突然就转变了心思，琢磨着她是不是想欺哄自己。然而自家女儿向来是个直肠子，骗谁都不骗自家人，想了想，又看着楚瑜明亮的眼睛和苍白的脸色，楚建昌也心疼，便摆了摆手道："罢了罢了，先去休息吧。后日你就要成亲了，别再动什么歪脑筋。反正那顾楚生也已经走了，你啊，就死了这条心吧。"

"嗯。"楚瑜点了点头。旁边的楚锦走过来搀扶住她，楚瑜微微一颤，下意识地想收回手，却还是克制住了自己，没有动作。楚建昌见楚瑜低头，却以为她是在难过，叹了口气，拍了拍她的肩膀道："卫世子比顾楚生强，你见了就知道了。感情都是相处之后才有的，你别抗拒，爹不会害你。"

"我知道。"楚瑜再次点头，真心实意。

卫世子卫珺，以及整个卫家，都是保家卫国的铮铮男儿，哪里是玩弄权术的顾楚生能比得上的？不过，虽然此刻的楚瑜也想和卫珺培养感情，但估计是不会有机会了——想到卫家的命运，她倒生出了那么几分惋惜。

见楚瑜没什么精神，楚建昌摆了摆手，让谢韵和楚锦扶着她回去了。

谢韵一路都在说着些劝慰的话，大概就是让她死了对顾楚生的心思，为人父母，总希望自己女儿过得好些。楚瑜没说话，只静静地听着。这位母亲虽然后来也做了些荒唐事，偏袒楚锦一些，但却也是真心对她的。只是手心手背的肉，总是有一些厚，有一些薄。

她沉默着，由楚锦扶着回到了卧房。下人伺候她梳洗之后，她便躺到床上，准备睡觉。这一日发生的事情太多，她要蓄养精力，然后好好规划一下，以后的路要怎么走。她以前一直以为，自己的路，只要追随着顾楚生就可以了。如今骤然有了崭新的选择，她竟然有那么一些不知所措。

合眼没有片刻，她便听见了楚锦的声音。楚锦端着药走进来，屏退了下人，随后来到了楚瑜面前。她放下药碗，坐到床边，温和地道："姐姐。"楚瑜慢慢睁开眼，看见了楚锦担忧的神色，"姐姐，你还好吗？"

那样的神色不似作伪，楚瑜心神一晃，忍不住思索，或许十五岁的楚锦对于她这个姐姐，还是有着那么几分温情的。

见楚瑜不答话，楚锦靠近了她，又小声道："姐姐，顾大哥让人带了话来，说他等着你。"

听到这话，楚瑜猛地抬头，不可思议地看着楚锦。

顾楚生等着她？不可能。当年的顾楚生根本就不在意她，收到书信后他甚至还提前了半天，快马加鞭地离开了华京，又怎么会等她？是哪里出了差错？

楚瑜盯着楚锦，思索片刻后，便明白了过来。顾楚生是不可能说这样的话的，而楚锦希望自己离开，好腾出镇国侯府世子夫人的位子给她，所以她故意说这样的话，给楚瑜希望，让楚瑜赶紧离开。

上辈子她没这样说，是因为上辈子的楚瑜不需要她给希望，就选择了头也不回地离开。可这辈子的楚瑜却明确地向楚建昌表示要嫁到卫府去！

楚瑜想笑。这个妹妹，果然从来都是以自己的利益为先。然而她忍住了已经涌到唇边的笑意，板起脸来，皱着眉头道："这样的话，你莫要同我再说了。"

"姐姐？"楚锦有些诧异，眼中闪过一丝慌乱。楚瑜平淡地继续道："我想明白了，我与卫世子乃圣上御赐的婚，我若逃婚，哪怕卫家看在楚家面子上不说，圣上不说，但这毕竟是欺君枉法，而卫家心中也会积怨。"

　　的确，后来楚家的败落，与此不无关系。卫家虽然在楚锦嫁过去不久后满门青年战死沙场，却留下了一个"杀神"卫韫。那少年十四岁就纵横沙场，十六岁灭北狄为父兄报仇。后来的朝廷，几乎就是"文顾武卫"的天下。

　　而卫韫这个人睚眦必报，恩怨分明。当年对他好的人，他都涌泉相报，对他坏的人，他也不会放过分毫。楚家前有李代桃僵让楚锦嫁给卫珺，后有楚锦落井下石离开卫家，走时还与卫老太君起了龃龉，气得老人家大病一场，这些事儿卫韫全都记着，在平步青云后，一一报复在了楚建昌的身上。如果不是顾楚生对楚家还照拂一二，楚建昌又岂能安安稳稳告老还乡？

　　想起卫韫的手段，楚瑜忍不住有些胆寒。她用左手压住了自己的右手，抬眼看向楚锦，满眼忧虑道："妹妹，我们不能为了自己的幸福，置家族于不顾。"

　　楚锦被楚瑜说得哽了哽，憋了半天才强笑着道："姐姐说得是。阿锦只是想，这是赔上姐姐一辈子的事，用姐姐的幸福换家族，阿锦觉得心疼。若能以身代姐姐受苦，阿锦觉着，再好不过。"

　　去卫家受苦？谁不知道现在的卫家正得圣宠，如日中天，卫家自开国以来世代忠烈，乃四世三公之高门，家教雅正，家中子弟个个生得芝兰玉树，那卫世子就算不是最优秀的一个，也绝对不会让楚锦吃亏。算起来，这门亲事，还是楚家高攀。

　　楚锦为了说服她，真是什么话都说得出来。想到卫家后来的牺牲，听到楚锦这样的话，楚瑜心里有些不适，严正了神色道："卫家满门忠烈，为国抛头颅洒热血，能嫁给卫世子是我的福气，只是我之前被蒙了心眼，如今我已醒悟，你便不要再说这样的话了。若再让我听到，别怪我翻脸！"

　　楚锦被楚瑜说得哑口无言。看着面前人一脸正直的模样，楚锦简直想提醒她，昨晚她还在和自己谋划着如何私奔一事。然而她心知这位姐姐武力强悍，心思简单，认定了一件事就不会回头，若多做争执，动起手来恐怕自己要吃亏。于是楚锦艰难地笑了笑，道："姐姐能想开便好。我看姐姐也已经累了，药放在这里，阿锦先告退吧。"

　　楚瑜点点头，闭上了眼睛，没再说话。

　　楚锦恭敬地退出来，刚走到庭院中，便冷下神色来，捏紧了拳头。

　　如今楚瑜不肯私奔，她难道还真的要嫁顾楚生不成？！不行，她绝不能嫁给顾楚生。世子夫人当不了，她也绝不能跟着顾楚生到边境去。从边境回华京，从九品县令升迁回来，她最美好的年华，怕都要葬送在北境寒风之中了。

就在楚锦暗自盘算着自己的未来时，顾楚生正坐在城门外的马车里，静静地阅读着最新的邸报。他染了风寒，一面看，一面轻声咳嗽。父亲逝世，牵连被贬，这位天之骄子骤然落入尘埃，所有人都以为他会手足无措，不想这个少年却展现出了一种超常的从容。他似乎是在静静等候着谁，不慌不忙。

旁边的守门护卫有些不耐烦，道："顾公子，该走了。"

顾楚生抬眼看了城门一眼，给了小厮一个眼神。小厮赶紧上前去，又给了护卫一两银子，赔笑道："大人再稍等片刻，很快就好。"

"最迟等到日落，"护卫皱起眉头，"不能再拖了。"

听到这话，顾楚生亦皱起了眉头。

日落。他回想了一下上辈子楚瑜追上来的时间，他……应该能等到的。

想到这个名字，他有些痛苦地闭上了眼睛。外人都以为面对家族的一切，他毫不畏惧，其实并不是。他少年时面对这一切，的确是惶惶不安，自暴自弃。是那个姑娘驾马而来，在夜雨里用剑挑起他的车帘，她朗声说出的那句话——"你别怕，我来送你"——给了他所有勇气。

但年少时的他并不知晓自己朦胧的内心，只以为自己讨厌她满身汗臭，不喜她不知收敛，厌恶她与兵营军士谈笑风生。于是，她追逐，他躲避。他一直以为自己心里住着的该是楚锦那样纯洁无瑕的姑娘。

直到她死在他面前。

回想到那一刻，顾楚生觉得心脏骤然被人捏紧。他闭上了眼睛，试图用缓慢的呼吸平息这份痛楚。

楚瑜的死，是他对她爱情的开始。死后才知，无人再驾马踏雨相送的人生，有多么难熬；才知道当年他的厌恶，其实是嫉妒，是对不知名感情的惶恐，是少年人对于羞涩的反击。她死去越久，他对她的感情就越执着，越深。直到他死于卫韫剑下，那一刻，方才觉得解脱。

一觉醒来，他回到了自己的十七岁，他欣喜若狂。

真好。他睁开眼，弯起眉眼。他又能看到那个活生生的楚瑜了。这一次……他一定会好好陪伴她。

然而，顾楚生在城门外一直等到日落，都没见到楚瑜的身影。与记忆中不一致的事让他忍不住有些担忧，这时护卫也再没有了耐性，强行拉过马车，不满地道："走了！"

顾楚生看着人来人往的城门，深吸了一口气，终于起程。

没事，楚瑜一定会来。他告诉自己。他知道自己此番回来必然会引起一系列变故，但十五岁的楚瑜对他的感情有多深，他是知道的。上辈子她来了，这辈子，一样会来。

然而，事实上顾楚生满怀希望踏上自己的官路时，楚瑜正在睡着美觉。

一觉醒来，她就收到了楚锦派人送过来的消息，说顾楚生已经离京了。

楚瑜倒不是很关心顾楚生离京与否，她更在意的是，自己的这位妹妹，何时这么神通广大了？她现在对外面的消息一点都不知道，楚锦却连顾楚生什么时候离的京都清楚。这样确切的消息，应该是楚锦从顾楚生那里得到的，也就是说，其实那些年，顾楚生和她的联系一直没断过。在她说着她对顾楚生没有任何情意、让楚瑜和顾楚生私奔的时候，她却一直保持着和顾楚生的联络。

楚瑜抬手将手中的纸条扔进火炉，同来传信的侍女道："同二小姐说，这种事以后不必跟我说了。规矩不用我说太多，她心里很清楚。"说着，楚瑜抬头，瞧向那侍女，冷声道，"将军府要脸，让她自己掂量着些！"

侍女不知道纸条内容，被楚瑜说得有些发蒙。待她慌慌张张离开后，楚瑜看着炭炉里明明灭灭的火光，忍不住叹息了一声。这张纸条，让她对自己的这位妹妹也差不多是彻底死心了。

楚锦这两面三刀的性子，并不是未来养成的，而是坏在了骨子里，坏在了根里。当年楚瑜喜欢顾楚生，但因着他是楚锦的未婚夫，那么多年，她从来没有表现出来。她没有多说过一个字，甚至日常相处也会刻意避开他，圣上赐婚，她就答应，她自认做得极好，因此就连当年她追着顾楚生到昆阳时，顾楚生本人都是蒙的。

如果不是楚锦哭诉，如果不是楚锦求她，她又怎么会去苦等顾楚生？一面说着自己不喜欢，鼓励姐姐去寻求真爱，一面又与顾楚生藕断丝连……楚瑜有些无奈，她不明白楚锦为什么会是这个性子，明明同样出身将军府，明明同样是嫡小姐，怎么她会有与自己这般不同的性格？

楚瑜想了一会儿，也不愿再多想下去，趁着刚刚回来，她找了笔墨来，开始回忆上辈子所有她记得的大事。既然重新回来了，她自然是不能白白回来的。

短期来看，最大的事莫过于卫家满门青年战死沙场。

当年七月二十七日，也就是楚锦嫁给卫珺的当日，边境急报送往华京，卫珺随父出征。卫家一共七个孩子，包括最小的卫七郎卫韫，都跟着上了战场。所有人都以为战神卫家会像以前一样在不久后凯旋，然而一个多月后，传来的却是七万精兵在卫家带领下被全歼于白帝谷的消息。

卫韫扶柩回京，于大理寺受审，因为此次战役失利，是镇国侯卫忠不顾皇令强行追击

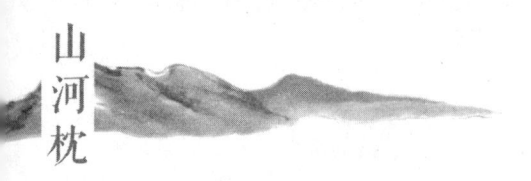

北狄逃兵所致。于是各大世家纷纷表明与卫家脱离关系，除了二公子卫束的夫人蒋氏自刎殉情，其他各房夫人、侍妾均自请离去。卫韫代替父亲、兄长给这些人写了和离书，一时之间，卫家树倒猢狲散，偌大侯府只剩下卫韫和卫老太君，带着五个还没长大的孩子。

楚瑜当时跟着顾楚生远在昆阳。昆阳是北境第二线，亦是粮草运输要地，楚瑜那几年间多次帮着顾楚生往前线运输粮草。然而楚瑜听闻白帝谷战事，也已经是卫家人都死了之后的事情了。当年卫家人具体怎么死的，因何而死的，她的确不清楚。

她只知道，后来国舅姚勇临危受命，驻守白城，最后却弃城而逃。各地均起战乱，备受牵制，朝中无人可用之际，卫韫于牢狱之中请命，负生死状上了前线。

要么赢，要么死。

而后卫韫凯旋，回来那一日，提着姚勇的人头进了御书房。他出来之后，皇帝为卫家所有战死的男儿，都追加了爵位。

她不希望卫家人死。卫家的那些铁血男儿，不该死。

楚瑜捏着笔，眼里带了寒光。她细细写下所有她记得的关于卫家的片段，力图还原当年的事。

一直写到接近天明，谢韵带人端着盘子走了进来。此刻将军府已经挂满了红灯，张贴了红纸。谢韵看见正在写东西的楚瑜，着急地道："你这是在干什么啊？马上就要成亲了，还不好好休息，明天我看你怎么过！"

"母亲，不妨事。"楚瑜将那些纸扔进了炭炉里，梳理了一夜，所有细节都在她脑中盘过，已无比清晰。她从容转身，看见侍女准备的东西，含笑道："是喜服？"

"是啊，赶紧换上吧。"谢韵有些不满，但看着自家女儿欢欢喜喜的样子，那些不满也被冲淡了不少，招呼了人进来，伺候着楚瑜开始梳洗。

沐浴、更衣，擦上桂花头油，换上大红色金线绣凤华袍。而后楚瑜便端坐在镜前，由侍女上前来为她化妆。

这时楚锦端了梳子进来，走到谢韵旁边，同谢韵道："母亲，梳发吧。"

谢韵看着镜子里的楚瑜，沙哑着声音同楚锦道："你瞧瞧她，平日都不打扮，今日头一次打扮得这样好看，便是要去见夫君了。"说着，谢韵拿起梳子，抬手将梳子插入她的发丝，低了声音，"日后去了卫家，便别像在家里一样任性行事了。嫁出去的女儿终究是吃亏些，你在卫家，凡事能忍则忍，别多起争执。"

若换作往日，听到这番话，楚瑜大概是要和谢韵争执一下的。然而如今听着谢韵那带着哭腔的声音，她那点争执的心都散了去，叹了口气，只是道："女儿知道了。"

谢韵点点头，抬手开始给楚瑜梳发："一梳梳到尾，二梳白发齐眉……"谢韵一面给楚瑜梳发，一面含了眼泪。末了，她有些压抑不住，似是累了一般，由楚锦搀扶着走到了一边。侍女便上前来给楚瑜盘发，然后为她戴上了凤冠。

屋里众人忙碌着时，天已渐渐亮起来，外面传来了敲锣打鼓之声。一个侍女急急忙忙冲进来，欢喜地道："夫人，大小姐，卫家人来了！"

闻言，谢韵站起身来，似是要出去，然而刚踏出门，又骤然想道："不成不成，他们还有一会儿。"于是她又折返回来，同屋里女眷一起等候。按着习俗，卫家人来迎亲，楚家这边会设一些刁难之事，一直要等到了时辰，才会让楚瑜出去。于是外面热闹非凡，楚瑜一干人等在屋里候着，心里不由得痒了起来。

楚锦毕竟还是少女，听着外面的声响，小声道："母亲，不如我出去看一下吧？"

这话一出来，大家都起了心思，所有人都看向谢韵，谢韵不由得笑起来："你们这些个沉不住气的，不过就是迎亲，这有什么好看的？"

好看。楚瑜在心里琢磨着。上辈子她的婚礼十分简陋，和顾楚生在昆阳，就在院子里请了两桌他的下属，掀了个盖头就算了事了。顾楚生曾经说会给她补办一场盛大的婚礼，可她等了一辈子。

等了一辈子的东西，总有那么几分不一样。楚瑜压着心里那份好奇，同谢韵道："母亲，我们便出去看看吧。"

"你这孩子……"谢韵笑着推了她一把。说话间，就听外面有争执吵闹之声，随后便看见两个少年在房顶上打了起来。楚锦惊呼出声来："是二哥！"

楚家一共四个孩子，世子楚临阳，二公子楚临西，剩下的就是楚瑜和楚锦两姐妹。楚家将门出身，楚临阳还因着身份有些顾忌，楚临西则早就没给卫家人客气地动起手来。

女眷们拥到窗户边，争相探出去头去看屋檐上的人，楚瑜也同谢韵、楚锦一起走到门前，仰头看了上去。

只见楚临西穿着一身蓝色锦袍，看上去颇为俊秀。而他对面的少年看上去不过十四出头，身着黑色劲装，头发用黑白相间的发带高束，穿得虽然干净利落，但身上那股子由内而外散发出来的傲气却丝毫不逊于楚临西。

楚临西本就生得已算好看，而对面人却生得更加俊朗。眼如星月，眉似山峦，丹凤眼在眼角处微微向上，带了几分说不清道不明的风流昳丽。然而少年神色端正严肃，便只留那如刀一般锐利的气势，直逼人心。

那是华京世家公子难有的肃杀严谨，犹如北境寒雪下盛开的冰花，美丽又高冷。

楚瑜的目光凝在了那少年身上，一瞬间，她仿佛是回到了上辈子。那日是她第一次，也是唯一一次，那么近距离地看这个人。彼时他已经是名震天下的镇北王，五军都督府的

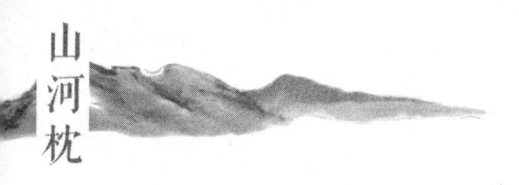

大都督。手握兵权，权倾朝野。

她被顾楚生送离华京那日，风雪交加。他驾马回京，黑衣白氅，面色冷然。那时候的他比现在生得硬朗许多，也不似此刻这样，眼中尚含着少年人的稚气和勃勃朝气。

他的目光冷如寒冰深潭，驾马拦住她的马车。

"顾夫人？"他的语调没有起伏，虽然是询问，却没有半点怀疑，早已知晓车帘之后的人是谁。

楚瑜让人卷起车帘，坐在马车里恭敬地向他行礼，平静地回道："卫大人。"

"顾夫人往哪里去？"

"乾阳。"

"何时回？"

"不知。"

"顾夫人，"卫韫轻笑，"后悔吗？"

楚瑜微微一愣。卫韫看向远处："顾夫人可知，当年卫府上门提亲前，家中人曾来询问，楚家有二女，兄长心慕哪位。兄长说，他喜大小姐，因大小姐习武，日后待我成年，他若不敌，可带妻上阵……成亲前一夜，兄长一夜未眠，同我盼咐，楚家好武，若迎亲时动了手，我须得让着些。"说着，他转头看向她，"顾夫人与令妹不同。令妹趋炎附势，乃蝇营狗苟之辈，顾夫人却愿舍御赐圣婚，随顾大人远赴北境，征战沙场。可惜顾夫人有眼无珠，我兄长待夫人如宝珠，夫人却不屑一顾。"

"夫人走至今日，"他的目光平静，"可曾后悔？"

那时候楚瑜轻笑，她迎着对方的目光，神色坦然："妾身做事，从来只想做不做，不想悔不悔。"

青年没有说话，他静静看了她许久，淡然出声："可惜。"

她没有回话，只恭恭敬敬跪坐着，看那青年打马离开。

如今，楚瑜仰着头，看着卫韫和楚临西过招。他手上功夫明显是高出楚临西很多，却与楚临西纠缠许久，让得不着痕迹。楚瑜不由得弯起嘴角，从旁边花盆里捡了一颗石子，朝着楚临西就弹了过去。

石子弹在楚临西身上，楚临西不防，当场翻了下去。只听他号叫出声："卫七郎你阴我！"

卫韫站在屋顶上呆了片刻，随后反应过来，朝着楚瑜的方向看过去。便看见那女子身着喜服，头戴凤冠，斜靠在门边，手里拿着一块石头，上上下下扔着，笑得好不正经。

卫韫旋即明白发生了什么，粲然笑开。他朝楚瑜拱了拱手，随后纵身跃下。楚临西正和卫家其他兄弟在闹，楚临阳在调和，卫韫迅速绕到了卫珺后面，小声说了句："大哥，嫂子可漂亮！"

卫珺穿着喜袍，双手负在身后，面上假装淡定，身体却不着痕迹地往卫韫靠了靠，小声地道："你见着了？"

"楚临西就是被嫂子打下来的。"卫韫说到这里，颇有些忧愁，"大哥，我觉得以后我可能真打不赢你们夫妻俩了。"

卫珺弯眉笑开："那是自然，你大哥的眼光能错？"

说话间已到了时辰，楚建昌也不再耽搁，抬了手，楚临阳赶紧招呼楚临西和其他卫家人站列在两边。内院里，侍女慌慌张张冲进来，急忙给楚瑜盖上盖头，扶着楚瑜往外走去。

出得院外，只见卫珺站在正前方，卫韫和二公子卫束站在卫珺身后，其余人等分列几排站在这三人后面，楚家人则站在台阶上。站在右首位的礼官唱和出声："开门迎亲——"

大门缓缓打开，楚瑜身着喜袍，由楚锦搀扶着，出现在众人眼前。她眼前一片通红，什么都看不到，只听喜乐鞭炮之声在耳边炸开，而后一截红色的绸布被递到了她面前，她听见一个温雅中带着掩饰不住的紧张的声音说道："楚……楚……楚姑娘……"

楚瑜轻笑，她握住红绸，温和地出声："卫世子，别紧张。我跟着您。"

卫珺的心骤然安定，他握着红绸，忐忑的心终于放了下来。他没有选错人。镇国侯府的世子夫人，理当是这样的人，用一句话，便能让他从容而立。

而面前人平静的情绪也让楚瑜很放心。她没瞧见这个未来丈夫的模样，但从他递过来的手来看，大约也不会太差。她被他拉着送入花轿，他一路做得小心翼翼，仿佛她是一个需要倍加呵护的娇弱女子。她从来没有过这样的体验，过去三十多年，在所有人心里，她都是一位铮铮女子，不需要怜惜，也不用宠爱。顾楚生对她从来都是相敬如宾，甚至更多的是上司对下属那样冰冷的态度。

楚瑜坐在花轿里，偷偷掀起帘子，想去看前面的卫珺。然而卫珺驾马走在前方，她反而是一眼看见了守在边上的卫韫。卫韫察觉到楚瑜的动作，朝她勾了勾唇角，眼里全是了然的笑意，似乎是抓住了她的把柄一般。

楚瑜仿佛是被人看穿了心思，还是被一个小孩子看穿心思，心里不由得有些尴尬，赶紧放下盖头和轿帘，乖乖坐了回去。

坐回轿子里后，楚瑜开始盘算。上辈子边境消息抵达华京就是在这一日，但具体是在哪个时间，楚瑜却是不大知道。边境如今危急，卫家是最适合出征的人选，她很难阻止卫家人上战场。卫珺或许可以试一试以新婚之名留下，其他人却的确没什么理由。

那唯一只能从预防他们战败入手。听闻当年是因为卫忠追击残兵却中了圈套，这一次，如果卫家好好守城，应该就不会有此灾祸。

楚瑜思索着，听着外面吹吹打打了许久，轿子终于停了下来。没一会儿，她听见轿帘被人猛地掀开，在一片哄笑声中，那一方红绸又被递了过来。

这次卫珺没有结巴，笑着道："楚姑娘，我带你进去。"

楚瑜握住红绸，看着脚下，被卫珺拉着往前。她走得稳当，卫珺提醒得细致，周边是卫家子弟窃窃私语的声音，虽然小，却也足以让她听到。许多都是半大的孩子，带着朝气道："听说嫂子好看。"

"小七说的，特别漂亮。"

"能比那个第一美人楚锦漂亮吗？"

"小七眼光很高的，肯定比楚锦漂亮！"

…………

楚瑜听着卫家人率真的言语，面上忍不住带了笑意。卫珺也听到了，略有些尴尬。他知道楚瑜习武，想着她肯定也是听得到的，于是在扶着她过火盆的间隙，卫珺在她旁边小声道："你别生气，等一会儿我去收拾他们。"

楚瑜听到这话，实在有些忍不住，笑出声道："无妨的，他们这样，我很喜欢。"

卫珺听到楚瑜带笑的声音，虽然还没见到楚瑜的样子，却也会想，这样的姑娘，一定是很好看的。他心里有些期待，带着楚瑜来到了大堂上。

两人依着礼官的唱和声拜了天地。这一路很顺利，楚瑜心里高兴，对卫家的生活也多了那么几分期待。她内心很平静，一种从容放松的欢喜在她直起身来时蔓延了开来。她没有嫁给顾楚生，一切，便都不会重来。

她站在卫珺面前，很想掀开盖头看一看面前这个男人。她猜想卫珺比她高上半个头，凭直觉，他应该是个稍稍文弱一点的男子。见楚瑜站着没动，旁边人上来要扶她回房中。这时卫束上前来起哄道："大哥，赶紧去掀盖头吧，别喝酒了！"

"对对，"其他公子跟着大喊，"大哥快去掀盖头！我们不要你喝酒了！"

"去去去！"卫珺红了脸，同他们道，"按规矩来，一边儿去！"说着，他又有些担心楚瑜不高兴，扭过头小声道，"楚姑娘，你先去等一会儿……"

"世子一会儿就来吗？"楚瑜小声开口。

那声音柔软清脆，卫珺心里软成一片，小声道："嗯，不会很久。"

"那世子答应我，"楚瑜的声音里带了几分郑重，"无论发生什么，一定要尽快回来。"觉得这话有些突兀，她又小声道，"妾身等着世子回来挑盖头。"

卫珺起初有些疑惑，随后便明白了，楚瑜怕是不喜欢被这盖头盖着。他小声道："你若不喜欢这盖头，别人不在，你便取下来等我。卫家没有这么多规矩。"说完，他又担心楚瑜会以为他要在外多加停留，便加了一句，"我会尽快回来。"

楚瑜点点头，由其他人扶着回了房，卫珺回过身去，开始招呼宾客。

楚瑜回房之后，便老老实实地坐在床边。她的确不喜欢这盖头，可她喜欢卫家。卫珺待她上心，她便愿意用自己能做到的最好去回报卫珺。

坐在床上，她有些无聊，便开始幻想。她不是个记仇的人，上辈子的事既然在这辈子没有发生，她也不愿为此苦恼。顾楚生已经离开华京，她也嫁到了卫家，如今她和顾楚生、楚锦的过去不是最重要的，最重要的是朝前看。

今天来看，卫家果然如传说中那样好相处，她日后在卫家，日子应该不会太难过。等一会儿卫珺回来，她便以新婚之名试试看能不能让卫珺留下，就算不能，她也要试试跟着卫珺一起到前线去，哪怕去不了，她提醒了让他们别追残兵，或许也就不会出什么事。

卫家只要此战胜了，日后她和卫珺便可以好好过日子。她知道未来十二年的朝事变迁，可保卫家于不败之地。卫家好好的，卫韫大概也不会成为日后那尊"杀神"。她今日见着这少年，还是如鸟雀一般欢喜的孩子，应该也会长成他大哥那般温雅的将军吧？

楚瑜思索着，思绪已经有些远了。等了半天，旁边的侍女见她一动不动，便上前来询问道："少夫人是否需要吃些糕点？"

"不用了……"楚瑜温声开口。就在这时，远处传来了战马嘶鸣之声，以及匆忙的脚步声。楚瑜心中一紧，她猛地掀开盖头，朝着外面走去。

侍女被她惊到，上前拦她，焦急地道："少夫人，您这是要去哪里？"

楚瑜不敢表现得太过奇怪，毕竟未卜先知这种事让他人知道，她怕是要被当作妖孽一把火烧了。于是她只能压住自己的焦急，皱着眉道："我听到外面有战马之声，怕是出了事，我去看看。"

"少夫人不必担忧，"侍女笑起来，"世子会处理好一切，少夫人在此等候即可。"

"我放心不下。"楚瑜推开侍女便往外走去，冷着脸道，"我必须去看看。"

她不知道卫家的房舍的布局，只能朝着喧闹声的方向走去。此时外面脚步声越发急促，人也多了起来，侍女追着楚瑜，脸上全是焦急，试图去拉她："少夫人！少夫人您还没掀盖头，您……"

侍女话还没说完，外面又是一阵急促的脚步声，随后卫韫便从转角处出现。他身穿铠甲，尚带着稚气的眉目之间全是肃杀。楚瑜停住步子，捏紧了拳头。卫韫看着面前这身着凤冠霞帔的女子，迎上对方了然的眼，果断单膝跪下，朝着楚瑜行了个军礼，将手中一块玉佩恭敬地奉上，平静地道："前线急报，少将军奉命出征，命末将将此玉交于少夫人，吩咐少夫人，会凯旋，无须担忧。"

听到这话，楚瑜看见了卫韫双手捧着的玉佩。那玉佩被抚摸得光滑无比，显然是贴身佩戴之物。她抬手握住玉佩，抬眼看向外面："卫世子在哪里？"

"少将军已起程。"卫韫的声音小了些，似乎也是知道，新婚之日出征，对于女方而言是多大的打击。他想了想，正想安慰什么，便看见楚瑜猛地冲了出去。她跑得极快，喜服翻飞在风中。卫韫愣了愣，随后反应过来，追着楚瑜也冲了出去，焦急地道："嫂子！"

楚瑜没回答，她一路狂奔到大门前，抬手抓了一个将士便扔下马来，抢了马就冲了出去。这一幕将卫家人看得目瞪口呆，直到卫韫追出来，学着楚瑜的样子也抢了马追出去，他们这才反应过来。

"那是世子夫人？"

"是少夫人？！"

在所有人惊诧之际，楚瑜却是格外冷静。她的马打得太快，风割在脸上如刀划过一般疼。

卫韫紧随在她身后，他全然没想过，这位嫂子的骑术竟如此精湛。他艰难地喊出声："嫂子！你别追了，追上去也没用啊！大哥会回来的，你别担心！"

楚瑜还是没说话。她知道出城的路线，从华京带兵出城往北境去，必然是走北门。她一路绕道捷径，终于从山上看到了那疾驰的队伍，夹着马就从山坡上俯冲了下去。卫韫吓得肝胆俱裂，琢磨着这嫂子要是在这里出了事，他该怎么向父兄交代。他咬着牙跟着楚瑜冲下山，却见楚瑜已经直接冲到了官道上，一人一骑逼停了队伍。

卫家人看着这突然出现的红衣女子，都愣了，随后又看见跟着而来的卫韫，卫忠上前，有些不敢相信："小七，这是……"

"父亲。"楚瑜朝着卫忠行了个军礼，恭敬地道，"儿媳失礼了。"

听了这话，卫家军众人面上五颜六色。看着这人的喜服和卫韫，大家就有了猜想，没想到来者真的是楚瑜。而卫珺在卫忠身后，整个人都蒙了。随后他便看见楚瑜将目光落在了他的身上，微雨细细密密，楚瑜手握缰绳，大红色广袖喜服染雨带尘。

她微微仰头，提高了声音，朗声开口："我夫君卫珺何在？！"

卫家军纷纷低头，不敢抬头。卫珺硬着头皮，驾马出列，艰难地出声："我……我在。"

卫珺出得列来，大家都有点尴尬。被妻子追着出来，放谁身上都不是件体面事。

楚瑜看着卫珺，只见面前的青年清秀温雅，和她想象中一样，更像个书生，不像武将。他生得普通，比不上未来卫韫那份惊了整个大楚的俊美，却让楚瑜心里觉得格外喜欢。

她静静地看着他，捏着缰绳道："夫君可还记得你承诺过我什么？"

卫珺不言。楚瑜驾马来到他的身前，抬手将盖头放下，身子微微前倾："世子曾答应过我，会回来挑盖头。"

周围听到这话的人都愣了愣，卫珺的手指微微一颤。他看着面前烈烈如火的女子，心里仿佛是被重重撞击了一下。本是媒妁之言，本也只是尽一份责任，却在这一刻，凭空有了那么几分涟漪。

他抬起手，小心翼翼，一点一点掀开了楚瑜的盖头。楚瑜垂着眼帘，在光线重新进入视线的那一刻，她抬眼看向他。明眸孕育春水，她粲然笑开："夫君，日后妾身的一辈子，就系于夫君一身了。"

卫珺没有说话，心跳快了几分。只见楚瑜坐直了身子，平静地道："妾身愿随夫出征。"

"不可。"卫忠率先开口，"我卫家断没有让女子上战场的道理！"卫家不乏将门出身的妻子，却的确从来没听说哪一位跟着自己夫君上过战场。

楚瑜还想再争："父亲，我自幼习武，以往也曾随家父出征……"

"那是楚家。"卫忠皱了皱眉头，想了想，放软了口气道，"阿瑜，你想护着珺儿的心情我明白，但男儿有男儿的沙场，女子也有女子的内宅。你若真是为珺儿着想，便回去帮着你母亲打理家中事务，静静等着珺儿回来。"

卫忠是个大男子主义极重的人，对此楚瑜早有耳闻。然而此刻她看了一眼周边将士的神色，哪怕是卫珺脸上也带着赞同。对于这个结果，她早有准备，如今也不过是试一试。于是她深吸了一口气，抬眼看向卫珺："好，我等夫君归来。"

"你放心……"卫珺心里感动，声音都忍不住有些低哑。他知道战场多么凶险，以往一贯也不觉得什么，今日却有了那么几分不安。他低着头道："我一定会平安回来。"

"好，"楚瑜点点头，认真地看着他，"那你且记住，我在家等你，你务必好好保护自己。此战以守为主，穷寇勿追。"

卫珺愣了愣，有些不明白，楚瑜盯着他，再次开口："答应我，这一次无论如何，卫家军绝不追击残兵。"

"父亲不会做这种莽撞之事。"卫珺回过神来，笑道，"你不必多虑。"

"你发誓，"楚瑜抓住他的袖子，逼着他，小声道，"若此战父亲追击残兵，你必要阻止。"

卫珺有些无奈，只以为楚瑜是担心过度，便抬手说道："好，我发誓，绝不会让父亲追击残兵。"

听到这话，楚瑜放下心来，她松开卫珺的袖子，笑着道："好，我等你回来。"说罢，她便果断地让开了路，同卫忠道，"侯爷，叨扰了。"

卫忠神色柔和，看见自己儿子娶了这样一个全心全意对待他的妻子，他心里很是满意。他点了点头，同卫韫道："小七，你送你嫂子回去。"说完，不等卫韫应声，便带领队伍重新起程了。

楚瑜看着卫珺走远，他身上的喜服还没换下来，在队伍里格外惹眼。卫韫陪着她目送卫家军离开，等队伍走远后，才道："嫂子，回吧。"这一次，他的言语里没有了平日的嬉闹，多了几分敬重。

楚瑜回头看他，见少年目光清澈柔和。她平静地道："追去吧，我不需要你送。"

"嫂子……"

"你一来一回，再追他们会浪费太多时间，上了前线还要消耗体力，别把体力耗在这事儿上。"

卫韫有些犹豫，楚瑜则看向了卫珺离开的方向。她把能做的都做了，卫珺已答应了她不追击残兵，应该就不会发生什么了。可她总还是有那么几分担忧，虽然只有这匆匆一面，可她对卫珺是极为满意的，这个人哪怕不当丈夫，作为朋友，她也很是喜欢。

她扭过头去看着卫韫。卫韫当年活了下来，必然有他的法子。她看着他，认真地道："卫韫，答应我一件事。"

"嫂子吩咐。"卫韫看见楚瑜那满是期望的目光，下意识就应了，却是连她要让他做什么都没问。只听见楚瑜言语中带了几分请求："好好护着你哥哥，你们一定要好好回家。"

——如果真的发生意外，那至少……不要只剩下这个十四岁的少年回来，独身承受未来那些腥风血雨。

听到这话，卫韫愣了愣，随后便笑了。"嫂子放心，"他言语里满是自豪，"您别看大哥看上去像个书生，他其实很强的。"楚瑜还要说什么，卫韫赶紧又道，"不过我一定会在战场上好好护着他，要是他少了一根头发丝儿，我提头来见！"卫韫拍着胸脯，打着保票，明显是对自己的大哥极有信心。

楚瑜有些想笑，却还是忧心忡忡。她想了想，终于说："去吧。不过记得，"她冷下了脸色,"卫家此次,一定要以守城为主,穷寇莫追!"

卫韫懵懂地点头,驾马走了几步,又忍不住停了下来,回头看向楚瑜:"嫂子,为什么你要反复强调这一点?"卫韫敏锐,卫珺觉得是楚瑜担心过度,可卫韫的直觉却不是这样。

楚瑜不擅说谎,她沉默片刻后,慢慢地道:"我做了一个噩梦。梦里……你们追击残兵而出,于白帝谷兵败,卫家满门……只有你回来。"

听到这话,卫韫瞬间冷下脸来。出征之前说这样的话,是为大不祥,他有些想发怒,可楚瑜的神色却止住了他。

却见她神色里全是哀寂,仿佛这事真的发生了一般。于是他将那些反驳的话堵在唇齿之间,僵着声说:"梦都是反的,您别瞎想。"说罢,那少年便转过身,追着自己父兄去了。

他偶然回头,看见的是那平原一路铺至天边,女子身后高城屹立,天地带着秋日独有的枯黄,女子红衣驾马,独立于那带着旧色的原野之上。她似乎是在送别,又似乎是在等候。清瘦的脸轮廓分明,细长的眼里从容平静。

他此生见过女子无数,却从未有一个人,美得这样惊心动魄,落入眼底,直冲心底。

楚瑜目送卫家军最后一人离开,驾马回了卫府。管家见她归来,焦急地道:"少夫人,您可算回来了,夫人让您过去一趟。"

"不好意思。"楚瑜点点头,翻身下马,同那管家道,"烦请您同夫人说一声,我这就过去。"

管家从未见过如此出格的新娘子,对楚瑜本是不满,但见楚瑜道歉态度诚恳,他心里舒服了不少,便恭敬地道:"少夫人放心,您先去洗漱吧。"说着,管家便安排了人领着楚瑜回到卧室。楚瑜简单梳洗过后,换上一身水蓝色长裙,便跟着下人来到卫夫人房中。

卫夫人本名柳雪阳,是卫忠的妻子,卫珺和卫韫的生母。卫家七个孩子,除了这两个嫡出,剩下的五位里,老二卫束、老五卫雅是二房梁氏所出;老三卫秦、老四卫风、老六卫荣,均为三房王氏所出。

柳雪阳出身诗书之家,因身体不好,不太管事。而卫忠的母亲——老妇人秦氏,当年不管小事，只管杀伐大事，于是家中中馈便落到了二房梁氏手中。嫁入卫家之前，谢韵曾将卫家的事好好交代过，说到柳雪阳，只是道："这位夫人性子软弱，耳根子软，从没发过什么脾气，你不必太在意。反而是管事的梁氏，须得好好讨好。"

新妇讨好婆婆，这是后院生存之道，谢韵一辈子经营于此，这样教导楚瑜，倒也并没错处。只是楚瑜自幼多在楚建昌身边长大，对于谢韵这一套有些不大喜欢。柳雪阳是她婆婆，是卫家正儿八经的大夫人，她对梁氏如何敬重，对柳雪阳只能更甚。

更何况，谁说柳雪阳性子软？当年卫韫下狱后，士兵查封卫府时羞辱到卫家女眷头上，卫家女眷走的走逃的逃，那梁氏早就卷了钱财不见踪影，便就是最贞烈的卫束妻子蒋氏，也只是选择了自尽。唯独这位大夫人，提着剑直接杀了人，最后被士兵误杀于兵刃下，这才惊动了圣上。

虽说以命相搏的行为蠢了点，可她这样书香门第出身的柔弱女子，竟能在绝境之下提剑抗争，谁又能说她软弱？

楚瑜心中对柳雪阳有赞许和敬仰，她整理了衣衫，恭恭敬敬站在柳雪阳的门口，等着下人进去通禀。

过了一会儿，下人带着楚瑜进了房中。楚瑜没有抬头，她进门之后便一丝不苟地朝榻上之人行了礼，恭敬地道："儿媳见过母亲。"

上方传来一个有些虚弱的女声："看上去倒也是个守规矩的，怎么就做出了这种混账事儿呢？"

楚瑜没有说话。柳雪阳被人扶着直起身来。她一动，便轻轻咳嗽起来，旁边的侍女熟门熟路地上前给她递上帕子。柳雪阳轻咳了片刻后，方才看向楚瑜，无奈地道："身于将门，战事常有。我知你新婚逢战委屈，但这便是我卫家女人的命。我卫家儿郎保家卫国，我等不能征战沙场报效国家，便好好居于内室，等候丈夫归来，不能为了一己之私阻拦丈夫征战前线，你可明白？"

听了这话，楚瑜明白了。估计柳雪阳以为她是去拦着卫珺，不让他上战场的。于是她接口道："母亲说得是，儿媳也是如此作想。儿媳稍有武艺，因而想随着世子到前线去，也可协助一二。"

听到楚瑜如此说，柳雪阳惊诧之余，面上已好看了许多。她叹了口气："是我误会你了，难为你有这份心。不过打仗毕竟是他们男人家的事，身为女子，安稳内宅、开枝散叶才是本分。"说着，她招了招手，旁边一个同柳雪阳差不多年纪的女人上前来，将一个盒子捧到了楚瑜的面前。

"这是见面礼。"柳雪阳的声音温和许多，看着楚瑜的目光也带了柔情，"你进了我卫家门,便好好侍奉承言,我不会亏待你。"

承言是卫珺的字,卫珺如今已二十四岁,只是因着和楚家的婚约,一直在等着楚瑜及笄。楚瑜听了这话,诚心诚意地道:"母亲放心。"

柳雪阳打量着楚瑜,楚瑜垂着眼任她看了许久,终于听上面人道:"好好歇息去吧。"

楚瑜应声,恭敬告退。

退至庭院中,楚瑜重重地舒了口气。她拿出卫韫交给她的玉佩,想起了卫珺。

这人,是个好人吧。她悠悠地想——

这辈子,一定会好起来的吧。

二　生死卫家人

楚瑜一个人在新房里过了一夜，第二日起来，先有条不紊地指挥下人打扫了房屋，随后便将卫珺这一房的人都叫了过来熟悉一下。

卫家家教森严雅正，对子弟管教甚多，其中一条就是成亲之前不得沾染女色，因此卫珺房中除了几个新派来伺候楚瑜的丫鬟，其他清一色都是小厮。卫家每一位公子均配有三个侍从，一位颇有武艺，负责对外交涉，一位管理内务杂事，一位贴身伺候。贴身伺候的小厮跟着卫珺去了北境战场，管家卫夏和侍卫卫秋尚在府中。

两人规规矩矩地带着楚瑜花了一上午时间熟悉卫珺这一房所有人事，楚瑜对卫家也大致有了数。她看了卫珺的账目，想了想，同卫秋道："如今可否联系上北境的人？我想第一时间了解战场上的消息。"

"少夫人放心，"卫秋立刻道，"卫家养有专用的信鸽，会第一时间得到前线消息。"

专用的信鸽通信渠道，卫家果然是世代将门。楚瑜点了点头，想了想又道："那我可否给世子写封信？"

"自然。"卫秋笑着道，"少夫人想写什么？"

楚瑜也没想太多，提了纸笔来随意写了一些家务琐事，然后询问了战事。所有的感情都是要培养的，虽然楚瑜对卫珺仅处于欣赏的心态，却仍旧打算积极去培养这段感情。

楚瑜一直觉得，自己最大的优点大概就是心态十分坚强。当年学武时她就是这样，被打趴下了，哪怕骨头都断了，她也能靠着手里的剑支撑自己，一点点站起来。虽然经历了顾楚生那令人绝望的十二年，可她并没有因此对这世间所有人都绝望。她始终相信，这世上总有人，值得她真心以待。

接下来几天，楚瑜便一一去拜访了各公子房里的人。

卫家七位公子，除了嫡出的卫珺和卫韫，其他五位都已娶妻生子。因为是庶出出身，妻子大多也是高门庶出之女。对于卫家各房女眷，楚瑜没有太多的记忆，也就记得二公子卫束的夫人蒋氏自刎殉情，其他大多都自请离去，扔了自己的孩子在卫家，给卫韫一个人养大。

楚瑜在拜访时特意去看了那些孩子。几个孩子年纪相差不大，最大的一个是二公子卫束的孩子，如今不过六岁，最小的一个是六公子的孩子，也就两岁出头，还走不稳路。这些孩子平日里就在院子里一起打闹，感情倒也算不错。楚瑜了解了一下孩子的习性和各房少夫人的脾气，心里对整个卫家也差不多有了底。

卫家这些个少夫人都是不管事的，要么就像蒋氏一样一心记挂在丈夫身上，要么就将心思都放在衣服首饰叶子牌上。而卫府家大业大，倒也没谁受了委屈，因此和睦得很。

如今卫家内宅中唯一管事的，便是二夫人梁氏，也就是未来卷了卫家大半财产跑得不知所踪的那位。被一个妾室搬空了家财，这事儿不仅让卫家被华京贵族笑了多年，更重要的是，也让卫韫的官途因为没有足够的金银打点，走得格外艰难。

楚瑜心里记挂着战场，又操心着内务，夜里睡得极浅。这样过了几日，就到了回门的时间。这日天将将亮，她迫不得已早早起来，先去柳雪阳那里拜过早，又同柳雪阳通禀了回门之请，得了应许，便让人准备了马车，往外走去。

走了没有多远，一个侍女便拦住了楚瑜，犹豫着道："少夫人似乎未曾同二夫人通禀？"

听了这话，楚瑜看了这侍女一眼。这是卫家人送来伺候她的侍女，如今卫家中馈由梁氏一手把控，这侍女便该是梁氏的人了，她说这话，便是敲打自己的意思。

楚瑜轻轻笑了笑："你叫什么来着？"

前几日认的人太多，一时倒也忘了。那侍女退了一步，恭敬地道："奴婢春儿。"

"哦，春儿。"楚瑜点了点头，随后道，"那你去同二夫人禀报吧。"

春儿见楚瑜服了软，面上露出笑来，行了个礼便告退了去。她刚退下去，楚瑜就扭头同旁边的侍从道："走吧。"

侍从愣了愣，迟疑地道："那春儿姐……"

"难道还有我等一个侍女的理？身为贴身侍女，主子都要出门了她却还在四处游走，我是主子还是她是主子？！"楚瑜冷了脸，"走！"

听到这话，侍从瞬间便明白了，春儿要完。他哪里敢沾染上这事？春儿是一等侍女，他只是个驾马的马夫，这内宅之事他半点不想招惹，于是赶忙假装什么都不知道一般，驾马上路了。

等春儿通禀了梁氏，得了出门的许可，欢欢喜喜地跑出来，却发现楚瑜早已经去了。

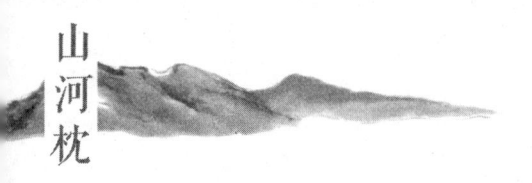

她睁大了眼，问守门的侍卫道："少夫人呢？"

"少夫人都走了，你怎么还在这儿？"守卫皱起了眉头。

一听这话，春儿瞬间白了脸色，明白自己怕是惹到楚瑜了。而此时，楚瑜正悠悠地坐在马车上，心里琢磨着这次自己嫁得匆忙，带过来的陪嫁侍女都是谢韵临时安排的。她用惯了的侍女长月、晚月都长得貌美，谢韵担心卫珺对两人会有非分之想，因此换成了两个长相普通的。这两人楚瑜并不熟悉，带过去也和没带一般，因此这次回门她不仅仅打算看看家里的情况，还打算把长月和晚月带走。

将军府与卫家隔着半个城，马车行了半个时辰才走到楚家门口，然而楚瑜出门得早，这时也还是上午。因没想到她来得这样早，楚建昌和楚临阳、楚临西都在外还没来得及回来，家里只有女眷在。楚瑜倒也不着急，归宁有一天的时间，她总是能见到父兄的。

她由侍女引着进了屋中，谢韵已经带着楚锦以及两位嫂子在等她。

大嫂谢纯是谢家嫡女，谢韵看着长大的，与楚临阳算是表亲，是个颇为娴静温婉的女子。她坐在谢韵旁边第一个位子上，见楚瑜来了，也没有过多地表示什么，只跟着谢韵站起身来，朝着楚瑜笑了笑，倒是挑不出什么错处。

二嫂姚桃是姚家庶出之女，但颇受姚家老太君喜爱。姚家出身商户，因战功立家，本是不大受世家瞧得起的。然而如今天子以姚家为刀压世家之势，甚至让姚家女当了皇后，姚家的地位便不可同日而语了。就如姚桃，刚嫁进来时不过是活泼伶俐，但姚家势起之后，她便有了那么几分傲气，在楚家行事也越发张狂起来。

此时，姚桃正随着谢纯站在谢韵身后。楚瑜进来行了礼，谢韵赶紧扶住她，红着眼道："这么些天都没回来，是不是卫家拘着你？可是卫家人难以相处？"

"母亲这话是怎么说的呢？"姚桃轻笑起来，"大姑刚嫁过去夫君就上了战场，孤身一人在卫家，自然是有很多事要自己打理自己忙，怎么能说是卫家不好相处？这好不好相处，大姑怕是还不知道呢。"

新婚当天丈夫就上了战场，这事儿换了任何一个女子心中都不是滋味，姚桃却专门挑了出来。楚瑜知道姚桃这是在嘲讽她，她与姚桃一贯不和，姚桃看不惯她的嫡女做派，而楚瑜也瞧不上姚桃。姚桃外向，楚瑜耿直，两人之前便已结怨，说话不带分毫掩饰。

多活了十二年，现在的楚瑜比年少时候会伪装得多，然而面对姚桃这种人，她却是不想装的。只是扎人的话刚准备出口，她骤然又想起来，过往就是她这样不知掩藏的性子，才让谢韵一直觉得她不会被欺负，因而事事袒护楚锦。

想到这里，楚瑜笑了笑，眼中带了些黯然，低下头去，沙哑着声音道："二嫂莫要说这些了。"

楚瑜向来都是风风火火的性子，突然变成这样，谢韵心疼不已，觉着女儿必然是难过得狠了。姚桃也吓得愣了一愣，一时竟不由得反思，莫不是自己做得太过了？谢韵一瞬间气得眼眶发红，朝姚桃吼道："回你的房去！有这么同姑子说话的吗？！"

　　被谢韵这么一吼，姚桃愣了愣，方才那点反思瞬间抛诸脑后，只听她冷哼了一声："我说些实话又怎么了？是觉着攀上了卫家的高枝了不得了？攀上了又如何，还不是守活寡……"

　　"姚桃！"谢韵怒吼出声，"你给我滚回去！"

　　"母亲莫要生气了，"楚锦叹了口气，看向姚桃，"二嫂也别同母亲置气，是姐姐敏感了些，让母亲着急。你也别见怪，先回去休息吧。"

　　楚锦说这话，便是将所有错处都推到了楚瑜身上，面上一派落落大方。姚桃和楚锦向来交好，听到这番话，她心里舒坦了许多，冷哼一声，便被谢纯拉着离开了。

　　此时房间里只留下了谢韵母女三人。楚瑜面上不显，按照她以往的性子，此刻她早就拍案而起，询问楚锦她怎么就"敏感"了，接下来的事不用想也知道，楚锦只会说，自己是为了安抚姚桃，让姐姐心里放宽，别如此狭隘等等。总之高帽子都是楚瑜戴，亏都是楚瑜吃。一直以来，楚锦之所以敢如此，也不过是因着她笃定谢韵会偏向她，而楚瑜作为姐姐，虽然看上去泼辣不饶人，却从来是重亲情之人。

　　然而，当年的楚瑜是如此，如今的楚瑜可不太一样。她沉默着抿了口茶，气氛安静了下来。因她没有闹下去，倒给了时间让谢韵反应过来，埋怨楚锦道："方才明明是老二媳妇儿先指责的阿瑜，你怎的反而说是你姐姐的不是了？"

　　"这也只是权宜之计，姐姐回门，总不能一直这么闹下去。"楚锦扶着谢韵坐下，给谢韵倒了茶，刚刚好的温度，让谢韵心里舒坦了许多。她转过头去，看向一直不说话的大女儿："她走了也好，咱们母女好好说说话。你实话同母亲说，在卫家可受苦了？"

　　"未曾。"楚瑜笑了笑，面上露出些许温柔，那是做不得假的欢喜。她提及卫珺道："阿珺很好，我很喜欢。"

　　谢韵放下心来，点头道："你嫁得好便好，你嫁出去了，我也该操心阿锦的婚事了。"说着，她便将目光落在了楚锦身上，"阿锦的婚事……"

　　话还没说完，楚瑜便懂得了谢韵的意思。谢韵不想让楚锦嫁给顾楚生，而楚锦自己当然也不愿意，毕竟顾家如今已经落魄到了这样的程度。

　　然而，楚瑜不会让楚锦如愿。

　　她点了点头，认真地道："是该和顾家商量婚期了。"

听到这话，楚锦的脸色顿时难看起来。她是同楚瑜哭诉过自己的心思的，如今楚瑜却还说要同顾家议婚，那就是不打算管她了。

谢韵听到这话，以为楚瑜是没明白她的意思，叹了口气道："如今顾家那个样子，怎么能让阿锦去受苦呢？为娘的意思是，你如今也嫁进卫家了，不如看看卫家有没有合适的人选。"

如今卫家也就剩一个卫韫没有成亲，卫韫已经十四岁，男子一般十五到十七便会订婚成亲，如今楚锦也不过十五，等卫韫一两年，楚锦倒也等得起。

只是卫韫那样好的人，楚瑜怎么会让自己的这个妹妹去祸害人家呢？于是她面露难色道："这，父亲怕是不会应许吧？"楚建昌重承诺，既然答应了顾家，不管顾家如何，便都不会反悔。

谢韵听楚瑜说起楚建昌，露出恼怒之色来："那只老牛，你们姐妹别管他，有我担着，别怕出事！阿瑜啊，阿锦的婚事……"

说话间，门外便传来了楚建昌的笑声。见他带着楚临阳、楚临西两兄弟走进来，楚瑜等人赶紧站起来行礼。楚建昌见到大女儿很是高兴，大咧咧拍着楚瑜的肩膀道："精神头不错呀！"

楚瑜自幼跟在楚建昌和楚临阳身边，十岁之前几乎都是在边境长大的，楚建昌不知道怎么养女儿，便把她当作楚临阳一般养大。而楚锦则一直跟着谢韵待在华京，因而楚瑜、楚锦虽然是亲姐妹，却是截然不同的性子，父母对姐妹俩的态度也是全然不同。楚锦爱哭易伤感，楚建昌是不敢骂也不敢说，但楚瑜不同，在楚建昌心中，这个女儿和自家儿子没什么区别。

楚瑜被这么结结实实地拍了几巴掌，面色不动，笑着道："父亲今日回来得甚早。"

楚锦给楚建昌倒了茶，他坐到椅子上，喝着茶道："知道你要来，我便带着你兄长提前回来了。"

"阿瑜，"楚临阳叹了一声，眼中带了些无奈，"你受委屈了。"楚临阳也是武将出身，自然知道卫珺的不得已，倒也不是怪罪卫珺，只是疼惜自己的这个妹妹嫁了一个同自己一样提着脑袋过日子的人。楚临阳与楚瑜感情好，从小就是他在照看她，可惜楚临阳上辈子死得太早，不然楚瑜也落不到那样的境地。

楚瑜听到大哥叹息，便知道楚临阳是心疼她，心里又酸又暖，温和地道："能嫁到卫家是华京多少姑娘盼都盼不来的福气，阿瑜心里欢喜着呢。"

见妹妹并没有如他想象的那样难过，楚临阳放心了不少。楚临西探过身子来，却是问谢韵道："母亲，你们方才在说什么呢？"

二 生死卫家人

谢韵有些尴尬，当着楚建昌的面，她是不太好意思提给楚锦找下家的事的。一边的楚锦抿了抿唇，也没言语。楚瑜却是假装什么都不知道，笑着道："我们在说阿锦的婚事。"

"也是，"楚建昌点了点头，"阿锦和楚生也都到婚配年纪了，当初便是说好了的，等你一出嫁，便安排阿锦和他的婚事。我这就让人修书给楚生，如今顾家落难，楚生这孩子心高气傲，怕是担心我们要悔婚，不肯主动来提。"说着，他便朝楚临阳道，"临阳，这事儿你去……"

"父亲！"楚锦有些站不住了，这毕竟是她的终身大事，哪怕她一贯忍得住，如今也是忍耐不下了。她"扑通"一下跪到楚建昌面前，眼睛瞬间就红了，哭着道："父亲，我不嫁，我不想嫁！"

楚建昌愣了愣。他是极怕女人哭的，以前谢韵哭他就没辙，现在看着楚锦哭他更头大。于是他只能硬着头皮道："你先别跪，这是怎么了呢？你以前不是还很满意这门婚事的吗？"楚锦不说话，盯着地面，只一个劲儿摇头。楚建昌追问道，"到底是怎么了？可是顾楚生怎么了？"

楚锦沙哑着声音，终于开口："姐姐所爱，阿锦不愿抢夺。"

听到这话，楚瑜一口茶水喷了出来。她考虑过楚锦可能找到的千万种理由，就是没想到她居然要拉自己下水。见楚建昌已经朝她看了过来，她赶忙摆手道："我没有，我不是，我真对顾楚生没什么意思。"但这话并没有说服力，毕竟不久前她还闹着要和顾楚生私奔。

楚建昌犹豫了，楚锦接着哭诉道："既然顾大哥和姐姐情投意合，哪怕不能在一起，阿锦也不想夹在两人之间……"

楚建昌没说话，楚临西有些动容，开口说道："顾楚生喜欢阿瑜，阿锦心里必然是不好过的，如今顾家也那样了，顾楚生不义在前……"

楚瑜将茶碗放在一边，冷冷地听着，过了一会儿，她才将手帕压在唇角，慢慢地开口道："阿锦，你这心思，变得也是太快了。"听到她开口，所有人都看了过来。楚瑜抬眼，笑眯眯地看向楚锦，继续道，"不想去顾家吃苦就直说，绕着这弯子说话，有什么必要呢？"

"姐姐这话……"楚锦一脸茫然，仿佛根本不知道她在说什么一般。楚瑜叹了口气，面上露出些许伤感："我对顾楚生有几分意思，你心里不明白吗？我之所以想和顾楚生私奔，也是因着你向我哭诉，你不愿意跟他去昆阳吃苦。我心疼你，你从小锦衣玉食长大，嫁去昆阳该怎么办呢？"

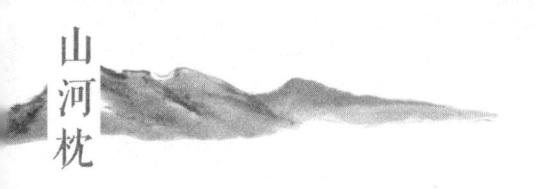

听到这话，楚建昌心里动了动。楚锦从小锦衣玉食长大，楚瑜却是跟着他风餐露宿长大的。楚锦不愿意吃苦，楚瑜就可以吃？

"我从前不喜欢武官，就喜欢文官。反正顾楚生是个文官，我们楚家不做违背婚约之事，我替你嫁了也没什么。而你一直向往高门大户，嫁到卫家必然也很是开心的。只是顾楚生看不上我，我送了钱财和私奔的书信去，都被人家给退回来了，还说一辈子只喜欢你一个。你看，顾楚生对你的心意，那可是苍天可鉴啊。"顿了顿，楚瑜的脸上露出些同情之色，"如今我已经嫁入卫家，而我楚家与顾家的婚约不可废。顾楚生人品端正，相貌堂堂，前途无量，虽说是个文官不够英气，但人总有瑕疵，也无甚大碍。他打小喜欢你，你一定会过得很好的。那么，你便嫁了吧！"说着，楚瑜走上前去，抬手替楚锦擦拭眼泪，"莫哭了，嗯？"

听了楚瑜这一番话，大家明白过原委来。楚建昌的脸色不太好看，憋了半天，终于道："我说阿瑜从来与顾楚生没什么交集，怎么就突然要私奔了。楚锦，是谁教你做这样贪图享受、趋炎附势的人的？！"楚建昌一贯相信楚瑜，莫说楚瑜手里还拿着当初顾楚生退给她说他喜欢楚锦的书信，便是没有，楚建昌也不会有所怀疑。

听到楚建昌的话，楚锦干脆破罐子破摔，号啕出声："我一个女儿家，嫁人便是一辈子的事了，顾家如今什么情形您不知道吗？您让大姐嫁给卫家，让我嫁给顾家，这心偏到哪里去了？！大姐能当堂堂侯府世子夫人，我却要嫁九品县令，父亲，都是同样的孩子，您……"

"楚锦！"楚建昌骤然被楚锦激怒，暴喝出声，"你在胡说些什么？！"

"您瞧不上顾楚生，不让大姐嫁给他，怎的我就能嫁了？！"楚锦也不再遮掩，眼中满是愤恨，"我不嫁！便就是让我死，我也不嫁！"

"混账！"楚建昌拍案而起，怒道，"给我关到佛堂去，没反省过来就别出来了！"

听到命令，下人便上来拉扯楚锦，谢韵还想说什么，被楚建昌用眼神止住。谢韵还是怕楚建昌的，只能将所有话憋下去，满眼心疼地看着楚锦被拖了下去。

楚锦走后，楚瑜留下来吃了饭，楚建昌似乎很是疲惫，同楚瑜聊了两句便去处理公务了。见已经到了夜里，楚瑜便同谢韵要了长月和晚月过来，道："母亲，我带着她们两个回去吧。"

谢韵皱了皱眉头，看着站在楚锦身后的两个姑娘。这两个姑娘身材纤细高挑，一个长得颇为秀丽，一个长得十分温婉，站在楚瑜身后，显得格外出众。谢韵有些不安："陪嫁侍女总是长得不怎么样的人……"

"我在那边没有可用之人。"楚瑜叹了口气，"那边的侍女才貌都出众，承言却连通房侍女都没有一个，足可见人品端正。长月、晚月是我从小用惯了的，还带着些武艺，有她们在，我好行事得多。"

听了这话，谢韵心里安定了些，见楚瑜面色担忧，她也不忍，只能答应了。

楚瑜得了两个侍女，便准备告别离开。谢韵送她到门前，上马车前，还是忍不住嘱咐她道："阿锦的婚事，你还是帮衬着些。"

楚瑜点点头，叹了口气："母亲放心吧，她虽不懂事，但我还是会帮的。不过卫家是不太可能了，卫家眼光颇高，卫韫又是这一代最受宠的公子，怕是要尚公主的。我再看看其他世家，若有合适的人选，会替阿锦上心。"

听说卫韫要尚公主，谢韵也就打消了心思，毕竟和谁争都不能和公主争。她抬头看了楚瑜一眼，心里全是感激："以往我总觉得你不懂事，如今……阿瑜，你长大了。"

楚瑜面色僵了僵，这话让她忍不住想起了上辈子这位娘亲做的那些事。她闭上眼睛轻叹了一声，摇摇头，上了马车。

马车摇摇晃晃，长月和晚月坐在两边，过了许久后，长月小声地道："大小姐真打算给二小姐找个好婆家呀？"她素来看不惯楚锦，并不避讳说给楚瑜听。

楚瑜笑了笑，心想自然不能让楚锦嫁给顾楚生，顾楚生可是个厉害人物，不小心飞黄腾达了怎么办？她一边思索着，目光移到长月脸上。听着长月说楚锦的坏话，她心里浮现出些许不安。上辈子，长月就是因着这张嘴，被楚锦杖责而死。她看着长月，骤然想起了那些岁月。

寒冬腊月，她跪在顾楚生的书房前，不远处传来长月的叫骂声。她听着板子不停地落在长月身上，拼命地给顾楚生磕头。她在战场上伤了身子，极难生育，为了怀孕，顾楚生废了她的武功。也是在这之后，顾楚生娶了楚锦为侧室，所以在楚锦掌管内宅，以不服管教为由杖责长月的时候，她只能这样跪着，无能为力。

其实她从来没有后悔过。为顾楚生做的一切，她都没有后悔。路是自己选的，她倾尽全力地去爱了一个人，不爱了，她就可以从容离开。可是，直到长月被打，她却无能为力的那一刻，她终于后悔了。她的选择该是她一个人的事，不该有任何人为此受到牵连。

于是她哭着求他。

"楚生我错了，"她说，"放过长月，放过长月吧。我答应和离，我把正妻的位子让给楚锦，我带着长月和晚月走，我不缠你了，我错了……对不起，喜欢你我错了，你放过我吧……放过我吧……"她哭着叩首，额头砸在地板上，流出血来。

顾楚生终于走了出来，他披着官袍，垂眸看向她。"一个下人而已，有这么重要？"他的声音如冰山，如寒雪，"一个下人，就能决定你我和离？"说着，他勾起嘴角，叱喝

出声，"荒唐！"

她哭得不能自己，伸手去拉他："求你了，你要什么我都答应你，楚生，看在我陪你那么多年的分上……"

"别总是拿那些年压我！"顾楚生暴怒出声，"我没逼过你陪我吃苦，是你自己要的！"

那天晚上，顾楚生没有救长月。最后是顾楚生的母亲来救的人。可长月伤势太重，熬了一晚上，高烧不退，还是没熬过去。冬日太冷，楚瑜抱着长月的尸体，一直抱到正午。她一直没说话，也一直没哭，就这么一直静静地抱着长月。

晚月颤抖着声音叫她："大小姐……"晚月和长月一样，一直不肯叫她夫人。她抬起头，看着晚月，颤抖了许久，终于说出一句话："我们走吧……"

于是她走了，带着晚月，还有长月的尸体，离开了华京。她怕不走，连晚月都保不住。

想起那段过往，楚瑜闭上了眼睛。她伸出手，将长月一把揽进怀里。长月有些疑惑地眨眼："小姐？"

楚瑜没看她，哑着声音道："长月，我在呢。"

这一次，再不会自断臂膀。这一次，一定好好护着你。

楚瑜带着长月和晚月回到卫府，刚进门，便看到春儿站在门口，焦急地上前来道："少夫人……"

楚瑜顿住脚步，冷眼瞧着她的模样，道："还在这儿呢？"

"少夫人，"春儿知道楚瑜这是找了借口要发作，却还说不得什么，只能道，"您让奴婢禀报二夫人后走得太急，奴婢没能跟上……"

"禀报二夫人？"楚瑜勾起嘴角，"我何时让你去禀报二夫人了？"

春儿僵了僵，却又听楚瑜平静地道："我已同夫人禀报过行程，缘何又要让你同二夫人禀报？"

楚瑜的神态中带着些许傲气，旁边听了这话的人互相对视一眼，旋即明白了楚瑜话语中的未尽之意。

梁氏虽然被称为二夫人，但终究只是妾室，是柳雪阳抬举她，她才有了一席之地。楚瑜乃楚家嫡长女，卫家世子夫人，要管教也只有柳雪阳有资格，万没有出行要禀报梁氏的道理。

春儿的面色僵住，知道这是神仙打架小鬼遭殃。楚瑜也没为难她，淡道："既然不愿意在我房里伺候，便去找二夫人，让她给你安排个去处吧。"

"少夫人……"

"顺便同二夫人说一声，我房里加了两个人，我会同夫人说的，但让她别忘了我这一房的月银多加四银。"长月、晚月是她从楚家带来的不假，但月俸却不该由她自己单独出的。

留下这句话后，楚瑜便带着长月、晚月回到了房中。安置下来后，又听卫夏禀报了这一日的日常，随后便见卫秋拿了一封信过来。

"这是前线过来的信。"卫秋恭恭敬敬地把信呈了上来。楚瑜点了点头，摊开信纸。她本以为是卫珺给她的回信，然而打开信后，却发现歪歪扭扭狗啃过一样的字，满满当当地写了一整页。开头就是："嫂子见安，我是小七，嫂子有没有很惊喜？大哥太忙了，就让我代笔给嫂子回信……"

看到这个开头，楚瑜忍不住抽了嘴角。她明明记得当年的镇北侯写着一手好字，她还在顾楚生的书房里见过，那字真是不可多得的好字，规整严谨，肃杀之气扑面而来，横竖撇捺之间清瘦有力，一如那清瘦凌厉的少年将军。怎么现在他这字……

楚瑜叹了口气，反应过来这前后变化之间卫韫都经历了些什么，心里涌现出大片的心疼来。如果卫韫天生就是那尊"杀神"，她似乎也觉得没什么。然而如今知道了卫家遭遇变故之前，卫韫居然是这样一个普通欢脱的少年，这前后一对比，就让楚瑜的心里发闷。

然而她很快就调整了过来——还好，她来了。她细致地读完了卫韫的所有描述。卫韫啰唆，卫珺怎么起床、怎么吃饭，和谁说了几句话、去干了什么，天气好不好，他心情如何……事无巨细，纷纷同楚瑜报告。楚瑜亦从这零碎的信息里依稀看出，卫忠的打法的确是很保守，一直守城不出，打算耗死对方。

"嫂子交代之事，大哥一直放在心上。任何冒进之举措均被驳回，嫂子尽可放心。"写了许久，卫韫终于写了句关键的正经话。

楚瑜舒了口气，旁边的卫秋见她看完了信，笑着道："少夫人可要回信？"

"嗯。"楚瑜提笔，就写了一句话：好好练字，继续观察，回来有赏。

做完这一切后，楚瑜终于觉得累了，沐浴睡下。睡前她总有那么些忐忑难安，于是又将那信从床头的柜子里拿出来，放在了枕下。也不知道怎么的，信放在枕下，她便骤然安下心来，仿佛卫珺回来了，卫韫还是少年，卫家好好的，而她的一生，也好好的。

这一夜楚瑜睡得极好，第二天一睁眼，她便询问前来服侍的晚月："二夫人可派人来找了？"晚月有些诧异，不知道她为什么这么问，却还是如实地回道："未曾。"楚瑜点了

点头，赞了一句："倒挺沉得住气的。"

晚月不太明白，但她向来不是要过问主子事的人，便只是按照楚瑜的吩咐，侍奉她梳洗后，跟着她去给柳雪阳问安。

楚瑜每天早上准时准点给柳雪阳问安，从未迟过。柳雪阳早上起得早，楚瑜过去的时候，她已经在用早膳了。她招呼着楚瑜坐进来，含着笑道："你也不必天天来给我问安，我这里没那么大的规矩，这么日日来，多累啊。"

"儿媳以往也一贯这样早起，如今世子不在，我也无事，多来陪陪您，总是好的。"楚瑜笑看着下人上了碗筷，和柳雪阳有一搭没一搭地聊着些闲事。

她和柳雪阳关注的点不太一样，聊了一会儿，两人便同时察觉到了一种鸡同鸭讲的尴尬。柳雪阳有些不愿同她聊下去，却又碍着情面不好说什么，只等着楚瑜用完。楚瑜看了柳雪阳一眼，便知道她的意思，心里不禁觉得这个婆婆的确是太没气性了，也难怪正室尚在，却让妾室管了家。

她思索了一阵子后，终于道："我今日来，是想同母亲聊一聊内务。如今儿媳嫁进来，又是世子夫人，理应为母亲分担家务，不知母亲打算让儿媳做些什么？"

听到这话，柳雪阳的面上露出了笑容："这你不用担心了，"她十分放心地道，"府中一直是二夫人主持中馈，我并不劳累。"

楚瑜一时无言以对。这婆婆真是心大到没边了。不过随着这些日子以来对柳雪阳脾性的了解，楚瑜也早已猜到了会是这般情形，于是她面上露出了诧异的神色来，随后又抿紧了唇。这一番神色变化让柳雪阳忐忑起来，有些犹豫地问道："阿瑜可是觉得不妥？"

"倒也……没什么。"楚瑜说得艰难，似乎极其为难。她斟酌了一下，抬头同柳雪阳道，"只是儿媳日后出去，不知要如何同其他夫人说。"按照华京的习俗，各家世子夫人都会跟随主母学习主持中馈，等日后世子继位，掌家大权便会交到世子夫人手中。只有极不得宠的世子夫人才会什么都不管。

听到楚瑜这话，柳雪阳终于反应过来。她点了点头道："是了，我一贯不同她们打交道，倒也忘了这规矩。这样吧，"她想了想，同楚瑜道，"你与二夫人共同管家，你先看看她怎么做，学着些。"

楚瑜要的就是这个"看着"。她点了点头，随后又道："要是我觉得有些人不合适，我能换吗？"

"这种小事，你同二夫人商量便可。"柳雪阳皱了皱眉头，"换个人而已，没什么的吧？"

"谢谢母亲。"楚瑜笑起来，"我便知母亲疼我。"

二 生死卫家人

听了这话，柳雪阳也不由得笑了，挥了挥手道："要做什么你去吧，我去抄佛经了。"

楚瑜拜别了柳雪阳，便一刻也不等，带着人就来到了梁氏的房中。梁氏如今年近四十，身子已经发福，这让她显得格外亲人。楚瑜到的时候，她上前来迎，若不是楚瑜回门那日才下了她的面子，从她的一番举动来看，根本不会知道两人之间有些什么嫌隙。

楚瑜同梁氏你来我往了一番，终于说明了来意。梁氏的面色僵了僵，随后道："也是，少夫人日后毕竟是管家的，如今学着些也好。不如这样，下月是夫人的生辰，这事儿便交给少夫人主办，妾身从旁协助，少夫人看如何？"

"阿瑜觉着，不妥。"楚瑜笑眯眯地看着梁氏，"阿瑜年少，还需多多学习，上来就主办这样大的事儿，怕是不妥。阿瑜如今就先跟在二夫人身边学习，二夫人做什么，阿瑜便学什么。"

梁氏听着这话，脸上的笑容已经完全绷不住了。然而楚瑜的笑容丝毫不减，梁氏便知道她不会退让，盯着她好久后，才深吸了一口气道："好，那还请少夫人上点心，好好学。"

"二夫人放心，"楚瑜恭敬地行礼，"阿瑜会好好学的。"

楚瑜说到做到，吃过午饭便来到了二夫人房中，等着二夫人"教"她。连着几日，梁氏走到哪儿，楚瑜便跟到哪儿，明明见着梁氏烦躁，楚瑜也不说话，还是就这么跟着。终于有一日，梁氏累了，天黑时分，她将楚瑜赶了出去。

楚瑜带着长月、晚月前脚出了梁氏的门，后脚就翻墙出了卫府。

"小姐要去哪儿？"长月、晚月有些疑惑。

楚瑜从兜里掏出了一串钥匙："去配钥匙。"

晚月愣了愣，长月却瞬间反应了过来："您让我在二夫人房里放安魂香，就是为了这个啊？！"

楚瑜用"孺子可教"的眼神看了长月一眼，点了点头："咱们赶紧的，天亮前给她放回去。"

"行嘞！"长月欢快地出声，拼命夸赞着楚瑜，"小姐你可真厉害，我还在想到底要怎么才能让梁氏准许咱们查账呢！"

"你知道我要查账？"楚瑜发现长月有长进，她一贯是手上功夫比脑子厉害的。长月不好意思地道："是晚月告诉我的。"

晚月猜出了自己的想法，楚瑜倒也不觉得奇怪。她对着晚月点了点头，却问道："那

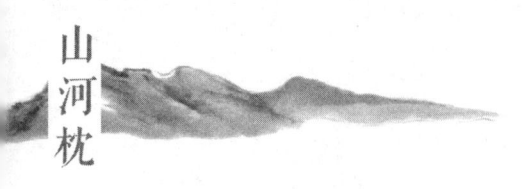

知道为什么我不揽生辰宴这事儿吗?"

"主子是主,梁氏为妾,主子要拿回中馈是迟早的事儿,梁氏拦不了。所以梁氏想找个事儿让主子做砸,让卫家知道主持中馈一事,只有她梁氏能做好。"

"嗯。"楚瑜点头,叹了口气道,"晚月,以后你嫁出去,我也不担心了。"

听到这话,晚月一下就红了脸:"主子说得太早了。"

"也不早了呀,"楚瑜眨了眨眼,"你也十六了吧。"

晚月被楚瑜羞得说不出话,长月在旁边笑话她,晚月忍不住就朝长月动了手。三个人一路打打闹闹,在兵器街附近找了一家锁匠铺子,盯着对方配好所有钥匙以后,又在街上玩闹了一阵子才偷偷溜回房中。

三人自以为谨慎,结果一爬过墙,就看见卫秋正站在院子里瞧着爬进来的三个姑娘,脸上有些无奈。楚瑜有些尴尬地打了声招呼:"那个,晚上好啊。"卫秋叹了口气,想说什么,还是忍住了。

楚瑜本以为这事儿就这样了,结果第二天晚上,她就收到了卫韫的飞鸽传书。那狗爬一样的字显得更潦草了,明显出卖了写信人的担心:"嫂子,你别随便翻墙出去玩,卫家墙上有机关,有些地方不能翻的!"

楚瑜看着这封飞书,抬头看向旁边低头看着脚尖的卫秋。憋了半天,她忍不住道:"信鸽贵吗?"

卫秋低着头,小声地道:"挺贵的。"

"好吧,"楚瑜沉着脸,"那还是吃烤乳鸽吧。"

卫秋找不到话接。他知道,楚瑜想烤的不是鸽子,是他。

楚瑜偷钥匙偷得不动声色,梁氏也没察觉。于是每日白天她就跟着梁氏,随时盯着她,晚上便偷了账本,再溜进仓库,一样一样清点对账。梁氏被她盯得心慌,倒的确没做什么小动作。卫府家大业大,楚瑜查账查得慢,倒也不着急,一面查一面记下出错的地方,闲着没事,就和卫韫写信。

卫韫年纪小,在前线担任的职务清闲,几乎就是给卫珺跑跑腿。于是他每天有很多时间,回信又快话还多。卫珺偶尔也会给她写信,但他似乎是个极其羞涩的人,总说不出什么来,无非是天冷加衣、勿食寒凉、早起早睡、饮食规律。卫珺每写下一句话,卫韫就在后面增加注释:

天冷加衣——嫂子可以多买点漂亮衣服,想穿什么穿什么,全部记在大哥账上,不要怕花钱。

勿食寒凉——嫂子别吃太冷的东西，大夫说容易肚子疼，大哥已经打听好了白城所有好吃的小吃，回来就带给你。

早起早睡——嫂子要好好睡觉，睡不着找卫夏要安魂香，大哥想你想得睡不着，怕你也太想他了。

饮食规律——算了，嫂子我编不出来了，你知道大哥很想你就对了。

楚瑜："……"

她已经完全不知道该怎么面对这个话痨小叔子了，读着边境来信，她只觉得好笑，多读几日竟就成了习惯，只要看见卫秋拿着信进来，她就忍不住先笑了。

就在楚瑜忙于查账的时候，楚家也派人到昆阳找到了顾楚生。

顾楚生刚在昆阳安定下来，正在整理昆阳的人手。这地方他上辈子来过，倒也得心应手，只是事情实在太多，哪怕熟悉也很难一下做完。楚家派来的人到他这里的时候，他从案牍中抬起头，很久后才反应过来。

他的第一个想法便是——楚瑜来了！按照原来的时间，楚瑜应该在半路就追上他的，可哪怕他刻意放慢了速度，都没见楚瑜追过来。他心里焦急，面上却是不显，他向来是个耐得住性子的，他知道楚瑜一定会来。

如果不来……他如今也做不了什么。他回来得太晚，回来的时候，父亲已死，自己也马上就要起程离开华京，根本来不及部署什么。他想娶楚瑜，能靠的只有楚瑜对他的那满腔深情。

也就是这时候，他不得不去面对，当年的楚瑜于他，的确是下嫁，抛弃荣华富贵，嫁给了他一个一无所有的文弱书生。一开始的时候，不是没有感动。至少娶她的时候，他是真心实意地想要回报这份感情。

可是当所有人都说她对他有多好，说他有多配不上她时，傲气和愤怒就蒙蔽了他的眼睛。后来他平步青云，面对这个曾经施恩于他的女人，他怎么看都觉得碍眼。她仿佛是他人生最狼狈时刻的印记，时刻提醒着他，他顾楚生也曾经是个狼狈少年。

等她死了，等他经历岁月，看过荣华富贵，走过世事繁华，经历过背叛，经历过绝望，他才骤然发现，只有年少时那道光，最纯粹，也最明亮。

他想起当年的楚瑜，心里有些颤抖。他克制着自己的情绪，站起身来，同侍从道："请楚家人稍等，我换件衣服就来。"说着，他便去了厢房，特意换上了自己最体面的衣服，束上玉冠，在镜子面前确认了仪态，深吸一口气，这才去了大堂。

他拼命思索着楚瑜是怎么来的，楚瑜和卫家的婚事要如何处理，楚瑜、楚瑜……他想

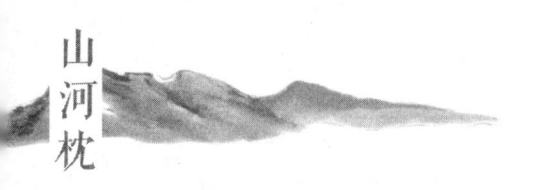

了许多，走到大堂，却只见到一位楚家侍从，他不由得愣了愣。

对方上前来，恭恭敬敬地行了个礼："顾大人。"

顾楚生点点头，将种种疑虑压在心底，回了个礼道："山叔，许久不见。"楚山是楚家的家臣，顾楚生也知道他在楚家颇受看重，因此哪怕楚山品级并不高，他还是对楚山颇为恭敬。

顾楚生说着话，迎了楚山坐下，随后道："不知山叔今日前来，可是楚叔叔有什么吩咐？"

"也没什么大事。"楚山爽朗地笑道，"将军此次就吩咐了两件事，其一，将军知道顾大人如今的处境，让我带了些东西过来。"说着，他挥挥手，让人端了一个匣子上来。

顾楚生双手接过匣子，打开之后，发现里面放满了金元宝，还有几封书信。"昆阳有几位将领与将军还算熟悉，这里面是将军的亲笔信，顾大人可拿去拜见，出门在外，多有人照拂一二，总是好的。"

楚山只字未提里面的黄金，是顾及顾楚生的面子。如果顾楚生真是个少年，或许还醒悟不过来这番好意，他素来心高气傲、目中无人，全然体会不了别人不着痕迹的善意。然而他如今也经历了这么多年的打磨，知晓楚山的体贴，也明白自己如今的确缺钱，因此并不推辞，只是深吸了一口气道："谢谢楚叔叔了，也谢过山叔。"

他说得真诚，楚山的笑容也更深了几分，轻咳了一声，随后道："这第二件事，是您与我家小姐的婚约之事。"

听到这话，顾楚生的心提了起来。他猜想着，楚山来说这事，大概是和楚瑜有关的。楚瑜这次没有追着他过来，中间或许有了什么变数，然而她向来是个执着的人，她要做的事，一定会做到。如今楚山过来，还提及婚约，莫非是楚瑜说动了楚建昌，让她正大光明地嫁过来？

他将匣子放到桌上，压抑着心中的激动，抬头看向楚山："婚约之事，楚叔叔是如何打算？"

"你不用紧张。"看见顾楚生的样子，楚山猜想他是以为楚家要解约，赶忙道，"楚家不是背信弃义的小人，将军就是让我来问问，如今大小姐已经出嫁，二小姐的年龄也到了，您打算何时来提亲？"

听到这话，顾楚生的脑子里"嗡"地一下，整个人都蒙了。他呆呆地看着楚山，什么话都说不出来。

他说什么？大小姐出嫁了？什么大小姐出嫁了？楚家的大小姐除了楚瑜，还有谁？她是要嫁给他顾楚生的，她上辈子跋涉千里都过来了，这辈子怎么可能嫁给别人呢？！

他张了张口,似乎是想要说什么。楚山看着他的模样,笑着道:"顾大人是不是欢喜得呆了?"

听到这话,顾楚生终于慢慢回过神来。他觉得喉间干涩难忍,却还是强撑着笑容,艰难地道:"您说的大小姐,可是阿瑜?"

"那是自然。"楚山喝了口茶,眼中露出满意的神色来,"大小姐嫁了卫府,前阵子回门来,看上去过得很好。卫家门风雅正,大小姐这辈子应当不用担心了。"

"话,也不是这样说的。"顾楚生在衣袖下捏紧了拳头。楚山有些诧异地抬头,只见对面的人垂下了眼眸,用平静得让人感到寒冷的语调,慢慢地道,"一辈子这样长,总不能依靠在别人身上。"

——更不该是依靠在卫家那个短命的卫珺身上。想到卫珺的名字,顾楚生就觉得仿佛有一把利刃扎进了心里。当年楚瑜本是要嫁给卫珺的,有多少年,他的名字始终被人和卫珺放在一起,多少人可惜过,若卫珺还活着,楚瑜嫁给他就好了。那时候他一听到这个名字就觉得愤怒,因为在所有人眼里,他都比不上卫珺,或许在楚瑜心里,他也比不上卫珺。只是卫珺死了,只是她没有退路。

他曾经庆幸卫珺死了,上辈子如此,这辈子再听到这个名字,他骤然发现,他对卫珺的厌恶似乎更深了一些。

楚瑜嫁给了他。这辈子,楚瑜嫁给了他!他抬头盯着楚山,想问他们到底对楚瑜做了什么。这样的目光太过失礼,连旁边的侍从都忍不住唤了他一声:"公子?"

楚山皱起眉头,感觉到有些不对。他直接开口问道:"顾大人可是有什么话要说?"

顾楚生被楚山的话点醒,如今楚瑜嫁给卫珺已经是定局,他不能再得罪楚家。于是他深吸了一口气,将匣子推了回去:"与二小姐的婚事,在下想了许久,觉得终究还是要明说。二小姐金枝玉叶,楚生如今这样的身份,怕是般配不上。"

"这你不必担忧,将军说……"

"而且,"顾楚生打断了楚山,目光坚定,"楚生心中已有思慕之人,二小姐怕也有自己的思量。婚姻大事,还是要找钟爱之人,楚生想,将军不会强求。"

听到这话,楚山沉默了下来。楚瑜成亲之前的那番折腾他是知道的,如今再看顾楚生和楚锦的态度,他叹了口气,抬头看着他。"顾公子,"楚山的语气里带了无奈,"您实话同我说,您思慕之人,可是我家大小姐?"

顾楚生愣了愣,片刻后,慢慢地笑开。他没有推脱,也没有恼怒,重重地点头:"是。"

楚山叹了口气,似是困扰:"您这样……大小姐……她已经嫁人了啊。"

"她嫁人了，"顾楚生面上带笑，眉眼弯弯，"那于我喜欢她，又有何碍呢？"

——莫要说那卫珺本来就是个短命的，哪怕卫珺活得长长久久，只要是他顾楚生想要的人，就算把所有人都撕得鲜血淋漓，他也一定要抢回来！

想到这一点，顾楚生的心里终于没那么痛苦了。他勾着嘴角，眼里全是冷意。

卫珺在战场上。哪怕他什么都不做，卫珺、卫家，都注定要死在战场上。作为当年的朝中重臣，他再清楚不过当年战场上到底发生了什么。那是连天子都不敢面对，都曾摘下玉冠向卫韫道歉的往事。谁都救不了卫家。哪怕重生回来的他，也救不了。

楚山见顾楚生态度坚决，也没再多劝，只是道："我会将大人的话转告给将军，只是将军的礼物……"

"无功无德，受之有愧。"顾楚生看了那匣子一眼，坚定地道，"昆阳的事，在下会自己处理好。"

上辈子楚建昌恼怒楚瑜私奔之事，足有三年没有理他们二人，那时候他是一个人走过来的，如今他拥有上辈子的记忆，更不会害怕担忧。楚建昌给他的这份钱，是看在了楚锦的面子上，可如今他既然不打算娶楚锦，自然不能拿这份钱，让楚建昌看轻了去。

楚山也明白顾楚生的想法，想了想后，叹息道："那也罢了。我这就回去给将军回信，去晚了，将军怕是连你们成亲的日子都要定好了。"

顾楚生也知道这样的大事尽早让楚建昌知道比较好，便也没有挽留，遣人送楚山出了昆阳。看着远处绵延的山脉，他双手笼在袖中，询问下人道："今日初几？"

"大人，初七了。"

"九月初七……"顾楚生呢喃着，沉吟了片刻，慢慢地道，"就剩两天了啊……"

楚山给顾楚生送信的时候，楚瑜也在卫府中将卫府的账清点了个七七八八。这些年梁氏仗着柳雪阳和卫忠的信任，中饱私囊，的确拿了不少好东西。楚瑜将账目清点好誊抄在纸上，思索着要如何同柳雪阳开口说及此事。

这样长时间的贪污，若说柳雪阳一点都不知道，楚瑜觉得是不大可能的。哪怕柳雪阳不知道，卫忠、卫珺，卫家总有人知道些。可这么久都没有人说什么，是为什么？如果说卫家人其实并不在意梁氏拿点东西，她贸然将这账目拿出来，反而会让柳雪阳不喜。

她并不了解卫家，思索了片刻后，她给卫韫写了封信，询问府中人对梁氏的态度。这些时日与卫韫通信，她与他熟识了不少。卫韫是个极爱打听小道消息的人，家里什么消息他都灵通，而且话又多又乱，言语之间十分孩子气，从他那里得到消息，再容易不过。然而楚瑜也知道，这都是卫韫看在了卫珺的面子上。卫珺应当吩咐过卫韫什么，以至于卫韫对她没有任何防备。而卫珺虽然来信不多，却十分准时，每七天必有一封，像汇报军务一样汇报了日常，便也没有其他。他的字写得十分好看，楚瑜瞧着，依稀就瞧出了几分上辈子卫韫的味道。那是和上辈子的卫韫一样的字体，只是比起来，卫韫的字更加肃杀凌厉，而卫珺的字却是透露出了一种君子如玉的温和。

前线与华京的通信，若是天气好，一天一夜便够，天气差点，两天也足够。楚瑜送了信后，便安睡下来，打算明天去柳雪阳那里摸一摸底，结合了卫韫给的信息再做打算。

然而那天夜里，楚瑜也不知道自己是怎么了，突然就做起了梦来。梦里是上辈子，她刚刚追着顾楚生到达昆阳，那时候顾楚生不大喜欢她，却也赶不走她，她便自己找了县衙里一间偏房睡下，垫着钱安置顾楚生的生活。

那天是重阳节，她准备了花糕和菊花酒，准备去同顾楚生过节。刚到书房门口，她就听到顾楚生震惊的声音："七万人于白帝谷全歼？！这怎么可能？！"

然后画面一转，她身在一个山谷之中，四面环山，山谷之中是厮杀声、惨叫声、刀剑相向之声。到处都着了火，滚滚浓烟里，她看不清人，只听见卫珺在嘶吼着："父亲！快走！"

她认出了这声音来。那个青年将红绸递给她，结巴着唤那句"楚姑娘"时，她就将这声音牢记在了心里。

于是她瞬间知道了这是哪里。

白帝谷。七万军士。全歼。

她拼命朝他跑过去，推开人群，想要去救他。她嘶喊着他的名字："卫珺！卫珺！"然而对方听不到，她只看见十几支羽箭贯穿他的胸口，他尚提着长枪，艰难地回头，火光之中，他清秀的面容染上了血迹。这一次他仍旧结巴，却是因为疼痛，颤抖着叫出了她的名字："楚……楚姑娘……"

她拼了命朝前跑，然而等她奔到他身前时，火都散去了，周边开始飘起白雾，他被埋在人堆里，到处都是尸体。有一个少年提着染血的长枪，穿着残破的铠甲，沙哑着声音，带着哭腔喊道："父亲……大哥……你们在哪儿啊？"

楚瑜没敢动。她慢慢地扭过头去，看见了卫韫。

他头上绑了红色的布带，因他还未成年，少年上战场，都绑着这根布带，以做激励。他的脸上亦染了血，眼里压着惶恐和茫然。他一具一具尸体翻找，然后叫出他们的名字。

"三哥……"

"五哥……"

"六哥……"

"四哥……"

"二哥……"

"父亲……"

最后，他终于找到了卫珺。他将那青年将军的身子从死人堆里翻过来的时候，终于再也无法忍耐，积累的眼泪迸发而出，他死死地抱住了卫珺。"大哥！"他号啕大哭，整个山谷里都是他的哭声，"嫂子还在等你啊……你说好要回家的啊……大哥你醒醒，我替你去死，你们别留下小七啊！哥……父亲……"

卫韫一声一声，哭得惊天动地，然而周边全是尸体，竟然没有一个人能应他一声。那如鸟雀一样的少年，在哭声中，一点一点归于绝望，归于惶恐，归于仇恨，归于愤怒。

楚瑜静静地看着，看着尸山血海，看着"杀神"再临。卫韫身上已依稀有了当年她初见他时的模样。

——镇北王，阎罗卫七，卫韫。那十四岁满门男丁战死沙场，十五岁背负生死状远赴边关救国家于水火，此后孑然一身，成为国之脊梁的男人。

然而她没有像当年一样，敬仰、敬重、抑或是警惕、担忧。她看着那个少年，只觉得无数心疼涌了上来。

不该是这样的。卫小七，不该是这样的。她疾步上前，想要呼唤他，然而也就是在这一刻，梦境戛然而止，她猛地惊醒过来。阳光落在她的脸上，她急促地喘息着，晚月正端了洗脸水进来，含着笑道："今儿个少夫人可是起晚了。"

晚月和长月喜欢卫家，也就改了口，叫楚瑜少夫人。

楚瑜在梦中回不过神来，晚月上前来，在她眼前伸出五指晃了晃道："少夫人可是魇着了？"楚瑜的目光慢慢收回，停在晚月身上，梦中崩溃的神志终于恢复了几分，她沙哑着声音问道："今日……初几？"

"您这一觉真是睡得糊涂了。"晚月轻笑，眼里带了些无奈，"今日重阳，九月初九呀。昨晚您还吩咐我们准备了花糕和菊花酒……"

话没说完，楚瑜已经穿上鞋，衣服都没来得及换，便朝着后院管理信鸽的地方奔去。

她还没缓过神，骤然起来，忍不住头晕了一下，跑得有些跌跌撞撞，将刚冒冒失失迈进院来的长月撞了个结结实实，自己也因惯性摔倒在了地上。长月"哎哟"一声，正想骂人，便看见晚月急急忙忙跑过来搀扶楚瑜："少夫人，您这是做什么？"

"卫秋呢？"楚瑜终于彻底清醒过来，提高了嗓门，声音都尖锐了许多，"叫卫秋过来！"

晚月察觉事情有些不对，赶紧去叫卫秋。卫秋赶过来的时候，楚瑜已经洗漱完毕，终于冷静了一些。她抬头看向他："边境可有消息？"

卫秋愣了愣，随后摇头道："尚未有消息。"

"如有消息，"楚瑜郑重地说道，"第一时间通知我，想尽一切办法先将消息拦下，不能告诉别人，可明白？！"

卫秋不明白楚瑜为何会有这样的吩咐，然而想到卫珺暗中的吩咐，他还是点了点头。

那一天，楚瑜没有心情管其他的任何事，她茶不思饭不想，就等在信鸽房边上。等到夜里，终于有信鸽飞了进来，楚瑜不等它落地，纵身一跃就将信鸽抓在了手里。她迅速拿下纸条，看到上面是卫韫潦草的字迹。信纸上还带着血，明显是匆忙写成："九月初八，父亲与众兄长被困于白帝谷，我前往增援，须做最坏准备。"

九月初八，白帝谷。

楚瑜的脑子里"嗡"的一声，差点将信纸撕了个粉碎。

终究还是去了。为什么还是去了？明明答应过她的，怎么还是去了？！

楚瑜捏着信纸，很快镇定下来。

她一直盯着前线，从卫韫和卫珺传回的书信来看，卫家的打法的确很保守，不太可能做出追击敌军的事。可一切依旧发生了，九月初八被困白帝谷，今日九月初九……楚瑜闭上了眼睛，她知道，战场上一定发生了她所不知道的事。她也意识到，当年卫家满门被追封爵位，绝不只是卫韫成为良将，君王抬举的结果。重生得到的消息不一定是对的，是她太自负，太相信自己已经得到的消息，以为自己重生回来，就能扭转局面。

她闭着眼睛，调整着呼吸，卫秋、卫夏、长月、晚月侍立在一旁。卫秋的面色有些压不住焦急，他小声地道："少夫人，这样的消息我们不能锁。"

"我知道。"楚瑜睁开眼，吐出一口浊气，随后道，"我这就去找母亲，在此之前，这个消息，谁都不能知道。"

卫秋有些为难，这样的消息太大了，然而卫夏却镇定了下来，恭敬地道："是，谨遵少夫人吩咐。"

楚瑜点了点头，疾步朝着柳雪阳的房间走去。卫忠的母亲在卫家封地兰陵养了几年老，后已病逝，如今家中真正能做决策的就是柳雪阳。楚瑜清楚地知道当年卫家面临的是什么，也知道柳雪阳做了什么。楚瑜不是一个能忍的女人，而且柳雪阳是卫珺和卫韫的母亲，楚瑜也不愿让她面对接下来的一切。

她走到柳雪阳房间，甚至没让人通报就踏了进去。柳雪阳正躺在榻上听着下人弹奏琵琶，突然听得琵琶声停下，她有些疑惑地抬头，便看见楚瑜正站在她身前，面色冷静地

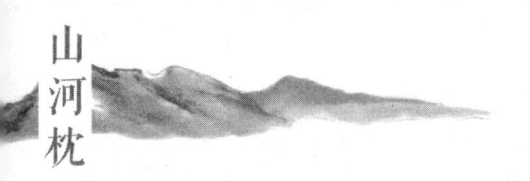

道:"母亲,我有要事禀报,还请屏退他人。"

柳雪阳愣了愣,却还是朝着旁边人点了点头。侍从都退了下去,晚月和长月站在门前,守住了大门,房间里就只有柳雪阳和楚瑜。柳雪阳笑了笑道:"阿瑜今日是怎么了?"

"边境来了消息。"

楚瑜一开口,柳雪阳的面色就变了。身在将门,她太清楚一封要让周边人都退下的边境家书意味着什么。楚瑜见柳雪阳并没有失态,继续道:"昨日我军被围困于白帝谷,小七带兵前去救援,但我们得做好最坏的打算。"

柳雪阳坐直了身子,捏着桌子边角,艰难地道:"被困的……有几人?"

"除小七以外,父亲连同六位兄长,七万精兵,均被困在其中。"

听到这话,柳雪阳的身子晃了几晃。楚瑜上前去,一把扶住她,焦急地出声:"母亲!"

"没事!"柳雪阳红着眼眶,咬着牙,握住楚瑜的手,明明身子还在颤抖,却是同她道,"你别害怕,他们不会有事。如今我尚在,你们也不会有事。何况,"她抬起头来,艰难地笑开,"哪怕是死,他们也是为国捐躯,陛下不会太为难我们。你别害怕。"

楚瑜没说话,她扶着柳雪阳,蹲在她身侧,抿了抿唇,终于道:"母亲,这个时候,这些消息就不外传了吧?"

"嗯。"柳雪阳有些疲惫地点头,同她道,"这事你知我知,哦,再同二夫人……"

"母亲!"楚瑜打断她,急促地道,"我来便是要说这事,如今这种情况,梁氏绝不能再继续掌管中馈!"见柳雪阳有些茫然,她又试探着道,"母亲,梁氏这么多年一直在卫府滥用私权贪污库银,这点您知道的,对吗?"

"这……"柳雪阳有些为难,"我的确知道,也同老爷说过。但老爷说,水至清则无鱼,换谁来都一样,只要无伤大雅,便由她去了。"

"可如今这样的情况,还将如此重要之事交在这般德行之人的手里,母亲就没想过有多危险吗?!"

"这……"柳雪阳有些不明白,"过去十几年都是如此,如今……"

"如今并不一样。"楚瑜深吸了一口气,终于还是决定摊开来说,"母亲,我这边得到的消息是,此次战败一事,可能是因着父亲错判局势所致,七万大军若出了事,账叮是要算在卫府头上的!"

听到这话,柳雪阳的面色变得煞白,她的声音颤抖着:"怎么可能……"

"这样的消息如果让梁氏知道,您怎么能保证梁氏不趁火打劫,卷款脱身?若梁氏带走了府中银两，我们拿什么打点，拿什么保住剩下的人？"

楚瑜见柳雪阳动摇了，又接着道："母亲，钱财在平日不过锦上添花，可在如此存亡危急之时，那就是命啊！您的命、小七的命、我的命，您都要放在梁氏的手里吗？！"

听到这话，柳雪阳骤然清醒。她的眼神慢慢平静下来，扭过头去，看向楚瑜："那你说，要如何？"

"若母亲信得过我，后续事听我一手安排，如何？"

柳雪阳没说话，她盯着楚瑜许久，终于是道："你既然已经知道前线的消息，便该明白，那七万大军无论还留下多少，卫府都要获罪。你为何不在此时离开？"

楚瑜没明白柳雪阳问这句话的含义，她有些茫然："母亲这是什么意思？"

"你若想要，此刻我可替我儿给你一封休书，你赶紧回到将军府去，若我儿……真遇不测，你便可拿此休书再嫁。"柳雪阳说着，艰难地扭过头去，"阿瑜，你还有其他出路。"

楚瑜明白了柳雪阳的意思。她低下头去，轻轻笑开，声音温柔："我答应过阿珺……"

这是她头一次这样叫卫珺的名字。她其实从来没有与卫珺单独相处过片刻，然而她也不知道怎么的，从嫁进卫家那一刻开始，内心就希望自己这一辈子能留在卫府，与这个家族荣辱与共。

这是大楚的风骨，也是大楚的脊梁。前一百年，卫家用满门鲜血开疆拓土，创立了大楚。后面十几年，到她死，也是卫韫一个人，带着卫家满门灵位，独守北境边疆，抵御外敌，卫我江山。

她上辈子耽于情爱，没有为这个国家做什么。这一生她再活一世，她希望自己能像少年时期望的那样，活成自己想要的样子。

她钦佩卫家人，也想成为卫家人。

于是她低下头，温柔而坚定地道："……我答应过阿珺，要等他回来。"

生等他来，死等他来。

柳雪阳的眼泪瞬间奔涌而出，她骤然起身，急忙进入内阁之中，找出了一块玉牌："这是老爷留给我的令牌，说是危难时用，卫府任何一个人见了，都得听此令行事。我知道自己不是个能管事的，这令牌我交给你。"柳雪阳哭着将令牌塞入楚瑜手中，"你说做什么吧，我都听你的。"

楚瑜将令牌拿在手中，她本是想要柳雪阳和她一起去拿下梁氏，然而如今柳雪阳如此信任她，却是她没有料到的。她的声音亦有些沙哑："母亲……你……"

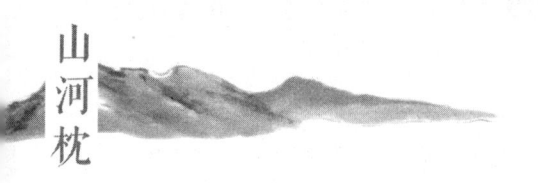

"我知道你是个好孩子，"柳雪阳握住她的手，眼里满是期盼，"我知道，你一定能等到阿珺回来。"她盯着楚瑜，强笑开来，"总该能回来几个，对不对？"

楚瑜看着面前的妇人强撑的模样，将残忍的话压在了唇齿间，最后只道："母亲，无论如何，阿瑜不离开。"

柳雪阳垂着眼，拼命地点头："我知道，我不怕的。"

"母亲，"楚瑜抿了抿唇，"我如今会用贪污的罪名去将梁氏拿下，等一会儿，您就将五位小公子带出华京，一刻也别耽误，赶路去兰陵吧。"

听到这话，柳雪阳睁大了眼睛："你要我走？"

"五位小公子不能留在华京。"楚瑜果断地开口。她不知道局势能坏到什么程度，只能让柳雪阳带着重要的人提前离开。柳雪阳还想说什么，楚瑜接着道，"您是阿珺的母亲，是卫府的门面，如今谁都能受辱，您不能。您在，他日小七回来，您就是傀儡，是把柄。而五位小公子在华京，也就等于卫家将满门放在了天子的手里……母亲，您带着他们离开，若是华京发生任何不幸……您就带着他们逃出大楚。"

"那你呢？"柳雪阳回过神来，"你留在这里做什么？"

"我在这里，等卫家儿郎回来。"楚瑜坚定地出声，"他们若平安归来，我接风洗尘；若裹尸而归，我操办白事。他们若被冤下狱，我奔走救人；若午门挂尸，我收尸下葬。"她的声音平静，所有好的坏的结局，她都已经说完。她看着柳雪阳，在对方震惊的神色中，平静地道，"身为卫家妇，生死卫家人。"

柳雪阳被楚瑜的话震得半天回不过神来，许久后，她却是慢慢镇定了下来。

卫家也是见过大风大浪的家族，她虽然出身书香门第，却也是年少便嫁入卫家，跟随卫家历经过起起伏伏之人。如今卫韫虽然只有一句书信，然而凭借着多年对局势的敏感，柳雪阳也明白了如今卫家就悬在刀剑之上，稍有不慎，便是万劫不复。

她看着比她还要镇定平静的楚瑜，认真地道："有女如此，乃卫府之幸。卫府若能平安渡过此劫，必不相负。"

楚瑜听到这话便笑了，柳雪阳面上一冷，旋即道："我即刻带几位小公子赶往兰陵，你在京中行事需得谨慎。如今卫府全权交给你，你对外就宣称我去养病，顺便带孩子们出游了便好。"

"母亲一路小心。"楚瑜点头。

柳雪阳也不再多说，即刻让家兵封锁了各院落，随后带着人去了五位小公子的房中，直接抱上人便连夜起程了。楚瑜站在门口目送柳雪阳，为了防止追踪，他们一共送出三队马车,朝着三个不同的方向疾驰而去。

送走柳雪阳后,楚瑜刚回到屋中,便听见后院一片吵嚷。晚月上前来,冷静地道:"梁氏听闻夫人出府之事了,吵嚷着要见您。几位少夫人陆续醒了,也要求见您。"

"几位少夫人不用管,长月,"楚瑜也知边境有信回来一事瞒不住,叫了提着剑等在一边的长月,吩咐道,"你即刻去楚府,连夜借一百家兵过来。此事只能让我父亲知晓,其余人一律不可告诉。"长月应声,旋即转身出了卫府。

"把账本带上,去见梁氏。"楚瑜看着长月出去,随即带着晚月便出了大堂。卫夏、卫秋连同着侍卫长官卫云朗一起,跟在她们的身后,带着两排士兵风风火火地来到了梁氏的住所。

梁氏还在吵闹,见楚瑜进来,她愤然道:"楚瑜,你这是什么意思?!夫人呢?夫人在哪里,我要见她!"

"夫人有事外出,如今卫府由我全权掌管。"楚瑜直接掠过她,走到首位上端坐下来,晚月则抱着账本站在她的身后。梁氏一看那账本,脸色便变了。她犹自强撑着道:"夫人怎会将卫府交给你这样一个乳臭未干的小女子掌管?卫府由我执掌中馈十二年,若夫人有要事离开,也当先找我商议。如今怕不是你因禁了夫人,挟天子以令诸侯吧?!"

听到这话,楚瑜倒也不恼怒,她端起茶杯轻抿了一口:"倒是个读过书的。"说着,她抬起头来,目光平静地看着梁氏道,"夫人为何找的是我而不是你,你心里不清楚吗?你便说吧,是你自己招了,还是我来给你一桩一桩地清算?"

楚瑜说这话时并没有提声,声音从容平缓,然而正是这样平静的态度,才显得格外有力。梁氏的内心风滚云涌,她看着那账本便知道,楚瑜怕是已经查过账了。可她什么时候查的?自己明明已经严加防范,明明没见任何楚瑜动过账本的痕迹……梁氏抿唇不语,楚瑜抬眼看了她一眼:"行了,我也不同你多说,这些年你从卫府挪用的银两一共两万八千银,我会找你哥哥讨要。而你,"楚瑜看着她,盯了许久后,平静地道,"明日天明,我会押送官府,按律处置。"

听到这话,梁氏的脸色煞白。在卫府受到礼遇多年,卫府不重嫡庶,她的三个孩子在卫府与嫡子近乎无异,而柳雪阳性温和,不管家务,以至于整个家中,所有人,包括她自己,都忘记了她妾室的身份。

她固然因宠有了一定地位,然而律法之上,却清楚写明了她与正室的不一样。奴若盗窃,杖五十,刺字冲边;妾室盗窃,杖三十,刺字。

杖三十,刺字。对于一个普通女子来说,这与赐死无异了。梁氏的呼吸急促起来,在楚瑜起身时焦急地出声拦她:"不!少夫人!您不能这样!"楚瑜被她抓住袖子,对上了她急切的眼神，只见她眼中含泪，声音颤抖，"少夫人，我是三位公子的母亲，您这样做，三位公子回来，会寒心的啊！"

过去正是因着如此，柳雪阳和卫忠一直对她额外尊重。卫家的七个孩子个个都是俊杰，卫忠和柳雪阳不愿意他们因为嫡庶而生分，毕竟战场之上，一家人就是一家人，因此对于这些孩子的母亲，全家人都十分礼遇。

如果是在平时，楚瑜也愿意为了这个原因去忍让梁氏。然而她悉知梁氏未来做了什么，她便不能放纵。于是她道："你未曾犯下的罪过，我没有计较。如今所有的罪名，都是你过去犯下的，梁氏，人做事就要有承担结果的觉悟，你既然做了，就要有勇气来承担。至于三位公子……"楚瑜抿了抿唇，心中有些不忍，却还是道，"想必，他们也会理解。"说完，楚瑜抬手，让人将梁氏拉了下去。梁氏凄厉地叫喊起来，不远处的诸位少夫人听见这声音，心中俱是一惊。

楚瑜处理了梁氏，便转身去了二少夫人蒋纯的房中。这位少夫人出身将门，虽然只是个庶女，可因出身的缘故，哪怕是在这样喧闹的环境中，她也显得格外镇定。她身着素衫，端坐在案牍之前，长剑横于双膝之上，面色平静地看着楚瑜踏门而来。

楚瑜停在门口，静静地看着蒋纯。她嫁入卫府后甚少与这些少夫人交往，如今头一次这样正式地打量蒋纯，倒有些惊艳。蒋纯生得并不算十分好看，却有一种额外的英气。此刻她刚刚起床，头发散披在身后，这般静坐着，更是有一种额外的气势。

可她身子微微颤抖，明显那气势是强撑出来的。楚瑜依旧停在门前，没有动作。片刻后，蒋纯率先开了口："无论生死消息，少夫人尽可告知。"

楚瑜的目光落在了蒋纯双膝上的剑上。上辈子蒋纯就是自刎而死的，或许嫁给卫束，她便时时刻刻做好了生死相随的准备。于是楚瑜轻轻笑了笑："尚未有消息，只是他们如今被困于白帝谷中，我做了最坏的打算而已。待到明日，或许就有消息了，到时无论生死，还请姐姐帮帮我。"

听到这话，蒋纯微微一愣，呢喃出声："还未有消息……"那便是最好的消息。

楚瑜点点头。她其实也就是不放心蒋纯，过来看一眼，也顺便给蒋纯打个底，免得她如上一世般做出什么过激之事。见蒋纯状态还好，她便转身打算离开，结果还未提步，就听身后有脚步声传来，却是蒋纯道："我陪你一起等。"

楚瑜有些诧异，但看见对方坚定的神色，最终还是点了点头。

第二天清晨，楚瑜收到了卫韫的第二封信。信上的字迹虚浮，似乎是握笔之人已经拿不动笔了一般。

"父兄皆亡，仅余卫韫，如今已裹尸装棺，扶灵而归。"

预料之中。

楚瑜看着那信，许久未言，而蒋纯只看了一眼，便猛地一下昏死了过去。楚瑜克制住自己胡思乱想的神志，吩咐下人将蒋纯带下去好好照顾，随后便回到了书房。因为早有准备，所以能够冷静，然而内心还是忍不住翻江倒海。她提起笔来，闭上眼睛，深吸了一口气，落笔写下了一句话："勿忧勿惧，待君归来。"

这封信跨千山万水，在第二日黄昏落到了卫韫的手里。那时候他已经将近两天没睡，身裹素服，背着父兄的灵位，带着七具棺木，行走在官道上。

他几乎神志模糊，不知道自己在哪里，也不知道自己要去哪里。回家吗？父兄皆死，仅留他一人，有何颜面回家？而回家之后的狂风暴雨，他又该如何面对？姚勇和太子的指责历历在目，是他父亲冒进追击残兵中了埋伏终致此次大败。他因年幼没上前线，不知道到底发生了什么，但他知道父兄不是这样的人。可这样的辩驳，显得格外苍白无力。

他人生的前十四年，无风无雨，哪怕战场刀枪，都有父兄为他阻挡。如今突然要他独自面对这一切，他脑中什么都没有，只有一片空白。尸体是他从白帝谷一具一具背回来的，他一路都在想，何不让他一起没了呢？这灵位太重，他就要背不动了。

然而，也就是在这时，先锋官将家书递到了他的手里。那女子的字迹，比平日更加沉重了几分，却是格外的坚定。

"勿忧勿惧，待君归来。"一瞬间，仿佛有人立于他身前，将那千斤重担扛了起来。

卫韫颤抖着唇，捏着那张信纸，许久之后，慢慢地闭上了眼睛。

残阳如血，他手中的家书，犹有千金。

他该回去。

哪怕父兄已去，然家中犹有老小，待他归去。

三　以身为烛，照此世间

楚瑜确认了消息后，也瞒不下了。楚家连夜调了一百家兵给楚瑜，如今卫府已几乎被楚瑜全盘掌控，哪怕个别侍卫起了异心，有令牌加上楚家的家兵，他们也做不了什么。

于是楚瑜先让人请了大夫过来给蒋纯问诊，而后将几位少夫人全部叫到了大堂中来。几位少夫人也知道出了大事，纷纷谨慎收敛，不敢多说一句话。她们被楚瑜请到大堂，打量了一会儿周边后，三少夫人张晗才试探着问道："夫人呢？"

楚瑜坐下来，平静地道："夫人带着五位小公子去兰陵养病了。"

听到这话，几位少夫人的脸色都变了。姚珏霍然起身，怒道："带五位小公子离开，怎的都不知会我们这些当母亲的一声？！"姚珏出身姚家，如今姚家女贵为皇后，嫡长子为太子，姚氏一族的身份水涨船高，前有姚桃，后有姚珏，哪怕是庶出之女，也比别家女子有底气得多。

楚瑜在心里思索着，上辈子卫韫最后是提了姚勇的人头回来的，因而如今卫忠必然是遇上了什么阴谋诡计，于是她看见姚家人就觉得心里不畅快，便只冷冷扫了姚珏一眼，平淡地出声："带孩子出去的是夫人，你与其朝我吼，不若找母亲吼去？"

姚珏被这么一说，莫名就觉得气势弱了几分，她张了张口还想说话，却见楚瑜骤然提高了声音："滚出去！"

"楚瑜你……"姚珏疾步上前，却立刻被卫夏和卫冬拦住了。楚瑜继续道："想闹，你就继续闹。但你可知我为什么送他们走？又可知前线发生了什么？！你便将时间继续耽搁下去吧，到时候谁都跑不掉！"

一听这话，所有人的心里都"咯噔"了一下。素来最有威望的五少夫人谢玖走上前去，按住了姚珏的手，看着楚瑜认真地道："前线发生了什么事，还请少夫人明示。"

"今日清晨，小七从前线发回来的消息。"楚瑜沉着声开口。所有人都安静下来，仔细听着楚瑜的话。她打量着众人的神色，缓慢地道，"父亲与诸位兄弟，在白帝谷被困后,全军覆没。如今小七已裹尸装棺,正带着他们在回来的路上……"

话说完了,所有人都没有反应,大家都呆呆看着楚瑜。许久后,谢玖最先回过神来,颤着声道:"少夫人说的兄弟,是哪一位?"说着,她似乎才想起来楚瑜说的是"诸位",而不是"一位",于是又改口道,"是……哪几位?"

楚瑜叹息了一声,慢慢地道:"除了小七,包括世子在内,六位公子连同镇国公……"

话没说完,一声尖叫从人群中传来,所有人抬头看去,却是六少夫人王岚。她如今刚刚怀上身孕,本就在敏感之时,乍一听到这消息,她疯了一般扑向楚瑜,挣扎着道:"你胡说!我夫君怎么可能死!你瞎说!"她的声音又尖又厉,侍女上前想拉住她却是拉不住,楚瑜皱起眉头给了长月一个眼神,长月抬起手便一个手刀将她打晕了过去。

王岚昏死过去后,房间里便只剩下三少夫人的哭声,而谢玖和姚珏站在大堂里,全然一副还没反应过来的模样。

楚瑜看向她们,正打算开口,就听见姚珏仿佛是惊醒一般道:"我不信,我得回去,我要去找我娘,我……"她一边说着,急匆匆朝外走去。

然而没走几步,外面就传来了喧哗之声,楚瑜皱眉抬头,看见家兵匆忙入内,焦急地道:"少夫人,不好了!一群士兵拿着圣旨将府宅包围了,说是七公子回来之前,谁都不能离开!"

前线的消息应该已经传到了宫里,皇帝做这件事也在她意料之内,否则她也不会让柳雪阳带着孩子们早早地离开。于是她平静地道:"无妨,让他们围去。"如今还未定罪,便没有任何人敢闯入镇国侯府来。接着她又扭过头,吩咐下人将王岚和蒋纯关在一处,严加看管,让大夫好生照料着。王岚的孩子,得尽量保下来。

只是,上辈子……她生下来了吗?楚瑜不记得了。上辈子卫府的少夫人们,除了一个殉情的蒋纯太过轰动,其他人似乎都没有太多的传闻,只听说都拿到了卫韫替兄长们写的休书,放回家去再嫁了。

楚瑜一面搜索着上辈子的记忆,一面有条不紊地吩咐着。而姚珏似乎全然不信侍卫的话,只吵嚷着要出去。楚瑜也没有管她,反而将目光投向了谢玖:"五少夫人有何打算?"楚瑜的声音平静,谢玖是个聪明人,立刻听出了她的意图,皱着眉道:"如今卫家显然是沾了大罪,你还打算留着?"

这话一出来,楚瑜便明白谢玖的选择了。她静静看了谢玖一会儿,却是问道:"你对五公子没有感情的吗?"

谢玖愣了愣,等她反应过来时,便沉默了。好久后,她才艰难地出声:"可我总得为

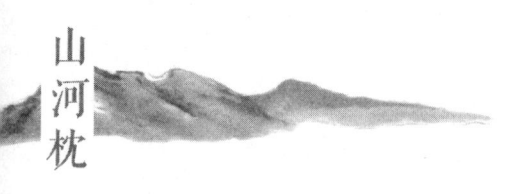

未来打算，我才二十四岁。"

她坚定地看向楚瑜，似乎还想说些什么。楚瑜却点了点头，全然没有鄙夷和不耐，只是淡道："可。"说完之后，她便转过身去，同下人吩咐着接下来操办白事的要点，再没看谢玖一眼。

面对楚瑜这样淡然的态度，谢玖一瞬间觉得，自己似乎难看极了，狼狈极了。她捏着拳头，猛地提高了音量："你留下来会后悔的！"楚瑜顿住了步子，转过头去看向她，谢玖的声音笃定，"楚瑜，你还小，你不懂一个人过一辈子是多么可怕的一件事……"

"我没有一个人，"楚瑜打断她，声音沉稳淡然，"我还有卫家陪着。"

"你……"

"你走你的阳关道，我过我的独木桥。我不劝你，你又何必拦我？"楚瑜皱起眉头，"谢玖，我以为你是聪明人。"

谢玖被这句话止住了声。楚瑜说得没错，只是楚瑜的选择，把其他所有人都衬得格外不堪。

谢玖看着她走远，深吸一口气，还是选择了转身离开。既然要远离，自然不能再和卫家有太多的纠葛。卫韫回来之时，皇帝自然会解开这守卫禁制，她得早些和卫家脱离干系。然而，谢玖自认冷静，觉得自己是一个典型的冷漠、聪慧的世家女，却在回到房间，坐到床榻上时，不知怎么的，突然就想起了夫君的模样。她脱鞋躺到床上，在这无人处，将脸埋入锦被之中，总算是哭出了声来。

几个少夫人哭的哭，闹的闹，楚瑜只让人看着她们，自己则开始着手摆灵堂一事。人死了，总是要有归处，更何况卫家。听闻上辈子卫家闹得太过急促，那几位甚至连灵堂都没有设就匆匆下了葬，连墓碑都是后来卫韫重新再起的。如今她在这里，总不能让卫家像上辈子一样，英雄一世，却在最后连灵堂祭拜都无。

上辈子她操办过自己母亲的白事，也操办过顾楚生母亲的白事，在这件事上，她倒也算是熟练。熟门熟路地罗列好要采买的东西，商量好灵堂的摆设和位置，这时候天已经黑了。楚瑜这才想起蒋纯来，决定再去看看她。

蒋纯那日一醒过来就打算自杀，只是楚瑜早就让人看着她，才及时抢了剑，保下她一条命来。但自杀未遂后，蒋纯便几日不说话，也不进食，只靠在窗边一动不动。楚瑜走进去的时候看见的便是这样一个人，目光如死灰，呆呆地看着外面的天空。

侍女见到楚瑜进来，想禀报些什么，楚瑜摆了摆手，她们便识趣地下去了。楚瑜来到蒋纯身边，坐下来给她披了披被子："天晚露寒，好好照顾自己，别着凉。"蒋纯没有理会她，仿佛根本没看见她这个人似的。

楚瑜靠在床的另一边，看着对面窗户外的月亮："我嫁过来的那天，其实都没看清阿珺长什么模样。"

听到这话，蒋纯终于有了动作。她慢慢地回过头来，看见楚瑜靠在床的另一边，神色里带着温柔，仿佛是回忆起了什么："我就听见他结结巴巴地喊了我一声楚姑娘。我心里想，这人怎么老实成这样，都成亲了，还叫我楚姑娘。"

蒋纯垂下眼眸，明显是在听楚瑜说话。楚瑜也没看她，继续道："成亲当天，他就出征，我想见见他到底长什么模样，于是就追着过去。那天他答应我，一定会回来。"

"你……"蒋纯终于开了口，"别太难过。"

"我不难过。"楚瑜笑了笑，"他不会想看我难过，所以，我也不想令故人伤怀。"

蒋纯没有说话，她似乎明白了楚瑜的来意。

"我与你不一样。"她的声音微弱，"我从出生起，到遇见二郎之前，从没高兴过。哪怕嫁给他，我也心怀忐忑，怕他不喜欢我，更怕他欺辱我……可他没有。"蒋纯的声音逐渐沙哑，"成婚那天，我崴了脚。我想着他必然会气我出了丑，所以我硬撑着一步一步往前走，我以为我要一个人，那么疼地走完所有的路。结果他却发现了。他蹲下身来，"蒋纯笑了起来，眼里全是怀念，"背着我，走完了整条路。我们进了洞房，他亲自用药酒给我擦脚。在那之前，从来没有一个人对我这样好过。"她的目光落在楚瑜身上，"视若珍宝，不过如此。"

楚瑜没说话。过往越美好，面对现实的残忍，也就越疼得让人难以接受。

"如果一辈子不曾拥有过，那我也认命了。"蒋纯颤抖着闭上眼睛，"可我曾经遇到过这样好的人，又怎么一个人走得下去？太疼了……"她的眼泪落下来，"一个人走那条路，太疼了。"

楚瑜听到这话，再也忍不住，伸出手去一把抱住了蒋纯。她压抑着眼里的热泪，拼命地看向上方。"没事，"她沙哑着声音，"我在，蒋纯，这条路，我在，夫人在，还有你的孩子，你不是一个人啊。从你嫁进卫家开始，你早就不是一个人了。以后谁敢欺负你，我替你打回去；你病了，我照顾你；你无处可去，我陪伴你。蒋纯，"楚瑜抱紧了她，"人这辈子，不是只有爱情的。你早就不是当年那个一无所有，只能死死抓住二公子的小姑娘了。你有孩子，有卫府，你有家啊。"

听到这话，蒋纯终于再也无法忍耐，那压抑的痛苦猛地爆发而出。她号啕出声："可我想他，我想他啊！"

"我知道。"

"为什么是他？为什么那些丧尽天良的人活得好好的，可他却去了呢？他还这么年轻，我们的孩子才六岁，怎么就轮到他了呢？"

"我知道。"

"为什么……"蒋纯伏在楚瑜的怀里，哭得声嘶力竭，一声一声地质问。

为什么这苍天不公至斯。

为什么这世间薄凉至此。

为何英雄埋骨无人问，偏留鼠狼云锦衣？

然而这些为什么，楚瑜无法回答，她只能抱住蒋纯，任她的眼泪沾染衣衫，然后慢慢闭上眼睛，想要用自己的体温，让蒋纯感到更温暖一些。

纵然温暖如此微弱，她却仍想以身为烛，照此世间。

蒋纯号哭了许久，终于在楚瑜怀中慢慢睡去，楚瑜也终于放下心来。

最怕的不是这样猛烈的哭泣，而是将所有难过与痛楚放在心底，说不出口，道不明白，一个人在心里让绝望与痛苦把自己活活逼死。如今哭出来了，也就好了。

楚瑜让人侍奉着蒋纯睡下，她直起身来，走了出去。晚月上前来，将各公子房中少夫人的动态报了一圈后，又同楚瑜道："七公子的信来了，如今他们已经到平城了。"楚瑜急忙让人将卫韫的信拿了过来。这一次卫韫的信明显比上一封平稳了许多，没有多说什么，寥寥几笔，就只是说了一下到了哪里，情况如何。

楚瑜看着这信，不由得想起以往卫韫的信，从来都是长篇大论，周边景致、风土人情，事无巨细，什么都有。而今日这封信，哪怕说是卫珺写的，她也是相信的。她的心里有些发闷，人的成长本就是一个令人心酸的过程，而以这样惨烈的代价快速长大，那就是可悲了。

她将府里的情况报了一下，想了想，还是加了一句话："时闻华京之外，山河秀丽，归家途中，若有景致趣事，不妨言说一二。"写完之后，她便让人将信送了出去。

如今卫府虽然被困，但是大家都还不清楚原因，卫府在军人心目中的地位根深蒂固，倒也没有人太过为难，哪怕偶有信鸽来往，大家也睁一只眼闭一只眼。

送完信后，楚瑜终于得了休息。她躺在床上，看着窗外明月晃晃，好久后，终于叹息出声，慢慢闭上了眼睛。

第二天清晨醒来，楚瑜又开始忙活灵堂之事。如今外出采买须得由外面的士兵监督着，但对方并没有为难，只是如今各房少夫人均避在屋中，仿佛是怕和卫家扯上关系，时刻做好了离开的准备，因此就楚瑜一个人在忙碌，人手上倒有些捉襟见肘。毕竟做事的人多，有些事总要有主子看着，才能做得精细。

楚瑜忙活了一大早上，听到外面传来脚步声，她抬起头来，看见蒋纯站在门口。她穿着一身素服，头发用素带绑在身后，面上不施脂粉，看上去秀丽清雅。楚瑜愣了愣，随后道："二少夫人如今尚在病中，何不好好休养，来此做甚？"

蒋纯笑了笑，面上倒没有昨天的失态了："我身子已好，听闻你忙碌，便过来看看，想着能不能帮上忙。上次你不是问我，能否帮你一起操办父亲和诸位兄弟的后事吗？"

楚瑜没想到蒋纯恢复得这样快，她犹豫了一下，终于道："你……想开了些吧？"

"本是我昨日犯傻，承蒙少夫人指点。如今陵春尚在，我身为母亲，为母应刚。"蒋纯叹了口气，朝楚瑜行了个礼，"救命之恩，尚未言谢。"

"二少夫人言重了。"楚瑜赶忙扶住她，"本是一家姐妹，何须如此？"

蒋纯被她扶起来，听了她的话，踟蹰了片刻道："那日后我便唤少夫人阿瑜，少夫人若不嫌弃，可叫我一声二姐。"

"如今大家患难与共，怎会嫌弃？"楚瑜含笑，"二姐愿来帮我，那再好不过。"说着，两人便往里走去，楚瑜将家中事务细细同蒋纯说来。

卫束是梁氏的长子，楚瑜嫁入卫府前，蒋纯也会帮着梁氏打理内务，因此她一接手，比楚瑜又要利索了几分。楚瑜观察着蒋纯做事，想了想，忍不住道："我将梁氏押送官府……"

"应当的。"蒋纯的声音平淡，看着账本慢慢地道，"这些年来，梁氏一直时刻做好了卷款出逃的准备。她在外面有个姘头，如今少夫人先发制人，也是好事。"

听到这话，楚瑜心中大惊。怪不得上一世梁氏不过一个妾室，却能在最后将卫府的钱财全部带走，没留下半点痕迹，仿佛人间消失了一般，原来她本就不是一个人在做这事。

"二姐既然知道，为何不同夫人明说？"楚瑜的心思定了定，直接问了出来。蒋纯笑了笑："有些事，看破不说破，她毕竟是我婆婆。"

话点到这里，楚瑜瞬间明了。蒋纯聪慧至此，怕是早就发现了梁氏的蛛丝马迹，只是那毕竟是卫束的母亲，因此她虽然知道，但也没有多说，便是怕撕破脸后大家难堪。而如今卫束已死，她也不用过多顾忌。上一世若蒋纯没有闻讯后自杀，以她的手段，卫府或许会好上许多。

高楼倾覆，虽一卯之误，亦有百梁之功。楚瑜看着蒋纯，不由得有些发愣。蒋纯拨动着算盘，想了想，抬头道："陵春如今随着夫人去兰陵，应当无事吧？"

卫陵春是蒋纯的孩子，也是五位小公子中最年长的。楚瑜知晓她担心，便道："这你放心，他们分成三拨出去的，走得隐蔽，而且府中精锐我尽数给了他们。且现在卫府只是被围，并非有罪，他们在外应当无事。"

蒋纯本也知道，如今楚瑜说来，她便更加放心了一些。

有蒋纯的加入，楚瑜处理起各种事情来快上了许多。卫韫一路一直在给楚瑜写信，看得出他已经尽量在以轻松的态度给楚瑜讲沿途见闻，然而却因心思不在，全然少了过去的那份趣味，干瘪得仿佛是在例行公事。楚瑜每日看着那些信，读完了就将它细细折起，放入床头柜中，然后寻了一些彩泥来，想象着卫珺和卫韫的模样，捏了他们的样子。卫家七位公子，楚瑜记得长相的也就这两位，其他几位她几乎未曾谋面，只在新婚当日听到过他们的声音。

泥人捏好的时候，也到卫韫归京的时候了。卫韫归京前夜，卫府门前就加派了人手，气氛明显紧张起来。蒋纯从外面走进来，颇有些焦躁地道："阿瑜，他们这番阵势，总不至于在门口就将小七拿下吧？他们在战场上到底是怎么了……"蒋纯絮叨着，面上的担忧尽显。

楚瑜镇定地吩咐府里人挂上白绫，同时让人通知下去，明日清晨让各屋中少夫人到前院集合，等着卫韫回来。做完这一切后，她才同蒋纯道："不管怎样，明日我们都要体体面面地将卫家男儿迎回来。"

楚瑜这样冷静的态度，让蒋纯镇定了不少。她点了点头，认真地道："若他们胆敢在我夫君灵前折辱小七，我必不饶他们！"

楚瑜听到这话觉得有些好笑，却是笑意盈盈地点头道："好，不饶他们。"

当日夜里，楚瑜一夜辗转反侧，根本睡不着。卫韫已经到了城外，只是进城之前还需稍做整顿。就如楚瑜要让卫韫看到卫府如今最好的一面，卫韫此刻大概也希望，家里人不要看到他太过狼狈的模样。

第二日，天色刚亮起来，楚瑜便起了。她让人将她的头发梳成了妇人发髻，头上戴了白花，随后换上纯白色长裙，外套云锦白色广袖，庄重又素雅。她化了淡妆，看上去精神了许多，戴上珍珠耳坠后，便几乎见不到一点狼狈憔悴了。

做好一切后，楚瑜来到院落之中，清点人数。然而院中三三两两，只有蒋纯和六少夫人王岚房里的人在。楚瑜双手揣在袖中，面色冷峻："其他人呢？"

"其他几位少夫人都言身体有恙。"管家上前来，一板一眼地道，"奴才去请过了，都不愿来。"

管家的话已经说得很清楚了，言有恙，不愿来。楚瑜知道这些人在打算着什么，无非就是向外面的人表态，不愿和卫府牵扯太多。她的目光落到去请人的管家身上："她们如今是在床上爬不起来了吗？"

管家没明白楚瑜的意思，尚在茫然，旋即就听见她提高了声音："长月、晚月，去各房中通知没来的少夫人，除非她们在床上爬不起来，不然就立刻给我滚过来！若是不来，就直接把腿打断，不用来了！"

管家面色震惊，在场所有人的脸色也都变得格外难看。然而晚月和长月却完全不觉有问题的样子，直接带着人就去了。

蒋纯也有些尴尬，上前道："阿瑜，你这样……"

"今天我争的是卫府的脸，"楚瑜冷着声音，似是回答蒋纯，目光却是看向了众人，"谁今天不给我脸，就别怪我不给她脸！"

众人等了片刻，就听见姚珏的声音从远处传了过来。她怒然道："楚瑜，谁给你的胆子要断我的腿？！"

楚瑜转过头去，看见姚珏和其他三位少夫人正风急火燎地赶过来。姚珏手里提着鞭子，眼见着就要甩过来，却听楚瑜道："怎么，休书是不想要了？"

听到这话，姚珏手上一僵。楚瑜含笑而立，目光扫过几位少夫人："我今日就明说了，今天你们老老实实的，那日后我便替你们向卫韫求了这封休书，你们和卫家便是彻底没了关系。若今日你们还要闹……"楚瑜怒吼出声，"那就闹下去，反正我这条命就放在这里，我拿命和你们闹，看你们闹不闹得起！"

这话一出，所有人都安静了。便就在这时，外面传来了侍卫的声音："少夫人，七公子回来了！"

话音落，楚瑜猛地回身，急忙同旁人道："开门，备酒，将艾草给我！"说着，她指挥着众人站好位置，同时快速清点着要用的东西。

蒋纯走到三少夫人张晗身前，平静地道："三妹妹真的要做到这样的程度吗？"见张晗露出为难的表情来，蒋纯继续道，"三公子对妹妹也算有情有义，他如今回来，你都不打算见一面吗？"

听到这话，张晗眼眶微红，低下头道："二姐姐，我的情况你又不是不知道……我若不做果断些，我家怎容得下我？"

蒋纯没说话，同为庶女，她自然明白她们的处境。早前她之所以想赴死，何不也是因着这样的考量？如今丈夫已死，卫家获罪，大家谁不清楚，七万精兵全歼这是多大的罪

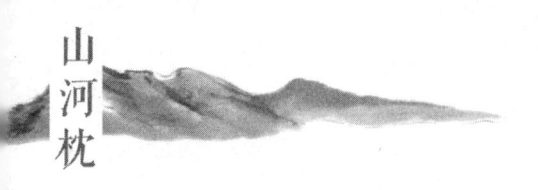

名？要么她们和卫家断了关系回到母族，要么母族必然是先下手为强，率先断了与她们的关系，向圣上表忠。如今母族尚未表态，不过是因为卫韫还未回京，卫家被围，没有与她们联络上，还不清楚事态罢了。

蒋纯沉默着，好久后，却是道："不过就是见一面，又能影响什么呢？三妹妹，你们如今是杯弓蛇影，怕得太过了。不说其他，"蒋纯叹了口气，"你也该想想陵书。若陵书知晓你连他父亲最后的体面都不愿给予，他要如何作想？"

说到孩子，张晗终于僵住了神色，犹豫着看了一眼旁边的六少夫人王岚。她和王岚向来都是没主见的，见姚珏和谢玖不愿和卫家有半点沾染，她们便慌了神，有样学样。如今被蒋纯提醒，这才想起自己的孩子来。

孩子是带不走的，她们不能为了孩子搭上自己的一辈子，却也并不希望在孩子心中，自己是一个薄情寡义之人。

"去站着吧。"蒋纯的目光朝谢玖和姚珏看过去，却是拍了拍张晗的肩，"如今少夫人也容不得你们不站，别和她硬撑，哪怕是谢玖和姚珏，也是要服软的。"

谢家和姚家都是大族，如果谢玖、姚珏都要服软，那自己自然不会硬扛。张晗犹豫了片刻，终于还是走上前去，站在了楚瑜的身后。蒋纯走到谢玖和姚珏面前，恭恭敬敬做了个"请"的姿势，平静地道："多余的话，不用我说了吧？"

两人没有说话。这时候，外面传来了鸣锣开道的声音。姚珏正挑眉要骂什么，谢玖突然拉住了她，盯着门外，好半天后才慢慢地道："别和疯子计较，若家里问起来，便实话实说。"

听到这话，楚瑜在人群中扭过头，向谢玖看了过去。而谢玖只是挺直了腰背，面色平静。楚瑜朝她点了点头，转过了头去。谢玖微微一愣，却是没有明白楚瑜点这个头是什么意思。

谢玖和姚珏站到楚瑜身后，一切便都准备好了。外面鸣锣之声渐近，大门缓缓打开。那朱红大门发出嘎吱的声响，外面的场景慢慢落入楚瑜的眼中。

此刻街道上，老百姓熙熙攘攘地站在两边，少年身着孝服，头上用白色的布带将头发高束，一条白色的布带穿过额间，紧紧系在脑后。他不过十四岁，此刻面上消瘦见骨，面色苍白，眼下发青，然神色平静，周身围绕着一股难以言喻的死气，仿若一把出鞘宝剑，寒光凌厉，剑气冷然。

他手中捧着一座灵位，身后跟着七具棺木，一具单独在前，其他六具在其后排成两列。长长的队伍自远处而来，纸钱漫天纷飞。整条街没有一人说话，安静得仿若一座鬼城，只是那棺木所过之处，街道两侧的百姓会——跪下来，而后发出啜泣之声。

那哭声打破了死一样的寂静，后面的人有样学样。于是楚瑜所见便是，那长街上的人如浪潮一般慢慢伏跪而下，哭声自远处传来，响彻全城。楚瑜在袖下捏紧了手，让自己保持平静庄重，不失半分威严。

她听着那哭声，骤然觉得，一切并不似她想象中那般糟糕。卫家的牺牲，朝廷不记，天子不记，官员不记，贵族不记，可有这江山百姓，他们总在铭记。

她觉得眼眶发酸，目光全落在卫韫身上，看那少年捧着灵位，自远处朝她慢慢看了过来。那目光似是跨过万水千山，然后在看到她的那一瞬间，少年面上的表情终于有了变化。他走到她身前，单膝跪下，低下头颅，朗声开口："卫家卫韫，携父兄归来！"

音落瞬间，棺木轰然落地，楚瑜的目光落到那七具棺木之上，她颤抖着唇，张了张口，想说什么，却什么都没说出来。

她本以为自己已经做好了所有准备，却在卫韫单膝跪下那瞬间骤然想起，当初去时，也是这个少年来通知，他亦如今日般单膝跪在她的面前，同她说："少将军奉命出征，命末将将此玉交于少夫人，吩咐少夫人，会凯旋，无须担忧。"

会凯旋，无须担忧……楚瑜走下台阶，抬手覆在那棺木之上，慢慢闭上了眼睛。

卫韫仍旧保持着那跪着的姿势，低着头，没敢抬起来。楚瑜站在他的面前，手扶在漆黑的棺木之上，一言不发。虽然卫韫没说哪具棺木是谁的，但是棺木的放置有其礼仪规则，卫忠是镇国侯，自然单独在第一排，卫珺是世子，在卫忠的左后方。

远处是长街上压抑着的哭声，楚瑜的手微微颤抖。她正想说些什么，就听见一声凄厉的哭喊："六郎！"旋即便看见王岚再也按捺不住，提着裙子从台阶上扑了下来，往最后一排棺木寻了过去。

她尚带着身孕，旁边的侍女惊得赶紧去搀扶她，然而王岚跑得极快，她扑在那棺木上，便撕心裂肺地哭了起来。这一声号哭仿佛是打破了什么禁忌，所有人再也压抑不住，或是嘤嘤啜泣，或是号啕大哭，一时之间，卫府满门上下，长街里里外外，全是哭声。

蒋纯早已哭过，甚至于她早已死过，于是在此时此刻，她尚能镇定下来。她红着眼走到楚瑜身前，哑着声音说道："少夫人，七公子还跪着。"

楚瑜骤然回神，忙回过头去扶起卫韫："七公子快请起来。"

然而卫韫一动不动。楚瑜微微一愣，小声地道："七公子？"

卫韫没说话，将另一条腿也跪了下来。楚瑜整个人都呆了，便见少年双膝跪在她的面前，缓缓叩头。"嫂子，"他的声音嘶哑，"小七失信，没带大哥回来。"

去时他曾说，若卫珺少一根头发丝，他提头来见。然而如今他尚安在，带回来的，却是两排棺木。他的身子微微颤抖，终于如一个少年一般，压抑着出声："嫂子……对不

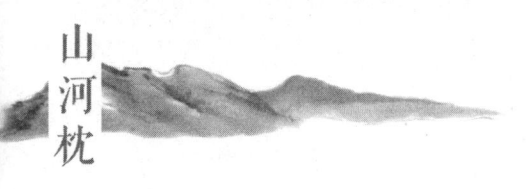

起……"

话没说完,他便觉一只手落在了他的头顶。那手虽然纤细,却格外温暖。接着他便听到了楚瑜温和的声音:"无妨,小七能平安归来,我亦很是欢喜。"

卫韫呆呆地抬头,看见了女子含着眼泪的目光。那目光坚韧又温柔,带着一股支撑人心的力量,在这一片号哭声中显得格格不入,分外明晰。卫韫看着她,便见她忽地起身,同他笑道:"站起来吧,千里归来,先过火盆吧。"说着,她便招呼了人来,将火盆放下,扶着卫韫站起来。

然而也就是在这时候,马蹄声从远处传来,卫韫和楚瑜同时抬头,便看见十几位着大理寺官服的人驾马停在卫府门前。卫韫捏紧了拳头,旁人都被惊住,侍女扶着王岚赶紧闪避,本来伏在棺木上痛哭的几位少夫人也纷纷闪了开去。

为首之人看上去不过三十岁,坐在马上冷冷地看着卫韫,举着圣旨道:"大理寺奉旨捉拿钦犯卫韫。"说着,他扬手道,"来人,把他给我抓起来!"音落的瞬间,大理寺的人便拥了上来。

卫秋带着侍卫猛地上前,拔剑对上周边的士兵,怒道:"曹衍,你胡说八道些什么!"说着,他看向那两排棺木,握着剑的手微微颤抖,"我卫府满门忠烈,为国捐躯而亡,哪里还有捉拿这唯一的小公子下狱的道理?!你们莫要欺人太甚!"

曹衍是曹氏幼子,多年前曹家曾送长子上战场交到卫家军中,却因不守军纪被打死了,曹衍一直记恨在心,此番卫家落难,曹衍立刻揽了捉拿卫韫的事来。曹卫两家的恩怨满朝皆知,如今曹衍在这里,众人自然想到的是曹衍刻意刁难。

曹衍听了卫秋的话,冷冷一笑:"你算个什么东西?这可是圣上亲笔所书的圣旨!你卫家因贪功好胜,害我大楚七万精兵丧命于白帝谷,你以为人死了这事儿就没了?卫韫,"曹衍提高了声音,"识相的就别挣扎,否则别怪我不客气!"

卫韫没说话,他抬眼看着楚瑜。众人惊慌之间,这个女子却一直神色从容淡定。在卫韫看过来时,她只是道:"踏过这个火盆,去了晦气,就能进家门了。"

"嫂子……"他的嗓音干涩,楚瑜却是握住他的手腕,拉着他踏过了火盆。而后她握着艾草,轻轻拍打在他的身上。所有人都安静了下来,看着楚瑜仿佛什么事都没发生,只是迎接一位归家游子一般,轻轻往卫韫头顶洒了艾草水,又从旁边拿过酒杯,递给卫韫。

"虽然没能凯旋,然而你们去时我就备下了这祝捷酒,既然回来了,也就喝了吧。"楚瑜双手捧着酒杯,声音温柔。

曹衍皱起眉头,怒喝了一声:"卫韫!"

卫韫没有理他,只看着眼前捧着酒的女人。他本以为归家时,面对的该是一片狼藉,该是满门哀号，该是他一个人撑着自己，扛着卫家前行。他没想到，自己却还能像过去一样，回家前踏过火盆，驱过晦气，甚至像父兄还在时那样，饮下一杯祝捷酒。

当年年少，父兄不允他饮酒。而如今他若不饮，此酒便无人再饮。他接过酒，猛地灌下。

曹衍终于无奈，怒喝出声："卫韫，你是要抗旨不成？！南城军，你们站在那里是打算包庇卫家吗？！"

听到曹衍的话，一直在旁边不说话的南城军终于没办法装哑巴了，为首之人深吸了一口气，伸出手去，朝卫韫恭恭敬敬地做了个"请"的姿势，道："七公子，烦请不要让我们难做。"

卫韫看了他一眼，又看了楚瑜一眼，终究还是点了点头，伸出手去，让人给他戴上了枷锁。几十斤的枷锁戴在肩上，他却仍旧将后背挺得笔直。曹衍让人拉了关囚犯的马车过来，冷笑着同卫韫道："七公子，上去吧？"

卫韫没说话，他回头看了一眼卫府的牌匾，目光落在了楚瑜身上："卫家……交给大嫂照顾。"

"你放心。"楚瑜点了点头，声音平和坚定，"我在，卫家不会有事。"

卫韫抿了抿唇，却道："大嫂，也要好好照顾自己。"说着，他的目光扫向站在一旁的其他几位少夫人，扬声道，"人死不能复生，活着的人才是要紧。诸位嫂嫂切勿太过伤悲，哥哥们泉下有知，也希望诸位嫂嫂能照顾好自己。"

楚瑜并没将家中变故告诉卫韫，只说了梁氏和柳雪阳的去向，因此卫韫尚不知家中女人之间的不合，还在担心着几位嫂子因失去丈夫而太过伤悲。

三少夫人张晗听到这话，扭过头去，用帕子捂住脸，小声地哭了出来。便是姚珏，也不禁红了眼。然而她与谢玖出身大族，知道了卫家的形势，是绝不敢去牵连的，更何况姚家与卫家之间本也暗流涌动，她与丈夫的感情远不及其他几位少夫人与她们的夫君那般深厚。

只是忠门埋骨，稍有良心，便会为之惋惜。

听着卫韫的话，管家面上露出了难色，他看了楚瑜一眼，怕楚瑜在这时候告起状来。然而楚瑜却扬着笑容，同卫韫道："你不必担忧，在狱中好好照顾自己，我们都是你的嫂嫂，比你想得开。"

卫韫放下心来，点了点头，上了囚车。此时曹衍的脸色已是差极了，催促着道："押着去天牢！"

卫韫盘腿坐下，背对家中女眷时，便收起了方才的担忧，化作一片泰然。囚车缓缓而

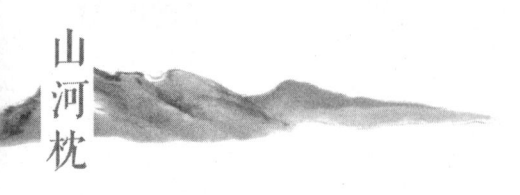

行,他骤然出声:"卫家蒙冤!父兄无罪!"

"让他闭嘴!"曹衍面色大变,扬鞭甩了过去,"闭嘴!"

看见曹衍扬鞭子,蒋纯下意识就扑了过去,曹衍察觉被人阻拦,扭过头去,看见竟是蒋纯,不禁眯起了眼睛:"二少夫人?……好,好得很。"他的目光扫过卫家一众女眷,冷着声道,"你们卫府好得很!你们家大夫人呢?!"见没有人说话,他又提高了声音,"如今卫家就没有人主事了吗?还是说卫家如今的主事就是一个连面目都不敢露之人?!"

"大夫人外出省亲,如今卫家暂由妾身主事。"楚瑜站出来,双手交叠落于身前,微微低头,"二少夫人方才经历丧夫之痛,一时失智,还望大人海涵。"

曹衍的目光落在楚瑜身上,打量了片刻后,慢慢地道:"楚家的大小姐?嫁进门来,还没见过丈夫吧?"

听到这话,所有人的脸色都变得不大好看,便是站在一旁的谢玖,也感受到了这森森的羞辱。然而楚瑜面色不变,仿佛这就是一句再普通不过的询问,她平静地答道:"正是。"

曹衍看着楚瑜,不知是想起了什么,骤然笑了起来:"听闻楚大小姐天资聪慧,向来是识时务之人,大小姐可知道,卫家如今已然获罪,戴罪之人,"他抬起头,看向卫家的灵堂白花,"啧啧"了几声,"还要给他们这样的体面,不妥吧?"

"你……"姚珏再也忍耐不住,猛地就要冲过去,却被旁边的谢玖一把拉住。谢玖压低了声音道:"你父兄说过什么,你忘了吗?忍住,日后你我就同卫府没什么瓜葛了!"

姚珏抿了抿唇,扭过头去,不想再看。她想离开,可不知道为什么,楚瑜在那里,她便挪不动步子。她的目光落在楚瑜身上,只见楚瑜不卑不亢地反问曹衍:"如今卫府可已定罪?"曹衍的面色变了变,楚瑜继续道,"既然尚在查案,并非罪人,他们为国征战沙场一生,体面归来,有何不可?"

"少夫人是听不懂我说的话,还是装不懂?"曹衍咬着牙,猛地靠近她,压着声音道,"卫府如今已无男丁,仅剩一个十四岁的小儿,楚大小姐莫非还要给卫珺守寡不成?!"楚瑜抬起头来,平静地看着曹衍。曹衍见她神色似有动摇,接着道,"我与卫府的恩怨小姐应该知道,我与令尊相交甚好,小姐给我这个薄面,我也不会让小姐难堪。"

听到这话,楚瑜轻叹了一声,微微低头:"既然大人与我父交好,还请大人给这个面子,让我公公和小叔们安稳下葬吧。"

曹衍冷笑起来,他坐起身子,朝后面招了招手,指着那棺木道:"砸!"

卫秋拔剑而出,怒道:"你敢!"

三　以身为烛，照此世间

"罪臣之奴，安敢拔剑？！"曹衍盯着卫秋，同旁人道，"来人，将这刁奴拿下！"

"曹大人！"楚瑜提高了声音，上前一步，站在棺木和卫秋之前，盯着曹衍道，"曹大人一定要将事这般做绝？"

"我便是这般做绝了，你又如何？！"

"曹大人，你今日所行之事，若传入圣上耳中，你当如何？"

曹衍闻言，大笑出声："你以为如今圣上还会管卫家？"

"那您试试。"楚瑜停在棺木前，目光直视着他，"今日有妾身在此处，您想动我卫家男儿的棺木，便从我的尸身上踏过去！"她的双手笼在袖中，神色泰然，"妾身是不敢对曹大人动手，曹大人要杀要剐，妾身悉听尊便。端只看，曹大人觉得，楚瑜这条命，价值几何了。"

楚瑜站在棺木前不动，曹衍眯着眼："你以为我当真怕了你不成？少夫人，你可睁眼看看，你们这棺木，是什么木？雕刻的，是什么纹？用的，又是什么漆？"

楚瑜没有回头，平静地道："所用之木，所刻之纹，所用之漆，均按亡人所对应官职爵位办，并无不妥。"

"少夫人此言差矣。"曹衍冷笑道，"卫忠等人乃戴罪之身，应按庶民规格下葬，怎用得上这样的棺木？来人，去东街给我买七具普通棺木来。少夫人，"曹衍转过头去，叹了口气，"曹某生性慈悲，卫府今日沦落至此，这七具棺木就当曹某送给卫府的，少夫人不必言谢。"说着，他指着那棺木道，"烦请少夫人让一让，不该待的地方，一刻也别待。"

"曹大人，我大楚可有律法言明戴罪之身以庶民葬？"

"那我大楚又可有律法言明戴罪之身以公爵葬？！"

说话期间，越来越多大理寺的官兵赶了过来，曹衍不愿与楚瑜多做纠缠，直接道："给我将卫忠等罪人请出来！"说着，他便带着士兵拥了上去。

楚瑜立在卫忠棺木前一动不动，士兵上前来开棺，楚瑜抬手按在棺木之上，竟就纹丝不动。士兵愣了愣，曹衍怒道："怕什么，将她拉走啊！"士兵反应过来，冲过去拉扯楚瑜，然而楚瑜趴在棺木上，无论谁来拉扯，她就是不放手。

她没有反抗，没有还手，只是用自己的身子去拦着那些士兵，任谁都拉她不开。此时天空开始下起淅淅沥沥的细雨，曹衍见士兵久久拉不开楚瑜，怒吼向其他人："动手啊！"说罢，他便朝着楚瑜冲去，一鞭子甩在楚瑜的身上。

鞭子在楚瑜身上见了血，旁边的人惊叫出声，而这时，周边的士兵也在曹衍的怒吼中冲向了其他几具棺木。王岚率先没忍住，大着肚子扑向自家夫君的棺木，号哭出声："六

061

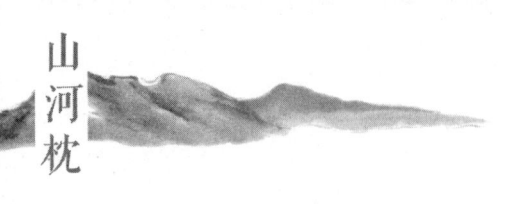

郎！"

"将六少夫人拉回去！"蒋纯大吼起来，"护住六少夫人！"

"不准还手！"楚瑜抬起头来，扬声开口，"我卫府并非谋逆之臣，绝不会向朝廷之人出手。谁都不许还手！"

说着，楚瑜转过头去，盯着谢玖。她张了张口，反复念着一个名字。

谢太傅。

谢太傅。

谢玖注意到了楚瑜的目光，她站在原地，一言不发。周边是哭声、喊声，士兵们努力想打开棺木，然而卫府的人一拨一拨地冲了上去。

"三郎……三郎你莫怕……"张晗不会武功，便整个人都趴在棺木上，又被士兵拖了下去。王岚因为怀孕，被下人拖着，一个劲儿哭喊着想要上前。蒋纯整个人都死死按在棺木上，指甲都抠进了棺木之中。

而楚瑜就趴在卫忠的棺木边，背上鲜血淋漓。

卫府满门都是哀号声。姚珏咬着牙，眼眶通红，她浑身颤抖，想要做什么，却不敢上前。而楚瑜盯着谢玖，一动不动。

谢玖的神色冷漠，眼中却全是浮光掠影。她仿佛看到了自己刚嫁到卫家的那一天，卫雅坐在她的身边。卫雅小她两岁，他低着头，小声地道："听闻谢家百年书香门第，我的名字你或许会喜欢，我单名雅，叫卫雅。"说着，他颤抖着，握住她的手，"我虽比你年纪小，却很可靠。我以前见过你，春日宴上，那时我四哥尚未娶亲，我还不能去求娶你，所以总催着四哥赶紧成亲，就怕你没等着我……"少年说着，舒了口气，抬头看向她，"还好，你没嫁得那样早。"

那时，听到这样的话，她很诧异。谢家人心薄凉，她从未见过一个少年，单纯至此。嫁他是权宜之计，她本庶女，能嫁到卫府也算不错。她早做过他身死改嫁的准备，只是她以为这是十年或者二十年之后的事情，从未料过会来得这样早。

五郎……谢玖听着周边人的哭喊，感觉喉咙间有什么东西涌了上来，她捏着拳头，慢慢地闭上了眼睛。许久后，她毅然转身。姚珏一把拉住她："你去哪里？"

谢玖苦笑了一下："去找死罢！"说罢，她猛地推开姚珏，转身跑进了雨里。

姚珏站在原地，看着不远处在雨中和官兵对抗着的卫家人，咬了咬牙，猛地冲了过去，怒吼着出声："曹衍，你心里真是没有王法了吗？！"

"姚四小姐？"曹衍抬起头来，颇为诧异，"我以为四小姐是聪明人。"

姚珏不说话，只咬着牙，喘着粗气。曹衍看着她，轻笑了一声："姚小姐也同少夫人一样有骨气呢,你说这卫家的公子有什么好的,那个卫四郎,我记得还是个断指……"他的话没说完,姚珏气头上来,一脚就踹了过去,怒喝道:"你个王八蛋!"

曹衍没想到姚珏居然会真一脚踹过来,当场就被踹翻了过去。他瞬间暴怒,让人拉住姚珏,抬手就是一巴掌。姚珏被人按着,拼命挣扎,怒骂出声:"你个王八蛋,你他娘以为自己算老几?本小姐表哥手下的一条走狗……"

"好,好得很……"曹衍捂住脸,不住地点头,"你等着,我第一个就开你丈夫的棺!"

说罢,曹衍就朝着卫风的棺木走去,他走得又急又狠,谁都拦不住,姚珏红着眼嘶吼道:"曹衍,你敢!你今日敢动卫风的棺木一下,我让你碎尸万段!"

音落的瞬间,曹衍已经一剑狠狠劈下去,瞬间将那棺木劈出了一条裂缝。旁人疯狂地一拥而上想去拉扯曹衍,然而曹衍却是疯了一般,根本不在意会不会砍到人,一剑一剑砍在卫风的棺木之上。姚珏还在拼命挣扎,楚瑜撑着自己,艰难地站起身来,蒋纯亦抬起头来看向卫风棺木的方向,随后便听到了姚珏的一声惊呼:"不要!"那棺木终于支撑不住,碎裂开来。

棺木板七零八落,卫风的遗体露了出来。

曹衍大笑出声来,指着旁人道:"看!看看传说中百发百中的断指卫四郎!"

周边没有人说话。棺木裂开的一瞬间,所有人都愣在了当下,死死地盯着那棺木。

棺木里的男人已经被处理过了,尸身上放了特制的香料和草药,虽然已经开始生出尸斑,却没有腐烂的味道。他穿得干净整洁,脸上的鲜血也已经被擦干净,然而仍旧可以看出他有一只手已经没了,可见他死前经历过怎样的残忍。

也是在这尸体露出来的瞬间,哪怕是跟着曹衍一起来的士兵,这才想起来这棺木里的人都经历过什么。他们是死在了战场上,哪怕七万军士被灭是他们的责任,可在其他人待在京中安逸度日的时候,却是这些男儿在战场上浴血厮杀,保家卫国。

楚瑜撑着自己站起来,看着卫风平静的面孔,沙哑着出声:"曹大人,您所求的,到底是什么呢?"

姚珏哭着冲过去,扑倒在卫风身边。她跪在地上,捧起卫风空空荡荡的左袖,号哭出声:"你的手呢?王八蛋,你的手呢?!"

曹衍看向楚瑜,只见她一步一步朝着卫风走了过去。

"我卫家自开朝以来追随天子,如今已过四世。我卫家祠堂里灵位上百,凡为男丁,无一不亡于战场……如今我卫家满门男丁仅余一位少年归来,这份牺牲,难道还换不来我卫家一门,一个安稳的下葬吗?!"说着,她抬头看向远处站在墙角下的一个老者。

那老者穿着一身黑衣，双手负在身后，平静地看着楚瑜。谢玖立于他身后，为他执着伞。卫府所有人都顺着楚瑜的目光看向了那个角落，只有姚珏还抱着卫风哭得撕心裂肺。

楚瑜盯着谢太傅，猛地扬声："太傅大人！天子之师，正国正法，您告诉我，是不是满门忠血、百年英魂，还不如宵小阳奉阴违溜须拍马？还换不来唯一那一点血脉安稳存续？还得不到一具棺木安然入土？！"

谢太傅没有说话，他看着楚瑜的眼睛。那女子眼睛里仿佛有光，有火，她审视着人的良心，拷问着人性。她让阴暗吱吱作响，让黑暗狼狈逃窜。

楚瑜浑身血与泥混在一起，见谢太傅不语，她转过身去，张开双臂，看向那些殷殷看着她的百姓。

"元顺三十一年，陈国突袭边境，围困乾城，是卫家三公子卫成云守城不出足足一年，牵制住陈国二十万兵力，让我大楚以最小的伤亡得胜，但他的四个孩子，却均在乾城内死于饥荒。平德二年，北狄来犯，是我卫家四公子领七千精兵守城，战到只剩两百军士，未退一步。平德五年……"

楚瑜一一历数着，慢慢走向百姓。她的目光落在百姓身上，直到最后，终于哭出声来："平德十九年，九月初八，卫家满门男丁，除了那位十四岁的卫七郎，均战死于白帝谷！这其中——"她抬手，指向卫珺的棺木，因痛楚而抓住自己胸口的衣衫，号哭出声，"包括我的丈夫，镇国侯府的世子，卫珺！他如今年仅二十四岁，本有大好年华。他本可像华京众多公子一样，当官入仕，享盛世安稳！可他没有，他去了战场，他死在那里，而如今归来……"楚瑜闭上眼睛，转身朝着谢太傅跪拜下去，"太傅大人……我只求他能安稳下葬，我只求一份属于卫府的公正，求太傅大人……给我卫府，这应有的尊严吧！"

"太傅大人！太傅大人！"百姓皆跪下来，哭着求情，"太傅大人，帮帮卫家吧！"

谢太傅站在人群中，背在身后的手轻轻颤抖。他慢慢闭上眼睛，捏起拳头，似乎做了一个重大决定。

"曹衍，"他沙哑着出声，"跪下吧。"

听到这话，曹衍皱起眉头，犹豫着道："太傅大人这是什么意思？"

"忠魂之前，又怎容得你如此放肆？！"谢太傅猛地提声，"曹衍，莫说如今卫家尚未定罪，哪怕卫家定了罪，那亦是四世三公之家，只要陛下未曾剥了卫家的爵位，那这里就仍是镇国侯府。尔等区区从四品大理寺丞，安敢如此放肆？！礼法乃天子之威严，你莫非连天子都不放在眼里了？！"

听到这话，曹衍的脸色剧变。这话若是楚瑜等人说出来，于曹衍而言不痛不痒。因为他知道，如今所有人对卫家都避之不及，哪里还敢拿着卫家的事往天子面前凑？如今皇帝什么脾气？他对一个喜欢的臣子能纵容到什么地步大家都不知道，可他讨厌一个臣子时，便听不得那臣子半句好话。当年顾家也算大族，只因帮秦王家眷说了一句求情的话，便落到了怎样的地步？因此，曹衍敢这样闹，也是笃定了如今朝中无人敢为卫家讲话，更是笃定了皇帝如今对卫家的态度。

可谢太傅作为天子之师，一向深得皇帝信任，他要为卫家出这个头，曹衍就要思量一二了。莫说谢太傅他惹不起，就算惹得起，谢太傅从来深得帝心，他愿意出头，那陛下到底是个什么意思，谁都摸不准。

曹衍心中一时千回百转，许久后，他尴尬地笑了笑道："太傅大人说得是，是在下莽撞了。在下心系礼法，一时误读了礼法的意思，还望大人、卫少夫人不要见怪。"说着，曹衍收起鞭子，朝楚瑜恭恭敬敬地行了个礼，"曹某给少夫人，给卫家赔礼了。"

他面上笑意盈盈，模样十足诚恳。楚瑜被蒋纯搀扶着起来，没有看曹衍，而是径直朝着谢太傅走去，同谢太傅道："请太傅大人里面坐吧。"

谢太傅看了看那些还停留在外的棺木，平静地道："先让镇国公等人回家吧。"

楚瑜点点头，扬了扬手，管家便指挥着人将棺木抬了进去。曹衍看了这场景一眼，赶紧上前同谢太傅告辞，忙不迭带着人离开了。

等棺木都放进了灵堂，院外的百姓才一一散去。楚瑜扭头看向谢太傅，微微躬身，抬手道："太傅大人，请。"谢太傅点了点头，跟着楚瑜进了卫府。

谢玖一直跟在谢太傅身后为他撑伞。入了庭院，谢太傅才慢慢开口道："谢玖来我府中找我时，我本以为她是来求我助她。"

听闻这话，谢玖的手微微一颤，她垂下眼眸，掩住心中的慌乱。谢太傅淡淡瞟了她一眼，眼中未见责备，只是道："她向来善于为自己打算，今日让我颇为诧异，倒不知少夫人是如何说动这丫头的？"

楚瑜抬手将前方挡道的树枝为谢太傅拨开，声音平稳："人皆有心，五少夫人本也是性情中人，拨开云雾见得本心，无须妾身多说。"

说话间，三人来到大堂。脱鞋踏上长廊，步入大堂之中后，楚瑜招呼着谢太傅入座，随后同谢太傅道："大人稍等，妾身稍做梳洗便来。"此刻楚瑜身上全是泥水和血，只是她态度太过从容，竟让人忽视了她的狼狈之处，全然未曾发现原来这人已是这副模样。

谢太傅点了点头，抬手示意楚瑜随意。楚瑜回到屋中换了一件素衣后，回到大堂中来。这时大堂中只剩下谢太傅，其余人都已经被他屏退了下去，仅有蒋纯站在门口，却也没有进来。

谢太傅正在喝茶，秋雨带寒，热茶在空气中凝出升腾的雾气，遮掩了他的面容。他看上去已近七十岁，双鬓斑白，但因保养得当，身材清瘦修长，气度非凡，亦不觉老态。

楚瑜跪坐到谢太傅对面，给他端茶。谢太傅看了她一眼，淡道："少夫人嫁到卫府，似乎都未曾见过世子的面？"

楚瑜听到这话，便知道他是缓过神来了。她和曹衍冲突，故作这样的狼狈姿态，为的就是让谢玖领谢太傅前来相助。而谢太傅到达现场后，她那一番慷慨陈词的痛哭，也不过是为了激起百姓及谢太傅的情绪，让他不得不出手。

上一辈子，谢太傅是在这件事上唯一公开站出来帮助卫家的人。他乃天子之师，当年卫忠乃天子伴读，他亦算是卫忠的老师。他与谢家人性格不太相似，如果说谢家人自私自利只顾自保，那谢太傅就是谢家的异类，哪怕活到这个岁数，他也有着一副热血心肠。

只是上一辈子谢太傅出声的时间太晚，卫韫已经在天牢里待了一阵子了。天牢那地方多是曹衍这样的宵小之辈，卫家当年树敌众多，卫韫待在天牢里，多一日都是折磨。于是这次楚瑜故意示弱，便是想要激一激谢太傅，让他看一看自己曾经的得意门生如今家中的惨烈，再加上他心里的那一点良知，以及他对皇帝的了解，楚瑜料定他十有八九是要出手的。

楚瑜的心思转得很快，坦然笑开："见过一面，感情尚算好。"

谢太傅冷哼一声："少夫人好算计。"

"太傅大人若是无心，妾身又如何能算计？"楚瑜的灼灼目光看向谢太傅，"圣上心中是怎样的意思，大人难道不明白？"

听到这话，谢太傅沉默了。于是楚瑜确定，对于皇帝而言，果然他并不想对卫家赶尽杀绝。这也是，如果要对卫家赶尽杀绝，上辈子就不会留下一个卫韫。可不愿意杀，又在明面上震怒于卫家，这是为了什么？是什么原因让皇帝不敢让别人知道他其实是打算放过卫家的？

楚瑜认真思索着，面上却是已经全然知晓的模样，她低头给自己倒茶，胸有成竹地道："陛下要找人背这口锅，心中难道没有半分愧疚？七万精兵，七位良将……"

"你……"听到这话，谢太傅露出了震惊的表情，然而他很快又压制住，颇有些紧张地道，"你知道些什么？"

"妾身什么都不知道。"楚瑜轻轻浅浅地一笑。然而对上这个笑容，谢太傅却是绝不肯信她真的什么都不知道。他皱起眉头，看着楚瑜端茶递给他，"太傅大人，您爱赌吗？"

他没有接茶，只盯着楚瑜的眼。楚瑜的目光一直如此，平静从容，没有半分波澜惊慌。从他遇见她起，这个明明只是少女年龄的女子，就呈现出了一种超乎自己年龄的镇定。

看着谢太傅警惕的审视,楚瑜双手捧茶放在他面前,继续道:"如今的卫家,就是朝堂的一场赌局。如今大多数人都将筹码押在了另一边,没有人肯押卫家。那么,如果有人押了卫家,一旦押中那就是一人独占了所有收益。"

"太傅大人,"楚瑜的神色郑重起来,"若此番能救得七郎出狱,我卫家可许给大人一个承诺,日后有任何事,卫家可无条件让步一次。"

谢太傅没说话,似乎还在思索。楚瑜继续道:"太傅大人若是赌赢了,所得的,便是圣心,还有卫家这个绝对可靠的盟友。而大人若是输了,大人乃陛下之师长,以陛下的性子,并不会对您做什么,不是吗?"

谢太傅的神色有些动摇,楚瑜盯着他,语调颇为急切:"太傅,这一场豪赌,您稳赚不赔。"

听到这话,谢太傅笑了笑。"楚家大女,"他抬眼看她,"你与卫世子并没有什么感情,为何要做到如此地步?"

"为了良心。"楚瑜平静地开口,声音中却带着不可逆转的坚定,"这世上总有人要牺牲。牺牲的人是英雄,妾身不能成为英雄,那至少也要护着这些英雄,不堕风骨。"

"妾身从未怪过谢玖或其他人。"说着,楚瑜的话题骤然拐了个弯,谢太傅颇为诧异,却只见她抿了口茶,淡然道,"这世上所有的普通人,都是心怀善良,却也趋利避害。谢玖、姚珏、张晗、王岚,她们的选择并没有错。可有人牺牲当了英雄,有人当了普通人,那自然要有人,来当介于普通人与英雄之间的那个人。追随敬仰着英雄的脚步,将其当作信念,维护它,保存它。"

"这条路很苦。"谢太傅有些惋惜。

楚瑜漫不经心地道:"可总得有人走。"

总得有人牺牲,总得有人付出。当一个普通人并不是罪过,可付出更多的人,理应获得尊敬。

谢太傅静静地看着楚瑜,许久后,他端起楚瑜捧给她的茶,抿了一口,淡淡地道:"等一会儿,你们去祠堂抱上卫家的灵位,跪到宫门前去。卫韫不出来,你们就跪着。"

楚瑜点了点头,看见谢太傅慢慢站起来,她皱起眉头道:"还有呢?"

"剩下的有我。"谢太傅叹息了一声,有些惋惜地道,"少夫人,陛下并非你所想的那样铁石心肠。卫忠年少伴读,而后伴君,再后保家卫国,护君一生,陛下……"他没将话说完,最终只是摇了摇头,将所有话藏进了这初秋的雨里。

然而话到此处,楚瑜却也明白了谢太傅的意思。她退了一步,弯下腰去,深深作了一

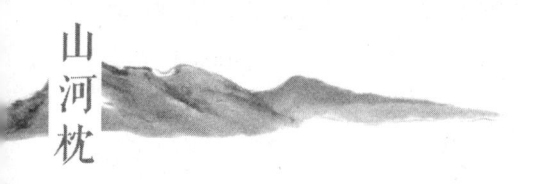

揖，真诚地道："楚瑜替卫家谢过太傅大人。"

谢太傅点点头，往外走去。走了几步，他突然顿住脚步，转身看向楚瑜。

他静静地看了她一会儿，点了点头道："虽为女子，但大楚有你这样的年轻人在，我很放心。"

楚瑜微微一愣，便见谢太傅转过身去，走进了那风雨里。

谢太傅走出去几步后，楚瑜才反应过来。她思索了片刻，抿了抿唇，终于还是追了上去，扬声道："太傅大人！"

谢太傅停下步子，楚瑜快步走到他面前，咬了咬牙道："大人能否给妾身一句实话，此番事中，卫家到底有罪无罪？"

谢太傅没说话，他的目光凝在楚瑜身上，许久后，却是慢慢地道："少夫人该做聪明人。"

聪明人，那便是如果你猜不到、不知道，就不要开口询问。楚瑜何尝不是要做聪明人？可当谢太傅说出那句话时，她忍不住就有了那么点期盼，或许谢太傅会比她想象中做得更多。

楚瑜一时没有回话，谢太傅见她神色坚定，沉默了片刻，又慢慢地道："有罪无罪，等着便是。"

楚瑜明白了谢太傅的意思，如今既然被抓，那必然有罪，可是天子心中或许还在犹豫，所以才有可能无罪。于是她斟酌了片刻："那，若卫府有罪，妾身如今带人去跪宫门，于陛下而言，又岂可容忍？"

谢太傅想了想，没有多言。楚瑜打量着他的神色，继续道："不若，大人做个传信人，替妾身求见陛下一面？"

"你见陛下想做什么？"谢太傅皱起了眉头。楚瑜平静地回答道："如今一切依律依法，七公子尚未定罪，妾身自然是要去求陛下开恩的。若陛下不允，妾身再寻他法。"这话的意思，便是她其实只是去找皇帝走个过场，至少先和皇帝商量一声，给他一个面子。

谢太傅想了想，点头道："可，明日我会同陛下说此事。其他事宜，我也会帮你打点。"

楚瑜拱了拱手，同谢太傅道："谢过大人。"

谢太傅点了点头，看了看渐渐小下来的秋雨："不必送了，我先回去吧，之后若无大事，你我不必联系。"

"楚瑜明白。"楚瑜躬身目送谢太傅走了出去。

之后，她便将管家招了来道："赶紧准备两万银送到谢太傅那里去。"

管家愣了愣，却还是赶紧去准备了。楚瑜舒了口气，回到大堂，蒋纯忙走上来焦急地问道："如何了？"

楚瑜点了点头："太傅大人说会帮我求见陛下。"

蒋纯坐下来，倒了杯茶，颇有些奇怪地道："你不送太傅大人？"

楚瑜摆了摆手："他既已答应帮我们，我们此刻便不要走得太过于近了，否则陛下会猜忌他到底是真心被卫府触动，还是别有所图。"

"那你送的那两万银……"蒋纯有些疑惑。楚瑜抿了口茶："他答应帮我们，这上下打点的钱，总不能出在他身上。"蒋纯明了地点了点头，却见楚瑜放下茶杯，同她道，"你安置父亲和小叔们，我还要出去一趟。"

"你去哪儿？"

"还有其他要打点的地方。"楚瑜面上带了疲惫之色，"可能也不会见，但也要去看看。"说着，楚瑜吩咐了管家准备礼物，便往外走去。

蒋纯有些踌躇地道："你身上还带着伤，要不休息……"

楚瑜摇了摇头，干脆地道："小七还在天牢里，我不放心。"

楚瑜拟了一份名单，将可能会帮着卫家说话的人全都列了出来，一一亲自送了礼物上门去。

人们一听是她来，纷纷闭门不见，长公主府也是如此。然而楚瑜却是知道，长公主从来都是一个爱钱的，于是她面色不动，将银票暗中压到了前来交涉的奴仆手中，小声道："长公主的规矩我都明白，这些碎银端看长公主的意思。"

那奴仆倒也见怪不怪，不着痕迹地将银票放在袖中后，便将楚瑜送了出来。

一连走访了十一家大臣的府邸，此时已入了夜，楚瑜悄悄赶到天牢，亮出楚府的牌子，又散了银子，这才换来一刻钟的探望，被看守的狱卒悄悄带了进去。

卫韫被单独关在一个牢房，楚瑜进去时，卫韫正端坐在牢门边上。他身着一身囚衣，头发散披下来，面色看上去有些苍白。见楚瑜来了，他微微一笑："嫂嫂怎么这么快就来了？"

楚瑜没说话，只上下把卫韫打量了一圈。旁边的狱卒谄着笑道："少夫人，您说话快

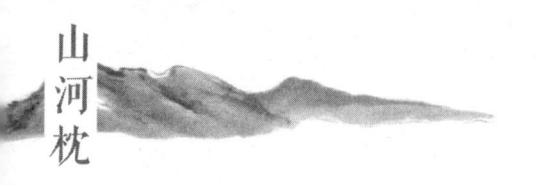

些，我帮您看着。"楚瑜点点头，含着笑恭敬地道："谢过大人了。"

说着，晚月又从后面递了银子过去，那狱卒赶忙摆手："不妨事，不妨事的。"一面说着，一面退了下去。晚月见状，将食盒交给楚瑜，也跟着退了下去，牢中便只留下了楚瑜和卫韫。

楚瑜见卫韫神色平静，关切地道："他们没打你吧？"

"没呢，"卫韫笑了笑，"毕竟天子脚下，我又无罪，能把我怎么样啊？"

楚瑜没说话，她走到门边，将食盒打开，把菜和点心递了过去："你若饿了就吃点菜，点心和馒头你藏起来，我也不知道什么时候才能将你接出去，别饿坏了……"

听到这话，卫韫有些无奈："嫂嫂这话说的，这天牢又不是虎狼之地，我每天就在这里吃吃喝喝睡睡，饿不着。嫂嫂你这样说，不知道的人还以为你坐过天牢呢。"

其实也是坐过的。楚瑜恍惚想起来，上辈子宫变之前，她作为顾楚生的妻子，便是被关在天牢里。那日子哪里有卫韫说的这般轻松？

她抿了抿唇，没有多说，只是将糕点塞了进去。卫韫知道她不信，忙道："我说真的，我刚才还在睡觉呢，你就进来吵我……"

"地上有血。"楚瑜开口，卫韫僵了僵，听她继续道，"从我进来到现在，你都没有换过坐姿。卫韫，你敢不敢站起来？"

卫韫沉默了下去，楚瑜盯着他，冷声开口："站起来！"

卫韫没动，见楚瑜的目光落到自己的脚上，他艰难地笑起来："其实也没什么，就是崴了脚……"

"骨头裂了没？"楚瑜垂下眼眸，拉开了食盒底层抽屉，"这些都是府里顶尖的药，你藏好。牢房里松动的砖头大多都能够拉开，很多里面都被犯人掏空了，你就把东西藏在里面。我会尽快救你出去，不过你先给我说明白，到底发生了什么？"

卫韫没说话，楚瑜捏着食盒，压抑着自己的情绪。

"你们去之前我便同你们说过，不要追击残兵，一切以稳妥为主。为什么你们还会追击残兵而出，在白帝谷被全歼？"

"我不知道……"卫韫沙哑着出声。

楚瑜皱起眉头，卫韫摇着头道："我也不明白，明明父兄从来不是这样的人……我不知道到底怎么了，那天他们就像是中了蛊一样，连我都去劝了，可父亲一定要追，还罚我去清点军粮。他们离开之前，大哥还和我说，事情不是我想的那样，让我别担心。然后就……"

卫韫哽住了声音，楚瑜平静地听着，声音镇定："小七，你别难过，长话短说，从你觉得事情有异的时候开始讲。"

"其实太子到来之前，一直并无异状。"卫韫收拾了一下情绪，开始仔细回忆，"我自十一岁开始随军，熟知军中事务。我们到了前线之后和北狄正面交锋了一次，将北狄逐出城，双方便进入对峙，甚少有交战。父亲惯来稳重，他曾说，北狄自远处来攻，粮草难继，我们只需守城不出便可。"

楚瑜点了点头。她当年也曾了解过大楚各将领带兵的风格，卫忠的风格的确如此。卫韫继续道："对峙不过七日，太子便来了前线，持圣旨任监军。太子曾言，如今国库空虚，须速战速决，父亲并未同意，两人曾在帐中有过争执。但因父亲固执不肯出兵，太子无法，倒也相安无事。不几日，姚勇来了白城。"

"姚勇为何会去白城？"楚瑜皱眉。姚勇本是青州统帅，卫家军死守白城并无压力，为什么姚勇会出现在那里？

卫韫摇了摇头："我的品阶不足以知道。但我清点粮草，管理杂物，我知道当时姚勇是偷偷带了九万精兵暗中过来的。他的军队没有驻扎进入白城，反而是躲在了周边。"

楚瑜听着，细细捋着线索。上一世，卫韫最后是提着姚勇的人头去见的皇帝，可见此事必然与姚勇有着千丝万缕的联系。姚勇在卫忠守城时暗中带兵伏在周围，卫忠明显是知道的——连卫韫都知道了。也就是说，卫忠那时候就没打算只是死守了，他和姚勇必定合谋布置了什么。

楚瑜抬了抬手，示意卫韫继续。

卫韫一面回忆，一面思索："后来北狄便来叫阵。那一日于城门外交战，北狄很快便溃不成军，父亲带兵追击，我听闻之后赶忙前去阻止。北狄之勇，绝不可能这么快溃败。然而父亲却一个劲儿叫我放心，还道北狄二皇子苏查在那里，要抓回来庆功。"

"父亲为何知道苏查在那里？"楚瑜迅速地反问道。

卫韫抿了抿唇，明显是不知道，却也从楚瑜的反问中察觉出了疑点来。北狄如今尚未立储，苏查是炙手可热的储君人选。他到了军营中，应该是如同太子作为监军一般，藏起来不为人所知的。那卫忠又是从哪里得到这样隐秘的消息的？

然而时间紧迫，楚瑜也来不及细想，只是道："你继续说。"

"父亲将我赶去清点粮草，他自己带着几位哥哥分两路出了城去，一路追敌，一路断后。待到夜里……"卫韫的声音哽咽，一时竟是说不下去了。

楚瑜隔着木栏伸出手去，拍了拍他的肩。她不擅长安慰人，因为她被人安慰过太多次，熟知言语有多么苍白无力。路都要自己走，疼都得自己熬。她只能用拍肩这样的方式，无声地传达自己的一份心意和安抚。

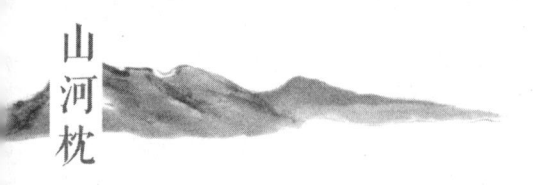

卫韫抬头笑了笑，忙道："我没事，大嫂不用担心。方才说到哪里了？哦，待到夜里，姚勇便让人来通知我，说他们受了埋伏，让我前去增援。"说着，卫韫苦笑起来，"可城中的兵都出去了，也就留下了五千守城，我能增援什么？"卫韫的声音里带了嘲讽，"不过是……收尸罢了。"

"姚勇的兵马呢？"楚瑜的声音里带了寒意。卫韫平静地道："他说他追击另一路兵马，等回去时，父兄已经中了埋伏。……他还说，他与太子已经多次同父亲说过，不可贸然追击残兵，有他追已经够了，此番责任，全在父亲不听劝告。"卫韫说着，慢慢捏起了拳头，"我心中知道此事有异，所以我特意又去了白帝谷。你可知我在周边山上看到了什么？那白帝谷群山边上，全是兵马的脚印。"

楚瑜霍然抬头："什么意思？"

"嫂子可知，军中募军买马均就近择选，因此各地军队的战马品种大多不同。例如卫家军多出北方，因而马多产于河陵，马形高大，奔跑迅速，但耐力不佳。而姚勇的军队由青州供马，青州马多为矮马，蹄印与河陵马相比小上整整一圈，更与北狄所用的北关马天差地别。"

"所以，你是说白帝谷边上那一圈脚印，是由姚勇的青州军所留。"

卫韫点了点头，目光中全是冷意："我不知道这一圈脚印是哪里来的，我不知道那是他追击了北狄其他军队后转回白帝谷留下的脚印，还是从一开始……就在那里。我只知道，此事必有蹊跷，卫家此罪，不查得彻彻底底，我不认。"

楚瑜没说话，她在思索。这时外面传来了晚月的声音："少夫人，时间到了，还请出来吧。"

"姚勇这一战损失了多少人？"楚瑜问了最后一个问题。外面传来的脚步声渐近，卫韫立刻道："目测不到一万，但他报上了三万。"

楚瑜点了点头，站起身来，只道："且等我消息。"说罢，便在狱卒进来赶人之前向外走去，一边同狱卒道："大人不必催促，妾身这就离开。"

"嫂子！"卫韫急促地出声，楚瑜回头，看见那少年双手紧握着木栏，目光落在她身上，清澈的眼里全是担忧。他似是有无数话想要说，然而在那女子镇定的目光落在他身上时，却是什么都说不出来。最终，他只是道："嫂子，这是我们卫家男人的事，你……要学着顾全你自己。"

这话他说得干涩。说的时候，他自己都在害怕。毕竟不过十四岁，在面对这骤然而来的风雨时，他也惶恐，也不安。一想到要自己去面对所有的一切，一想到这个在整个事件中唯一能给他安稳和镇定的女人也会弃他而去，他心里也觉得害怕。

可他毕竟是个男人。在触及那女子如带了秋水一般的双瞳时，卫韫告诉自己——他是卫家仅有的脊梁。所谓脊梁，便是要撑起这片天，护住这屋檐下的人。纵然他有大仇未报，纵然他有冤屈未伸，纵然他有青云志，有好年华，可这一切，都该是他自己去拿、自己去争。而他卫家的女人，就该在他撑着的这屋檐之下，不沾风雨，不闻烦忧，只需每日高高兴兴问哪家胭脂水粉好，哪家贵女的新妆又在华京盛行——正如他父兄在时那样。

他目光坚定地看着楚瑜。然而听了这话，楚瑜却是勾了勾嘴角，眼中带了几分骄傲："这些话——等你长大再同我说吧。你如今还是个孩子，别怕，嫂子罩着你。"

听了楚瑜的话，卫韫微微一愣。

那渐行渐远的少女，满打满算也不过比他大一岁，却已经有了截然不同的气势。或许如同他急切地想要长大，撑起这个卫府，她也觉得自己作为长嫂，应该罩着他吧？

卫韫看着楚瑜的背影。楚瑜自己没有发现，可卫韫却清晰地看到，有血迹从楚瑜的背上浸了出来。她受了伤，却依旧含着笑，连声音都没有因为疼痛而颤抖。就像白日里，她明明已经在看见丈夫的棺木时眼里盈满了眼泪，却仍旧含着笑扶起他，给他递上了一杯祝捷酒。什么事她都埋在自己心里，云淡风轻，用最美好的姿态面对他，用无声的动作同他说：无妨，一切安好。

为什么不和他说实话呢？卫韫捏紧了拳头，满脑子都是她背上浸出的血迹，慢慢地闭上了眼睛。

被打到瘀血的腿骨隐隐作痛，然而内心有另一种更强大的疼痛涌出来。因弱小所导致的无能为力，他无可奈何。从未有过一刻，他如此渴望权势。在带着父兄归来的路上，他想的只是如何查明真相，如何沉冤昭雪，如何成为家中的顶梁柱，支撑住卫家。然而在那女子含着笑说出那句"嫂子罩着你"的时候，他才真真切切地感受到自己的弱小与无力，感受到自己甚至还不如一介女流，不如一个虽然是他嫂子，却只比他大一岁的小姑娘。

活下去。卫韫猛地睁开眼睛。此刻，他无比清醒地知道，他必须活下去，他必须站起来，他要成为那个能够为别人遮风挡雨的人，只要他活着一日，便绝不会允许卫家再经历今日的痛苦！

楚瑜从天牢中走出来，心里思索着卫韫给出的线索。

太子监军，姚勇是太子的舅舅，那他必然是受太子指示来的白城，然后与卫忠密谋了一个计划。可是因为某种原因，计划失败了，姚勇将所有的责任推到了卫家身上。而皇帝……大概也是知道的。

楚瑜坐上马车，用手指敲着大腿思索。

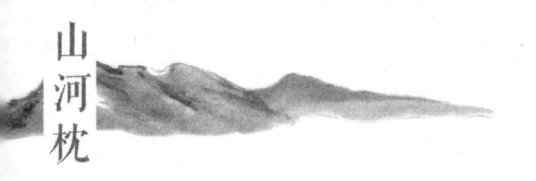

这件事，皇帝到底是知道，还是参与？是皇帝导致了这件事的失败，卫家为皇帝背锅，还是太子导致了此事发生，皇帝为太子遮掩，抑或是皇帝本就有铲除卫家之心？

不，不可能。楚瑜想到第三个答案时，瞬间否定。谢太傅帮了卫家，且他是在察觉内情的情况下帮助了卫家，足以证明皇帝并不打算对卫家赶尽杀绝，甚至对卫家怀有愧疚之心。如果皇帝本就打算铲除卫家，卫韫根本回都回不来，因为他不会留下卫家的一个苗子。

只要不是皇帝刻意打算铲除卫家，那卫家就安全了许多。楚瑜一路思索着，马车已回到镇国侯府，蒋纯还在等她。

楚瑜看见蒋纯，笑了笑："你怎么还不睡？"

"你没回来，我记挂着。"蒋纯上前扶着她下来，"今日如何？"

"有些眉目。"楚瑜抬头看向蒋纯，"府里其他人如何了？"

"张晗和王岚哭得厉害，被劝回去了，姚珏在房里骂曹衍骂了好一会儿，如今也睡下了。谢玖还在灵堂里，不知道现在回去了没。"蒋纯的言语里有些疲惫，又补充了一句，"今日各家都来了人，也不知道都说了些什么。"

楚瑜点点头，同蒋纯道："你辛苦了。"

"我倒还好，"蒋纯艰难地笑起来，"都是鸡毛蒜皮的小事，倒是你……"她叹了口气，"阿瑜，若不是你在这里，我只怕我自己……"

她的话没说下去，楚瑜已经明白了。上辈子楚瑜不在，从蒋纯所做的选择便可窥见她如今的内心一二。楚瑜用力握了握她的手，沙哑着声音道："我在这儿。"

"不说了，"蒋纯强压着快要蹦出来的眼泪，"先回去睡吧。"

"你先去吧。"楚瑜笑了笑，"你也累了一天，先去睡上半夜，我去灵堂守七星灯，等下半夜你再过来。"

蒋纯犹豫了片刻，还是点了点头，陪楚瑜走了一段路便回去睡了。

蒋纯是个能做事的，楚瑜出去的这大半天，卫府的灵堂便已全都搭建好，卫风也重新寻了棺木安置，安安稳稳地放在灵堂中。楚瑜换了一身衣服来到灵堂之中，刚迈进去便看到了一个人影。她穿着一身素衣跪在地上，守着灵堂前供奉着的七星灯。

七星灯是有着七根烛线的油灯，按照大楚的说法，人死之后要由七星灯照亮黄泉路，而七星灯需要家人看护，头七天不能熄灭，否则那人便寻不到黄泉路，会成为孤魂野鬼。卫家人如今才回来，这七星灯也就如今才点起来。

楚瑜走进灵堂，跪在那女子身边，轻声道："你在啊。"

"嗯。"谢玖淡淡地开口，转眼看她，"去见小七了？"

"见了。"

"情况如何？"

楚瑜没说话，谢玖也没再继续问。她知道楚瑜并不放心她，也不逼迫楚瑜。

她静静地看着棺木，声线平稳："今日家母来同我说，让我向小七求一封放妻书。如今圣心未定，我待在卫家，她怕我会跟着卫家一起葬了。此番定罪可大可小，要是落一个满门抄斩，我该怎么办？"

"下次去见小七，"楚瑜的声音平淡，"我帮你求。"

"你不怕吗？"谢玖转头看她。

楚瑜没说话。若是以前，若她只是谢玖这样的人，那自然……是怕的。可是重活了一辈子，生死一事，也就没那么害怕了。走过的路回头再走，便会有更多的勇气。更何况，她清楚地知道当年卫家没有被满门抄斩，如今她如此帮扶，又怎么会？

然而这些话她不会说出口来。谢玖垂眸道："我原以为我会很怕，可是今天接了他回来，我突然就不怕了。……我不想见他的。我怕看见他，就不想走，就想跟着他去。阿雅生前总问我喜不喜欢他，他说他感觉不到我喜欢他。其实吧……"她轻轻地闭上眼睛，哽咽片刻后，沙哑着声音道，"我就是怕，自己太喜欢他。女人的一生本就艰难，庶女之路更是难走。我这辈子本就是算计着过，再谈什么喜欢不喜欢，我的路就太难了。"

她站起身来，慢慢走到卫雅的棺木边上，将手放在那棺木上，低头看着棺木里仿佛睡着了的那个人。她在看那睡颜。她这般含笑看着，眼泪骤然滴落而下："你看……若是我不喜欢他，该多好。"

楚瑜静静地看着她。最初见到谢玖时，楚瑜对她谈不上喜欢。然而如今再看着她，却有万般滋味涌了上来。上辈子她匆匆离开，或许就是知道，越晚走，越是要面对这鲜血淋漓的现实，就越容易伤心。

一个人如果不多与之相交，便论不了善恶。

谢玖静静地看了卫雅一会儿，慢慢地转过头来："你可知如今，太子和六皇子有所相争？"

太子生母出身姚家，而六皇子则出身大族王氏，乃真正名门贵女所出。楚瑜不明白谢玖为何突然说起这个，却也知道，依照谢玖的性子，她绝对不会无缘无故说这些。于是楚瑜静默不言，耐心地听着。

谢玖的手拂过棺木，平静地出声："陛下拥姚家为新贵，立姚氏女为皇后，立其子为太子，其目的在于权衡。六皇子代表氏族，姚家便是皇帝的一把刀。可是将一国尊位交给一把刀，合适吗？"

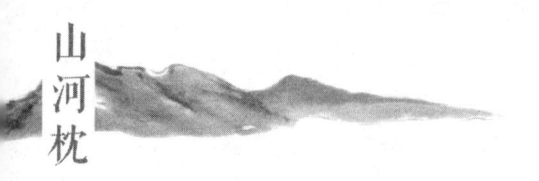

"这个问题，"楚瑜思索着，"应正是满朝文武所想。"

"那太子自然也会如此作想。"谢玖垂眸，"两年前，王氏与姚氏争河西之地，陛下让公公参谋抉择，太子曾连夜来卫府商议。当夜他们似乎发生了很大的争执，太子又连夜离开了。"

"后来河西之地归了王氏。"楚瑜似乎明白了什么。谢玖点点头，目光里带了冷色："此次太子是监军，姚勇亦在战场之上。若此事是太子从中作梗，你可想过应对之策？"

楚瑜没说话。她记得，上辈子，最后坐稳皇位的并不是太子，也不是六皇子，而是如今方才两岁的十三皇子。当年六皇子登基后，卫韫直接带人杀入了皇城，和顾楚生里应外合，将六皇子斩于剑下，随后辅佐了这位皇后的幼子登基。从此顾楚生和卫韫一文一武，斗智斗勇直到她死。

她死后局势是如何发展的她不知道，但她却知道，在她死之前，太子早就死得透透的了。而太子之所以死，却是和一个人脱不了关系——

长公主，李春华。

这个人今日她已经去拜见过。她与圣上一同长大，情谊非常。她对圣心拿捏之准，当世无人能出其右。只不过她年少守寡，膝下仅有一个女儿，守寡之后，她干脆养了许多面首，荒唐度日。

上辈子李春华将自己的独女李月晚许给了太子，要求太子对她女儿一心一意，太子应下，却一直在外偷欢，李月晚怀孕时发现，因激动而早产，最后难产而死。李春华从此怒而转投六皇子，一心一意和太子作对。

如今太子刚和李月晚定亲，李春华尚不知太子的那些荒唐事。若是她知道了呢？楚瑜琢磨着——按照李春华那爱女如命的脾气，要知道了太子在外面做的那些事，还能善了？是人就要发脾气，发脾气总得找个由头，这时候卫家的事如果撞到李春华手里，一切就能顺理成章。

楚瑜捋顺了思路，舒了口气，同谢玖道："我明了了，谢过。"

谢玖看楚瑜的神色，便知道她是找到了办法，点了点头，也没有多说，目光再次落在卫雅的棺木上。许久后，她沙哑着出声："我走了，再不回来了。你活着的时候我已经尽力对你好，你死了，我没有留遗憾。下辈子……"她捏紧拳头，轻轻颤抖着，"你我再做夫妻吧。"说完，她猛地转身，朝着外面走了出去。她生来薄凉自私——谢玖告诉自己——为卫雅做的一切，已经是她能给的最多了。

看着谢玖离开的背影，楚瑜忍不住叫住她："谢玖！"

谢玖顿住步子，转过身来，月光洒在她素白的身影上。楚瑜双手笼在袖中，轻轻一笑:"姑娘,你真好看啊。"

谢玖微微一愣,片刻后,她含泪笑开。"是,"她清脆地出声,"我夫君也曾如此说。"

"走好。"楚瑜点了点头,眼中满是认真。谢玖轻笑:"放心,我这一辈子,一定过得比你好。"

"那可未必。"楚瑜含着笑靠在长廊柱子上,神色浪荡风流,仿佛哪家公子哥儿一般,眼中俱是温柔,"你信不信,这一辈子,你我都会过得很好。"

谢玖没说话,她静静地看着楚瑜。这女子的安慰,温婉无声,却又饱含力量。谢玖本也是敏感的人,她对别人的坏敏感,对别人的好更敏锐。

于是她点了点头,却是道:"谢谢你。"

四　来是我自己选的，走也得我自己选！

楚瑜守了半夜才去睡，第二日她一睁开眼，便迅速叫了人过来。

她还记得当年太子那个让李月晚难产的情人——没办法不记得。且不说这事儿就是顾楚生让她查的，更何况，那情人的确太过惊世骇俗了些，竟就是太子的同宗堂姐，清河王的女儿，那位足足大太子十二岁、早早守了寡的芸澜郡主。太子早在十六岁时便与她有染，这份地下情持续了十年之久，不可谓不深情。

楚瑜算了算时间，如今正是太子与芸澜交好的第七年。她思索了片刻，便让人将管家找了来："卫家是不是在芸澜郡主府边上有一个小院？"

管家愣了愣，却是迅速地反应过来，忙道："对，不过位于郊区，颇为偏远……"

楚瑜点点头，毫不奇怪的模样，却是吩咐道："去府库里拿些香丸，在那小院离郡主府最近的墙边搭一堆火，将香丸扔进火里，昼夜不停地烧。"

管家虽然不明白楚瑜的目的是什么，却还是点了点头，郑重地道："小的明白。"

"再找个乞丐，送一封信到太子府去，别让那乞丐知道你是谁。"

说着，楚瑜便找了纸笔，仿着芸澜郡主的笔迹写了封情诗：

一重山，两重山，山高水远人未还，相思枫叶丹。

嫁给顾楚生的那些年，楚瑜学会了很多事，其中一件，就是模仿别人的字迹。

她让人将信托乞丐之手送到太子府，自己则熏了香丸，带着大批金银再一次登了长公主的门。

看在金银的分上，李春华终于见了楚瑜。

楚瑜身着素服，朝着李春华盈盈一拜。那香丸味道浓烈，李春华瞬间注意到了这味道，含着笑道："卫少夫人身上这是什么香？真是特别。"

"是十日香。"楚瑜站起身来,双手捧着礼物来到李春华面前,亦含笑道,"这香丸的气味浓烈,沾染后十日不散,乃卫府特制。平日不常用,只是如今我想将城郊别院修作祠堂,便先让人在院里熏了香丸,这般随意带了点气味过来,让殿下笑话了。"

李春华见着银子,很给楚瑜面子,倒也没多说什么,只是道:"卫府城郊的别院可是芸澜郡主隔壁的那座?有一年的春日宴就是在那里办的。"说着,她似乎并不想在卫家的话题上纠缠得太久,继续道,"芸澜向来不太爱香味,你这样熏,她怕是郁闷极了。"

"倒也不是,"楚瑜笑弯了眼,"女子都爱美好的事物,这香丸的味道,或许郡主还很喜欢呢。她还问我要了几颗,估计是想以后用吧。"楚瑜扶着李春华,仿佛在说着一件无关紧要的事,"说不定,芸澜郡主正在寻觅着新的丈夫呢,毕竟不是所有人都能守寡一辈子。"

听到这话,李春华打量了楚瑜一眼。她自然是知道楚瑜三番两次前来求见的原因的,她让楚瑜进来,自然也是心里有了底。她同楚瑜逛着院子,慢慢地道:"卫少夫人想得开就好,毕竟人生还长。你在卫府门口那一闹,也算是有了个好名声,以后便不用发愁了。就卫少夫人这品性容貌,未来的路,不会太难。"

提到一个女子的品性容貌,那路自然说的是嫁人生子。楚瑜明白,李春华这话不仅仅是在宽慰她,更是在敲打她,卫家的事儿她已经管得够多了,得了好处,适可而止就好。

就谢太傅的态度来看,此事陛下尚在犹豫之中,对于李春华而言,去给一个正在犹豫的陛下煽风点火做个建议并不是难事。然而她之所以犹豫,无非是因为此事牵扯着太子。如今她的独女刚和太子定了亲,她不可能和太子对着干。只是楚瑜送上来的礼的确太大,着实让人心动,她又不忍割舍。思来想去,她只能是和楚瑜见一见,看看楚瑜有没有其他的条件,只要不和她未来的女婿对着干,一切倒也好说。

比如说——找个好夫婿。

李春华劝说着楚瑜。楚瑜却是笑了笑,道:"我有世子已经足够了。况且卫府如今还有主母、小叔和五个孩子,我放心不下,也想不了太多。"说着,楚瑜叹息了一声,"我也不同殿下兜圈子。阿瑜的意思,殿下应当明白。殿下若允,阿瑜许下的东西,即刻送到殿下府上。若不允也无妨,是卫家命当如此了。"

李春华面露难色,正要开口,楚瑜却抬手打断了她的话:"殿下不必此刻就回答我,再好好想想。"说着,楚瑜盯着她,认真地道,"想清楚,想明白,殿下再让人召我。"

李春华被楚瑜的郑重之色弄得呆了呆,楚瑜也就趁着这个时间告退,回到了府中。

她要做的事情做了大半,心情自然是舒缓不少。正让人准备着东西想再去天牢看望卫韫,就听外面传来了通报声,却是她母亲带着楚锦来了。

楚瑜皱了皱眉头，按照她对自己母亲的记忆，她在这种时候上门来绝不会带来什么愉快的体验。然而人已经来了，于情于理她也不可能将自己的母亲拦在门外，只能让人请了进来。

谢韵带着楚锦匆匆忙忙进来，楚瑜站起身迎上去，含笑握住谢韵的手道："母亲怎么来了？"

谢韵愣了愣。记忆中她的这个女儿从来都是冒冒失失，开心时便是如男孩一般爽朗地大笑，不开心时也是要发火就发火、要骂人就骂人，急起来一鞭子甩过去也不是没有的事。然而如今的楚瑜却真如一位大家夫人一般，明明满心愁苦，却还是能含笑起身，握住她的手，从容地问上一句——母亲怎么来了？

发现女儿的转变，谢韵当场红了眼，她握着楚瑜的手，想说些什么，却是什么都说不出口。过了许久后，她只是沙哑着声音说了句："你受苦了……"

楚瑜没说话。她本是抱着不耐烦的情绪接待谢韵的，然而在谢韵将这话说出口的瞬间，她却骤然意识到，谢韵亦并不是上辈子的谢韵了。那些事都还没发生，谢韵还没有为了楚锦而伤害她，她如今始终是自己的母亲。也许内心里她还是更喜欢楚锦的，可她仍然比常人更爱楚瑜，也更心疼楚瑜，甚至于如果不是为了楚锦，她也愿意为了楚瑜而赴汤蹈火。

为了没有发生的事去惩罚一个人，对于此刻的谢韵来说，未免过于残忍。楚瑜看着谢韵，片刻后，她垂眸，摇了摇头："不苦，本也是该做的。"

"我儿命不好啊……"谢韵哭出声来，心疼地道，"我本早就想来看你，但你父亲却拦着，说别让我来添乱。你说他这是什么道理？哪里有说母亲来给孩子添乱的？我不过是想来看看你，怎的就成了添乱？"

楚瑜没说话，她早已将下人都遣退下去，就留下长月和晚月在屋中。她们本也熟悉谢韵的性子，倒也习惯了，沉稳地给母女三人端茶倒水，听谢韵给楚瑜念经。楚锦则默默地坐在一边喝茶，眉宇之间不难看出喜色，只是她向来端得住，不仔细看，倒也不觉有失。

楚瑜听谢韵抱怨了一会儿楚建昌如何拦她，听得头痛不已，正要转了话题，就听谢韵道："我同你父亲说了，让他想办法进天牢去，为你求一封放妻书，他不肯。我便花了大价钱去了天牢，亲自替你求了。我本以为卫七郎不乐意，谁曾想我刚说完，他便同我要了纸笔，二话不说便签了这放妻书。你看……"

谢韵说着，从袖子里拿出一封放妻书来，献宝一般地道："还是母亲心疼你吧？哪怕其他几家的姑娘，也没得我这样拼的。她们都等着卫韫出来后再去要呢。我如今已将放妻书拿来了，你随时可以离开卫府，不若今日就走吧？"

谢韵说这话时，语调明显轻快了许多。楚瑜没有说话，她从谢韵手中接过那放妻书，垂眸落在了首页的字迹上。

这字迹沉稳了许多，依稀已经开始现出几分他未来字迹的影子。楚瑜抓着放妻书，听谢韵道："你嫁过来还未圆房就死了丈夫，这是全华京都知道的事。如今你又在卫府门前一闹，我本还怪你来着，结果却听人说，谢太傅当众赞了你一句'忠贞仁义'，许多夫人便都来向我明着暗着打听你的去处。你如今就算离开卫家，也绝不愁再嫁。你妹妹的婚事我已经解决了，如今你赶快离开卫家，我给你寻个好的去处，也算放心了。"

听着这些话，楚瑜抬起眼眸看向谢韵。她的目光冷寒如剑，其锐利之色，饶是迟钝如谢韵，也察觉出了不对来，不由得犹豫道："怎的了？"

楚瑜没有与她争执。她深知谢韵这般夏虫语冰的性子，与她争，除了浪费时间，毫无用处。于是她收起放妻书，含着笑道："母亲怎的会突然想着去要这封放妻书？"

"这还得靠阿锦提醒。"谢韵看向楚锦，楚锦神色微微一僵。楚瑜也跟着似笑非笑地看了过去，听谢韵欢喜地道，"我担忧你，却也不知所措，想叫你回来，又担心这样做太过薄凉。还是阿锦同我说，如今卫家各少夫人都在暗地里谋划，姚家那姑娘的母亲如今已经开始寻访下家了，咱们家啊，也算厚道了。"

楚瑜静静听着，目光落在楚锦的身上。楚锦有些紧张，一言不发，旁边谢韵的唠叨仍然不断："如今阿锦和宋家的亲事定了下来……"

"宋家？"楚瑜有些疑惑，扭过头来看向谢韵，"护国公府世子？"

"你怎的知道？"谢韵有些诧异，"这事儿你父亲同你说过了？"

"我猜的。"楚瑜皱起眉头，"不是和顾楚生议亲吗，怎的改成了宋世子？"

"这顾楚生！"谢韵一提到他，便愤怒地骂出声来，"我们还愿意与他结亲那是看得起他，他却将这门婚事拒了！"

"母亲……"楚锦有些尴尬地出声，"莫说了吧。"

"怎的拒了呢？"楚瑜心不在焉地抚摸着袖中的放妻书，喝了口茶。谢韵刚想开口说些什么，想了想，又摆摆手道："罢了罢了，拒了就拒了，反正宋世子比他好多了。我们阿锦向来命好，也不在意这些细枝末节。"

楚瑜轻笑，点头道："的确命好。"

连着两辈子，都跑不掉守寡的命。这宋世子对楚锦向来情深，上辈子就是追着要娶她，楚锦守寡后本也打算嫁他的，结果卫家出事以后，皇帝把宋家也送去了前线。这宋世子本是去混个军功，结果没有卫家的前线全然如散沙，上前线没有半月宋家就没了，前线也全面溃败。那时北狄剑指华京，朝中无人可用，这才让卫韫有了请命的机会。

楚瑜没多说什么，虽然好奇顾楚生为什么退婚，但这与她已经没有太大的关系了。她向来是这样的人，爱你时，便全心全意爱，放下时，便干干净净放。顾楚生这个名字，不过是因为长年累月的习惯，会在听到的一瞬间让她心弦颤动，然而却也仅止于此了。

说着，楚瑜便道："母亲，我还有其他事，您先回吧。"

"你不与我一道回去吗？"谢韵有些紧张。楚瑜笑了笑："这放妻书我已经拿了，我随时可以走，只是如今走对名声有损，落井下石毕竟不是好事。再待一阵子我再走吧。母亲，你且先回去吧。"

谢韵犹豫了一下，但想到谢太傅对楚瑜的那句称赞带来的好处，还是点了点头。

楚瑜送着谢韵出去，谢韵在前，楚瑜与楚锦并排在后。楚锦叹了口气，满脸真诚地道："姐姐不肯回去，是否是担心着再嫁之事？"楚瑜抬眼看了她一眼，她轻笑道，"姐姐莫要担心，就算其他人不要姐姐，可是那远在昆阳的九品县令顾楚生，却还是在等着姐姐的。虽然比不上卫家和宋家这样的高门大户，但顾楚生仪表堂堂，也算是一位俊杰，倒也不会辱没了姐姐。吃几年苦，或许就否极泰来了呢？"

楚锦将"九品县令"这四个字咬得重了些，楚瑜便明白她的意思了。她温柔地笑开："阿锦还对我嫁入高门之事嫉恨在心啊？"

"卫家满门男丁都死了，还谈什么高门？！"楚锦顿时变了脸色。楚瑜抬手将碎发绾到耳后，低笑着道："卫家哪怕满门只剩一个卫韫，那也不是宋家比得了的。"说着，三人已经来到门前，她抬手同楚锦道，"门槛高，妹妹小心摔着。"

楚锦终于还是忍不住，冷笑着出声："姐姐且等着吧。"

楚瑜点点头："嗯，我等着。"说着，她握住楚锦的手，情真意切地道，"赶紧嫁给宋世子，不然过了这村就没了这店，多可惜。"

"不用你说！"楚锦咬牙开口。这时谢韵已经上了马车，回头看见二人还在说话，不由得道："你们姐妹感情真好，还不肯放手呢？"

这话呕得两个人都快吐了，却还是强撑着摆出那副好姐妹的模样。楚瑜为了不勉强自己，赶紧放开手，抬手道："妹妹请走。"

那一副让人赶紧滚吧不送了的神色气得楚锦肝疼，摔袖便往马车走去。谢韵见了，皱了皱眉："你怎么这般对你姐姐？"

楚锦这才意识到自己的失态，张了张口，却是什么都解释不出来。

楚瑜看着楚家的马车走远，这才冷下脸来，让人备了马车，直接去了天牢。

楚家在军中颇有地位，谢韵能见到卫韫，那也是看在了楚建昌的面子上。便如楚瑜能见到卫韫，除了大笔钱四处送，楚建昌也是一个原因。

四　来是我自己选的，走也得我自己选！

楚瑜进入天牢时，卫韫正躺着休息。因有楚瑜的上下打点，他受苦也不算太多，但身上仍旧是带了伤痕。听见人进来，他猛地睁开眼睛，见到来人是楚瑜，他微微一愣，慌忙去拉扯衣衫，想遮住身上的伤痕。然而他才抬手，就听见楚瑜冷声道："别遮了，遮不住。"

卫韫的手僵了僵，却还是理了理衣衫，让自己看上去尽量从容一些。他坐立起来，含着笑道："大嫂怎么来了？"

"你和我说清楚这是什么？"楚瑜拿出那封放妻书，眼里压了怒意，"这东西，谁让你签你就签，谁让你写你就写？！"

卫韫看见那封信，微微一愣。他双手放在膝盖上，抓紧了衣衫，艰难地道："嫂子母亲来求……"

"那也不是我来求！"楚瑜气得胸口上下起伏，抓着放妻书，指着卫韫怒道，"如今要不是我扣下了这封放妻书，我与卫家就再没什么关系了，你可知道？！"

听到这话，卫韫的心中颤了颤，他捏着拳头，艰难地扭过头去，沙哑着声音道："如今与卫家没什么关系……也是好事。"

"卫韫！"楚瑜提高了嗓门，"我在外日夜奔忙，你眼睛是瞎的吗？！要离开卫府我早走了，还会等到如今？！"

卫韫没说话。楚瑜上前一步，声音又急又怒："你贸然签下这东西，可想过我的意思？我不愿走，有了这东西，我家里人逼我走怎么办？他们逼我嫁人怎么办？你签这东西，全然不会考虑我吗？！"

"我便是考虑你，才签的。"卫韫有些压不住情绪，艰难地出声，"我知道你是个好姑娘，你总是一副好像很厉害、很成熟的样子，可归根到底，你也不过十五岁。我是卫家的男人，我走不了，跑不掉，我得扛着这些事儿，可你没必要。你还是好年华，和我大哥甚至只见了一面，你没必要这么耗死在卫家。你如今且回去，若卫家出了事，你也可以好生过日子。若卫家没出事，我也会记得你如今这份恩情，始终照顾你。这封放妻书我虽然代大哥给了你，可你却永远是我的嫂子。"说着，卫韫终于慢慢冷静下来。他转过头来，目光落在楚瑜身上，认真地道，"日后，若我不死，我必让卫府东山再起。这一辈子，我都会敬你如长嫂，你若重新嫁人，我卫府就是你的娘家靠山，为你撑腰；你若无处可去，我也会恭敬地将你迎回来，你永远是我卫府的少夫人，也是我卫府的大夫人。"

这话卫韫说得认真，楚瑜在他的目光下，微微怔住。他如今面容稚嫩，然而从那神色间，楚瑜却也知道，他并不是在开玩笑。恩怨分明、睚眦必报的镇北王卫韫，那是天下皆知的脾性。他如今是想得清清楚楚，要给她规划好这一辈子。

楚瑜一时觉得好笑又无奈，目光落在卫韫身上，迎着对方那坚定又清澈的眼神，慢慢发现，她此刻之所以还站在这里，大概……也就是为着这样的眼神。这眼神她在卫珺眼里见过，在她一身嫁衣驾马拦路追上卫家军时，在卫家众人眼中见过。哪怕卫家就只剩下了一个卫韫，那独属于卫家的赤子之心，却是薪火传承。

楚瑜抿紧了唇。卫韫看着少女压着怒火的模样，不由得笑了，觉得总算从这个人身上，看到了几分年轻人的气性。他不由得温和出声："你别生气了，我要是有什么做错的地方，你同我说就好。……我只是想为你好。"他的声音里带着叹息，"可我不知道自己该做什么，能做什么。我不知道该怎么做，不若你教教我吧？"

卫韫这么说话，楚瑜哪里又能气得起来？可她又的确是气恼着卫韫这问都不问就随意签了放妻书的行为，于是只能板着脸道："你签的这封放妻书我收下了，日后若我想走，会自己拿出来，在此之前，我不说，谁都不能赶我走。我嫁给你大哥，嫁进卫家，这是我自己的决定。我没有后悔，甚至还为此有那么几分庆幸，我嫁了过来，不至于让这满门风骨被人践踏成泥。"楚瑜认真地看着他。卫韫的心里微微颤动，听见她的话语掷地有声，"我来时是我自己选的，我走也得我自己选。卫韫你听好了，这一辈子，我不开口，就轮不到你来签这一封放妻书。你不行，谁都不可以，除了我自己！"

卫韫被楚瑜这话说愣了。而一口气把话说完，楚瑜才终于觉察到，自己此时的这份心性，倒真有几分十五岁时的样子。

两人沉默着，楚瑜调整着心情，而卫韫在消化完她的话后，终于道："嫂子的话，我记下了。这一次是我的不是，下一次我若再做什么，一定会先跟嫂子说清楚。"

楚瑜点了点头，总算是消了气，目光落到卫韫的脚上，皱了皱眉："你的伤……"

"没事儿！"卫韫赶紧掩饰道，"我在军营里被哥哥们打出来的伤都比这重，小事，嫂子千万别担心！"

楚瑜叹了口气，她走到卫韫的面前，半蹲下来，有些无奈地道："裤腿撩起来给我看看。"

"这……"

"长嫂如母，"楚瑜瞪了他一眼，"你在我心里就是个孩子，别想太多。"卫韫没说话，还是有些扭捏，楚瑜怒道，"快些，别浪费我银子！"

见楚瑜怒了，卫韫终于放弃了挣扎，撩起裤腿来，将伤口露在了她的面前。大片大片的瘀血再加上狰狞的伤口，看得人忍不住颤抖起来。楚瑜没有说话，只是平静地道："我会让大夫配制专门的伤药来。还有其他伤口吗？"

"也没什么了……"卫韫小声嘟囔着，"就剩下些鞭伤什么的了……"

楚瑜点了点头："我知道了。"说着，她站起身来同卫韫道，"好好养伤，我先回去了。"

"嗯……"卫韫点了点头，看着楚瑜冷着脸往外走，又叫住了她，"嫂嫂……"

"嗯？"

"你……不要生气了好不好？……我大哥要是知道我把你气成这样，他非把我打死不可！"卫韫说得忐忑，最后的那声"打死"说得仿佛卫珺真能从坟里爬出来把他打死一般。

楚瑜听了他的话，有些无奈："我没生你的气。"她生的是那些打了他的王八蛋的气。

听到这话，卫韫心里放松了许多，这才同楚瑜道别。

楚瑜一出得大门去，便将长月叫了过来，吩咐道："你让那狱卒把打了小七的人都记下来。多少钱都使得，我只要个名字就可以，绝不会将他供出去。"

长月领了命，便去找看守卫韫的狱卒了。长月出去后，晚月忍不住轻笑了起来："少夫人真是一如既往地护短啊。"楚瑜冷笑一声："做了什么事就得付出代价，卫家还没垮呢。"

没多久长月便回来了，将名单交给了楚瑜，三人一起回到了府中。之前楚瑜便吩咐了人去盯着芸澜郡主，她们刚回到府里，盯梢的人便赶了回来，急急忙忙地道："今日有访客去了芸澜郡主府。"

"是谁？"楚瑜忙问出声。只听那侍从报了个名字："陆敏行。"

陆敏行是太子府詹士，与芸澜郡主向来私交甚密，以至于外界一直盛传他是芸澜郡主的入幕之宾。然而若是知道了太子这一层，便不难明白，入幕之宾哪里是陆敏行，分明是太子借了陆敏行的名头行事！

但不论如何，只要太子去了芸澜郡主府，便好。十日香染上之后便是十日不散，李春华向来是个心细如发的人，如今她女儿刚与太子定亲，她不可能这么久不和太子见面。就算不见，自己也得想着法子让李春华去找太子。楚瑜思索着，同下人道："继续盯着，尤其是长公主府和太子府，更是得盯紧了。"

太子去了芸澜郡主府的当日下午，便又去了长公主府。按理说此刻李春华该有所动作了，然而她那里却迟迟没有动静。她为人霸道，自己养了十几个面首，却是绝忍不得自己的女儿受争风吃醋的委屈。那如今她在见了带着十日香的太子之后毫无动作，又是几个意思？

楚瑜的心里不由得有些忐忑，思索着到底是哪个环节出了错。她揣测不出来，让人一连盯了三天，越等心里越是不安。然而，第四天清晨刚睁眼，就见长月风风火火地冲了进来，焦急地道："少夫人，出大事儿了！"

楚瑜猛地从床上翻身而起，冷声道："何事？！"

"太子……太子……"长月喘着粗气，楚瑜绷紧了神经，就听长月道，"太子被长公主从芸澜郡主床上抓了下来，拖到宫里去了！"

听到这话，楚瑜倒吸了一口凉气。她错了，是她太低估李春华了。这三天她按兵不动，看来不是不打算动，而是小打小闹她不屑，一出手就要来一个大的。将一朝太子从他守寡多年的堂姐床上拖下来押进宫里，这李春华也忒大胆了。

楚瑜愣了一会儿，随后忙道："快，仔细同我说说是怎么回事。"

"就今个儿凌晨，陆敏行夜中造访芸澜郡主府。快天明的时候，长公主突然带了两百暗卫用迷药直接突袭了芸澜郡主府，咱们府的别院不是就在芸澜郡主府隔壁吗，那药劲儿可大了，到现在侍卫还没缓过来呢。"

"这不是重点，"楚瑜一面梳洗一面道，"后来呢？"

"哦，"长月回到主题上来，"长公主亲自带人进了芸澜郡主的卧室，说是要将陆敏行这败坏芸澜郡主清誉的登徒子抓出来。于是士兵上前将人直接从床上拖了下来，长公主提起鞭子就抽。但抽了两下后，长公主就察觉不对了，单膝跪下来，将那男人的头发拽起来，疑惑地道：'这不是我侄儿太子殿下吗？殿下衣衫不整地跪在此处做甚？'"

长月一手提着长鞭，学着长公主的模样做出恍然大悟的表情："哦，原来这芸澜郡主今夜帐中的不是陆敏行陆大人，而是太子殿下啊。不，这不可能，太子殿下乃忠厚仁义之人，上个月才在本宫面前跪着信誓旦旦地承诺，迎娶我儿之后，此生必不相负，我儿仅有殿下一人，殿下也许我儿独宠此生。殿下，这承诺，你可记得啊？"

长月学得有声有色，楚瑜盘腿坐在床头，用手撑着下巴，手肘落于双膝之上，含笑道："继续。"

"然后太子殿下就哭啊，求着长公主将此事作罢。长公主不肯罢休，便同太子道：'殿下，芸澜郡主乃你堂姐，你们乃一姓出身，且她长你许多，守寡多年，你与她之事，那是乱了伦理、大逆不道之事。太子贵为储君，这可不是小事，咱们还是要禀报圣上，看圣上如何定夺。'

"说完之后，长公主就把人叫来，将太子和芸澜郡主统统抬进了宫里。那一路，所有人都听说了这事儿，纷纷出来围观，那一个叫人山人海啊！"长月摇摇头，"我要是太子，我抹脖子的心都有了。"

"慎言。"晚月看了长月一眼,眼中颇多不满。

楚瑜听得津津有味,见长月说完了,忙道:"如今宫里有消息没有?"

"没,"长月兴奋地道,"现在全华京都在等着宫里的消息,要有了,我们一定会第一时间知道!"

听了长月的话,楚瑜心满意足地点点头,含笑盼咐管家再备下一份厚礼,随后认真梳洗,就等着去见李春华了。

等到天彻底亮起来时,宫里终于传来消息,说是长公主醉酒认错了人,罚长公主禁足一个月。听了这话,全华京都唏嘘了,太子果然还是身负圣宠啊。然而对于这个结果,楚瑜却仿佛是早已料到了一般。她带上已准备好的礼物,向长公主府赶去。

刚到长公主府,便见管家已经守在门口了。看见楚瑜来了,那管家微微躬身,笑着道:"少夫人可算是来了,殿下静候久矣。"

楚瑜有些诧异:"殿下知道我要来?"

管家笑得意味深长:"殿下什么都知道。"

楚瑜不敢松懈,忙向管家夸赞了一下长公主的才智,管家不咸不淡地应着,领着楚瑜来到后院。

后院之中,李春华一席金色华裙,头发随意披散开来,旁边站立了两位美貌青年,一人摇扇,一人捏肩。楚瑜不敢多看,走上前去给李春华行了礼,恭敬地道:"阿瑜见过长公主殿下。"

"行了,别整这套虚的。"李春华玩弄着指尖上的金色指甲,"上次你让我想想再回复你,不就是为着今天吗?你的条件我应了,"她冷笑着出声,"你们卫家,我救定了。"

听了这话,楚瑜心中算是确定了,白帝谷一役必然与太子有着千丝万缕的关系。然而她面上却没有暴露丝毫这样的情绪,全然一副感恩戴德的模样,跪拜下去道:"妾身谢过殿下恩德!"

李春华"扑哧"一声笑了出来:"楚瑜,我觉得你这人怪有意思的。明明一手设计出来的事,让我和太子往你的圈里跳,面上却是装作什么都不知道一样,对我感激涕零。"说着,她轻轻弹着自己金色的指甲,抬起手在阳光下观赏着那指甲上流动的光彩,慢慢地道,"你不如同我说说,你是如何发现太子和芸澜这事的?"

李春华将话说到了这份上,再继续伪装,楚瑜也觉得尴尬。她便干脆坦坦荡荡地席地而坐,平静地道:"天下没有不透风的墙,卫家有卫家的法子,而我也有我自己的法子。殿下,"她抬眼看向李春华,真诚地笑了开来,"今日选了卫家,您不会后悔。"

李春华嗤笑,倒也不在意楚瑜的自信,只是将目光落到不远处的娇花身上,叹息道:

"你这样的才智，嫁人着实可惜，还好同我一样守寡了。"说着，她从旁边的美男手中接过酒来，轻抿了一口，慢慢地道，"你让谢太傅帮你向陛下转达了求见之意，你知道为何如今还没有消息吗？"

"因为，"楚瑜的声音平静，"陛下并不敢见我。"

"你倒是好大的口气。"李春华的眼里带了笑，却并非嘲讽，"不过，倒也说的是事实。如今皇帝对卫家的事还做不了决断，到他下定决心给卫家一个结果时，便会见你了。"楚瑜点了点头，李春华把玩着手里的团扇，悠然地继续道，"他之所以犹豫，你大概也猜到了。此事和太子有着千丝万缕的关系，我虽然不知道具体是发生了什么，却也明白，陛下在保太子和保卫家之间犹豫了。七万军士没了，这罪过若放在太子身上，那就太大了。然而若放在卫忠身上，逝者已逝，再怎么罚，又能罚到哪里去？难道还真的要这满门忠烈都被抄斩才行？"

听了这话，楚瑜斟酌道："所以陛下如今并不想杀卫七郎，甚至还想救他。可是，"楚瑜皱眉，"他为何不救呢？"

"你觉得，如果七万人之死真的是因为卫忠的战略失策，作为一个帝王，却不震怒、不发火，朝中会怎么想？"

"朝臣会猜忌事情的真相。陛下既然想保住太子，自然不能让朝中有如此想法。所以他得做足态度，他不能主动放了卫家，必须有一个足够的由头。"楚瑜犹豫着开口，"所以殿下的意思是……我得给陛下一个台阶下？"

"那当然。"李春华转动着手中的团扇，垂下眼眸，神色间带了几分冷意，"这罪若逃不了，你卫家不妨认下来。"

楚瑜不言。她轻皱起眉头，认真地思索着。将罪认下来，定了的案子再翻，那就太难了。如果李春华的确是诚意献计，那这叫兵行险着，可若她本就是想害卫家……

楚瑜认真地想捋清李春华在这整个事情中的立场。看着她犹豫，李春华也明了她在想什么，抬起团扇，轻轻地点在她的额间，轻笑道："或者，你认下来。"

楚瑜抬起头来，盯着李春华。这一次，她却是明白了李春华的意思。

楚瑜认下来，和卫韫认下来，那是完全不同的概念。楚瑜在华京，和华京众人，甚至皇帝一样，是根本不知道战场情况的人，她认，其实并不代表任何事。未来她只需一句轻飘飘的"我什么都不知道"，便可轻易翻供。可卫韫认就不同了。他是卫家如今唯一的男丁，也是战场上唯一活下来的卫家人，他的每一句话，都有着足够的分量。

李春华的意思，楚瑜总算是明了了。如今皇帝想要保下太子，却又不能让天下人看出他的心虚，因此他不可能直接放了卫韫，他需要卫家认下这个罪。然而皇帝也并不是真心要牺牲卫韫的，真要让卫韫送命，他还是狠不下这个心来。无论如何，卫家是替大楚死的，是替皇族挡了刀，卫家毕竟是忠臣良将，无论是为了卫韫的才华还是祖上的忠臣，于情于理，皇帝都不敢让卫韫死。

而且，卫韫年纪尚小，让他活着，皇帝想掌控卫家在北方的势力，反而更好操控一些。如果卫韫死了，卫家真的蒙受不白之冤，到时候北方卫家的残存势力拼死反扑，这绝不是皇帝想要的结果。

所以楚瑜想要救卫韫，就要给皇帝一个台阶，给皇帝一个越过法理放掉卫韫的理由。

"我明白了。"楚瑜点头，展袖作揖，头触地面，同李春华恭敬地道，"我即刻回去，带着卫家的灵位去宫门前，求陛下召见。"之前担心她没有先求见过皇帝就这样去做，在皇帝眼里有胁迫之嫌，如今来看，皇帝需要的，恰恰是这样的胁迫。楚瑜抬头看向李春华，真诚地道，"届时，还望殿下周旋一二。"

"你放心，"李春华的眼里带了冷意，"太子那边的人，我会帮你挡着。只是如今太子做的事，你可要记在心里，记好了！"

"殿下放心。"楚瑜忙道，"太子如此行事，我卫府绝不会忘。"

李春华点点头，再没多说，她似乎是乏了，微眯了眼睛。楚瑜见她不愿再多耽搁，便告退了下去。

回到卫府，楚瑜将蒋纯找了过来。蒋纯正在给柳雪阳回信，如今柳雪阳已在兰陵安定下来，询问蒋纯家里情况如何，她刚写完信，就听楚瑜来找，连忙赶了过来。见楚瑜正在换衣，她便问道："这是打算去哪里？"

"你吩咐下去，让府中老少跟我去祠堂抬了灵位，跪到宫门口去。"

蒋纯愣了愣，有些疑惑地道："这又是做什么？"

"我同长公主谈过了。"楚瑜压低了声音，"陛下如今并不想杀小七，只是下不来台，我们这就去给陛下递梯子。"

听得这话，蒋纯很快反应过来，冷声点头道："我这就去。"说着，她便转过身去，急急入了后院，通知府中上下统一换好干净的孝服，随后便集中在了院落之中。

楚瑜到达院中时，看见蒋纯、谢玖、姚珏、张晗、王岚都在。她没想到她们也会来，不由得有些诧异，然而片刻后，她便笑了："未曾想这一路，还能得诸位随行。"

"最难的路都陪你走了，"谢玖的神色平淡，"最后这一程，再走走又何妨？"

"就当我们倒霉吧。"姚珏冷笑道，"摊上这死鬼，又能怎么办？"

"都已经留到现在了，"张晗也叹息着出声，"那便多留一会儿吧。能用得上我们的

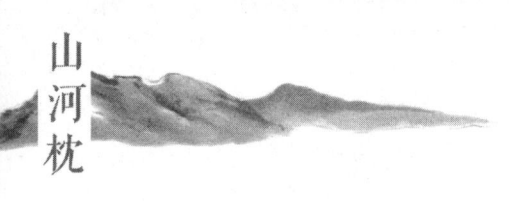

地方，少夫人尽管吩咐就好。"

"少夫人……"王岚怯怯地出声，正还想说什么，楚瑜便道："小六你就别去了，你还挺着肚子，多少要为孩子着想。"

"还是让我去吧，"王岚苦笑起来，"他生前就是诸位哥哥嫂嫂在哪里，他就要带着我往哪里凑，如今这时候，他若知道我一个人留在家里，怕是会生气。去了我便站在边上，也不会多事的。"

楚瑜抿了抿唇，蒋纯上前道："她若不去，怕是心里更难安定下来。"楚瑜想了想，终于是点头道："那管家好好照顾六少夫人。"

说完，楚瑜便同众人道："等一会儿，焚香祷告之后，我等便端着灵位前去宫门前，求陛下将小七放回来。小七若还待在牢狱之中，怕是人便留在那里了。我等既为他的嫂嫂，便该代替家人护着他。诸位，"她扬手道，"且行吧。"

说完，楚瑜领着众人来到祠堂前，焚香净手后，便跪在了祠堂之中。她跪在第一排，剩下五位少夫人在第二排，一行人举香叩首后，楚瑜上前去捧起卫忠的灵位，又让管家捧起卫珺的灵位跟在她身后，后面的人便一一取过自己夫婿的灵位，再往后，众人便也都按着顺序带走了剩下的灵位。

卫家四世一百三十二人，楚瑜带着灵位走出卫府大门，其他人列成两排跟随在后，白衣如雪，唯有手中的灵牌黑得刺目。他们浩浩荡荡地朝着宫门走去，所过之处，众人无不侧目。

宫门前，看到远远而来的那一片白色，守门的侍卫便心里有些发虚。楚瑜等人刚到达门前时，侍卫们便骤然拔刀，提着声音道："来者何人？！"

"镇国侯府世子夫人楚瑜，携卫府四世生死诸君而来，求见陛下！"

听到这话，侍卫们面面相觑，长官上前来，恭敬地道："少夫人可有入宫圣旨？"

"无。"

"那，"长官有些迟疑，"少夫人何不让人通禀后，得陛下召见再来？"

"若陛下肯见，妾身又何须如此？"楚瑜抬眼看向对面憨厚的汉子，微微一笑，"此事妾身知道大人难做，妾身并非为难大人，只是劳烦大人通禀陛下。"说着，楚瑜便捧着灵位，双膝跪了下去，"卫家满门，不见陛下，便是跪在此处化作风中石，亦不会归。"

楚瑜一跪，后面的人便跟着都跪了下去。白的衣，黑的灵牌，浩浩荡荡一大片，整整齐齐如浪潮一般荡漾着伏下去，震得人心为之发颤。

那长官犹豫了片刻，终究是道："那……容下官向陛下禀报。"

长官说完之后，便转身进了内宫，卫家众人就这么跪在地上，王岚坐在马车里，抱着卫荣的灵位，从车帘后看向外面，颇为忧心。

今日艳阳高照，倒也算个好天气。卫府一百多人跪在这里，没发出任何声音，只见秋日阳光落在众人身上，反射出灼目的光芒。那长官说是进宫去询问天子，却是去了之后再没回来。可楚瑜也不在意，今日摆了这么大的架势，就是为了将天子的台阶铺得高一些，那自然是声势越浩大越好。

楚瑜往宫门口一跪，消息立刻传遍了华京，然而所有人都各有各的盘算，都等着宫里那位的消息，一言不发。第二日清晨，大臣开始陆续上朝，楚瑜却还是堵在那宫门口。最先来的丞相舒磊一看这架势，立刻放下车帘，同侍从道："换一个门，不从此处入。"

侍从有些疑惑，转头看向舒磊："大人，这是为何？"

"英烈在此，我等又怎可抢道？"舒磊瞪了侍从一眼，"我走侧门就行。"

有了舒磊开的这个头，所有人到宫门前便都绕道而行，直到谢太傅到达时，他停了下来，随后来到了楚瑜的面前。

"卫少夫人……"谢太傅叹息出声，"你这又是何必？"

"卫家唯一的血脉尚在狱中，我身为他长嫂，又怎能安稳坐于家中？"楚瑜抬眼看向谢太傅，她已经跪了一天一夜，面色有些憔悴。

谢太傅张了张口，想说什么，最后却只是道："精诚所至，金石为开啊。"说着，他摇了摇头，负手从宫门走进了宫中。

楚瑜抬头看着谢太傅的背影，明了了谢太傅的意思。他们跪的时间还太短，还配不上这句"精诚所至，金石为开"。

她闭上眼，没有多说。

朝堂之上没有任何人提起这事，直到最后，御史台一位年轻的陈姓大臣终于忍不住开口出了声："陛下，卫家如今满门老小都在外跪着，卫家乃四世三公忠烈之家，哪怕卫忠犯下了滔天的罪过，也不能此般对待这样的忠义之家啊！"

听到这话，曹雄便站了出来，怒道："陈大人此言差矣。七万人马岂是儿戏？按照老夫之言，今日卫忠犯下的罪过，哪怕抄家灭族，亦是足够的！"

"曹大人未免太过逼人，"那陈御史涨红了脸，"哪怕是庶民犯法，亦有留养之法。如今卫韫乃卫家唯一的血脉，莫说卫韫还未认罪，哪怕是认罪了，也应是照顾母亲至善终之后，再来接受惩处。此乃人伦之理，曹大人之想，着实过于残暴了！"

曹雄闻言大怒，和陈御史当庭吵了起来。然而两人也算不上什么实权人物，吵了一早上，此事也就罢了。

楚瑜听闻了此事，她知道，此事在朝中越吵得大、吵得急，离陛下的那一份"满意"，也就越近了。因此她并不着急，安安稳稳地跪着。

头一天艳阳高照，第二日就阴雨绵绵，体力不好的人已经开始陆续倒下，便由人抬了回去，只留一个灵位在原地继续陪伴着众人。待到第三天早上，太阳又辣又毒，倒下的人越来越多，而朝堂之上，为卫家争执的人也越来越多。第四天暴雨，跪着的人只剩下一半。

也就是在这一日，李春华也来了。她从华丽的凤车上走下来，轻轻瞄了楚瑜一眼，随后拍了拍她的肩。

楚瑜感觉暴雨落在她身上，整个人仿佛是在被千斤重物捶打。她艰难地抬眼看向李春华，李春华却是含笑说了句："别担心，卫韫马上就要回来了。"说着，她抬手整理了一下衣衫，又将碎发绾到耳后，"本宫要打的仗，便从来没有输过！"

说完，她便昂首阔步走进了宫门去。

如今楚瑜身后零零散散只剩了几位身体还好的家眷，以及蒋纯和姚珏。这两位少夫人和楚瑜一样都出身将门，自幼习武，虽然没有楚瑜这样的武艺，身体也还算健朗。

姚珏虽然是庶女，却自幼颇受宠爱，从来没受过这样的委屈。但每每抬头看见楚瑜那挺得笔直的背影，她便觉得自己不能倒下。她虽然和卫风打打闹闹，觉得卫风恼人至极，可走到了最后的这条路上，却还是想为他做些什么。

楚瑜抬眼看着宫门，如今长公主出面，便是时机到了。不出她所料，李春华进门时，朝上已经为着这事争得焦头烂额，谢太傅带着人据理力争，而太子带着另一批人拼命阻拦。李春华进去时，谢太傅正用笏板指着姚国公怒喝："这七万军士之事，你姚家敢让我细查吗？！你要是敢，老臣即刻请命亲赴边疆，看看这事到底是如何！"

"谢老儿你休得胡言乱语！"姚国公急得大吼，"你要查便查，我姚家坦坦荡荡，有何不敢让你查的？"

"哟，这都是在做什么啊？"李春华的声音从大殿外凉凉地传来，众人抬头看去，便见一个女子身着金缕衣，轻摇着团扇翩然而入。皇帝见得来人，赶忙起身，诧异地道："长公主怎么来了？"

李春华与皇帝一起长大，深得帝心，有不用通报便可上朝的特权。只是她从来也是识时务之人，虽有特权，却从不曾滥用。如今见她过来，太子心中咯噔了一下，顿时觉得不好。只见她已朝着皇帝行了礼，而皇帝皱着眉头，一时亦有些尴尬。因着鞭抽太子一事，皇帝才给她下了禁足令，如今她却就这样大大咧咧出现在了朝堂上，他明知事出有因，却说也不是，不说也不是。更何况，说了便是打长公主的脸，到时候他的这位姐姐怕是有得气要出。

四　来是我自己选的，走也得我自己选！

皇帝还在沉默，便见李春华跪倒在地上，扬声道："陛下恕罪！"

她这一跪，把皇帝吓了一个哆嗦，忙道："长公主罪从何来？"

"四日前，陛下方才给长明下了禁足令，长明今日却强行来到殿上，耽误陛下议事，此乃罪一。"

皇帝没说话，他本也在恼此事，如今李春华先道了歉，他的气便消了三分，叹息道："既然如此，你为何还要过来？"

"此乃罪二。长明听闻卫家遗孀如今长跪宫门之外，虽知陛下乃严守律法之君，却仍动了恻隐之心，来此殿前，想为卫家求情，求陛下网开一面，饶了那卫七公子卫韫吧！"

这话一说完，满堂就安静了。只听李春华声音哀切："不知陛下可曾记得，陛下年幼时曾摔坏一只玉碗，陛下向先帝请罪，先帝却未曾责罚陛下。陛下可知为何？"

皇帝明白她话里有话，却还是开了口："为何？"

"因先帝寻了长明，问长明陛下那一日为何摔碗。长明答先帝，因陛下想为先帝端上一碗雪梨汤。先帝又问，那雪梨汤可是陛下亲手所熬？长明答，乃陛下闻得先帝多咳，听闻雪梨汤生津止渴，特意熬制。于是先帝同长明说，陛下熬制雪梨汤有功，摔碗有错，一切因孝心而起，功过相抵，不赏便罢了，若再过多追究，未免寒心。"

"殿下的意思是，父皇按律行事，也会让卫家寒心吗？"太子站在皇帝侧手边，嘲讽出声道，"若是如此容易寒心，那卫家的忠心怕是也要让人质疑一二了。"

李春华闻言，抬头看向太子，眼中俱是冷意："环儿此话不妥。"她叫他环儿，便是抬出了双方的身份，哪怕太子是太子，她毕竟也是长辈，她说话，太子就算反驳，也该恭敬有加才是。

立于朝堂之上的都是人精，立刻听出了李春华言语中的意思，只见太子的脸色变了又变，又听这姑母道："卫家此次，满门男丁仅剩下一个十四岁的卫韫，这样的牺牲为的是什么？为的是护着这大楚山河，护着站在这华京之中身着华衣的在座诸位，护着冠以李姓、身为皇族的你与我！"李春华骤然提声，语气中已是带了质问，"太子殿下，若这还叫'容易'，你倒告诉我，到底要牺牲成怎样，才能算'不容易'？水能载舟，亦能覆舟，皇帝虽为天下之主，亦为天下之君。君需体恤百姓，仁德爱民，若一味只让人为你付出，太子，"她冷笑着道，"这样的想法，我倒要问，是太傅大人教的，还是您自个儿琢磨出来的？"

"这样的想法，老臣不曾教过。"李春华的话音刚落，谢太傅就凉凉出声。太子面露尴尬，正要说什么，却见李春华转过了头去，满脸哀戚之色，同皇帝道："陛下，若是满门血洒疆场之后，唯一的遗孤和那满门女眷还要尝这世间冷暖，若是四世奋战沙场上百年，还不能给儿孙一次犯错的机会，那我天家，未免太过薄凉了啊！长明正是有此担忧，于是不顾陛下的禁足之令前来，还望陛下看在卫家那四世忠魂、百年忠义的分上，放了卫韫吧！"

李春华匍匐在地高喊出声，谢太傅站在她身边，亦疲惫地道："陛下，按我朝律法，若独子犯罪，上有父母需要赡养，应让独子替父母养老送终之后，再受惩处，此乃我朝人伦之道。如今卫韫并未犯错，乃受其父牵连，又乃卫家唯一血脉，卫家上有八十祖母，下有两岁稚儿，于情于理，都当赦免卫韫。还望陛下开恩，"谢太傅的声音颤抖，带了哭腔，缓缓跪下，"赦了这卫家唯一的血脉吧！"

皇帝没说话，他叹息了一声，转头看向周边："诸位大臣觉得如何？"

"陛下，"姚国公提了声音，"陛下难道不知，七万精兵于朝廷而言是多大的损失？七万人啊，均因卫忠之过而埋骨白帝谷中，卫家死了七个人，他们的命是命，那七万人的命，就不是命了？这七万人丧命之过，就这样不追究了？！"

皇帝皱了皱眉头，没有说话。李春华抬头看了皇帝一眼，她明白皇帝的意思，此时此刻，这位皇帝怕是已经不耐至极了。那些不能放到明面上的事，皇帝或许早已清楚，哪怕说不上一清二楚，却也在心中大致有了个猜想。他在等别人给他递台阶，眼见着台阶已经到了眼前，就要顺着走下去了，如今却又让人拦了下来，他如何不恼？

李春华察觉出皇帝的意思，忙道："陛下，此事乃卫家之事，陛下不若去宫门前，见一见那卫家妇人。陛下见了她们，才会真的明白，我等为何在此长跪不起，我等为何求陛下开恩！"

皇帝看着李春华，许久后，他叹了口气："既然长公主如此说，朕便去看看吧。"说着，他站起身来，带着人往宫门口走去。

此时下着大雨，豆大的雨珠砸到人身上，砸出了一种说不清道不明的疼痛。卫家的女眷们跪了这么一阵子，本也摇摇欲坠，这大雨一下，立刻又倒了一大片，最后就剩下了楚瑜和姚珏、蒋纯三人，依旧熬在原地。

楚瑜回过头去，看了一眼姚珏，见她咬着牙关，身体微微颤抖，叹了口气，同她道："你别跪了，去歇着吧。"

"我还成。"姚珏的声音沙哑，"别以为就你成。"

楚瑜有些无奈，正要说什么，就看见姚珏的身子晃了晃，整个人往旁边倒了过去。蒋纯一把拉住她，旁边的王岚赶紧带着人过来扶起了姚珏。王岚红着眼，扶着肚子，劝着楚瑜："少夫人，要不回去吧……"

"无妨。"楚瑜摇了摇头，关切地看向王岚，"你还怀着孩子，别受了寒。我就在这儿等着……小七不回来，"她的目光落到宫门上，平静地道，"我便不走。"

王岚见劝不住楚瑜，也不再说话，扶姚珏上了一旁的马车，让大夫来给姚珏喂药。

雨下得噼里啪啦，蒋纯也有些撑不住，便就是在这时，宫门慢慢地被人打开了。楚瑜抬眼看过去，见为首的人一身明黄，头戴冕冠，十二琉悬于额前，因风而动，让那人的神情里带了一些悲悯。那人身后站立着身着金缕衣的长公主和纯白色金线绣龙广袖长袍的太子，再之后是浩浩荡荡的满朝文武百官，一个一个从宫门之后走了出来。

而他们对面，是跪着的楚瑜和蒋纯，以及她们身后立于风雨中的一百三十二个灵位。两个女子是雪白的衣，而那灵位是黑色金字的木。黑白相交立于众人面前，肃穆安静，仿若与这宫门之内，是两个世界。

一面是生者的浮华盛世，一面是死者的寂静无声；一面是华京的歌舞升平，一面是边疆的白骨成堆。这一道宫门两边，仿佛是阴阳相隔的两个世界，卫家那一百三十二位已经故去的人，带着两位未亡人，平静地看着宫门内的他们，似乎在问——

良心安否？

皇帝出现在面前时，楚瑜什么都没有做。她没有哀号，亦没有哭泣，只是平静地看着皇帝，落在他身上的目光坚韧又清澈。一瞬之间，皇帝觉得自己仿佛是来到了少年时，看到了年少的卫忠。年少伴读，弱冠伴君，再之后护国一生，埋骨沙场。哪怕他不知道边境到底发生了什么，但帝王一生，什么阴暗他没见过？哪怕是猜，也猜得出这位干净了一辈子的将军，遭遇了怎样的阴谋和不公。

他自以为帝王血冷，却在触及这女子与那卫家如出一辙的眼神时，在看到那上百灵位安静立于面前时，在看见卫忠的灵位立于女子身前，仿佛带了眼睛，平静地注视着他时——帝王之手，终于微微地颤抖起来。

而这一幕震撼到的不只是这位皇帝，他身后的文武百官，在看见这天地间泼洒的大雨，看见那英烈的灵位立于风雨泥土之中时，都不由得想，让这风雨停了吧。所有人终于知道，为什么长公主要让他们来这里。看到这一幕，只要稍有良知之人，都难有铁石心肠。

皇帝走上前去，有太监上前来为他撑伞，着急地道："陛下，小心脚下泥水。"

皇帝没说话，他来到楚瑜身前，垂眸看向楚瑜面前卫忠的灵位，沙哑着声音道："你是卫家哪位夫人？"

"回禀陛下，妾身乃镇国侯世子卫珺之妻，西南大将军之女楚瑜。"

"哦，楚瑜。"皇帝点了点头，这位新婚当日丈夫就奔赴战场的姑娘，他是听说过的。他还同谢贵妃笑说过，说卫珺回来，必然进不去家门。想到这里，皇帝收了自己的心神，压着情绪道："你跪在此处求见朕，又是为何？"

"陛下，妾身带着全家前来，祈求陛下放卫氏七郎卫韫出狱。"

"国有国法……"

"并非为一己之私。"楚瑜抬头看向皇帝，神色平静，"楚瑜出身将门，亦曾随父出征，以护国护家为己任。卫家儿郎亦是如此。卫家儿郎可以死，却理应死在战场上，而非牢狱中。……妾身不过一介女流，不知卫何罪，不知小叔何罪，却知我卫家百年来始终忠心耿耿。若陛下要小叔为其过错抵命，那妾身请求陛下让卫七郎死于兵刃杀伐，以成全我卫家报国之心。"

漂亮话。在场的所有人都知道，这话若是出自他人之口，便也只是讨好之言。然而在卫家满门灵位之前，所有人却都知道，无论楚瑜是怀着怎样的心思说出的这些话，这的确是卫家百年来的所作所为。

生于护国之家，死于护国之战。卫家男儿，莫不亡于兵刃，又怎能让小人羞辱？

皇帝没有说话，他的目光落到了卫忠的名字上，许久后，他转过身，回到了宫门内。宫门慢慢合上，皇帝扬袖出声："带卫韫上殿来！"

这话让曹衍的心里一紧。这些时日卫韫在狱中被打之事他是清楚的，卫家因位高权重，又从不肯虚与委蛇，在朝中结怨不少，如今卫家遇难，卫韫就成了最好的发泄口。那些人都以为七万人葬于白帝谷这样的案子，结局必定是帝王震怒，如同当年秦王案一般。谁曾想，卫韫居然还有面圣的机会？

曹衍想要开口说话，却看见谢太傅一眼扫了过来。他的目光里全是警告，曹衍的心中骤然清醒。不能说，他不能说。如今皇帝一定要见卫韫，这事儿根本瞒不住。他没在天牢里动过卫韫，此刻若他多加阻拦，怕是要把自己一起葬送进去。曹衍的额头冷汗涔涔，站在人群中等着卫韫到来。

过了许久，外面终于传来了脚步声。而后皇帝便看到，那曾经意气风发的少年郎，被人用轿子，慢慢抬了进来。他衣衫上沾着血，全身上下没有一处完好，神色憔悴，却唯有那双眼睛明亮如初。

皇帝看见这样的卫韫，面色大变。然而卫韫却还是挣扎着起身，恭敬地跪到地上，叩首出声："卫氏七郎，叩见陛下！"

他的声音沙哑，与皇帝记忆中那个不知天高地厚的明快少年截然不同。卫家曾多年深得圣宠，卫韫也与皇帝颇为亲近，可以说是皇帝眼看着长大的，如今成了这副模样，皇帝咬着牙询问道："你怎么成了这副样子？"

卫韫没说话。皇帝抬起头来喝道："大理寺卿，你出来给朕解释一下，好好的人进去，如今怎么就成了这样子？！"

"陛下，臣不知，"大理寺卿从人群中冲出来，跪到地上便开始拼命磕头，"臣即刻去查！即刻去查！"

皇帝没有理会大理寺卿，他红着眼从台阶上走下来，一步一步来到卫韫面前，温和地出声："卫韫，今年几岁了？"

"再过半月，年满十五。"

"十五了……"皇帝叹息，"若皇伯伯今日要赐你死罪，你可愿意？"

卫韫僵了僵，他抬起头来，目光落到皇帝的脸上，神色平静："君要臣死，臣不得不死，只是陛下可否看在臣父兄的面上，让臣选一个死法？"

"你想如何死？"

"我想去边疆，再杀几个北狄人。"卫韫说得铿锵有力，"我父亲曾说过，卫家儿郎，便是死，也该死在战场上。"

这话与楚瑜所说不谋而合。皇帝看着他，许久后，他转过身，扬声道："看看，这是卫家的子孙，是我大楚的儿郎！……他只有十四岁……"皇帝的声音微微颤抖起来，"十四岁啊！"

偌大的大殿里无人说话，鸦雀无声。皇帝说出这句话来，大家便已经明白了他的意思。卫家被曹衍欺辱、楚瑜下跪、谢太傅据理力争、长公主以情动人，这一番铺垫下来，百姓、臣子、天子，都已经一一软化下来，唯有太子一党还想再做争执，可情势已到这样的地步，又能容得他们说什么？

于是太子只能眼睁睁看天子回身，将手放在了卫韫的头顶。

"当年朕曾打破一只龙碗，先帝对长公主言，朕所做一切，皆因孝心而起，功过相抵，不赏便罢了，若再过多追究，未免寒心。朕感念卫家忠诚热血，你父亲所犯下的罪过，他也已经以命偿还，功过相抵，再不追究。而你……朕希望你好好活着，重振卫府。你还在，卫家英魂便在。……小七，"皇帝的声音沙哑，"皇伯伯的苦处，你可明白？"

后面这一句话，卫韫知道，皇帝问的是，他能不能明白，作为天子，却不能帮卫家平反的苦楚。卫韫没说话，他抬头看向皇帝，平静地道："卫韫不明白很多事，只知道，卫韫乃卫家人。"

卫家家训——护国护君，生死不悔。

皇帝的手微微颤抖，终于道："回去吧，找个大夫好好看看，天牢里的事儿，朕会让人去查。"

"谢陛下。"卫韫磕了头，便由人搀扶着坐上轿辇，往宫门外赶去。

见过皇帝后，蒋纯便再支撑不住，也倒了下去。此时在宫门外只剩楚瑜一个人还跪立不动。只是风雨太大，她也跪得有些恍惚，只听得见暴雨哗啦啦泼洒而下，她的神志忽远忽近。有时候感觉眼前是宫门威严而立，有时候又觉得自己仿佛还在上一辈子，回到了长月死去的那一晚，她跪在顾楚生门前，哭着求他。

那是她一生最后悔、最绝望的时刻，也是她放下对顾楚生的爱情的开始。决定放下顾楚生，是来源于那一跪。可真的放下他，却用了她很多年。因为她付出了太多在顾楚生身上，人大多像赌徒，投入越多，越难割舍。她为了顾楚生，离开了家人，失去了自己，她不知道离开顾楚生，她还能去哪里。天下之大，她又何以为家？她习惯了付出和等待，日复一日地消磨着自己，仿佛一支一直在燃烧的蜡烛，把自己的骨血和灵魂，一一燃烧殆尽，只为了顾楚生。

可是真疼啊。楚瑜有些恍惚了。

而这时候，卫韫来到了宫门前。他已经听闻了楚瑜的事，来到宫门口时，他叫住抬轿子的人："停下吧。"说着，他抬手同旁边撑伞的太监道，"将伞给我，我走过去。"

"公子的伤……"那太监将目光落到卫韫的腿上，那腿上的瘀青和伤痕，他看得清清楚楚。

卫韫摇了摇头："回家时不能太过狼狈，家里人会担心。"说完，他理了理自己的衣衫，勉强遮住身上的伤口，又用发带重新将头发绑在脑后。

一番收拾之后，他看上去终于没那么狼狈了。他又借了一方手帕，沾染着雨水将脸上的血和污泥擦干净。最后，他从旁人手中拿过伞来，撑着自己走到宫门前。

宫门缓缓打开，入目便是楚瑜一身白衣，带着卫家的灵位，跪立在宫门之前。她的面上带着潮红，似乎是染了风寒，发起了高烧，神色也有些迷离，目光落到远处，根本没有看见他的出现。

卫韫的心里狠狠抽了一下，可他面上不动声色，撑着雨伞，忍住腿上的剧痛，一步一步走到楚瑜面前。雨伞撑在楚瑜头上，遮住了暴雨，楚瑜这才察觉面前来了人。她抬起头来，看见少年手执雨伞，长身而立，尚带着稚气的眉目俊朗清秀，眼角微挑，那是几分天生的风流。

他的目光落在她身上，神色温柔。"大嫂，"他为她遮挡着风雨，声音温和，仿佛是怕惊扰了她一般，轻声道，"我们回家吧。"

回家吧。楚瑜猛地回过神来，过去的一切仿佛被大风吹卷而过，她定定地看着眼前的少年。是了，这辈子不一样了。她没有嫁给顾楚生，她还没有被磨平棱角，她是卫府的少夫人，她还有家。

楚瑜的心里软成一片，看着少年坚韧又温和的眼神，骤然就有大片的委屈涌了上来。她红着眼，眼里蕴满了水汽。"你可算来了……"她随意拉扯了个理由，以遮掩自己此刻狼狈的内心，"我跪在这里那么久，好疼啊。"

"那你扶着我的手站起来。"卫韫伸出手去，认真地开口，"大嫂，我回来了。"

他已活着回来，这一辈子，便都不会再让他的家人，受此苦楚。

楚瑜没有触碰卫韫。就算卫韫此刻规规整整地站在她面前，她也知道，这个人的衣衫下必定是伤痕累累。

旁边的长月和晚月懂事地上前来搀扶起楚瑜。一阵刺骨的疼痛从膝盖处传来，让她倒吸了一口凉气，卫韫忙上前去焦急地问道："大嫂？"

"无妨。"楚瑜此刻清醒了许多，已没了方才因病痛所带来的脆弱，她神色镇定，笑了笑道，"回去吧，你也受了伤。"说着，她指挥卫夏和卫冬过来搀扶卫韫。卫韫有些不好意思，正想说什么，就听楚瑜道，"腿受了伤就别硬撑着，残了还得家里人照顾。"

卫韫僵了僵，便明白哪怕他自以为伪装得很好，那女子还是心如明镜，什么都知道。

楚瑜重新捧起了卫忠和卫珺的灵位，卫韫又抱起了旁边几个兄长的灵位，便让人搀扶着上了马车。

马车嘎吱作响，外面雨声磅礴，卫韫任下人替自己包扎着伤口，静静地打量着对面的楚瑜。她在身上盖了毯子，正神色沉着地饮姜汤。就这么几天的时间，这个女子已消瘦了许多，眼下带着乌青，面上满是疲惫。楚瑜见他打量自己，抬起头来瞧了他一眼，却是问："看什么？"

"嫂嫂瘦了。"卫韫轻笑，眼里带了些疼惜，"这些日子，嫂嫂劳累了。"

楚瑜喝着姜汤，头上敷着冰帕，摆了摆手："你在牢里，我便没有就这样看着的道理。如今你回来了……"她舒了一口气，"我也算对得起你大哥了。"

说着，她将目光落在了卫韫身上，骤然发现，不到半月的时间里，这少年似乎飞速地成长了起来。他比离开华京时长高了许多，眉目也展开了许多，尤其是那眼中的神色，再没了当时那份少年人才有的孩子气，仿佛是一夜之间长大，变得从容沉稳起来。他看着她和家人的时候，有种对外界没有的温和，那温和让楚瑜一瞬间有些恍惚，仿佛是看到去时

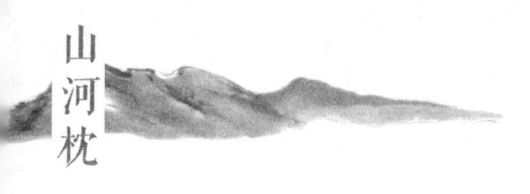

的卫珺落在了这人身上。

她的目光有些恍惚,卫韫见她这般直直地看着自己,疑惑地唤道:"嫂嫂?"

楚瑜被他这么一喊,收回心神,笑了起来:"我今日才发现,你同你大哥还是有那么几分相似的,尤其是这眼睛。"楚瑜瞧着卫韫的眼睛,弯着眉眼,"我记得他似乎也是丹凤眼?"

"嗯。"提及长兄,卫韫下意识地抓住了衣衫,艰难地道,"我大哥他……是丹凤眼,只是眼睛比我要圆一点,看上去就会温和很多,见过他的人没有不喜欢他的……"

卫韫说着,声音渐小。外面打起了雷,楚瑜看着车帘忽起忽落,听着外面的雷声,发现许久都没听到卫韫的声音,这才慢慢转过头去,有些疑惑地看向他。只见卫韫不再说话,他红着眼眶,弓着背,双手抓着衣衫,身子微微颤抖。他的头发垂下来,遮住了面容,让楚瑜看不清他的神色。

从将父兄装棺开始,这一路走来,他都没有哭。他以为自己已经整理好了所有的情绪,却在一切终于开始安定,他坐在这女子面前回忆着家人时,忍不住让所有痛楚爆发而出。丧父丧兄之痛骤然涌出,疼得他撕心裂肺。十四岁前他从不觉得这世上有什么痛苦能将他打倒,总觉得卫家男儿顶天立地,头落地也不过碗大个疤,这世上又有什么好怕的?直到这一刻,他才知道,他终究还是少年,这世上有太多悲伤痛苦,随随便便都能将他击溃。

楚瑜看着卫韫的模样,摆了摆手,让旁边伺候的晚月和卫夏退了出去。

马车里就剩下了他们两个人。楚瑜将目光移向马车外,雨声噼里啪啦,她轻声唱起了一首边塞小调。那是一首北境民歌,一般在将士征战归来时,北境女子便会站在道路两旁,举着酒杯,夹道唱着这首小调,迎接将士进城。这首曲子卫韫听过很多次,那时候,他骑在马上,跟在父兄身后,会欢欢喜喜地弯下腰,从离他最近的姑娘手里取过她们捧上的祝捷酒。

这歌声仿佛是最后一根稻草,让他再也抑制不住,痛哭出声。雨声和歌声盖住了他的哭声,让他有种莫名的安全感。不会有人看到他此刻的狼狈,不会有人知道,卫家如今的顶梁柱也有扛不住的时候,也会像个孩子一般,放声大哭。

风雨声越来越大,她的声音里带着一股子英气,却也始终含着女子独有的温柔。她一直唱到他的哭声渐小,随着他收声,这才慢慢停了下来。而后她转过头去,再次看向他,那目光柔和平静,在他狼狈抬头时,也依然如初。

他的头发散乱,脸上满是泪痕,目光却已经安定下来。楚瑜轻轻笑了笑,将手中绣了梅花的一方素帕递了过去。"哭完了……"她的声音里带着某种力量,让卫韫的心也随之充实,"就过去了。"

卫韫从楚瑜手里接过帕子,认认真真擦干净了自己的面容。过去了。所有的坏事都会完结,所有的悲伤都能结束。他在战场上没有倒下,如今,亦是如此。

这时,马车停了下来,卫夏在外面恭敬地说道:"公子,少夫人,我们到家了。"

楚瑜轻轻咳嗽,卫韫上前扶她。这一瞬间,楚瑜觉得自己仿佛是垮了,她将自己整个落在卫韫和晚月的身上,卫夏撑着伞,扶着她走下来。

下得马车来,便看见卫府众人正安安静静地站在门口,他们的目光都落在楚瑜的身上,似乎都在期待着一个答案。她虚弱地抬起眼,一一扫过众人,最后终于是点了点头:"没事了,七公子回来了,卫府没事了。"

听到这话,王岚率先哭了出来,张晗扶着她轻轻劝说着。谢玖走上前来,从卫韫手中接过楚瑜,扶着她往里走去。卫府一时喧闹起来,有人欢喜,有人哭泣。

而卫韫由卫夏和卫冬搀扶着走进院子,看着那满院白花,觉得自己仿佛已是好几辈子都没有回过家了一般。他正静静地看着院子,管家带着人焦急地上前来道:"七公子先回房里让大夫看看……"

卫韫没说话,他的目光落到了不远处的灵堂上。所有人都止住了声音,卫韫推开卫夏和卫冬,独自往灵堂走去。

此刻他的每一步都走得格外艰难。腿骨处传来阵阵剧痛,他却还是咬牙走到了那灵堂前方,七具棺木落在灵堂之中,七块灵牌立于祭台之上,烛火的光闪闪烁烁,映照着灵牌上的名字。卫韫静静地站在棺木前,那番孤零零的模样,仿佛天地间就剩下了他一个人。

蒋纯和姚珧正被人搀扶着走出来,看见卫韫站在灵堂里,顿住了步子,没敢出声。几位少夫人看着卫韫的背影,他仍然身着囚衣,头发用一根发带散乱地束在身后。明明还是少年身影,然而她们却不约而同地从这少年身上,隐约看到了自己丈夫年少时的模样。

世子卫珺,二郎卫束,三郎卫秦,四郎卫风,五郎卫雅,六郎卫荣。

卫珺儒雅,卫束沉稳,卫秦风流,卫风不羁,卫雅温和,卫荣爽朗……明明是各异的特质,却都在这烛火的映照下,在那名为卫韫的少年身上,奇异地融合在了一起。他们仿佛有什么是一致的,以至于光看着那背影,众人就能从他身上寻找到自己思念的影子。

各位少夫人不忍再看,均转过了头去,只有楚瑜的目光一直落在那少年身上。他就这么站了一会儿,然后慢慢跪了下去,从旁边取出三炷香,恭敬地叩首,将香插入香炉之中。接着,他又沉默地站起来,神色平静地踏出了灵堂。

没有不舍,也没有难过,没有流泪,更没有哀号。可是却没有任何人,敢去指责他一

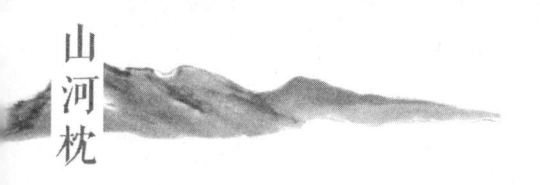

句不孝。那少年仿佛是浴火而生的凤凰，在经历彻底的绝望之后，化作希望重生于世间。

他从灵堂里走出来，卫夏率先反应过来，赶紧去搀扶。卫韫也没拒绝，由卫夏和卫冬搀扶着离开了。

见着他走远，晚月才问楚瑜道："少夫人，我们回了吗？"

楚瑜轻轻地点了点头。

梳洗之后，楚瑜便觉得自己是彻底撑不住了，倒在病床上，一连睡了三日都迷迷糊糊，不甚清醒。只记得药汤一碗一碗地灌下来，隐约间她似乎听到了许多人的声音，然而睁眼看上一眼，便也觉得是费了好大的力气。

卫韫的身上都是皮外伤，唯有腿骨需要静养。听闻楚瑜染了风寒不起，于是从第二日开始，他便过去陪着。

楚瑜高烧第一日最严重，大家轮流看守了半夜，所有女眷便都守不住了，只有卫韫身体底子好，便在下人的陪同下守在屋里。蒋纯本想劝卫韫去睡，毕竟有下人守着，楚瑜也不会有什么事。卫韫却是摇了摇头道："不守着嫂嫂，我心难安。"

蒋纯微微一愣，随后便明白了，卫韫并不是在帮楚瑜守夜，却只是在借着给楚瑜守夜的名头，给自己的无法安睡寻一个借口。他虽不哭不闹，却不代表不痛不恼。于是她退了下去，只留下人陪着卫韫守在楚瑜屋子的外间。卫韫便一直在外间坐着，拿了卫珺的字来，认真地临摹。

卫珺是世子，从小所有事都被要求做到最好。柳雪阳本是书香门第出身，对卫珺的要求也总是要高一些，于是他虽然出身将门，却写了一手好字。以往卫珺也曾催促卫韫好好读书，可他却从来不愿费心思在这上面，如今卫珺走了，他只有在完成这人生前对他的期许时，才似乎能重新触碰到这个在他心中样样都好的大哥。

卫韫临摹着字帖时，楚瑜正深陷在梦境里。梦里是皑皑大雪，她一个人走在雪地里。看着那千里落雪的平原，坠着冰珠的枯草，她隐约想起来，这是在她十二岁那年。

那年，她跟着父亲在边境，她正在城外玩耍，北狄人突袭，回去时已经是兵荒马乱，等到她父亲撤兵的时候，她更是不知道该去哪里。耳边全是攻城的厮杀声，还有远处的马蹄声，她的心里一片慌乱，茫茫然不知何去何从。于是她往城外远处跑去，想要躲进林子。

就是在那时候，一位少年金冠束发，红衣白氅，驾马而来，猛地停在她面前，焦急地道："你怎么还在这里？"她抬起头来，看见那少年面如冠玉，眼落寒雪，腰悬佩剑，俊美翩然。只见他朝她伸出手，催促道："上来，我带你走。"

四　来是我自己选的，走也得我自己选！

她犹豫了片刻，终于还是将手放在了他的手里，被他拉扯上马，抱在怀里，奔驰向战场。

那是十二岁的楚瑜，十四岁的顾楚生。

没有无缘无故的爱情，楚瑜回想起来，她第一次意识到自己喜欢顾楚生，大概就是在那一刻。她爱上了那一刻朝她伸手的少年，却为了那一刻绝望了一辈子。于是当她意识到自己身在何处，立刻急促起呼吸来，开始拼命奔跑。她要离开这里，她再也不想见到顾楚生，她再也不想过上辈子的日子，同上辈子同样的任何一句话，她都不想再听见。

然而她在梦里拼命跑，拼命逃，却还是听见马蹄声追逐上来。

"上来，我带你走。"

"上来，我带你走。"

少年的声音追逐在身后，犹如鬼魅一般，纠缠不放。

楚瑜拼命往前，可是逃不开，就是逃不开。她大口大口地喘着气，跑得近乎绝望，周边似乎有洪水淹没而来，她在水里拼命挣扎，却没人救她。隐约间她似乎抓住了什么，就拼了命地抓着，水灌入她的鼻口，眼见着就要将她彻底淹没，她几乎就要放弃挣扎。

就是在这时候，她听到了一声呼唤："嫂嫂。"是卫韫的声音。

他听见楚瑜睡得不安稳，放心不下。正巧长月出去端药，楚瑜大叫了一声："救我！"卫韫再也按捺不住，掀了帘子进去。

他刚抬手想去试一试楚瑜的额头，看她是否已退烧，便被她猛地抓住了袖子。她就这么死死地抓着他的袖子，仿佛是抓住了唯一的稻草。

"救我……"她颤抖着，反复喊道，"救我……"

卫韫皱着眉头，轻声开口："嫂嫂。"

楚瑜陷在梦魇之中，话说得迷迷糊糊，卫韫隐约听见了一个名字，似乎叫……楚生？

她喊得含糊，卫韫听得不太清晰，只看见少女紧闭双眼，抓着他的袖子，仿佛是怕极了的模样。

放下了平日那股子沉稳的气势，此刻的楚瑜看上去终于像个十五岁的少女了。卫韫替她换了额头上的帕子，目光落在她颤抖着的睫毛上。她生得貌美，十五岁的她其实并未长开，平日里的那份成熟多靠的是妆容，如今卸了妆，便可见少女的那份青涩稚嫩。

她的皮肤很白，如白瓷美玉，如今出着汗，又透出了几分潮红。卫韫皱着眉头，眼看着她深陷噩梦之中，却也无可奈何，只能一声声地唤她："嫂嫂，醒醒。"

他的声音似乎穿过了高山大海，如佛陀吟诵，超度那忘川河中沉溺的亡魂。楚瑜听着他的一声声呼唤，内心仿佛是获得了某种力量，渐渐安定下来。那声音似是引路灯，她朝

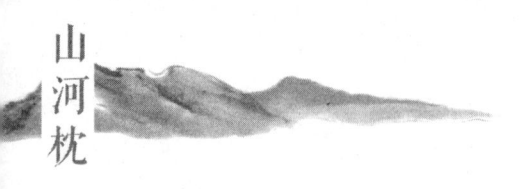

着那声音慢慢走去,然后便看到了微光。

睁开眼,楚瑜便看见少年坐在她的身边,身着金色卷云纹路压边长袍,长发用发带系在脑后。他的眉目间带着忧虑,在看见楚瑜睁眼时,那眉头慢慢松开,化为了笑意:"嫂嫂醒了。"

楚瑜静静地看着这少年,一瞬间竟是认不出面前这个人是谁。她恍惚了片刻,这才反应过来:"是小七啊……"

说话间,长月已经端着药走了进来,见楚瑜醒了,激动地道:"少夫人,你醒了!"

楚瑜点点头,抬手让长月扶了自己起来。她有些燥热,卫韫忙给她端了水。她喝了几口之后,抬头看了看天色,问道:"几时了?"

"卯时了。"长月从楚瑜手中接过杯子。楚瑜点了点头,目光落在卫韫的身上:"你怎的在这里守着?"

"嫂嫂染疾,小七心中难安。"卫韫说得恭敬。楚瑜看了他一眼,直接拆穿道:"是心中难安,还是难以入眠?"

"皆有。"在楚瑜面前,卫韫也没有打算遮掩,"本也难眠,便过来守着嫂嫂。"

楚瑜淡淡地应了一声,和卫韫这一问一答,她慢慢从梦境里缓了过来,也就没了睡意。她斜斜地靠在床上,颇有些懒散:"怎的睡不着了?"

"会做梦。"

"嗯?"楚瑜抬眼。卫韫垂眸看着自己衣角的纹路:"总还梦到哥哥们和父亲还在时。"

梦得越美好,醒来越残忍,楚瑜是明白的。她没有说话,片刻后,却是换了话题道:"你见过陛下了吧?"

"嗯。"

"说了些什么?"

"陛下同我说,让我体谅他的难处。"

听到这话,楚瑜轻嗤出声,懒懒地瞧向他:"你怎么回的?"

不管卫韫怎么回的,必然都是让陛下满意的答案,否则他也不会出现在这里。虽然楚瑜一步一步让皇帝有了卫家忠心不贰的感觉,但此事毕竟是皇帝对不起卫家,如果卫韫有任何不满,或许他也就不在这里了。斩草除根,本也是常事。

"我同他说,我不明白很多事,但我知道我是卫家人。"

这答案让楚瑜觉得很有意思,她屈了屈腿,将手放在自己的膝盖上,笑着道:"你这是什么意思?卫家家训,护国护君,生死不悔,你是在表忠?"

"不,"卫韫轻轻一笑,"我的意思是,我是卫家人,我卫家的债,一定会一笔一笔讨回来。"

楚瑜偏了偏头,含着笑看向他。卫韫有这份心思,她并不诧异。上辈子卫韫就是个恩怨分明、睚眦必报的人,这辈子也不会突然就变成一代愚忠之臣。

"卫家人护的是江山百姓,"卫韫的声音平淡,"而不是忠诚于某一个姓氏,某一个人。"

"你同我说这些,"楚瑜虽然已经知道答案,却还是笑着问道,"就不怕我说出去吗?"

今日的话若是说出去,卫韫不可能活着见到第二日的太阳。然而他却是抬眼看向楚瑜,目光平静:"若嫂嫂有害我之心,又何必这么千辛万苦将我从天牢里救出来?"

楚瑜迎着他的目光,没有说话。经历了这样多的风雨,看着这少年从一个跳脱的普通少年化作此刻沉稳平静的少年郎君,他有诸多变化,却唯独这双眼睛,清明如初。未来的镇北侯有着一双锐利得直指人心的眼,那眼如寒潭,她未曾仔细看过,如今想起来,当年若仔细看一下,是不是也能看到此刻这少年眼中的那份清澈纯粹,还带着潋滟水光?

她也曾扪心自问,为什么为了卫家做到这一步?看着卫韫的目光,她却似乎明白了,她为的不是卫家,而是这双眼睛。她喜欢这样澄澈的眼,希望这世上所有拥有这样眼神的人,一生安顺。英雄应当有英雄的陪伴者,她无处可去,不如陪伴于此。

于是她轻轻地笑了:"是啊,"她叹息,"我是卫府的少夫人,又怎会害你?"

听到这声轻叹,卫韫抿了抿唇,犹豫着道:"那你……是什么打算?"

"什么什么打算?"楚瑜有些奇怪。

"今日姚家和谢家的人来找四嫂和五嫂,我想她们应该是有自己的打算了。不日楚家应该也会派人来,如今我也出来了,不知道嫂嫂接下来,是怎么个打算?"

听到这话,楚瑜不由得乐了:"你方才将那样重要的话同我说了,此刻又问我是什么打算,莫非你明明觉得我可能另嫁他人,还同我说这样重要的话?……卫韫,"此刻楚瑜的眼中全是了然,"你说你这个人,是太虚伪了呢,还是太天真呢?"

一下就被看穿了心思让卫韫有些难堪,他抿着唇,没有言语。楚瑜靠在床头,看着这样的卫韫,觉得颇为新鲜。一想到自己在逗弄的是未来被称为"活阎王"的镇北王,她就有种微妙的爽感。

她笑着瞧向卫韫,探起身子靠近了些,玩笑道:"要不这样吧,我是去是留由你来说,你说去,那我明日就回楚家,你说留,我便留下。不知七公子意下如何?"

卫韫抿着唇,更加沉默了。楚瑜打量着他的神色,想知道他在想些什么,然而这人面上颇为淡定，倒也看不出什么来。她见他久久不答，伸手在他眼前晃了晃："卫韫？"

卫韫抬起头来，看向楚瑜。他的目光认真又执着："于理智来说，我希望嫂嫂走。嫂嫂大好青春年华，找一个人再嫁不是难事。嫂嫂与大哥一面之缘，谈不上深情厚谊，留到如今，也不过是因嫂嫂侠义心肠。如今卫韫已安稳出狱，嫂嫂也放下心来，算起来，再无留下来的理由。因此嫂嫂走，对嫂嫂是件好事。"

楚瑜撑着下巴，淡道："但是？"

"于感情来说，我希望嫂嫂留下。"他看着楚瑜，似乎是思索了很久，神情真挚，"我希望嫂嫂能留在卫家。"

"理由？"

卫韫没说话，他不擅长说谎，然而这真实的言语，他又无法说出口。

——他害怕没有楚瑜的卫家。如果楚瑜不在，如果这个满门号哭时唯一能保持微笑的姑娘不在，想想那样的场景，他就觉得害怕。没有楚瑜的路不是走不下去，只是会让人觉得太过黑暗艰辛。而且，若是从一开始就不知道有人陪伴的滋味，或许还能麻木地前行。可如今知道了，再回到原来的位置，就变得格外残忍。

可是，他不敢去诉说这样的依赖，这让他觉得自己仿佛是个缠着大人要糖吃的稚儿，让他觉得格外狼狈不堪。

卫韫沉默不言，楚瑜也没有逼他。她看着少年紧张的神色，好久后，轻笑出声："阿韫，你还是个孩子。"

楚瑜瞧着卫韫，神色温柔。卫韫有些茫然地抬头，对上了她温和的目光。

"偶尔的软弱，并没有什么。我会留在卫家，陪你重建镇国侯府。我不知道我能留到什么时候，也许有一天我会找到新的生命意义，又或者会遇到一个喜欢的人，可是在此之前，我都会陪着你，等你长大。……你会成为一个很好的人，会是名留青史的大将军。"她抬起素白的手，落到卫韫头上，"而我希望，尽我所能，为你，为卫家，做一点什么。"

五　沙场生死赴，华京最风流

楚瑜的手很软，因为高烧不退，哪怕只是轻轻搭落在他的头顶，也带着灼人的温度。就像她这个人，温暖得令人心惊。卫韫静静地看着她，感受着她的体温，以及她言语里的那份真诚。他胸腔里有什么东西激荡开来，让他忍不住许诺出声："嫂嫂放心，日后无论嫂嫂去哪里，甚至嫁给别人，小七永远都是嫂嫂的弟弟，会像大哥一样护着嫂嫂。嫂嫂今日是卫府的少夫人，日后是卫府的大夫人，哪怕您出嫁，卫府也永远留有您的位置。"

听到这里，楚瑜不免笑了，觉得卫韫这话有那么些孩子气："我是卫府的大夫人，那你的妻子怎么办？"

楚瑜的问话让卫韫愣了愣，他似乎还没想过这个问题。如今卫家就剩下了卫韫，等卫忠下葬之后，他便会继承镇国侯的爵位，那他的妻子自然会成为卫府的大夫人。看见卫韫呆愣的模样，楚瑜欢快地笑出了声来，觉得终于从这人脸上，再看到了几分孩子模样。

她轻轻咳嗽，同他道："这问题你好好想，认真地想。"

"嗯。"卫韫认真地点头道，"我会好好琢磨的。"

楚瑜笑得更欢了，卫韫还有些茫然，不明白她在笑什么。楚瑜笑够了，声音慢慢收回来，目光落到卫韫身上，有些无奈地道："你啊……真是个傻孩子。"

卫韫仍旧不明白，楚瑜也不再和他闹了，眼见天已经亮起来，她从长月手中接过药，同他道："去睡吧，天都亮了，人也不是这么熬的。"

卫韫抿了抿唇，似乎有些犹豫。楚瑜挑了挑眉："还有事？"

"我……嫂嫂……"他小声开口，"我能不能，睡在外间？"

"嗯？"楚瑜有些诧异。随后又听到卫韫用几乎微不可闻的声音嗫嚅着道，"在这里，我心安。"

他没有多说，楚瑜却也明白了。此时此刻，她之于卫韫，或许就是个避风港。她已经见过他最狼狈的模样，于是他可以肆无忌惮地在这里展现自己所有的悲喜。

丧兄丧父，被冤入狱，一人独撑高门，这样的事放在任何一个十四岁的少年身上，或许早就已经崩溃了。然而他却还能保持从容的姿态，甚至在皇帝传召他的关键时刻，依旧保持着冷静，伪装出了那副忠心不贰、誓死不归的模样。

他时时刻刻都处在这样的高度紧张中，唯有在楚瑜身侧，才觉心安。这是一种创伤后的反应，楚瑜明白。面对这样的卫韫，她也只能点了点头："那你睡在外间吧。"

卫韫眼里带了喜色，却又小心翼翼地压制下去，努力保持着那副沉稳的模样。楚瑜没揭穿他，摆了摆手，让人送了他出去，自己则躺在榻上，用被子蒙住脸，再一次睡了过去。

睡着之前，她隐约听到外间的卫韫在叫她："嫂嫂？"

她用鼻音应了一声，接着就听对方询问道："嫂嫂，你会做噩梦吗？"

"会。"

"那你做噩梦别怕，"他睁着眼睛，"我在这里。他们说将军带血气，妖魔鬼怪难近身，嫂嫂，不管梦里是什么，都有我护着你。"

卫韫这些话说得莫名其妙，可楚瑜却明白，他这话不是说给她听的，而是说给他自己听的。害怕做噩梦的人不是楚瑜，而是他卫韫。楚瑜心里有些抽疼，若是卫韫大大方方地痛哭流涕，或许她不会觉得这般心疼，可他这样淡定从容地说着这样的话，难免就让人觉得怜惜。

楚瑜没说话，许久后，她平平稳稳地答了一句："别怕，我在。"

听到这句话，卫韫一直绷着的弦突然就松了。他似乎一直在等这句话，等了很久很久。

卫韫再睁开眼的时候，已经是申时。他似乎已经许久没这样安稳地睡过觉了。他没有做梦，什么都没有，只是安安稳稳地睡过去，就如什么都没发生时，那个没心没肺的少年郎一样。

楚瑜早已经起了，同蒋纯在院子里聊着天。蒋纯将楚瑜病后卫府发生的事都给她汇报了一遍，最重要的便是，如今卫韫回来了，也就到了卫家男儿下葬的时候了。

其实卫忠等人早就该下葬了，然而按着大楚的规矩，家里人入土，必须有一位直系男丁替他们提着长明灯，除非这一户已无任何男丁，才有例外。因此，卫韫尚在世，无论如何也是要等着卫韫回来的。如今卫韫回来了，蒋纯便寻了先生来看，定了一个下葬的日子，十月初五。

这日子也就是后日，不过下葬一事卫府上下已经准备了很久，因此倒算不上赶。而柳雪阳也早在卫韫出狱那日便带着五位小公子起程回京,如今也快到了。

楚瑜和蒋纯正核对着日子,卫韫醒了。他梳洗过后,听见楚瑜和蒋纯在院中议事,便来到院中。楚瑜正和蒋纯说到一些趣事,眉眼间俱是笑意。于是卫韫就停在那里,静静地看着两个人。

楚瑜斜躺在地面上,墨发散披,发间簪花,素白色广袖长衫铺在地面上,看上去随意从容。而蒋纯跪坐在她对面,梳着高髻,姿态娴静端庄。午后阳光甚好,落在两个人身上,让整个画面变得格外安宁,卫韫静静地看着,哪怕只是这样驻足观望,他都觉得,有一种温暖在心中蔓延了开来。

他没敢打扰,反而是楚瑜先发现了他。她回过头来,看见卫韫,含笑道:"小七来了。"那笑容朝向他,世界便仿佛都亮了起来。那种明亮来得悄无声息,却又不可抗拒。

"大嫂。"他走过来,又看向蒋纯,"二嫂。"

"可吃过了?"蒋纯瞧着卫韫,含笑询问。卫韫点了点头:"刚用过些点心。"

蒋纯点了点头,同卫韫道:"我正和你大嫂说上山下葬之事,打算定在十月初五。你看如何?"

卫韫没说话,他沉默了片刻,慢慢地点了点头。

三人将整个流程商量了一遍,蒋纯便去置办还未准备的东西了。楚瑜和卫韫目送她走出庭院,楚瑜的目光落回到卫韫身上。

"方才在想什么,犹豫这么久才回答?可是十月初五有什么问题?"

"倒也没什么问题,"卫韫笑了笑,神色有些恍惚,"只是我本以为自己会很难过。……之前每一次他们同我商量父兄下葬的事,我心里都很痛苦,一个字都不想听,总觉得人一旦下葬了,就是真的永远离开了。"

楚瑜点了点头,倒也没有多话。卫韫将目光落到她的身上:"然而今天嫂嫂们同我说这事,我却没有那么难以接受了。……伤怀是伤怀,但……"卫韫叹了口气,"我终究是得放手的。"

终究得去承认,有些人已经离开了。

楚瑜静静地看着他,想说些什么,又觉得自己的言语似乎太过苍白。她只能笑了笑:"突然间很羡慕那些舌灿莲花的人。"

"嗯?"卫韫有些疑惑。楚瑜抬眼看向庭院中红艳的枫叶,含笑道:"这样的话,我大概能说很多来安慰你,或许你能更开心些。"

听到这话,卫韫却是笑了。"其实有嫂子在,我已经很知足了。"他垂下眼眸,遮住眼中的神色,慢慢地道,"有时候我会做梦,梦见这个世界并没有嫂嫂这个人,只

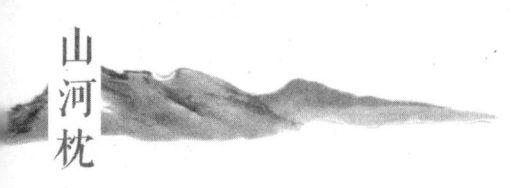

有我自己。"

"梦里没有我，是怎样的呢？"楚瑜有些好奇。卫韫沉默了一会儿，就在楚瑜几乎以为他不会再说、打算转换话题的时候，却听他突然开了口——

"我梦见自己一个人带着父兄回来，进门便听见满院的哭声。那些哭声让我特别绝望，她们一直在哀号，没有停止。我不敢说话，不敢哭，不敢有任何动静，只能捧着父亲的灵位，背着自己的长枪，一动不动。

"然后我被抓进了天牢，很久很久，就跟这次一样。但是等我出来的时候，二嫂没了，母亲没了，只有其他嫂嫂，她们都跪着围住我，哭着求我给她们一封放妻书。整个梦里都是哭声，一直没有停下。目光触及之处，不是黑色就是白色，让人心里发冷。

"我没有任何可以休息的地方……"

卫韫有些恍惚，仿佛自己真的走过了这样的一辈子。无路可走，无处可停，身负累累血债和满门期望前行，没有半刻停留——

"我只能往前走。路再苦、再难、再长、再绝望……我也得往前走。"

楚瑜听着他的话，眼里浮现的，却是上一辈子的卫韫。当年的镇北王喜欢穿黑白两色，当他出现的时候，整个世界似乎都弥漫着一股死气和寒冷。人们叫他"活阎王"，并不仅仅是因为他杀的人多，还因为，每每当他出现，人们便觉得，他将地狱带到了人间。

然而听着卫韫的话，楚瑜却恍惚明白了，上一世的卫韫，哪里是将地狱带到了人间？分明是他一直活在地狱里，他走不出来，便将所有人拖了下去。

意识到这一点，楚瑜的心里微微一颤，有那么几分说不清道不明的疼惜涌了上来。她的目光落在卫韫身上，许久后，却是抬起手来，摘下插在自己发间的那朵白花，将花递到卫韫面前。卫韫微微一愣。

楚瑜笑了笑，却是道："这花你喜不喜欢？"

卫韫不明白楚瑜在做什么，却还是老实地回答道："喜欢。"

"那我送你这朵花，"楚瑜玩笑一般地道，"你以后就不要不高兴了，好不好？"

卫韫怔了怔，许久后，他垂下眼眸，伸手从她手里接过了那一朵开得正好的白花："好。"

有些时候，有些话明知是骗人的，却还是忍不住要说。人能伪装自己的情绪，将难过装成开心，却很难控制自己的情绪，让难过变成开心。然而当楚瑜将花递给卫韫的时候，她却还是觉得，她要求的事情，卫韫一定会尽力去办到。

看着卫韫接过花，楚瑜的心里一片柔软。"你放心，"她的声音格外轻柔，"我和你的众位嫂嫂，都会陪着你一起去送父亲和几位兄长。"

卫韫垂眸，点了点头。

将下葬的日子定下来后，隔天柳雪阳就赶到了家里。老夫人腿脚不便，加上不愿白发人送黑发人，便没有跟着柳雪阳回来。

柳雪阳到达卫府的当夜，全家上下又是一片哭声，楚瑜在这哭声里辗转难眠。许久，那声音终于没了，楚瑜舒了口气，这才闭上眼睛。

第二日醒来，楚瑜来到灵堂前，卫韫已经在那里了。柳雪阳哭了一夜，精神头不大好，他正陪在她身边温和地劝慰着。张晗和王岚都红着眼守在一边，看上去似乎也是哭了许久。她们俩以前就常陪伴在柳雪阳身边，素来最听柳雪阳的话，如今主母回来哭了一夜，她们自然也要跟着的。

楚瑜看着这般模样的几个人，不免有些头疼。她上前去扶住柳雪阳，叫了大夫过来，关切地问道："母亲，您还安好？"

"阿瑜……"柳雪阳由楚瑜扶着，抹着眼泪站起来，"他们都走了，留我们孤儿寡母，以后可怎么办啊？"

"日子总是要过的。"楚瑜扶着柳雪阳坐到一边，让人拧了湿帕子过来，递给她擦了脸，又宽慰道，"五个小公子尚未长大，还要靠母亲多加照看。未来的路还长，母亲要保重身体，切勿给小七增加烦忧。"

听着楚瑜的话，卫韫抬眼看了她一眼，舒了口气。

他已经在这里听柳雪阳哭了很久。起初柳雪阳和张晗、王岚抱在一起哭得撕心裂肺，满院子都能听见，他赶过来宽慰之后，几人才稍微好了些。如今楚瑜过来，卫韫下意识就松了口气，心也跟着放了下去。

他并没有察觉到这种依赖感的形成，甚至没有觉得有任何不对。

一行女眷整理了一阵子，管家找到卫韫确认今日的行程。卫韫点头吩咐下去，到了先生算出来的时辰，便让楚瑜准备好带人跪到大门前去。

卫府并没有通知外界送葬的具体时间，然而当一行人出得门来，却见到许多人站在门口。离卫府门口最近的是那些平素往来的官员，再远一些，就是闻讯而来的百姓。卫家四世以来，不仅在边疆征战，还仗义疏财，所助之人数不胜数。

楚瑜抬头扫过去，看清了为首的那些人，谢太傅、长公主、楚建昌……这群人中，一个身着白衣的中年人手执折扇，静静地看着这支送葬的队伍。

楚瑜只看了一眼，便认出了来人——淳德帝。然而她没多看一眼，仿佛并不认识君主在此，只是将双手交叠放在身前，朝着那个方向微微鞠了个躬，随后又转头朝另一个方向，对着百姓鞠了个躬。

111

门里少夫人们牵着小公子陆续走了出来，分别站立在楚瑜和柳雪阳的身侧。侍从将蒲团放到了卫家众人膝下，楚瑜和柳雪阳领着几位少夫人各自站在一边，然后听得一声唱喝扬起："跪——"

听得这一声，卫家众人便恭敬地跪了下去，而立于卫府大门两旁的官员，也都低下了头来。不知道是谁起的头，从官员之后，百姓陆陆续续跪了下去，顷刻之间，那长街之上便跪了一大片。

"开门迎棺——"又一声唱喝，卫府的大门嘎吱作响，门缓缓打开，露出了大门之内的景象。

卫韫立于棺木之前，身着孝服，头发用白色发带高束。他身后是七具棺木，分列四行排开，他一个人立于棺木之前，身姿挺立，明明是少年之身，却仿佛能顶天立地。

"祭文诵诸公，一纸顾生平——"礼官再次唱喝，卫韫摊开手中的长卷，垂下眼眸，朗声诵出他写了几日的祭文。

他的声音很平稳，是介于少年和青年之间的音色，却因那当中的镇定和沉稳，让人分毫不敢将他只作少年看。

他的文采算不得好，只是安安静静回顾着身后那七个人的一生——他父亲，他大哥，他的诸位兄长。这七个人，生于护国之家，死于护国之战。哪怕他们被冠以污名，可在那清明人眼中，却仍旧能清楚地看明白，这些人，到底有多干净。他回顾着他们的一生，平淡地叙述着他们所经历过的战役，周边却慢慢升起了啜泣之声。而后他回顾到一些日常生活，哭声便越发蔓延了开去。

七月二十七日，长兄大婚，却闻边境告急，余举家奔赴边境，不眠不休奋战七日，击退敌军。当夜摆酒，余与众位兄长醉酒于城楼之上，夜望明星。

余年幼，不解此生，遂询兄长，生平何愿。

长兄答，愿天下太平，举世清明。

众兄交赞，余再问，若得太平，众兄欲何去？

兄长笑答，春看河边柳，冬等雪白头。与友三杯酒，醉卧春风楼。沙场生死赴，华京最风流。不过凡夫子，风雨家灯暖，足够。

诸位少夫人终于无法忍住，那些压抑的悲伤顷刻间爆发而出，与周边百姓的哭声相交，整条长街都被哭声掩埋。楚瑜呆呆地跪在地上，脑子里也不知道怎么的，就想起了出

五 沙场生死赴，华京最风流

嫁那日，她见过的那些或肆意或张扬的卫家少年。她颤抖着闭上眼睛，感觉有什么东西湿润了眼角。

——沙场生死赴，华京最风流。

卫韫念完祭文，声音也哑了。可他没有哭，他将祭文放入火盆，燃烧之后，扬起手来，高喊出声："起棺——"

那一声高喊清越洪亮，仿若是在沙场之上，那一声将军的高喊："战！"

棺木离开地面时发出了吱呀的声响，卫韫手中提着长明灯，带着棺木走出卫家大门。而后楚瑜站起身来，扶起哭得撕心裂肺的柳雪阳，领着其他少夫人和小公子一起，跟在了棺木后面。他们之后是卫家的亲兵家仆，长长一条队伍，几乎占满了整条街。

送葬的队伍所过之处，俱是哭声，百姓们一声一声唤着——

"卫将军……"

这声卫将军叫的是谁，谁也不知道。因为那棺木之中躺着的，莫不都是卫将军。

白色的纸钱满天飘撒，官员们一一跟在那长长的队伍之后，百姓们也跟在了后面。他们走出华京，攀过城郊的高山，来到卫家墓地。

卫韫的腿上伤势未愈，爬山的动作让他腿上吃痛了许多，他却面色不改，仿佛无事人一般领着众人来到事先已经挖好的墓地边上，按着规矩，让亲人见了他们最后一面，便准备将他们埋入黄土之下。

见那最后一面，大概便是最残忍的时刻。可在整个过程中，卫韫都十分冷静平稳。所有人都在哭、在闹，他却就站立在那里，仿佛是这洪流中的定海神针，任凭那巨浪滔天，任凭那狂风暴雨，他都屹立在那里。

你走不动了，就靠着他歇息；你不知道去哪里，就抬头看看他的方向。他是卫家的支柱，也是卫家的栋梁。细雨纷纷而下，周边的人来来往往，卫韫就这般站在原地，看着自己的家人一个一个沉下去。

直到最后，卫珺下葬。

楚瑜站在卫韫身边，看着卫珺的棺木被打开。尸体经过了特殊处理，除了面色青白了些，看上去竟和活着时并没有太大区别。他躺在棺木里，仿佛是睡了过去一样，唇边还带着些浅笑。

他惯来是温和的人，无论何时都会下意识地微笑，于是哪怕不笑的时候，也让人觉得他有笑容。

楚瑜静静地看着这个她只见过一面的丈夫。

第一次见他，她许了他一生。第二次见他，他已经结束了这一生。

113

她看了他好久,想要记住他的模样。这个青年长得清秀普通,没有任何惊艳之处,她怕未来时光太长,她便会忘了他。他九岁与她订下婚约,为了这份婚约,他一直等着她及笄,等着她长大。其他所有的卫家公子都有相爱的人来铭记,他不该没有。

她或许对他没有爱,却不会少了这份妻子的责任。于是她的目光凝在他的面容上,久久不去。许久后,卫韫终于看不下去,沙哑地出声:"嫂嫂,该装棺了。"

楚瑜点了点头,面上有些茫然。好久后她才缓过神来,轻轻地道:"好。"

卫韫吩咐着人装棺。他和楚瑜是整个画面里唯一尚能自持的人,他们镇定地送着那些人离开,又带着哭哭啼啼的所有人下山。

走到山脚下,哭声渐渐小了。等走到家门口,那哭声才算彻底歇下。

——没有谁的眼泪会为谁流一辈子,所有伤口终会愈合。那些嘶吼的、痛哭出来的声音,就是暴露于阳光下的伤口,看上去狰狞狼藉,却也恢复得最快最容易。最难的是那些被藏起来舔舐的伤口,它们在暗处默默地溃烂、发脓,反反复复地红肿,也不知道什么时候才是尽头。

安顿好一切,已是夜里,众人散去,只留卫家人回了府里。大家都很疲惫,楚瑜让厨房准备了晚膳,召集全家人一起到饭厅用膳。

因为骤然少了这样多人,饭厅显得格外空旷。楚瑜为那些故去的人留了位子,酒席开始,她一一给众人倒满了酒。

"这是我父亲埋给我的女儿红,如今已足十五年。"楚瑜一边倒着酒,一边笑着道,"我出生时父亲埋了许多,都在我出嫁那日喝完了,独独留下了最好的两坛来,今天就都喝了吧。"说着,她回到自己位子上,举杯道,"今日,我们痛饮一夜,此夜过后,过去的,就都过去了。"

——你我,各奔前程。

后面的话楚瑜没有说出来,然而在场的诸位少夫人,却都是明了的。所有人都没说话,片刻后,却是姚珏猛地站起身来,高喝了一声:"喝,喝完了,明天就是明天了!"说着,她举起杯来,仰头灌下,吼道,"好酒!"

姚珏开了这个头,气氛便活络了起来,大家一面吃菜一面玩闹,仿佛是过去丈夫出征凯旋后的一场普通家宴,大家你推搡我,我笑话你。王岚因怀孕不能饮酒,就在一旁含笑看着众人玩闹。

姚珏看上去最豪气,酒量却是最差,没一会儿就发起了酒疯,逢人便拉扯着对方划拳喝酒。张晗被她拉过去,两个人醉在一起,满嘴说着胡话。

"我们家四郎,你别看指头断了,可厉害了,那铜钱就那么大的一个孔,他百步之外就能把铜钱一箭钉在树上!"

"四郎……算什么,"张晗迷迷糊糊,打了个嗝,"我夫君,那才是厉害呢!我头一次见他,花灯节,有人调戏我,他手里只拿着一把折扇,便把十几个带刀的人,啪啪啪,"张晗的手在空中舞动了一阵子,嘟囔道,"全拍到湖里去了!"

喝了酒的蒋纯听到她们夸自己夫君,有些不开心了,忙加入进去,也开始夸赞起自己的夫君来:"我们二郎啊……"

楚瑜和谢玖酒量大,就在一旁静静听着。

在某些事情上,谢玖和楚瑜有着一种骨子里的相似。比如说喝酒这件事,她俩都是一小口一小口地喝,只要察觉自己产生轻微的醉意,她们就会停下来,休息一会儿后才继续喝。从容冷静,绝不容许自己出现半分失态。

然而这一夜,她们优雅地喝着酒,却都失去了那份控制。谢玖面色带着红,转头看着楚瑜,含笑道:"有时候,我觉得咱们是一样的人。但后来我发现,你我呀,不一样。……你啊,"她抬手,如玉的指尖指向楚瑜的心口,"心里还是热的,还像个孩子。"

楚瑜轻笑,却是道:"你以为,你不是?"

谢玖没回话,她突然回头,同身后的侍女道:"拿琴来!"

"以前阿雅喜欢听我弹琴,你别看他出生在卫家这样的武将之家,却是个比世家公子还要雅致的人物。"谢玖说着,看见侍女抱着琴走过来,直起身道,"如今,我便再给他弹一次琴吧。"

说着,她走到庭院中央,从侍女手中接过琴,席地而坐,拨动琴弦,轻轻奏响。

这是一首小调,音调温和轻浅,温婉安静,仿佛那音符都在跟着月色涓涓流动——

狼烟点九州,将军带吴钩,我捧杏花酒,送君至桥头……
三月春光暖,簪花候城门,且问归来人,将军名可闻……

她的琴声响起之时,众人也都停住了笑闹。没多久,大家跟着唱了起来。几位少夫人都正是大好年华,楚瑜看着她们唱着这小调,一时竟有些心上发闷。她端着酒走出门去,却看见卫韫正坐在长廊之上,静静地看着月亮。

酒气让她觉得有些燥热,她走到卫韫身边,坐下来道:"小七怎么没去睡?"

卫韫带着伤撑了一天,早就扛不住了,于是楚瑜早先便让他先去睡了。却没想到,这人一直坐在外面,并没有离开。

山河枕

　　下午下过小雨，夜里却是天朗气清，明月当空，空气里弥漫着雨后的湿味，连带着泥土的清新。卫韫愣愣地看着月亮，却是道："我以前经常听这些调子。"楚瑜没说话，他继续道，"以前很喜欢，每次听我都觉得，好像自己的所有努力都有意义。我没有哥哥们那么大的心，我就觉得，我之所以手握长枪在沙场上拼命，就是为了家里的这些人。我想看她们每天这样开心，唱歌跳舞，思索哪一种胭脂更好看。"

　　"可是也不知道今天怎么了，"他苦笑了一下，"我今日听着这些曲子，却觉得……"

　　他顿住声，思索着合适的词语。楚瑜抿了一口酒，轻声问道："觉得什么？"

　　"我终究……没能护好她们。"卫韫转头看向楚瑜，"嫂嫂，我是不是太没用？"

　　听到这话，楚瑜仰头将酒碗中的酒一口喝完，随后站起身子，将头上素白的发带一拉，头发便散落下来。她用发带将所有头发系在身后，走到庭院里的兵器架边上，将长枪从兵器架上猛地取下："小时候，母亲总想让我和妹妹一样学跳舞，学弹琴，学写字，学唱那些咿咿呀呀的江南小调。可我却都不喜欢。我什么都做不好，除了手中的这把长枪。"说着，楚瑜将长枪一抖，一手持枪指地，一手负在身后，慢慢抬头，目光落在卫韫的身上，"无他可悦君，愿为君一舞。"

　　音落瞬间，长枪猛地探出，在空中划过一条漂亮的弧线。里面是女子柔软的歌声，外面是长枪破空的凌厉风声。明月落在素白的身影上，和着那温和的音调，一瞬之间，卫韫觉得自己仿佛身处一个美好的梦境里。梦境里的这个姑娘，如此坚韧，如此强大，她的长枪犹如游龙，带着不逊于当世任何英雄少年的寒光。枫叶因着她的动作缓缓飘落，成了月光下唯一的暖色。十四岁的卫韫盯着楚瑜，眼睛一眨不眨。他从未见过这样美丽的景色，这样的美丽不是一种单纯的景致之美，它仿佛带着一种无声的力量，像一双手，扶着已经摇摇欲坠的他慢慢站了起来。

　　他的目光一动不动地盯着那姑娘，听着她的歌声。

　　　　春看河边柳，冬等雪白头。
　　　　与友三杯酒，醉卧春风楼。
　　　　沙场生死赴，华京最风流……

　　那女子眉眼里带着明亮的笑意，长枪裹着光划过黑夜。最后，琴声缓缓而去，女子在空中一个翻身，闪亮的枪头猛地没入地面，她单膝跪在他身前，扬起头来。只见她明亮的眼在月光下带着笑意，带着丝毫不逊于男子的爽朗豪气。

"沙场生死赴，华京最风流。"——这诗词哪里只能是留给卫家男儿的？面前的这个姑娘，又怎么不能是最风流？卫韫看着她，听她含笑开口："卫韫，我不需要你护着，我们谁都不需要你护着。你只要好好地做你自己，那就够了。我在这里……"她的声音越发温和，"一直都在。"

卫韫没说话，他看着面前手执长枪、单膝跪地的少女，如玉的面容上慢慢浮现笑意："上次你给了我一朵花，换我以后高兴一些。这次你给了我这一支舞，我该给你什么呢？"

没想到卫韫会这么说，楚瑜挑了挑眉头："你能给什么？"

卫韫没说话，他的脑海里猛地闪过一句话来："能得此一舞，愿死效卿前。"这话止于唇齿，他默默看着她，好久后，却是笑了——

"我很高兴。"他认真地开口道，"嫂嫂在，我真的很高兴。"

月光很亮，楚瑜歪了歪头，带着几分孩子般清澈的笑意，静静地看向了他。

那一晚上大家闹了很久，才终于各自去睡了。仿佛是将所有感情宣泄至尽，那些爱或者痛，都随着歌声和夜色而去。谁都知道，日子要往未来走。

一夜宿醉之后，第二天楚瑜醒来已经是中午。梳洗后没多久，谢玖便走了进来，她不由得有些诧异："怎的来这么早？"

"也是时候了。"谢玖笑了笑，那笑容里带着几分苦涩和不甘，却也是下定了决心，"我是来找你帮个忙的。"

"你说吧。"楚瑜她没有推辞，招呼着谢玖坐下来。她看着谢玖的神色，便大概猜到了她的来意。其实这话楚瑜也已经等了很久，谢玖能撑到现在，本也在她的预料之外了。

谢玖坐定，抿了口茶，踌躇片刻，终于是抿了抿唇道："如今五郎已经下葬……"她垂下眼眸，手指紧紧地抓着衣衫下摆，"小七没事，卫府也已经安定下来。我来找你……是想请你帮忙，同小七和婆婆求一份放妻书。"

"怎的不自己去？"楚瑜有些疑惑。

谢玖苦笑了一下："比起小七，我还是更愿意对你说这些话。"

楚瑜明白谢玖的难处。这世道对女子本也苛刻，若不嫁个有权势的人家，哪怕是回娘家，也是备受欺凌。谢玖这种人的一辈子，本就精于算计，能为卫家做到这个程度，对谢玖来说已是不易。

楚瑜面上平静，点了点头，宽慰道："这样也好，你尚年轻，以你的才貌，再嫁也不是难事。"大楚民风尚算开放，世人重女子才貌，再嫁虽然不如首嫁，却也不会过多刁难。谢玖没说话,楚瑜见她不语,想了想,开口询问道,"可还有其他顾虑?"

"你……铁了心在卫家了?"谢玖有些犹疑,"你如今才十五岁……"

"你也说了,我如今才十五岁。"楚瑜笑了笑,目光落到茶杯里漂浮着的茶梗上,"如今我也没有喜欢的人,回家里去也不知道要做什么,倒不如留在卫府。我与你处境不同,我父母没逼着我,我自个儿也没想嫁人。"楚瑜的眼神温和,"倒不是品性高洁,只是个人选择不同罢了。"

谢玖听到这话,叹了口气:"说来倒有些让人不齿,只是你若留在卫府,还烦请你照顾一下陵寒……"

卫陵寒是谢玖的孩子,如今也才三岁。楚瑜忙点头:"这你放心,我留下来,本也是做了照顾小公子的打算。你虽然出去了,可是孩子在这里,这儿便也算半个你的家。到时候,你可以常来看看我,也看看陵寒。"

听着楚瑜这话,谢玖心中的巨石轰然落地,无限感激涌上来,她一时竟有那么几分无措。她抬头看着楚瑜,许久后,正要开口说什么,楚瑜却眨眨眼,笑着截住了她的话:"不过我且说好,这些可都是有些酬劳的。"

"什么酬劳?"

楚瑜想了想:"五少夫人的琴弹得甚好,得空便来给我抚琴一曲,权当酬劳。"

"好。"谢玖点头应下,"我一定来。"

见谢玖放松下来,楚瑜斜靠在椅背上:"这一次就你来?除了你,还有谁要这放妻书?"

"除了蒋纯,都求我过来,请你转达小七。"

楚瑜点了点头,又问道:"那王岚的孩子怎么办?"

"她先生下来,孩子照顾到两岁,她再出府。"这答案大概是早就想好的,谢玖解释道,"只是到时候她再单独来求这放妻书,她觉得尴尬,便想着现在同我们一起吧。"

楚瑜应了一声。王岚向来是个没主见的,让她单独去向卫韫要放妻书,倒的确不是她能做出来的事。

楚瑜又和谢玖说了一会儿去留的事,谢玖便告辞回去,准备收拾东西了。迈出门去之前,她突然想起什么来,又同楚瑜道:"话说你那妹妹在和宋世子议亲,你可知道?"

听到这话,楚瑜微微一愣,随后点了点头:"知道。"

知道是知道,她却也不放在心上。楚锦做了什么,似乎已同她没了多大干系。谢玖见她没什么反应,也明白对于楚瑜来说,楚锦大概是没什么分量的,便转身走了出去。

她走出门去的瞬间,身子有些佝偻,看上去仿佛一下子苍老了许多。楚瑜静静看着她的背影，没有多言。

论起对卫家的感情，她决计比不上这些少夫人。她们真心实意地爱着自己的丈夫，可对于楚瑜来说，她对卫府，或许敬仰和责任更多。所以她们虽然离开了，却要花上许多时间去慢慢疗愈自己的伤痛，楚瑜却能在一夜醉酒后，就调整好自己，迎接后面的长路。

楚瑜闭上眼睛，定了定心神。如今将卫家那七位逝者下葬，不过是卫韫重新站起来的开始而已，后面的路只会更难走，她得扶着卫韫走下去。

休息了片刻，楚瑜来到柳雪阳房中时，卫韫已经先到了。柳雪阳面上神色不太好，丧夫丧子对她来说打击着实太大。见着楚瑜进来，她神情恹恹地道："可是有什么事？"

楚瑜将谢玖的要求一五一十地说了，卫韫静静地听着，倒没多说什么，柳雪阳则开始眼泪落个不停。抽噎了一阵，她终于道："她们……她们……"说着，她也不知道该怪谁，憋了半天，只是道，"还好珺儿娶的是你。"

"几位少夫人年龄也不算小了，与我不同，再在卫家熬几年，后面的路便更难走了。"楚瑜轻声劝着，"母亲，将心比心，若母亲是她们，您觉得自己会怎样？"

被这么一说，柳雪阳愣了愣，片刻后，她叹了口气："我何尝不知道这个道理？只是一想起来这是我卫府的孩子，我心里就……"说着，她摆了摆手，"罢了罢了，她们要就给她们吧，强留着也是害了她们，便就这样吧。"

柳雪阳一面说，一面招呼了人将笔墨拿过来，吩咐卫韫写了放妻书。等卫韫写完，柳雪阳这才想起来，转头看向楚瑜："她们都为自己谋划了，阿瑜你呢？"

"我年纪还小，"楚瑜笑了笑，"也没什么打算。就想着先陪小叔将卫府重建起来，将五位小公子带大一些再说。母亲身体不好，府里总得留几个人。"

"你……"柳雪阳欲言又止，想说什么，最后只是道，"放心吧，我们卫府总不会让你吃亏的。"

楚瑜点点头，从卫韫手里拿过放妻书，一一审过，便同柳雪阳和卫韫道："那我这就给她们送去了。"

柳雪阳点点头，神色有些疲惫。等楚瑜走远了，她才叹了口气："这阿瑜啊，真是个傻孩子。她如今也十五了，陪你再把侯府建起来，那至少也要二十出头了，到时候哪里有现在再找个郎君容易啊？"

卫韫没说话，扶着柳雪阳躺到床上去休息。柳雪阳身体本就不大好，这番被这么一激，更是虚弱了。她坐到床上，同卫韫道："你大嫂这份心不容易，你须得好好记在心上。她和你二嫂本可以不留下，可如今留下了，这就是恩。"

"我明白。"卫韫点头，眼中没带丝毫敷衍，"嫂嫂们的好，我都记在心里。"

"阿瑜不为自己打算,我们却是要为她打算的。刚嫁进门就没了丈夫,她这辈子,也算是坎坷了,你日后一定要好好照顾她,千万别忤逆不敬。"

"儿子省得。"

"你交友比我们这些妇人广,日后你重振侯府,在外便多关注些适龄的才俊,替你大嫂、二嫂留意一下。家境好坏不重要,咱们卫家照拂着她们,总不会过得太差,重要的是人品端正,会心疼人。"

听到这话,卫韫愣了愣,一时没答。柳雪阳等了一会儿,没听见他的回答,回头唤道:"小七?"

"嗯,"卫韫听到这一声唤,这才回了神,忙道,"我会多加注意,日后若有合适的,我会帮嫂嫂们打算。"

柳雪阳躺在床上,点了点头,眼里露出了担忧来:"可惜我珺儿……若要说心疼人,谁比我卫府的儿郎会心疼人?阿瑜这样好的姑娘……还有阿纯……唉,"说着,柳雪阳叹了口气,连连道,"可惜了……"

听到这话,卫韫没有出声。直到服侍着柳雪阳睡下,他才走了出去。出门后,他还有些恍惚,卫夏忍不住道:"公子在想什么?"

"我在想,"卫韫的目光落到远处,"如果大嫂、二嫂离开了卫家,卫家会是什么样子?"卫夏叹了口气:"公子说的我们明白,少夫人和二少夫人若走了,府里的确是……"犹豫了一下,他又道,"可总也不能将她们一直留在卫府。少夫人和二少夫人尚年轻,尤其是少夫人,这世上感情一事,若不能品尝一二,总归是遗憾。"

"你在胡说八道些什么,"卫秋一眼瞪了过去,"别跟公子说这些个乱七八糟的。"

卫韫没说话,听着卫夏的话,他心里有些恍惚。蒋纯有孩子还好,可楚瑜是留不住的,也是不能留的。他不但不能留,还得想着法子给她谋划出路,寻一个配得上她的男人。可如今她再嫁之身,哪怕普天皆知她未曾圆房,要嫁得与她品性相配的男人,怕也是不容易吧。也只能等他重振镇国侯府,日后看看能不能着着权势,为她谋出一条锦绣前程了。

卫韫的脑子里乱七八糟想着许多,卫秋和卫夏在他身后争执。他尚年少,府里还没给他配专门的侍从,如今卫珺走了,卫夏和卫秋便干脆留给了他。他听着卫夏在后面吵嚷:"卫秋你个朽木,让人个大好年华的姑娘守寡一辈子,你不觉得残忍吗?"

"你……"

"行了,"卫韫觉得自己终于琢磨出了法子,淡道,"如今的情形,嫂嫂就算再嫁也都是些歪瓜裂枣,等以后我重振侯府,定给嫂嫂挑个好的。到时候嫂嫂看上了谁,我就去让那人过来提亲。"

"要是他不过来呢？"卫夏有些忧虑。听到这话，卫韫冷笑了一声："要人还是要命，就看他自己选了。"

这话一出来，卫夏便信服了，觉得这是个极好的办法。他正还要说些什么，管家就从长廊外急急走了进来。他来到卫韫身前，压低了声音："公子，宫里来了人，说陛下让您进宫一趟。"

卫韫闻言，眼中冷光一闪，片刻后，他同卫秋道："去将府里的小辇推过来，再给我拿狐裘暖炉来。"

卫秋应声往回走去，卫韫就近快步去了楚瑜房中，冷声道："嫂嫂，借我些粉。"

"作甚？"楚瑜从里间走出来，将一盒粉抛给了卫韫。卫韫冲到镜子面前就开始往脸上抹，一面抹一面道："陛下招我进宫去，怕不会有好事。"

一听这话，楚瑜便紧张起来，皱着眉道："陛下若让你上前线，你切勿冲动……"

"我明白。"不等楚瑜说完，卫韫便已经扑完了粉。他涂抹得不够均匀，楚瑜有些无奈，走到他面前，抬起了手来。她的手带着温度，触碰到他冰冷的面容时，他下意识就想退后，却又生生止住，只是屏住呼吸，让她将粉在自己的面上抹匀。

卫韫的肤色本就偏白，如今这么一涂抹，在夜色下更显得苍白如纸。卫秋推着小辇，带了狐裘过来，卫韫将头发抓散几缕落到耳边，狐裘一披，暖炉一抱，再往小辇上一坐，整个人瞬间就化作了一个病弱公子，轻轻咳嗽两声，便仿佛马上要羽化归去了一般。

楚瑜看着卫韫的演技，内心百感交集。卫韫坐在小辇上，抱着暖炉，已经入了戏，他又轻咳了两声，随后用虚弱的声音同卫秋道："走吧。"

卫秋拉着卫韫刚出得府门，便看见一辆马车隐藏在卫府外的巷道之中。见得卫韫出来，车夫从马上跳了下来，同卫韫拱手做了个"请"的动作。那车夫手提绣春刀，身着黑色锦缎华衣，腰悬一块玉牌，上面写着一个"锦"字。这是锦衣卫的标准配置，乃天子近臣。

看见那装扮，卫韫急促地咳嗽了两声，忙挣扎着起来，要同那人行礼。只是他刚一站起来，就又是一阵急促的咳嗽，那人忙上前来按住了他道："七公子不必客气，在下锦衣卫使陈春，特奉陛下之命，来请公子入宫一叙。"

卫韫听着他说话，咳嗽声渐轻，好不容易才缓下来，慢慢地道："卫某不适，还望陈大人海涵。既是陛下之令，便快些起程吧。"说着，卫韫由卫秋搀扶着站起来，上了马车。

片刻后，陈春也坐了进来。马蹄声哒哒作响，卫韫坐在陈春对面，一言不发，时不

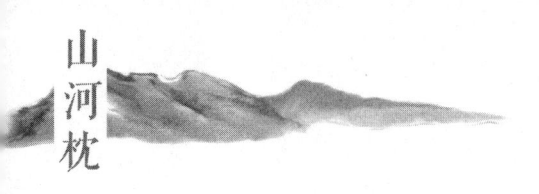

时咳嗽两下，看上去一副虚弱极了的模样。陈春皱着眉头，有些迟疑地道："七公子的伤……"

卫韫在天牢里的事几乎满朝文武都知晓了，皇帝震怒，大力处办了所有动过卫韫的人，其中还有陈春亲自动的手，因此他对于卫韫的伤自然不陌生。

卫韫听得陈春问话，艰难地笑了笑道："外伤养好了许多，就是伤了元气，底子虚。"陈春眉头更紧，卫韫看了他一眼，喘息着道，"不知陈大人可知此次陛下找我，所为何事？"

"不知。"陈春答得果断。卫韫便知道从陈春口里是套不出什么话了，于是就继续装作病弱，思索着近来的消息。

他离开前线时，虽然卫家军在白帝谷被全歼，但也重创了北狄。如今北境主要靠姚家守城，皇帝连夜召他入宫，必然是因为前线有变。他父兄均战死于前线，他知道他们绝不是单纯被围歼，而其中，姚勇必然扮演了极其重要的角色，因而在姚勇还掌握着北境整个局面时，他绝不会上前线去送死。

卫韫定了心神，假作虚弱地靠在马车上睡觉。不多久，就听陈春道："公子，我们到了。"

卫韫睁开眼睛，脸上露出了迷惘之色，片刻后才清醒过来，由卫夏和卫秋搀扶着下了马车。马车是直入御书房门前的，因而卫韫下得马车来，便听到里面传来了皇帝的声音："小七，直接进来。"

卫韫闻声，又急促地咳嗽了起来。他咳得撕心裂肺，听着就让人觉得肺疼。咳了好一阵，他方才直起身子，整理了自己的衣衫，步入御书房中。

皇帝在屋中已经听到了咳嗽声，抬起头时，便看见一个素衣少年步入殿中，恭敬叩首。他看上去单薄瘦弱，尚未入冬便已披上狐裘，手里还抱着暖炉，似乎是极其怕冷的模样。

淳德帝的呼吸一窒。他清楚地记得这个少年曾是多么欢脱的样子，那时候哪怕是寒冬腊月，他仍可以穿着一件单衣从容地行走于室外。愧疚从心中涌了上来，让淳德帝的面上带了些怜惜，他忙让卫韫坐下，着急道："怎么就成这样子了，可还是哪里不好？我让太医过来看看。"

"倒也没有什么……"卫韫笑了笑，宽慰道，"陛下放心，不过是身子虚，近来正在休养。"

淳德帝听到这话，看着卫韫，想说些什么，又没说出来。卫韫看着淳德帝的神色，轻咳了两声，缓过气来："陛下深夜召臣入宫，可是前线有变？"

五　沙场生死赴，华京最风流

"不错。"说起前线，淳德帝的神色冷了许多，"如今前线全靠姚将军在撑，可昨天夜里，白城已破。"

"白城破了？"卫韫有些诧异，却又觉得这个情况也在意料之中。前线向来是卫家守护的第一防线，姚勇从来只打过一些捡漏子的仗，他之所以坐上今天这个位子，更多的是皇帝的政治权衡。将一个酒囊饭袋突然推到第一防线，关键城池没了，倒也是在预料之中。

卫韫心中计较得清楚，面上却是诧异："姚将军在白城有九万大军，我走时又从凉州调了十万过去，白城怎的就破了呢？我军损伤多少？"

"我军损伤不多。"皇帝的面色不太好看，冷着声道，"姚勇为了保全实力，在第一时间弃城……"

听到这话，卫韫的脸色猛地冷了下来，骤然开口："他有没有疏散百姓？"

卫家弃城之前，都会先将百姓疏散，否则哪怕战到最后一兵一卒，也绝不会弃城。一城百姓手无寸铁，北狄与大楚血海深仇，大楚丢了的城池，大多会遇上屠城之祸。因而卫韫听闻姚勇弃城，首先便问了这个问题。问完，卫韫却已经知道了答案。姚勇不会疏散百姓，他惯来不是这样的人。然而卫韫等了片刻，却听皇帝说："他去之前已疏散百姓，倒也无碍。"

卫韫有些诧异，为了遮掩自己的情绪，他又开始急促地咳嗽起来，脑子里开始飞快地分析。以他对姚勇的了解，他绝做不出这种事来，可他向来热衷揽功，这次怕是哪位将军被他抢了功劳。想到这里，卫韫的心里一阵恶心，面上却是不动。淳德帝看他咳嗽得揪心，忙让人去叫太医。卫韫摆了摆手，慢慢顺了气道："请问陛下如今是作何打算？"

"姚勇太过中庸，这战场之上，还需少年锐气。"淳德帝叹息了一声，明显是对姚勇此番的弃城之举不满。他又抬头看向卫韫，半晌后方才说，"你……"

"陛下，卫韫自请……"卫韫一见淳德帝看过来，忙上前一步就跪了下去，正要表忠，话只说了一半，却拼命地咳嗽起来。

看见卫韫整个人蜷缩在地上咳成一团的模样，淳德帝剩下的话也说不出来了。他上前亲自扶起卫韫，卫韫仍在一面咳嗽一面道："臣自请……往……咳咳……往前线……咳……"

"罢了，"淳德帝看着卫韫的样子，叹息了一声，"你这模样，便不要逞强了，你先好生休养……"淳德帝犹豫了片刻，随后道，"给我推荐几个人吧。"

卫韫没说话，用咳嗽遮掩着自己的表情，脑子里思索着淳德帝这样急迫的原因。如今朝中可用的武将也就那么五六家，楚建昌镇守西南多年，如今北狄攻势太猛，西南的南越

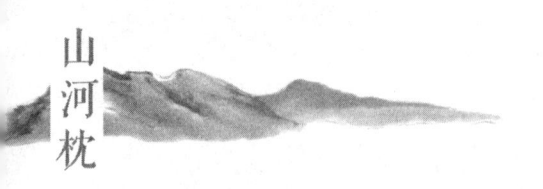

国怕是也蠢蠢欲动，楚建昌是不能动的。剩下的宋家、姚家、王家、谢家，其中王谢两家并非标准的武将世家，家中将领多在内地，并没有太多边境实战经验；而姚家已经在战场之上了，宋家也在华京休养太多年，根本没了爪牙。

如今上前线去，不仅仅是打仗，更重要的还是制衡姚勇。姚勇太过怕事，白城一战不是不可以打，只是姚勇不愿血战。但哪场战争没有牺牲呢，若一味撤退，直接求和便罢了，还有什么好打？

可是除了卫家、楚家，其他几家和姚勇或许差别不大，算来算去，也就只有一个卫韫能够用了。算明白了皇帝的打算，卫韫轻轻喘息，虚弱地道："陛下骤然问臣，臣一时也难以推出合适人选，不若给臣几日时间，臣考察些许，再禀陛下？"

"也好。"淳德帝有些无奈，人已经成这样了，总不能把这样的卫韫派上前线，那又与送死有何区别？他叹了口气，"你且回去吧，若有合适的人，即刻同朕说。"

"谢陛下体谅。"卫韫跪伏在地，喘息着道，"待臣稍有好转，便即刻前来请命，上阵杀敌，不负皇恩！"

"嗯。"淳德帝心不在焉地点点头道，"你且先回去吧。"说着，他又想起来，"让太医再看看。"

卫韫点点头。出门之后，便看见一个太医战战兢兢地站在那里。卫韫朝那太医惨淡一笑，同他道："卫某已无力在宫内耽搁，想早些休息，大人可否陪我至卫府看诊？"

"仅凭侯爷吩咐。"卫忠、卫珺死后，卫韫便是最合理的继承人，继承爵位的圣旨早就下了，许多人一时改不过口来，但太医却是个极遵守规矩的人。

卫韫点了点头，带着太医上了马车。他斜卧在马车上，让太医上前诊脉。太医诊了片刻，说了一大堆旧疾，最后却是皱着眉头道："但是……也不至于此啊。"

卫韫没说话，抿了口茶，淡道："大人，您再看看。"这次他没有咳嗽，口吻一片清冷，"卫某明明体虚多病，风寒都受不起了，怎么会没病呢？"

太医没说话，他看着卫韫的眼，只见对方眼中带着骇人的血意，面上却似笑非笑："大人，体虚之症重在调养，可大可小。来时如山崩，然调理得当却可随时见效，您说是吧？"

太医如今已经明白卫韫的意思了，他不敢说话，整个人微微颤抖着。卫韫撑着下巴看他："太医也会有误诊的时候，我觉得我是体虚，你觉得我是体虚，再来一百个庸医说我不体虚，我也能给他打出去。可我明明体虚，大人却说我不虚，那就不对了。"

太医冒着冷汗，旁边的卫夏推过来一个盒子，卫韫扬了扬下巴："大人，区区薄礼，不成敬意。"

太医不敢动，卫韫也不恼，伸过手去："本侯亲自为您打开。"

挪开盒盖，只见盒子里面整整齐齐地放了两排金元宝。卫韫温和地道："大人，您膝下还有两子两女，对吧？"

听到这话，太医深吸了一口气，抬眼看向卫韫。他的目光里带着不赞同，许久后，他摇了摇头，轻声道："这礼物侯爷收回去吧，您的确是体虚之症，我会如实上报。烦请停住马车，放老朽下去。"

卫韫朝旁边点了点头，马车停了下来。太医提起药箱，低头往下走去，然而下到一半，太医骤然回身，颇有些愤怒地道："老朽从未想过，卫家竟会出了一个你这样心机叵测、贪生怕死之徒！侯爷令卫家蒙羞矣！"

听到这话，卫韫的面色剧变。那太医转身便要走，卫韫却突然叫住了他："老伯。"

太医僵住了身子。听见卫韫冰冷的声音，他这才觉得自己太过冲动，可骨气让他不愿去道歉，亦不愿回头。卫韫看着他的背影，许久后，轻笑了一声："罢了，你去吧。只是老伯，我想要您明白，若我是卫小七，那我自当不计后果为国为民，抛头颅洒热血。可我是卫韫。"他的眼神冷了下来，"我是镇国侯，卫韫。"

他说这话时，全然不似一个十几岁的孩子，每一个字都咬得极为清楚，仿佛是在宣告着什么。

太医没说话，他背对着卫韫，片刻后，却是僵着声音道："无论侯爷是卫家七公子还是镇国侯，都希望侯爷记着，您出自卫家门下。"他扭头看着卫韫，认真地道，"这是大楚少有的热血风骨，还望您不折辱于它。"

这一次，卫韫看着老者清明的眼，一时竟无话可说。有什么感觉从胸口涌上来，翻腾不已，他死死地捏着马车的窗沿，一言不发。

马车行至卫府门前，刚一进门，楚瑜就迎了上来，着急地问道："陛下如何说？"

卫韫将宫里的事简单交代了一下，楚瑜放下心来，随后又问道："你怎的就不愿去前线呢？"在她的记忆中，上一世卫韫是负了生死状，自行请命到前线去的，力挽江山倾颓之狂澜后，他才奠定了自己的地位。然而这一次卫韫却装病不去，他是如何想的？

"我父兄之死与姚勇息息相关。"卫韫倒也没有藏着自己的心思，他将狐裘交给卫秋，坐到一边给自己倒了茶，抿了一口后方才慢慢地道，"如今前线全在他的掌控之中，我若过去，怕也只是千里迢迢专程赶去送死罢了。"

卫韫说这些话时，眼中带了如刀一般的凌厉。楚瑜看着他的眼神，抿了抿唇，转移话题道："那你打算推选谁去？"

"还在想，"卫韫皱着眉头，"总该找个合适的人才是。"

楚瑜听了他的话，想开口说什么，最终还是缄口不言。上一世的镇北王卫韫后来过得风生水起，证明他本身就是个极有能力的人，因此若不是提前知晓未来的大事，楚瑜不会去干涉他的选择。更何况，卫家人的死让楚瑜明白了，她自以为的"知道"也许是错的，而有时候，知道一个错误的信息，比什么都不知道更可怕。

于是她想了想，点头道："那你慢慢想，有事儿叫我。"

卫韫从鼻子里应了一声，坐在桌旁捧着茶，继续发呆。楚瑜犹豫了片刻，还是往外走了出去。然而临出门前，卫韫突然叫住了她。"嫂子，"他有些茫然地道，"如果我也像一个政客一般，变得不择手段了，怎么办？"

楚瑜听到这个问题，转过头来看向他。少年似乎有些沮丧，她想了想，慢慢地道："水至清则无鱼。"

卫韫抬起头来，正要说什么，楚瑜却仿佛是知道了他将要说什么一般，忙道："可是，你也得保证，那是水。……清与不清是一个度的关系，而不是有和无的关系。小七，其实你父兄之所以罹难，就是因为他们对朝廷不够警惕，不够敏感。若他们能有你如今一半的心眼，或许也不会出事。"

听到这话，卫韫低下头去，将唇抿成了一条直线。挣扎许久后，他又慢慢抬起了头来："我不介意。"

楚瑜有些茫然，不明白面前这个人在说什么。卫韫盯着她，眼中染着光，燃着火："侮辱了卫家门楣也好，玷污了家风也好，我都不介意。我只恨我为什么没有早点醒悟过来。如果我早点醒悟，或许父兄就不会死。所以我不在乎我变成什么样子，我只在乎能不能保护好你们，能不能站到高处去。早晚有一天——"他捏着拳头，眼睛明亮起来，咬着的牙微微颤抖，沙哑着声音道，"我一定要让这批人——血债血偿！"

楚瑜没说话，她静静地立在他身边。

察觉到身旁的温度，卫韫慢慢平息了下来。他觉得自己的内心仿佛种了一头巨兽，在撕咬咆哮，蠢蠢欲动。然而身旁的温度却时时刻刻提醒着他，将他从黑暗中拉出来。

他看了一眼外面的夜色，同楚瑜道："嫂嫂去睡吧，夜已经深了。"

楚瑜应了一声，往外走去。走到门口，她顿住脚步，回眸观望，只见少年仰头迎着月光，素白长衣在月光下流光溢彩，看上去犹若谪仙落凡，与此世间格格不入。

楚瑜向来知道卫韫长得好，当年哪怕他被人称为"活阎王"，爱慕他的女子也能从华京排到昆阳不止。然而她却不曾想过，这人从少年时，便已出落得如此了。

楚瑜回到房中，一夜辗转难眠。她想起了上一世的卫府。

五　沙场生死赴，华京最风流

上辈子她是在卫家鼎盛时逃婚去找的顾楚生，后来她只听闻卫家落难，并不清楚事情的经过。那时大楚风雨飘摇，她所在的昆阳是往前线运送粮草的必经之路，也是白城城破后直迎北狄的第二线。于是她来不及为卫家做些什么，就直接赶往了战场。

一个月后，卫韫被派往战场，重建卫家军，与北狄打了整整两年。这两年里，顾楚生完美地控制住了战场后方的财物、粮草、军备，给了卫韫最有力的支持；而卫韫则一路打到北狄的老巢，踏平了北狄皇庭，终于报了他的血仇。

此战之后，卫韫和顾楚生一起回到华京，开启了属于他们的"文顾武卫"时代。而也是那时候，楚瑜才抽出身来去回看卫家，可那时她已经说不上帮卫家什么了。卫家在卫韫的带领下，早已重振。她再去说什么，也不过是趋炎附势。

未曾帮助落难时的卫家，曾是楚瑜心中的一个结。只是上辈子的她沉溺于情爱，慢慢消磨了自己，这个结在岁月里也就被淡忘了。这一世再想来，楚瑜心里无比遗憾，当年的卫韫，该有多苦啊。

不亲历过，也不过是把他当作英雄敬仰，亲历过了，你便知道他也是一个活生生的人，难免心疼。楚瑜浑浑噩噩想到半夜，终于才睡了过去。第二日清晨，蒋纯早早地来了楚瑜屋里，让人通禀了她，便在外间等候。楚瑜洗漱后走出来，看见候在那里的蒋纯，笑着道："今日怎的来这样早？"

"五位公子回来了，他们早上起来习武，我起来陪着他们上了早课，这就过来了。"蒋纯站起身，迎了楚瑜出来。楚瑜招呼她一起用早饭，一面给她夹菜一面道："可是为了五位公子的事来的？"

"的确是这样。"蒋纯喝了口羊奶，用帕子按压在唇上，解释道，"如今他们的母亲都离开了，就咱们俩照看着。我是想，你平日要管府中的人情往来、金银流水，这些本也已经够烦的了，不如这五位公子就交给我吧。我本来也是陵春的母亲，平日也记挂着他，再多照看几个，也是无妨。"

"也好。"楚瑜点点头，随后又想起如今柳雪阳在家，遂又询问道，"你可同婆婆说过此事？"

"说过了。"蒋纯向来聪敏，当年在梁氏手下做事也能做得稳稳当当，如今面对更加粗心的柳雪阳，更是游刃有余。

"婆婆说她身体不好，掌家的印也在去兰陵前就给你了，日后家中就由你打理，让我来问你便好。"这话柳雪阳一归来就同楚瑜说过，如今和蒋纯再说一次，怕也是定了心。楚瑜没推辞，如今家中大小事务众多，的确不适合让身体不好的柳雪阳来做。她点了点头道："也好，那日后五位公子就交给你，除了入学之类的大事，其他的你自行

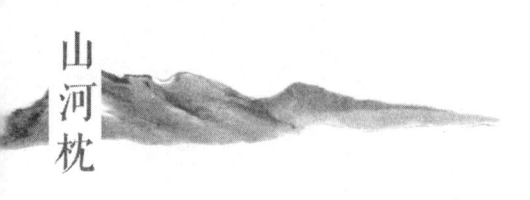

决定就好。"

"我来便是同你说此事。"蒋纯的眼中带了担忧,"卫家历代都是以武学为根本,诗书之流,都只是学着玩来,并不强求,能识字即可。可如今……我却不想让陵春再步二郎的后尘了。"

蒋纯说到卫束,眼里就带了水汽,她忙用帕子压了压眼睛,笑着道:"见笑了。"

楚瑜假装没看到蒋纯的失态,只是道:"这事儿我会和小七商量。不过孩子各有各的天性,也不必强求他们做什么,日后的课便是早上排武学,下午读书吧,等过了十岁,再看孩子天资如何。喜欢读书的你拦不住,想当将军的你困不了。以后哪怕他们有想当木匠的,也再正常不过了。"

"也是,"蒋纯叹了口气,"都是命。"

两人将孩子的事聊了聊,楚瑜便起身同蒋纯一起去了后院看他们。

五位公子中最大的是蒋纯的孩子卫陵春,也不过六岁,举着小木剑站在庭院里,一下一下挥舞着。张晗、姚珏、谢玖的三个孩子差不多同一年出生,分别叫卫陵书、卫陵墨、卫陵寒,都年仅四岁上下,跟在卫陵春后面,全然一副少不知事的模样,打打闹闹。而最小的孩子卫陵冬由王岚所出,如今也不过两岁。王岚大着肚子坐在长廊上,看着侍女们带着卫陵冬玩耍,那孩子摇晃着拼命想要往王岚这边来,王岚瞧着,咯咯地笑出声来。

楚瑜同蒋纯站在长廊暗处,瞧着秋日阳光温柔地打在这画面上,她不由得轻叹出声:"他们可知自己父母的事了?"

"知道是知道,"蒋纯叹了口气,"但除了陵春稍微懂事,其他几个都还不大明白,还以为过一阵子父母就会回来和自己玩耍了呢。"

"那陵春……"楚瑜抿了抿唇,蒋纯眼中却是挂了欣慰:"他抱着我哭了一夜,我同他说不会抛下他,他反而让我别怕,说他以后会长得比他父亲还要强壮,会保护我。"

楚瑜听着这话,看着庭院里明明已经很是疲惫,却还是听从师父教导,一下一下挥舞着木剑的孩童,心里不由得有些动容。

"也是舍得啊。"她忍不住出声。蒋纯明白她的意思,叹道:"各有各的缘法。她们都还年轻,总也还是要再嫁的。张晗和王岚的性子你也知道,耳根子软,家里说什么就是什么了。王岚就不说了,张晗家里已经给她找好出路,有一位小官,打从张晗未嫁时就恋慕她,如今倾尽家财以聘,张晗家里也是为她好。"

楚瑜点点头,蒋纯继续道:"谢玖和姚珏……未嫁时便是盛名盖华京了的。她们俩又惯会为自己打算的,谢玖同我说过,她本打算早早离开,越拖怕是越不想走。……人总要给自己让步,再拖下去,或许又觉得就这样守着孩子过日子,也没什么不好了。但她和姚珏年少时便说要做人上之人,哪里又容得自己这样退步?如今卫家已经安定下来,她们也没什么留下的理由了。"

当年她们几个嫁入卫家,也是看中了卫家哪怕庶子也有军功在身,在外无人敢轻,权势中天。因此,哪怕为那感情所动容,可理智尚在,一夜酒席过后,所有的感情也该尘封入心。有人一世追求名声,有人一世追求感情,有人一世追求权势,有人一世追求荣华。人生在世,各有所求。楚瑜点点头,没再多问,只瞧着那庭院里的孩子。

没多久,一个素白身影闯入了楚瑜的眼帘。那些孩子一看那人来了,忙冲上去,欢欢喜喜地喊起来:"小叔叔,小叔叔来了!"

"以前小七总喜欢同他们玩,每次来都带些糖果子,"蒋纯在旁边轻笑,"他们可喜欢了……咦?"话没说完,蒋纯露出了疑惑的神情。却见卫韫站在那里,手中没有糖果子,孩子们脸上都生出了失望的神色,他似乎说了些什么话,又摸了摸抱着他大腿的卫陵墨的脑袋。

卫陵春提着小木剑,同卫韫说了些什么,卫韫挑挑眉,随后点了点头,让孩子们往两边散开去。接着他也从旁边提了一把木剑,站在了庭院中央,随意一个剑尖点地的动作,便是近乎完美的防守姿势。

蒋纯"呀"了一声,揪起心来,随后就见卫陵春提着剑朝卫韫冲了过去,卫韫却抬手随意一点,将他挑了开去。他不服气,抓起剑又再冲。如此反反复复,卫韫一面让他进攻,一面指点着什么,而他的剑一次比一次握得稳,刺得狠。

蒋纯知道这是卫韫在教陵春,但看见他这番模样,她又心疼得不行,干脆向楚瑜告退,眼不见心不烦,匆匆离去了。

楚瑜就斜靠在长廊柱子上,瞧着卫韫一次次打倒卫陵春。不知不觉间,卫韫的脸上就带了笑容。他许久没这么笑过了,从前线归来之后,他也不是没笑过,但每一次笑容里都夹杂了太多东西,都是淡淡的甚至苦楚的,带着一股骤然成熟的艰涩。然而在这午后阳光下,他看着卫陵春一次次爬起来,自己却像个孩子一样,慢慢展开了笑颜。那笑容干净清澈,带着一股子少年气。

不知道试了多少回,卫陵春终于趴在地上,再也起不来了。卫韫提着剑,靠在树边,含笑道:"陵春,你不行啊,来,再站起来!不是说今天一定要打倒我的吗?来啊。"

他声音不小,楚瑜在旁边听见了,也不知道怎么的,就觉得有那么几分手痒。于是她从暗中走出去,笑着出声道:"我来替陵春打吧。"

一听这话,卫韫愕然回头。楚瑜正解了外面的宽袍递给晚月,又用发带将头发高绾,然后从兵器架上提了剑过来,立在卫韫面前。

卫韫看着面前似乎瘦瘦弱弱的姑娘，好半天才反应过来，艰难地道："那个……嫂嫂……要不我认输……"

他话还没说完，就听一声"请赐教"，随后剑如白蛇探出，猛地向他刺了过来。卫韫吓得连连后退，根本不敢还手。然而楚瑜的剑霸道凌厉，剑风卷得落叶纷飞。旁边的孩子鼓掌叫好，卫韫被楚瑜追得满院子跑。楚瑜的轻功不及卫韫，于是孩子们只见小叔叔一面跑一面求饶："嫂子我错了，我以后不欺负陵春他们了。你就别打了……"

楚瑜又好气又好笑，追了大半会儿，终于觉得力竭，歇到一旁用剑撑着自己喘气。卫韫端了茶水，警惕着靠近她，小心翼翼地道："嫂子，喝水吗？"

楚瑜抬眼瞧他，带着怒气从他手里一把抢走茶杯，咕噜咕噜就将整杯茶水灌了下去。她挑眉看着他："你一直不还手，是不是瞧不起我？"

"哪儿能啊，"卫韫苦着脸，"我这是怕了您，我对谁动手，也不敢对嫂嫂您动手啊不是？"

楚瑜听到这话，忍不住"扑哧"一声笑了出来。看着楚瑜笑了，卫韫这才舒了口气，赶忙讨好地递上帕子："嫂嫂，来，擦擦汗，打累了吧？"

楚瑜将剑扔回兵器架上，从他手里接过帕子，一面擦着汗一面往里走，卫韫便老老实实地跟在后面。楚瑜看了他一眼。她出了汗，睫毛上还带着水汽，一眼看过去，那眼里仿佛蕴了秋水，看得人骨头都能软上半边。卫韫当时并不明白什么叫秋水撩人，只在楚瑜看过来时，觉得有什么东西从指间嗖嗖而过，飞速蹿到了他的心里，让他忍不住愣了一愣，忙低下头去，不敢多看。楚瑜一面擦着汗一面道："小七，动了动，可觉得开心些了？"

"嗯。"卫韫回答得实在，"看着陵春这些孩子，就觉得朝气蓬勃。"

楚瑜轻笑，看向远处与山相接的云朵，突然涌起了无限希望："总会好起来的。"

卫韫顺着楚瑜的目光看过去，轻轻应了一声："嗯。"

两人聊着天往饭厅走去，走到半路，便见管家拿着一张帖子走了过来。看见楚瑜，管家含笑鞠了个躬道："大夫人，侯爷，这是宋府送来的帖子。后日是护国公的寿辰，宋家特来邀请侯爷和大夫人去一趟。"

听到这话，楚瑜有些狐疑。如今卫韫虽然放出来了，但卫家的的确确就剩下一个没有实权的他，如今宋家邀请他们，为的是什么？最重要的是，为什么还特意点了名要她去？

不仅是楚瑜，卫韫也觉得奇怪，他拿过拜帖来，发现拜帖分成了两份，一份是给他的，另一份却是给楚瑜的。于是他皱眉询问管家道："可知他们为何特意要大夫人也过去？"

"来的人说了，"管家似乎知道他们会问这个问题，早询问过了宋家的人，忙道，"宋世子如今与楚二小姐定了亲，说大夫人是楚家人，所以特意单独递一张帖子。"

听到这话，卫韫皱了皱眉头。管家也觉得有些奇怪："不过他们也是怪了，大夫人明明是我卫家的大夫人，怎么会是楚家的人呢？"

楚瑜没接管家的话，点了点头道："明白了，你下去吧。"

管家应声退了下去，留下楚瑜和卫韫在长廊上。楚瑜悠悠地将拜帖放进了袖子里，卫韫心虚地低着头，看着楚瑜整了整袖子，又抬头瞧向他，似笑非笑地道："放妻书签得开心否？"

"我错了。"卫韫恨不得马上跪下来认错，忙道，"是我的错，嫂嫂把放妻书拿来，我这就烧了，马上去楚家同伯父伯母说清楚……"

"还给你？"楚瑜挑眉，"到了我手里的东西还想要回去？"楚瑜猛地摔袖，转过身去，"想得美！"

卫韫："……"

嫂嫂还是挺有脾气的。不，她一直挺有脾气的。

六　是精心设计，还是有口无心？

　　在家里休养了一天，那一日，卫韫便叫上楚瑜和蒋纯，准备一同前去护国公府。虽然帖子上只请了卫韫和楚瑜，但楚瑜想带蒋纯出去散散心，便也叫上了她一起。

　　宋家同卫家相似，都是开国元勋、武将世家，护国公宋兆与卫韫的爷爷交好，当年曾一起南征北讨，情谊不算浅。只是到了宋世子这一代，宋家的子嗣就学了华京中那些个浮华之风，精于朝中权势钻营，战场之事倒没了真招。卫家以宋家为警诫，于是儿郎们统统八九岁就送到边境去，骑马射箭，打小跟在家人身边，见识战场杀伐。久而久之，两家只在护国公身上还剩一些交集，其他方面便再没有什么深交了。

　　但是看在护国公的分上，这个面子卫韫还是要给的，于是他让管家准备了厚礼，换了华衣，这才带着楚瑜和蒋纯向护国公府赶去。如今他们还在孝中，服饰不能太过艳丽，三人都穿着一身素衣。卫韫的是卷云暗纹压边广袖，头戴玉冠；楚瑜和蒋纯都是纯白色金丝云纹锦缎长裙，头簪玉饰，耳坠珍珠。三人看上去端庄大方，倒也没有因着守孝这件事给护国公的酒席找不痛快。

　　三人由下人引着进了内院，楚瑜和蒋纯往女眷聚集的方向走去，卫韫则被引到了男宾所在的庭院中。

　　女眷这会儿都聚在水榭，楚瑜和蒋纯到达的时候，各家的贵妇已经来了许多。蒋纯过去鲜少来这样的场合，不由得有些拘谨，楚瑜拍了拍她的手，安抚道："你不必太拘谨，就当是和谢玖她们聊天一般就好。"

　　蒋纯点了点头，小声道："我就是怕失了卫府的颜面。"

　　"怕什么？"楚瑜含笑看了周边一圈，"我卫府的颜面就是不做无理之事。只要有理，我卫府就有颜面。"

　　两人正说着话，就听到一声惊喜的呼唤："姐姐！"楚瑜转过头去，看见楚锦站在水榭入口处，满脸欢喜地迎了上来，热切地拉住她的手道，"姐姐你可算来了，我还怕你今日不来呢。"

楚锦这副热络的模样让楚瑜鸡皮疙瘩起了一身，她抬头看了楚锦身后一眼，瞬间就明白了。宋大夫人正扶着宋老夫人走上来，前者朝着楚瑜点了点头，声音平稳地道："楚姑娘。"

听到这声"楚姑娘"，蒋纯和楚瑜都愣了愣。宋大夫人立刻发现自己似乎说错了话，皱了皱眉头道："你……"她一时不知道该如何称呼楚瑜，只能道，"你未曾回楚府？"

楚瑜明白过来，宋大夫人应是知道了卫韫签的放妻书一事。她似笑非笑地看了楚锦一眼，随后道："大夫人是听谁说我回了楚府的？"

宋大夫人噎住了声音，不着痕迹地往楚锦的方向看了一眼。此刻楚锦已经退到宋大夫人身后，垂眸不言。她大概也不知道该怎么应对这样的场面，但她惯来能装淡定，便打算就这样糊弄过去了。

楚瑜并没有刻意想找楚锦的麻烦，只笑了笑，没有多说什么。宋大夫人同她聊了几句，让楚锦留下陪她说话，便带着其他人离开了，那般模样，俨然已将楚锦当成了儿媳妇。

楚锦领着楚瑜去逛园子，蒋纯察觉这两姐妹之间似乎有那么些不对劲，早早已退了下去。楚锦和楚瑜一路顺着长廊围着湖漫步，楚锦始终保持着那副温和的模样，笑着给楚瑜介绍府里的每一株花、每一棵树，明显是来过很多次，才会这般了解。

楚瑜静静听着，脑子里却什么都没想。重生以来她一直像一根紧绷的弦，直到最近几日才缓缓松了下来。宋家财大气粗，庭院修建得精致，几乎是将江南水乡的那份秀雅复刻了过来。楚瑜漫步在长廊之上，听着楚紧不缓不慢的介绍，倒十分舒心。楚锦见着她这副从容的模样，不由得多看了一眼，憋了许久，终于道："姐姐不问我些什么吗？"

听到这话，楚瑜回过神来，明白楚锦这才走到了正题上。

其实楚锦向来不是个能憋住话的人，楚瑜思索着她的上辈子，却发现她真是一个粗制滥造的女人，粗制滥造了一个才女的形象，实则贪慕眼前的荣华利益，并为此不择手段。她爱慕虚荣，热爱炫耀，心机不多，心思不少。上辈子的自己怎么就会输给了这样一个女人呢？

楚瑜斜靠在长廊上，静静地瞧着楚锦。当过去那些狂躁的、绝望的回忆浮现上来时，她骤然发现，眼前的楚锦是目光短浅、毫无风度可言，然而自己上辈子又何尝不是失了本心？看见年少的楚锦静静等候着她的回答，她蓦地意识到，上辈子真的已经离她远去，只是上辈子了。于是她轻轻笑了笑，温和地道："你想同我说什么，你就说吧。你若不想说，我也不问。"

楚锦没想到等来的是楚瑜这样的回答，她愣了愣，眼中带了些不解。楚瑜瞧着，却是道："你看上去好像有更多话想问我？"

楚锦没说话，沉默了片刻后，却是道："姐姐如今，可还会想顾大哥？"

听她提到顾楚生，楚瑜有些恍惚，好奇地道："你何出此问？"

"顾大哥如今身在昆阳，音讯不知，姐姐就没有半点担忧吗？"楚锦的眼中带了责备之色。

若是换在以前，楚锦这样说，楚瑜便会开始反省自己。或者根本不需要谁说，她早已开始担忧顾楚生了。然而如今她已不把顾楚生放在心上，于是她笑了笑道："我与顾楚生非亲非故，你作为前未婚妻都不担心，我为何要担心？"

楚锦听到这话，面色僵了僵，片刻后，她叹息出声道："姐姐果真是变了良多。"

"嗯？"楚瑜抬眼，有些疑惑。楚锦接着道："当年嫁入卫府，明明成婚前两天你还在不顾一切地去找顾大哥，写信让顾大哥带你私奔，为什么一觉醒来，你就变了这么多呢？"

听楚锦提起这件事，楚瑜反应了过来，不免有些心虚。她的确转变得太快，让人生疑。楚瑜还在思索着理由，又听楚锦问她："姐姐你可否同我说句实话，是什么让你改变了想法，突然决定嫁入卫府？"

"唔……"楚瑜想了想，慢慢编造着理由，"那时候卫世子私下托人给了我一封信，我从信中得见世子品性如玉，比顾楚生强出太多，左思右想，觉得顾楚生空有一身好皮囊……"

她的话还没说完，就听不远处传来一声轻笑。楚瑜下意识冷眼扫去，抬手拈了一片树叶便朝那个方向甩了过去，怒喝道："谁？！"

那树叶削开树枝，露出了树枝后一截青色衣衫，随后便见有人抬起树枝，露出了身后的酒桌来。那人无奈地唤了一声："嫂嫂。"

楚瑜愣了愣，这才发现在这茂密树丛之后，卫韫等几位公子正在此摆宴。他们都是衣着华贵的青年或少年，人数不多，从打扮上来看却都是显赫子弟，应该是他们本就认识，在宋府单独找了个地方叙旧。

宋府的庭院设计得精妙，空间与空间在视觉上用山石、树丛等巧妙地隔开，不熟悉这庭院的人，全然不知小小院落里，竟还能有这样的玄机。

楚瑜将目光落到楚锦身上。她带自己一路游湖到这里，必然是算好了卫韫等人在此设宴。她同自己聊起之前的事，也不过是为了将自己出嫁前曾试图与顾楚生私奔一事在众人面前抖搂出来，并引自己承认。

其实这事楚瑜并不避讳，做过的事她不会抹灭，爱过的人她也不会否认。她既然做过，那就做好了承担后果的准备，不会遮遮掩掩。可楚锦的这份算计之心，仍让她生出许多恼怒。好在刚才她说的是自己因爱慕卫珺才嫁于卫家，若她说错了什么，卫韫在此听着，该是怎样的想法？

楚瑜脑中闪过许多念头，楚锦却是在见到卫韫之后，慌忙朝那些人行了个礼道："不知诸位公子在此，我等失礼了。小女这就携姐姐离开……"

"何必呢？"一个声音从人群后传来，楚瑜抬眼看过去，却是一个蓝衫公子。他看上去也就比卫韫大上三四岁，生得也算俊秀，却因身上有着一股子颓靡之气，让人心生不喜。那人从人群中走过来，抬手撩开树枝，目光看向楚瑜，轻浮地道："来来来，楚姑娘这边来。"

"你是谁？"楚瑜皱起眉头。那人笑了笑："在下宋文昌。"

宋文昌，便就是那位和楚锦定亲的宋世子了。楚瑜看着宋文昌那嘲弄的表情，便明白今日宋府特意邀请她来，大概就是宋文昌要为楚锦出气。她皱起眉头，思索着如今卫府不宜多惹事，便打算忍了这口气，开口道："妾身乃卫府女眷，不便在此多谈，便先告退了。"

"楚姑娘怎么这般拘谨？"宋文昌笑着道，"卫韫都把放妻书给你了，如今也是楚姑娘再寻夫婿的时候。楚姑娘可是能为了心中所爱奋不顾身的豪气女子，如今……"

"你见着了？"宋文昌话还没说完，就听一个冰冷的少年声音打断了他。所有人循声看去，却见卫韫正冷冷地看着宋文昌。

其实除了面对自己的家人，卫韫的神色向来肃冷。然而此时此刻，他面上的那种冷却与平日不同，仿佛是饿狼盯住了猎物，时时刻刻打算扑上来一般。

宋文昌突然就有些心虚，强笑着道："什么见着不见着？小七你莫不是还护着她吧？她可是在和你兄长成亲前夕……"

"我说放妻书。"卫韫试图往楚瑜的方向移动过去，旁边一个青衣青年见了，忙上前去推着他的小辇绕过树枝，上了玉石道，来到楚瑜身边。

卫韫这话一出来，宋文昌终于反应过来，他下意识地看向了楚锦。这个消息是当初楚府和宋府议亲时，谢韵亲口说的。那时候卫韫还没从牢里放出来，宋大夫人介意楚瑜和卫家的关系，谢韵还亲自拿了放妻书来给她看过。

宋文昌的犹疑落在卫韫和楚瑜的眼里。卫韫挡在楚瑜面前，盯着宋文昌，慢慢地道："这封放妻书，我不曾写过。如今我已袭承爵位，楚瑜乃我卫家大夫人，掌卫府中馈，又岂容尔等如此造谣毁誉？！"

卫韫提高了声音，面上带了怒色。宋文昌想说什么，支吾了片刻，却终觉理亏，没有在这个话题上纠缠，张口便道："放妻书一事我且不提，那她想与顾楚生私奔之事，总该是真的吧？"

这话一出来，众人看宋文昌的眼神就带了几分打量了。然而卫韫冷冷一笑，却是问："我嫂嫂私奔与否，与你何干？"

宋文昌面色一僵，遂听卫韫继续道："我大嫂婚前之事，卫家均已知晓，故而家兄特意修书一封，我为鸿雁，方才修得此秦晋之好。此事我卫家都不曾置喙，又轮得到你们指指点点？！如今前线危急，国家生死存亡之际，你宋文昌身为护国公府世子，不思如何报效国家，满脑子只想着妇人之事，可是宋府胭脂粉味太重，便是连点男儿骨头都没了？！"

这话砸下来，在场众人都凝了神色，宋文昌也觉自己失态，却犹自有些不甘。他还要说什么，旁边的楚锦却沙哑着声音道："世子莫说了。"众人闻言看过去，只见楚锦红着眼，面露委屈之色，"阿锦知道世子是为了阿锦……世子爱怜，阿锦记在心里，只是阿锦与姐姐的事……罢了。"

楚锦这一番话说得遮遮掩掩，引人遐想。大家这才反应过来宋文昌失态的原因，原是有着这番因果在里面的。她给宋文昌递了台阶，宋文昌也就坦然下来，僵着声音道："罢了，如今你已与我定亲，她也嫁了人，以后也不会再有类似之事发生，我便不追究了。"说着，他摆了摆手，"你们回去……"

"你不追究什么？"卫韫冷着声打断了他。楚锦给宋文昌递了台阶，他卫韫却是不想给宋文昌这个台阶下的。他冷眼看向楚锦，"你就是我大嫂的妹妹？"

"小女楚锦。"

"你说清楚，"卫韫转过小辇面对她，面带肃色，"我大嫂与你之间，是有什么事，以至于宋世子要为你出头？"

"都是家长里短之事，"楚锦叹了口气，"姐妹之间的私事，不足外人说道。"

"既然不足外人说道，为何你与宋世子又要当着这样多人的面折辱我大嫂？！"卫韫猛地提了声音，"如今她乃我卫府大夫人，你们如此行事，是当我卫府好欺的吗？！要么你别招惹，今日你既招惹了，便给我说个清楚，若是我大嫂当真对你不住，我卫家必补偿于你。可若你今日说不明白，便是你辱我大嫂之清誉。我卫韫有恩报恩、有怨报怨，此事休想就此过去！"

楚锦似是被卫韫骇住了，眼中含着水汽，露出惊恐的神色来。宋文昌怒从中起，上前一步挡在楚锦面前，怒道："你说话就说话，吼她做什么？！"

六 是精心设计，还是有口无心？

卫韫面色不改，仍紧盯着楚锦："哭？哭就能没事了？哭就能把那些含沙射影羞辱他人的话哭没了？伸手打在别人脸上，别人还手就哭，你以为你哭我就不打你的脸了？今日我便将话放在这里，有道理你就说，我卫府不是不讲理。但你若没道理，就休怪我不客气。"

"你不客气又要怎样？！"宋文昌彻底怒了，"莫说阿锦占着理，就算不占理，你又能怎样？你当你卫府还是过去？！若不是陛下开恩，你以为你如今还能站在这里说话？你卫府葬送七万兵马，早该抄家灭族……"

"世子慎言！"先前替卫韫推小辇的青年猛地提声。宋文昌扭过头去，看向他道："你算个什么东西？轮得到你说话吗？！"

那青年微微一笑，神色平和："我是算不上什么东西。只是在下认为，白帝谷之事尚有蹊跷，无论如何，卫府乃大楚风骨世家，卫府逝去之人均乃英烈，世子言辞之间，还是要三思才好。"说着，那青年神色中带了警告之意，"还请世子为自己考虑，也为宋家考虑。"

楚瑜抬头看那青年，只见那青年在一群人中衣着最为朴素，青袍白衫，镂空玉冠，看上去便知出身算不上高贵。他不过十七八岁的模样，和顾楚生似乎年龄相仿，五官清秀雅致，却又带着几分英气，本也该是如玉少年郎，只是站在卫韫身旁，就不免黯淡了光芒。

楚瑜看了他一会儿，觉得此人有些熟悉，左思右想，这才想起来，这位就是后来以庶子之身入仕，却在最后继承了护国公之位，挑起宋家大梁的宋世澜。

上一世宋文昌随父亲去了战场后死在那里，便是宋世澜出来请战。宋世澜颇有才能，从小与顾楚生交好。然而后来顾楚生带着楚瑜回到华京，宋世澜却不肯入京，始终屯兵于琼、华两州，再没有回来过。再后来顾楚生与卫韫龙争虎斗，这位公子却从头到尾没有表态，只在琼州每日游山逛水。

宋文昌被宋世澜这么一提醒，总算脑子清明了一些，觉得自己这话说得太过，退了一步道："方才在下说话没过脑子，还望卫小侯爷海涵。"

卫韫平静地瞧着他："除了让我海涵，还有吗？"

卫韫和宋文昌说着话时，楚瑜便偷偷瞄向了宋世澜。距她上一世最后一次见到宋世澜已近十年，她这才没能一下子就认出他来，这会儿不由得多看了他两眼。

宋世澜注意到楚瑜的目光，笑意盈盈地转头，朝她瞧了过来。偷看被人抓包，楚瑜觉得有那么几分不好意思，赶紧扭过了头去。宋世澜没想到楚瑜会不好意思，反倒愣了愣，随后便低头笑了起来。

这一番互动落在卫韫眼中，他看了宋世澜一眼，没有多说，继续同宋文昌道："我嫂

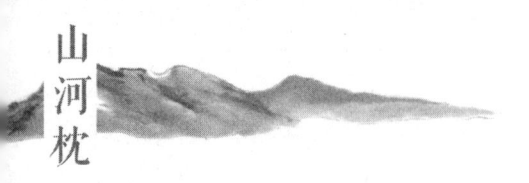

嫂之事，你和楚锦，可还有话说？"

"小侯爷，得饶人处且饶人。"宋文昌皱着眉头，"此事我不与你再纠缠，你切勿咄咄逼人。"

"所以，你就是道理说不出，便同我讲仁义，是吧？"卫韫冷笑一声，"行了，既然没道理，那就受罚吧。给我嫂嫂道歉！"

"行，"宋文昌气得发抖，"我不同你争执，我道歉，我给这位自幼欺负幼妹、刻意勾引妹妹的未婚夫、在婚前与妹妹的未婚夫私奔的卫家大夫人……"

话没说完，宋文昌就感到脖间一凉，似被人拽住衣襟，猛地腾空而起，摔入了旁边的湖中。众人大惊失色，却看卫韫苍白着脸色，一手扶住小辇扶手支撑住自己，另一只手按住胸口，急促地咳嗽起来。

宋文昌在水里挣扎，楚瑜一脸慌张地扶着卫韫坐下，从袖子里拿出一个小瓶子，对卫韫道："侯爷你撑着点，为何这么冲动啊！"

说着，楚瑜将小瓶放到卫韫鼻下，卫韫嗅着那小瓶，慢慢缓过气来。他咳嗽渐缓，抬头便迎上了楚瑜红着的眼，心里咯噔一下，瞬间就慌了神。正想说什么，却听楚瑜满脸委屈地道："他们给我泼污水便泼吧，也不在意这一次两次，侯爷何必为此伤了自己的身子呢？陛下否了侯爷自请前线的折子，是希望侯爷好好养病，再为国效力，为这些是非不分的小人伤神，侯爷无须如此！"

这一番话含着眼泪说出来，周边人都听糊涂了，一时也不知道这姐妹之间到底谁是谁非。然而卫韫却是放下了心来，楚瑜这会子睁着眼说大瞎话，刚才又给他闻了那小瓶子，他便明白她心里有数。

他叹了口气，瞧着楚瑜那红着眼的模样，慢慢地道："嫂嫂莫哭了，我无妨。"说着，他抬起头来，朝着众人拱了拱手道，"卫某身子不适，便先请退了。诸兄继续玩闹，切勿因卫某扰了兴致。"

看着卫韫的模样，谁都不敢拦他。此刻宋文昌还在水里扑腾，楚锦焦急地招呼着人去打捞。宋世澜见状，便上前来朝卫韫做了个"请"的动作，道："我送小侯爷。"卫韫点了点头，颇有些疲惫，抬眼同旁边的侍女道："劳烦帮我请卫府二夫人到门前相遇吧。"

侍女应声离开，宋世澜给楚瑜和卫韫引路，朝着府外走去。楚瑜扶着卫韫的小辇，听宋世澜同卫韫道歉道："我兄长惯来冲动，还望小侯爷海涵。"

"这本也是我与世子的事，与宋家和卫府无关，二公子大可放心。"卫韫明白宋世澜的意思，直接地道，"二公子与世子想必不和吧？"

六　是精心设计，还是有口无心？

"平日也还算不错，"宋世澜似笑非笑地看过来，话里有话地道，"不过侯爷过来，便不一样了。"已经是入冬的天，他的手里却还拿着一把折扇，看上去格外风流雅致。那折扇挑起旁边垂落下来的树枝，只听他淡淡地道，"前些时日，听闻小侯爷入了宫。"

"二公子消息真快。"卫韫冷着脸，"本侯深夜入宫，二公子都能知晓。窥听圣上，多少个脑袋都不够砍的吧。"

"侯爷言重了。"宋世澜面上不慌不忙，"宋某不过爱好多认识几个人罢了，哪里谈得上窥听圣上？宋某认识些宫里人，听到了侯爷入宫的消息。又恰好认识几个前线的人，听闻了姚勇弃城之事。"

"姚勇弃城？！"楚瑜猛地出声，第一个反应便是当地百姓怎么办。之前卫韫回来虽然简要说过和圣上的交谈，也直说了姚勇在前线过于软弱，却并没有提弃城之事。因此骤然听到这个消息，她的心里大为震惊。

卫韫明白楚瑜的想法，忙补充道："他弃城之前已疏散了百姓……"

话没说完，就听宋世澜轻笑了一声："他哪里有这个心思？"他的语气中满是嘲讽和不屑，"若不是那位叫顾楚生的昆阳县令，白城百姓，怕早就已是北狄的刀下亡魂了。"

听到这句话，楚瑜愣了愣。卫韫也明显是吃了一惊，毕竟刚才几人才因着顾楚生发生争执，转头就听到了这件事。他下意识地看了楚瑜一眼，却见她已经迅速镇定了下来。

上一辈子顾楚生能从罪臣之子一路走到丞相之位，当然是有真本事的。对百姓而言，他是青天大老爷再世；对于皇帝来说，他是国之重器、朝廷栋梁，户部、吏部、礼部、兵部、工部，没了他便都如天塌了一样；对于下属，他是一个赏罚分明的好上司；对于盟友，他是一个机敏重诺、值得托付的君子。算起来，顾楚生的一辈子，最对不起的人可能就是楚瑜了。

顾楚生对谁都好，除了楚瑜。有时候楚瑜也会想，为什么独独是她？为什么这样完美的一个人，却唯独在她身上，将人性之恶展现得淋漓尽致？可是她想了一辈子也没想明白，这辈子也就不愿再想。

宋世澜明显也知道顾楚生和楚瑜之间的关系，可他假作不知，只是继续道："昆阳乃粮草运输要塞，顾楚生亲自押解粮草送往白城，刚好遇到姚勇弃城。他带着残留的士兵，组织百姓进行了一轮抵抗，拖延时间，最后疏散了百姓，带着人回到昆阳。"

"那昆阳如今如何？"卫韫皱着眉头问道。宋世澜耸了耸肩："这我就不知道了，要看顾楚生和姚勇怎么吵了，说不定，过阵子昆阳也没了。"

昆阳乃要地，若是昆阳没了，再进行反攻，就会变得异常艰难。卫韫紧握着拳，垂着眸没有说话。此时三人已经到了门口，宋世澜抬眼笑着道："如今这样的情形，陛下想必

139

是希望小侯爷参战的。可惜小侯爷有恙在身，不过陛下应该有思量过让小侯爷推荐人选吧？"

卫韫没说话，只任着楚瑜推他出了宋府大门，马车已经在门外候着了。蒋纯挑了车帘，含笑道："怎的现在才来？"

楚瑜从卫韫身后瞧向蒋纯，笑着道："小七与宋二公子聊天呢。"

听到这话，宋世澜抬头看向蒋纯，温和地笑了笑。蒋纯骤然见到外男，有几分羞涩，故作镇定地点了点头，随后赶紧放下了帘子。

宋世澜同卫夏一起扶着卫韫上了车，卫韫临弯腰时，抬起头来看向宋世澜，平静地道："若我帮了二公子，还望二公子记得这份心。"

"那是自然。"宋世澜笑了笑，目光幽深，拱手道，"没齿难忘。"

卫韫点了点头，弯腰进了车里。宋世澜转过身来，朝着楚瑜伸出手，含笑道："卫大夫人，请——"

楚瑜学着卫韫的矜贵模样，点了点头以示感谢，却并没有将手搭上去，而是提着裙边踩着台阶上了马车。一块方巾落下来，宋世澜弯腰捡起，抬手递了过去。楚瑜接过方巾，却听宋世澜轻笑着道："大夫人的桂花头油怪好闻的。"

楚瑜猛地抬眼，目光如刀。方才在众人面前，她假装掏出一瓶药给卫韫闻，其实那是她今日带在身上的桂花头油。宋世澜说出这件事，无非是想告诉她，卫韫装病这事，他是清楚的。

可他这是什么意思？是警告，还是别有所图？楚瑜思索了片刻，便见面前的人轻轻一笑，摆了摆扇子道："不吓唬您了，方才就是觉得大夫人眼睛真大，吓一吓一定很有趣。恕在下无礼了。"

眼睛真大，所以吓一吓很有趣？楚瑜被这个神奇人物的脑回路给惊呆了，她抿了抿唇，倒不知如何回话才好，却见面前人展袖鞠了个躬，含笑道："送侯爷、大夫人、二夫人，好走。"

既然已经送客，楚瑜也不能多留，她瞧了宋世澜一眼，便转过身去，进了马车。

入得马车之后，楚瑜看见卫韫正用手指头敲着旁边的小桌，扭头看着车窗外，似乎是在思考着什么。蒋纯坐在一边，正看着她还没看完的账本。

楚瑜坐到蒋纯对面，含笑道："这样用功呢？我又不查账，你看这么着急做什么？"

"就闲着无事。"马车慢慢动了起来，蒋纯放下手中的账本，颇有些担忧地道，"听闻方才在庭院里，你那妹妹让你吃了亏？"

"唔？"楚瑜有些诧异，"传得这样快的？"随后她便笑了，"这妇人的口舌，的确比军情还快。"

"你没事吧？"蒋纯颇为担心，"我看你那妹妹也不是省油的灯……"

"无妨的。"楚瑜靠着旁边的小桌，斜了身子，含笑道，"起初有些生气，后来小七给我出了气，便觉得没什么了。"

"那外面传的事……"蒋纯小心翼翼地开口。楚瑜瞧着她，眼里神色平静："每个人年少时都会喜欢几个人，这并不羞耻。"

听着这话，卫韫抬了眼帘，看向楚瑜，只见她眼里带了种历经风雨后的从容："我喜欢那个人，为此做到我所有能做的最好，生死以赴。但这片深情得不到回报，那我放下了，便不会回头。……可我不介意别人知道。"楚瑜轻轻笑了笑，"做过的事得认，这也没什么。"

蒋纯没说话，她叹了口气，坐到楚瑜身边来，握着她的手，温和地道："阿瑜，你一定吃过很多很多苦。"

楚瑜微微一愣，她看着蒋纯带着心疼的目光，骤然竟有无数委屈涌了上来。过去的十二年在她内心翻滚，她看着蒋纯，好久后才沙哑着声音慢慢地道："还好，都过去了。"

未来不会更差。

三个人回到卫府，各自回了房。楚瑜与卫韫的卧房都是往东南走，两人同行了一段路，走过分岔口，楚瑜却发现卫韫还跟着她，有些诧异："你还跟着我做什么？"

卫韫没说话，他静静地看着楚瑜，似乎有很多话想说，却又说不出口。过了好久，他终于出声："嫂嫂，以后你不会再被人欺负了。"

楚瑜没想到卫韫跟了她这么久，想说的居然就是这句话，一时愣住了。卫韫看着她，全然没了在外时那股子"小侯爷"的气势，他卸下所有坚硬的盔甲，露出了所有的柔软与温和。他黑白分明的眼里落着她的影子，认真地道："今天看着你和楚锦，我就在想，她这么会说话，这么会哭，你在家里，一定受了很多欺负。你从来都是想为别人撑起一片天的人，眼泪和血一起咽，再疼也不会哭一声。大家惯来觉得你坚强，觉得你什么都不在乎、什么都不怕，不会难过也不会伤心。很多时候，连我都这么觉得。那你在家时，是不是你的父母兄弟也这么觉得？"

楚瑜没说话，她在回想着过去。诚然如卫韫所说，会哭的孩子有糖吃，在她的家里，大家多多少少是关照楚锦多一些的。只是她如今的内心早就已经很难想起这些微小的感情，她经历过更大的悲痛，与之比起来，卫韫所说的都微不足道。

可是微不足道就是不存在吗？它长年累月、悄然无声地潜伏于内心，被人戳穿时，便

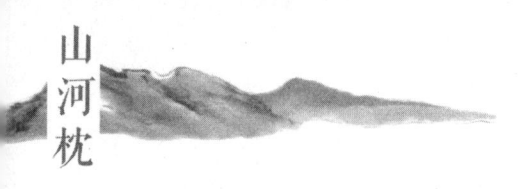

会翻滚起无数酸楚。楚瑜垂着眼眸，少年慢慢道："可是我想啊，其实你也就和我差不多大。血流出来都会疼，眼泪落下来都觉得苦，谁又比谁更该撑着？是我不对，我本该护着你，而不是依赖你。……二嫂说得对，你以前，一定过得很苦。"

是，很苦。楚瑜不敢看他，莫名觉得自己的内心仿佛是被人剥开了，露出那些丑陋的、鲜血淋漓的模样，供人参观。

她静默不言，听卫韫的声音温柔中带着笑意："可是还好，如今你在卫家了。虽然大哥不在了，可是我还在。以后我不会让你、让二嫂、让母亲，让你们任何人，吃任何的苦。以后我在，"他抬起手，放在自己的胸口，"一直都在。"

楚瑜没说话，她低着头。好久后，她慢慢抬起头来，清风拂过她的长发，她眼中含了些水光，笑着瞧向卫韫："小七，虽然发生了这么多事，可是这一辈子，有一件事我特别幸运，也不会有任何后悔。……那就是，我嫁到了卫家，遇到了你们。"

这话让卫韫笑了开来，他清了清嗓子，随后道："好了，我也不与嫂嫂说这些闲话了，我有一事想请教嫂嫂。"

"嗯？"

"嫂嫂与顾楚生此人，可算熟识？"听到这话，楚瑜没有出声。她看了一眼天色，想了想才道："天冷露寒，不妨移步书房说话。"

卫韫点了点头，两人一起往书房走去。楚瑜看了一眼周边，慢慢地道："你何出此问？"

"我欲与此君结盟。"卫韫思量着，"然而此事之前，我得明白，嫂嫂与他是什么关系。若他曾辜负嫂嫂，那我便换一个人结交。"

楚瑜没说话，她思索着卫韫说此话的意思。如今顾楚生在前线疏散百姓，展露了如此才华，那必然是大功一件。卫韫注意到顾楚生的才华，并不足为奇。——更何况，顾楚生本也是个极有才华的人。

楚瑜垂着眼眸，斟酌着道："为何有这样的念头？"

"姚勇弃城一事，他本该受责。"楚瑜点点头，示意明白。两人步入书房之中，跪坐于桌前，晚月上了茶和点心，卫韫又抬手给楚瑜添了茶。

灯光下的少年目光平静温和，带了几分平日没有的冷静矜贵。茶水在灯光下泛着光泽，楚瑜的目光不由自主地落到了那茶水之上，听着卫韫的声音传来："然而他却在战报上遮掩此事，写明自己是在疏散百姓后弃城而逃，将顾楚生的功劳一笔勾销。若顾楚生知道此事，可会心生怨怼？"

听了这个问题，楚瑜便明白，这是卫韫在询问她了。虽然楚瑜并没有肯定自己与顾楚生熟识,可卫韫却已是摆明了知道她一定很熟悉顾楚生。

其实也不难理解,一个女子愿意为之私奔的人,怎么可能不熟悉?

然而事实上,如果没有上一辈子的经历,楚瑜大概也是真的回答不了这个问题的。好在此刻坐在卫韫对面的是已经当了十二年顾夫人的楚瑜,于是她平静地道:"怨怼谈不上,他向来认为人心本恶,或许此事早已在他的揣测之中。"

"哦?"卫韫有些疑惑,"他明知功劳会被抢,却还是拼死疏散百姓,竟当真乃如此义士?"

义士个屁!这一句怒骂憋在楚瑜的唇齿之间,她为了掩藏自己的异样,只能暂时沉默不言。冷静下来以后,她才慢慢地道:"他向来唯利是图,谈不上义士忠骨,切勿将他看得太过高尚。但他向来有野心,敢于豪赌,以他的才智,之所以拼命救下白城百姓,或许……就是在等着华京中的人吧。"

"还请嫂嫂详解。"卫韫来了兴致,看着楚瑜的眼里带了几分兴奋。从那神色里,楚瑜差不多能看出来,如果没有其他问题,卫韫应当是会和顾楚生结盟的。上辈子就是如此,"文顾武卫",这两人便是大楚最坚固的防线。

有许多恶毒的话在唇齿之间打转,她想说顾楚生有多坏、有多不好,这辈子她都不想自己和自己身边的人,与顾楚生有任何牵扯。然而看着卫韫的目光,她又忍不住沉默。早期卫韫的人生与顾楚生息息相关,当年大楚被姚勇折腾得奄奄一息,如果不是顾楚生稳住了后方,她也不能保证卫韫能在前线有那么完美的发挥。

这世上还有第二个顾楚生吗?楚瑜不知道。她又要帮着顾楚生与卫韫结盟,看着顾楚生走向那条康庄大道吗?她也不知道。她本以为重活一辈子,对顾楚生的爱恨都已放下,可在自己将亲手给顾楚生铺路时,又有了那么几分不甘心。

她沉默着不说话,卫韫不由得唤她:"嫂嫂?"

楚瑜看着他,心中波涛汹涌。卫韫凭直觉感受到楚瑜的情绪有那么些不对,不由得道:"嫂嫂与他之间,可是有恩怨未了?"他眼里带着担心,而这担心之下,是满满的维护。见楚瑜看着他,卫韫皱起了眉头,"当初之事,可是他辜负了嫂嫂?"

楚瑜听到这话,便知道只要她说一句"是",卫韫便会立刻转变对顾楚生的态度。这样的善意让她无法为了一己之私去断他的后路,她终于吐出一口浊气,缓缓地道:"否。"

罢了,已经都过去了。这一辈子的顾楚生什么都没做,他没有伤害她,他还是她年少时心里那个骄傲干净的少年。楚瑜的内心渐渐平缓下来,继续说道:"他未曾辜负我,只是我倾慕他,他没有回应。并非他有什么过错。……他向来擅长谋算,必然知晓姚勇不会

143

上报他的功劳。而你回京来，卫家一案与姚勇息息相关，你定要细查，他也知晓。他如此做，最大的目的并不是要争这份功劳，或者保护百姓，而是要用这样一个套，让他想结识的那个人，主动去找他。"

"那个人是谁？"卫韫的心里已经有了答案，却还是想再次确认。楚瑜想象自己是顾楚生，回顾着顾楚生做事的思路，抬眼看向卫韫，慢慢地吐出了一个字——

"你。"

这话一出来，卫韫忍不住笑了。他曲起腿来，手搭在膝盖上，眼里带了玩味："嫂嫂继续说。"

虽然是让她继续，卫韫却已经猜了个八九不离十。楚瑜没有受他这份愉悦情绪的影响，神色沉静地分析道："他已知你与姚勇敌对，因而特意制造出自己被姚勇抢了功劳的模样，你若得知，必然认为他和你在一条战线，从而对他降低戒备。而姚勇弃城、他被抢功，此事待到他时他日，你欲扳倒姚勇之时，便可成为一条引火线，一把斩人刀。他如今大概正在昆阳等着你的人上门。"

"可他这样关键的人物，姚勇怎会留下给我？"卫韫用手敲着自己的膝盖，思索着道，"我若是姚勇，此人要么招揽要么杀，顾楚生……"他皱起眉头，看向楚瑜。

"如今他没有任何自保能力，绝对做不到和姚勇抗衡。若姚勇要杀他，从实力上来说，他毫无反击之力。所以等你到达昆阳时，他或许已是姚勇的人了。"

"那我可更得看重他了。"卫韫点点头，又有了些担忧，"可是……他若是在我赶到之前，就被姚勇杀了呢？"

听到这话，楚瑜却是笑了："他既然做了这事，必然已有打算。若他能被姚勇杀了，也不必让你费心了。"

"倒也不能这么说。"卫韫想了想，还是道，"他毕竟救了白城的百姓，无论是否联手，这样的人都不能让他死于姚勇手中。……这样吧，"他思索片刻，朝旁边招了招手，"卫秋。"

"侯爷。"卫秋恭恭敬敬地上前来。卫韫扔了一块玉佩过去，吩咐道："你带二十名天字暗卫去昆阳，暗中保护顾楚生的安全。不到生死关头不要出手，且先看看他的本事。"

卫府毕竟是百年门第，与顾家那些个本就根基不稳的家族不同。如今一切安稳下来，卫韫接手了卫家势力，的确比顾楚生能做的事要多上很多。

楚瑜的心安定下来，她抿了一口茶，茶水升腾起暖气，她不由自主地握住了茶杯。卫韫转过头来，看见楚瑜捧着茶杯的模样，便道："去加些炭火，再拿件狐裘来。"

"不妨事。"楚瑜听见卫韫的声音,回过神来,清醒了许多,问道,"你可还有其他要问的事?"

"也没什么了。"卫韫笑了笑,"既然清楚顾楚生没有什么辜负了嫂嫂的,那我也就放心了。若嫂嫂日后还喜欢他,我可以……"

"不喜欢了。"楚瑜看着茶杯里漂浮着的茶梗,平静地出声,"早已经不喜欢了。"

卫韫愣了愣,却没有深究,只讷讷地点了点头。楚瑜也未纠结于此,而是换了个话题,将自己近来最记挂的事问了出来:"你打算何时回归前线?"

"嫂嫂觉得什么时候合适?"卫韫抬头看她,却是将问题抛回给了她。楚瑜明白卫韫的意思,此时这个问题不仅仅是一个简单的意见询问,更是一个考察。如果楚瑜想的和卫韫心思一致,日后卫韫才可能再和她讨论这些。

楚瑜思索了片刻,慢慢地道:"先让姚勇跌个大跟头吧。"

"要多大的跟头?"卫韫凝视着她。

楚瑜一字一句:"足以让陛下彻底收掉他的权势的跟头。"

"如今谁上战场去,都要面临和姚勇明争暗斗、钩心斗角的局面。你过去便是腹背受敌,与送死无异。陛下或许多少知道姚勇的所为,却因种种顾虑想要保下他。只有让陛下看明白,如果只有一个姚勇,将会是怎样的局面,他才能狠下心来舍了姚勇。"

楚瑜说着这些话,目光定在卫韫身上。卫韫看着窗外,神色里带了几分悲悯。楚瑜忍不住向前探了探,艰难地道:"只是到那时候,必定已是生灵涂炭、江山飘零,小七,你可舍得?"

卫韫端着杯子,抿了一口茶。他垂着眼眸,似乎是在思索,楚瑜也没打扰他,就静静等候着。等了一会儿,卫韫抬起头来,认真地道:"舍得。"

"姚勇若在前线掌势,我过去也不过是以卵击石,重蹈我父兄的覆辙而已。只有他彻底被拔去爪牙,我上前线才不是白白送死。我可以死在战场上,但我绝不容许自己死在这样的阴谋诡计里。"卫韫的目光里染着光,他紧握杯子克制着自己的情绪,"若此战败了,战争中有无辜百姓颠沛流离,那也不是我的错。今日座上天子、前线官兵元帅的责任,又岂容得我来愧疚?我该做的,就是早一点把姚勇拉下马,早一点让天子看清他的真面目。等把他处理了,我还大楚一支干干净净的军队,再招募有才能的儿郎。"

卫韫说着,似乎自己都动摇了。他挺直脊梁,握住茶杯,板着脸,力图让自己去相信,方才自己所说的一切,就是自己真正心中所想。然而,楚瑜却从这些细微的姿势中察觉出了他的僵硬和挣扎。

他学着当一个忠义之臣,护家护国十四年,突然有一天要变得和顾楚生、姚勇一样,

145

将天下百姓纳入算计的范畴之中，又怎能习惯？她一时无言，又不知该如何劝慰，沉默了半天，终于听卫韫道："夜深了，该说的也都说了，嫂嫂去睡吧。"

楚瑜应了声，却没动。卫韫抬眼看她，才听她道："小七，咱们都会长大的。"

长大了，就是要把这个曾经以为纯善或者纯恶的世界，变成善恶交织；要在一片混沌里，小心翼翼地维持那一片清明。

卫韫听出楚瑜话语里的劝慰，也不知该如何回复，只能低低应了一声："嗯。"

楚瑜再无什么可说，站起身来。她出去之后，卫韫自己又静静待了一会儿。他喝完茶壶中最后一杯茶水，站起身来，写了一封折子，连夜送进了宫里。折子里他洋洋洒洒将宋文昌夸了一大堆，最后总结了一下，说在前线平衡姚勇、抵抗北狄这件事，非宋家莫属，京城里这么多公子，就宋文昌最合适。送完折子后，他心里舒服了些，终于安心去睡了。

而楚瑜在另一边，却是睡得不大安稳。这一天发生的事太多，等到晚上她才能静静思考。此刻没有人打扰，她才能拨开云雾，看到白日里她看不到的地方。

顾楚生为什么选卫韫？如今卫韫不过十五岁，外界对卫韫的认知少而又少，他为什么会在如今的情形下，选了卫韫当作盟友？他认识卫韫吗？应该不认识。上辈子他也是到卫韫上了战场之后才和卫韫第一次见面，认可了卫韫，从而结盟。但这辈子……以他如今的能力，应该是根本没有见过卫韫才对。他做事一向沉稳，什么时候会为了一个没见过的人以命相托了？

楚瑜颇有些疑虑，凭直觉，这件事之中，有了她所不知的变化。只是她还没有想明白，便昏昏沉沉地睡了过去。

第二日，楚瑜收到下人的通报，却是楚建昌带着谢韵、楚锦和楚临阳、楚临西两兄弟来了。

她坐在床上皱眉想了片刻，终于还是去了大堂。见一家五口都等在大堂里，她走上前去，恭恭敬敬地给父兄行了个礼，随后道："今日大家怎么都来了？"

"昨儿个的事，我们都听说了。"谢韵叹了口气，"你父兄听了着急，所以赶紧来看看你。"

"看我做什么？"楚瑜笑了，"也不是什么大事儿，我没放在心上。"

"没放在心上便好。"谢韵叹了口气，"阿锦年幼不懂事，我怕你们姐妹之间生了嫌隙，所以特意过来让她给你道个歉，你便原谅她有口无心吧？"

楚瑜没说话，她端坐在主位上，给自己倒了一杯茶，轻轻抿了一口。她不急不慢地做着这一系列动作，大家就都瞧着她，等候着她发话。谢韵慢慢皱起眉头，似乎是有些不满："怎么，你莫不是还要同阿锦计较不成？"

六 是精心设计，还是有口无心？

"若她真是有口无心，那我便抽她一顿鞭子，也就罢了。"楚瑜放下茶杯，抬头看向楚锦，神色平静却凌厉，带着直指人心的审问之意，"可是到底是精心设计还是有口无心，我想阿锦心里，比谁都清楚。"

这话一出来，谢韵的脸色就变了，她有些不满地道："你怎么能这样想你妹妹？事情我都已经知道了，她同你聊天时也不知道那树丛后面就是宋世子等人。要怪就该怪那卫韫，明明听见你们聊天却不吭声，怕就是记恨了我帮你求放妻书一事，刻意等着羞辱你呢！"

楚瑜没说话，只是给楚建昌、楚临阳、楚临西一一倒了茶。楚建昌有些不耐烦，一直在压着性子。按照楚瑜对父亲的了解，他明显是路上已经和谢韵吵过一架，不想再多做争执了。

见楚瑜没有回应，谢韵皱起了眉头："你不说话是什么意思？有什么不舒服你便说出来，一家人把心思藏在心里，又有什么意思？此事乃阿锦的无心之失，也不是什么大事，我带她来道歉，道完歉后便就罢了，你也别太斤斤计较。反倒是放妻书一事我要问问你，卫韫已经将放妻书写了，如今卫家丧事也办了，你打算什么时候走？总不至于真为他卫珺守灵三年吧？三年后你都十八了，再想寻门好亲事，怕是不容易。"

楚瑜耐心地听着，谢韵说完，她却是看向了楚建昌，平静地道："父亲是如何个意思？"

"全看你的意思。"楚建昌想了想，思索着道，"卫家乃忠义之门，你愿意留还是愿意走，我觉得都可以。十八岁也没多大，别听你母亲瞎说，到时候你嫁不出去，我就从军营里抓一个给你。临阳，你手下不是有一个叫王和之的得力之人吗？我们家阿瑜若不成亲，你把他留着，也不准成亲！"

听了这话，楚临阳不由得失笑："父亲又说孩子话了。"他的性格向来温和沉稳，与楚家暴烈男儿的性子全然不同，恰似出身于文官世家的公子，带着一种雍和从容。

他的目光落到楚瑜身上，眼里带了疼惜："母亲说得有道理，阿瑜你若为卫珺守灵三年，想再嫁，一方面年纪的确是大了点，另一方面则是外人看来，你或许对卫家太过情意深重，再想寻一个所爱之人，怕日后会成为对方心中的芥蒂。如今卫家已经平稳，仁义之上，阿瑜并未有失，若再留下去，阿瑜须得好好想想，值不值得。"

楚临阳关爱楚瑜，始终无条件地包容着她，才让她养成了那无法无天的脾气。楚瑜对上楚临阳的目光，抿了抿唇，认真地道："值得。"

楚临阳并未诧异，对于这个妹妹的性子，他或许比其他任何人都更了解。他点了点头道："若你认真想过，那也无妨。十八岁之后，哥哥会替你找到你喜欢的人嫁过去，若找不到合适的，那便留在楚府，也不是什么大事。"

"是啊，"楚临西从旁边凑过去，嬉笑着去拉楚瑜的袖子，"大妹妹回来了，可有人陪我活动筋骨了，家里那把龙缨枪都生锈了咧！"

"你们都在胡说八道些什么！"谢韵一把将楚临西推了开去，看着楚瑜，严肃地道，"阿瑜，他们都是些糙汉子，不能明白女子的苦，你一个人……一个人……"

"一个人，也无妨。"楚瑜淡淡地开口，不想再与谢韵在这个话题上纠缠，她将目光落在楚锦身上，"只要妹妹少给我惹些麻烦，那便好了。"

"是我错了。"楚锦见楚瑜看过来，红了眼道，"我没明白姐姐的心思，同宋家说了这放妻书的事，也不承想宋世子就将姐姐请过来了……我真没有将姐姐私奔一事传出去的想法，当时只是随口一问，没有想过有这样多人在那树后……"

楚锦一面说，眼泪一面直落下来，看得谢韵心疼到不行，忙道："莫哭了，莫哭了，你姐姐会明白的。"

楚建昌和楚临西也有些手足无措，女子的眼泪向来是这两个大男人的软肋。唯有楚临阳端坐在楚瑜边上，面色沉静，抿了一口茶，静默不言。

楚瑜瞧着这乱哄哄的场面，沉默了一会儿，等着楚锦哭声缓下来，她才开口道："你可知，你做的事我从来没在人前说过，是为了什么？"

楚锦听着这话，有些茫然地抬头。楚瑜有些无奈："因你是我妹妹，我总想着我楚家人心思纯良，性情耿直，你的所作所为，大概是我误会了你。因此，我给了你两次机会。……第一次，你诱我与顾楚生私奔，却将所有责任推给了我。我不愿说出来，是我不想让家里人对两个女儿都失望。一个败坏家风，毫无头脑地跟着一个罪臣之子私奔；一个心机叵测，毫无良心地推着家姐跳入火坑。"

"我没有……"楚锦仓皇出声，不住地摇头，"我没有！"

"说不愿跟着顾楚生去边境吃苦，苦苦哀求于我的人，是不是你？说顾楚生对我有爱慕之意，助他与我传信的人，是不是你？给我出主意说愿替我嫁入卫府，欺瞒父母的人，是不是你？！"

"姐姐！"楚锦提高了声音，"你怎可陷害我至此？！"

"是我有心给你泼污水，还是事实，你我心里明白。"楚瑜的神色平静，每一句话都说得从容笃定。她抬眼看向楚锦，目光如鹰，"那一次，是我自己的选择，也就罢了。这一次宋府邀我前去，而宋府你已去过多次了吧？你连庭院中的一草一木都清楚得很，又怎会不知那个位置暗藏乾坤？"

"我不知道，"楚锦一口咬定，"我怎会知道那里有人？姐姐自己心脏，莫要以为阿锦也是如此。"

"是，妹妹总是无辜。"楚瑜轻笑，"所以私奔的人是我，名声被毁的人是我，做错事的人都是我。妹妹只需要轻飘飘地说一句你无心无意，多大的事都是我挨着扛着。"

楚锦咬着唇，眼里含着眼泪，轻轻颤抖："姐姐这是记恨我了。可让姐姐抢我未婚夫的是我吗？顾大哥至今仍对姐姐念念不忘，为此甚至退了我的婚，这事错在于我吗？！"

听到这话，楚瑜微微一愣，却是没想到，顾楚生居然是为自己退了楚锦的婚？这……这怎么可能？！

楚瑜眼中的惊诧之色落入所有人眼中，便就是在这样的氛围里，楚临阳轻轻笑了起来："我们阿瑜尚不知道，自己还有如此魅力吧？"

这话一出来，多少缓和了一些剑拔弩张的气氛。楚临阳看着这两姐妹，笑意盈盈地道："你们这两人，公说公有理婆说婆有理，我都不知道到底如何是好了。可无论到底真相如何，过去的都过去了，大家是一家人，便不作追究了吧？"

"是不作追究，还是大哥维护着姐姐不想追究？"楚锦捏着拳头，死死地盯着楚临阳。楚临阳的目光落到她身上，他的目光从来如此，温和轻浅，却仿佛将世事了然于心。他静静地看着楚锦，随后慢慢出声道："小妹确定，要将此事追究下去吗？"

他的声音没带半点威胁，然而楚锦就这么对着他的目光，竟是微微颤抖了起来。只听见楚临阳轻轻一笑："家和万事兴，就这样罢了吧。"

终于，楚锦低下了头去，小声道："好吧。"

楚临阳又笑了笑，转头看向楚瑜："阿瑜觉得呢？"

"话我已经说了，信不信是你们的事。我没在外面说，是顾及楚家的声誉。可是楚锦，你若再如此咄咄相逼，便不要怪我了。"

楚锦没有说话，含泪低头不语。楚临西察觉不对，跪坐着也没敢说话，悄悄看了一眼楚瑜，又看了一眼楚锦。楚临阳看向弟弟，温和地道："临西，你可是想说什么？"

"要不……"楚临西憋了半天，"要不咱们吃饭吧，你们这个样子，我太压抑了。"

楚瑜听见二哥的话，不免笑出了声来。她点了点头，抬手道："行吧，我这就让人准备晚膳。"

说着，楚瑜将晚月招呼过来，吩咐了要准备的菜食。这时，却又听楚临阳道："不知今日卫小侯爷可在府中？"

"自然是在的。"楚瑜有些疑惑，"哥哥可是有事？"

楚临阳颔首点头，同楚瑜道："劳烦引见。"

楚瑜自然不会推辞，留了楚建昌及谢韵等人在大堂，便带着楚临阳出了房去。刚走到

149

长廊上，楚瑜便听楚临阳道："毕竟是姐妹，还是要照顾母亲的心情。若要动手，看在母亲的面上，要有分寸。"

听到这话，楚瑜不免笑了，声音里带了几分冷意："哥哥这是什么意思？"

"我知道你并不屑于与她争执，你今日并不与她将话说到底，是在给她第三次机会，也是在给楚府和母亲机会。"

听到这话，楚瑜的神情慢慢缓和下来。楚临阳将手负在身后，慢慢地道："我知你心里委屈，可你这性子，若是动手，要么施压与家中决裂，要么暗中动手直接除了阿锦，又或是布个大局毁了她这辈子……无论如何，都太杀鸡用牛刀了，本不必你出手的。"

"哥哥未免太看得起我。"楚瑜垂下眼眸，神色恭谨。

只见楚临阳的眼中全是了然："你和阿锦，我心里清楚。我并不知她为何成了如今的样子，可自家姐妹，当年你我三兄妹都不曾侍奉在母亲身边，唯独她一直伴随母亲左右。为人子女，若因口舌之争夺母亲心头明珠，未免太过残忍。事情不到这一步，不若交给兄长。"

楚瑜没说话，两人并肩走在长廊之上。楚瑜听着木质地板发出的闷响，许久之后，终于慢慢地开了口："我的确不在意她那些不入流的手段，可是哥哥，我并不是不会难过。"

她抬眼看向楚临阳，头一次对着家人，去倾诉那内心的软弱。

"我没有在外面说这些，而是对着家人说，是因为我在意的不是这件事所带来的结果，而是家人是否给了我应有的公平。可哥哥你扪心自问，母亲对她与我，公平吗？……她处处与我比较，我身为她亲姐，她甚至如此设计陷害，毫无维护之心。我若是个普通女子，我若在意名节名声，楚锦如此作为，那是在做什么？那是在毁我的一辈子！可母亲怎么说的——无心之失，让我原谅。她楚锦是否无心，母亲真的一点都没察觉吗？！"

楚临阳没有说话，他静静听着楚瑜的声音越发激昂，而他从头到尾却都保持着这份冷静自持。上一辈子的楚临阳从未与楚瑜这般交谈过，他们兄妹之间一直都是恭敬又友爱，直到楚临阳去世——宋家上前线之后，楚临阳急转凤陵城，遭遇了包围战。

那一战谁都不知道具体发生了什么，众人只知道，凤陵城在楚临阳到达后被北狄围困，近三个月音讯全无。卫韫赶到前线时，看见的是楚临阳遥遥站在城楼之上，手执长枪，巍然挺立。他站在那里，敌军便畏惧得不敢上前。城墙上全是残垣，城墙下有许多深坑，到处都是被烈火灼烧过的痕迹。

卫韫带兵破城后，只见尸山血海，整个城楼上全是已变成黑色的血迹，尸体堆积在城楼之上，早已腐烂生蛆，而一直站在城楼上的楚临阳，被卫韫一触碰，便倒了下去，原来

六 是精心设计，还是有口无心？

已是故去多时。

偌大的凤陵城居然不剩一个活人，仅凭楚临阳的尸体守到了卫韫救援。没有人知道那三个月里城中到底发生了什么，没有人知道楚临阳是如何用五千兵力守住凤陵城的，也没有人知道北狄为何看着楚临阳的尸体就不敢上前。人们只能从锅中余留的残肢推测，那三个月的凤陵城，是怎样的人间炼狱。

楚瑜看着面前满目温和的楚临阳，骤然想起他未来的结局。

——他为什么去凤陵城？

因为楚锦欲嫁宋文昌，而宋文昌却被困于凤陵城旁边的蓉城！楚锦哭着求楚临阳，于是楚临阳为救宋文昌，声东击西奇袭北狄阵地，生擒了北狄三皇子，引得北狄主力围困凤陵城，便解了宋文昌的蓉城之困，再让他领兵来救。可宋文昌这般懦弱小人，脱困后一路仓皇逃走，却在半路被北狄埋伏，身死途中。而后前方全线沦陷，卫韫也胶着于昆阳，等卫韫平复昆阳战局来救，已是来不及了。

楚瑜看着面前神色平静柔和的青年，慢慢闭上了眼睛："哥哥，我心中对阿锦的芥蒂，乃日积月累，并非因于某一件事。我心中决定要给她三次机会，如今已是第三次。她若再品行不端，哥哥，抱歉，我绝不留手。"

"我明白了。"楚临阳叹息出声，"我会处理好，你放心吧。"

楚瑜慢慢镇定下来，她睁开眼睛，道："哥哥打算如何处理？"

"阿瑜，"楚临阳同她来到卫韫门前，他顿住步子，慢慢地道，"你可知我为何觉得阿锦可怜？"

楚瑜有些迷惑，楚临阳笑了笑："你觉得母亲偏心，又焉知阿锦不觉得我与父亲偏心？阿瑜啊，"他的声音里带了叹息，抬手放到楚瑜肩上，神色里满是无奈，"我也想公平，可是，我是她兄长，却是你哥哥。"

兄长和哥哥，这已是亲疏之别。楚临阳看着她，觉得面前梳着妇人发髻的姑娘，似乎与他第一次见时并没有多大的区别。

楚瑜和楚锦刚出生时，他抱起了楚瑜，楚临西抱起了楚锦。从此以后，楚瑜哭了是他背着，学走路是他陪着，她学会的第一个词是哥哥，她第一次骑马、第一次射箭、第一次上战场，全是他手把手教出来的。而楚锦在那华京高门华府之中，绣花学诗，也不过就是逢年过节，匆匆一面。他想要公正，却公正不了，只能在平日之间，尽量端平那一碗水，对楚锦好一些。

有那么多黑暗的东西，他不愿让楚瑜看见，他是楚瑜的大哥，便理应将世间所有的光和温暖给她，而不是将这狼狈不堪的一面给她。因此，楚锦那样的人，又何须楚瑜脏了手呢？楚临阳有些无奈，若不是他常年在边境，若他早些察觉到这些，又怎么会让楚瑜受这些委屈呢？

楚瑜听着他的话，有些愣神。楚临阳拍了拍她的肩头，转身走进卫韫的房中。

下人已经提前进来通报过，楚临阳刚步入内室，便看卫韫已经站起身来，面上平静沉稳，朝楚临阳行了个礼道："楚世子。"

楚临阳亦朝他回礼："卫侯爷。"

"世子请坐。"卫韫抬手，请楚临阳落座。卫夏懂事地带着人退下去，房中就留下了卫楚两人。熏香炉中燃起袅袅青烟，楚临阳抬眼看过去，笑着道："这是阿瑜喜爱的味道。"

"如今家中一切都由她布置。"听到楚瑜的名字，卫韫的口吻明显温和了许多，他给楚临阳添了茶，"不知世子前来，所为何事？"

楚临阳喝了口茶，慢悠悠地道："临阳来此，是想助侯爷一臂之力。"

七　完了，坑哥了！

听到这话，卫韫抬起眼来，目光中带了几分审视。

楚临阳平静地开口道："姚勇无能，乃阴险小人，却深得陛下宠幸，此战若仍以姚勇为主帅，待到日后消磨了国力，怕是再无还手之力。北狄新皇如今已于祭坛立下誓约，骑兵不入华京，北狄绝不收兵，可见此次北狄决心之坚，绝无和谈可能。故而临阳此番前来拜访侯爷，愿助侯爷一臂之力，尽快灭除姚勇。"

卫韫没说话，手指轻敲着桌面。楚临阳静静等候着，片刻后，却听卫韫轻笑一声："我不过一少年，世子如何觉得我有如此能力？"

"我信的不是侯爷，是卫家。"楚临阳抬眼看向卫韫，"百足之虫死而不僵，在下不信卫家如今在军中没有一点后手。"

此理不假，四世三公之家，其底蕴非普通家族所能比，若不是卫家一直以来忠心耿耿、不作他想，未曾在华京多做经营，今日卫韫何至于此？

卫韫审视着楚临阳："那，世子打算如何助我？"

楚临阳端起茶杯，轻抿了一口，面上儒雅从容。他轻轻一笑："如今南越国已有异动，我与父亲即将奔赴西南，关键时刻，还望侯爷指点。"

听到这话，卫韫的瞳孔骤然紧缩。楚临阳此刻的言语，无异于已将西南军队关键时刻的主动权全部交给了他！卫韫的心跳得飞快，然而面上却仍旧不动，只是道："我明白了。"

楚临阳抬起手来，含笑拱手："静候佳音。"

卫韫点点头，他明白楚临阳要的是什么，认真地道："你放心，我会尽快扳倒姚勇。"

楚临阳亦点点头，告退了下去。

两人这一番话说得不算长，楚瑜只在门口等了一会儿，便见楚临阳走了出来。她忙迎

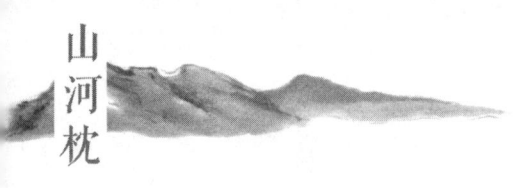

上前去，问道："说完了？"

"嗯。"楚临阳点了点头，同楚瑜一起往饭厅走去，一路又同她聊了一会儿她平日在卫府的日常。两人进得饭厅时，饭菜都已经摆了上来，所有人都在等他们。楚临西一见两人进来，就巴巴地上来挽住了楚瑜，撒娇道："妹妹你可来了，二哥都快饿死了。"

"你这副样子，哪里像是二哥？"楚临阳笑了笑，"明明就是小弟。"

"是是是，我是小弟，"楚临西忙笑着道，"小弟请哥哥姐姐赶紧用膳，行了吧？"

楚临西这番打趣，气氛终于活泼起来，只是楚锦仍在一旁默默坐着，一言不发。

一家人说说笑笑吃着东西，吃完后，楚建昌便带着谢韵一家人要回府，谢韵三番五次劝说楚瑜回家，却实在劝说不动，也只能含着泪离开了。楚瑜到门口送别家人，楚临阳站在她身边，等其他人都上了马车，他才转头道："我不日将去西南，你在家好好照顾自己。"

听到这话，楚瑜微微一愣。她脑中有无数念头闪过，最后却只是道了一句："在西南就好好待着，多给我写信说说你的近况，别去了就音讯全无。"她本想提醒楚临阳许多，比如不要去凤陵城，不要为宋家出头，不要离开西南……然而开口之前，她却骤然想起了卫家的结局。

劝阻或许不会有效果，因为你有时候甚至不知道事情的内中隐情。所以你只能直接去做。比如不想让楚临阳去凤陵城，与其跟他说，不如在宋文昌被困前就解决了他，宋文昌没机会被救，也就不会有楚临阳救人一事。与其千叮咛万嘱咐，还不如让楚临阳多给她写几封信，好让自己及时了解他的情况。

楚临阳没想到楚瑜会说这话，楚瑜年少时很亲近他，长大后感情却越发内敛。他愣了愣，慢慢笑开，温和地道："行的，你放心吧。"说完，他便上了马车。楚瑜目送马车摇摇晃晃地走远，才慢慢地回了府中。

她才走没几步，就看见卫韫站在长廊上等她。楚瑜有些诧异："你在这里做什么？"

"本想跟着嫂嫂送一送楚将军，没想到却来晚了些。"

"哦，没事，"楚瑜笑着走过去，"我自己送就行了，我家人不太讲究这些。"

"卫夏说你似乎和家人起了些冲突？"

楚瑜挑了挑眉："谁这样多嘴多舌？"

"也是关心。"卫韫慢慢地道，"我就是来问问，可有需要我帮忙的地方？"

"没什么。"楚瑜下意识地答道，然而说完她又有几分后悔，叹了口气，"小七，一个人是不是'没什么'说惯了，别人就觉得她真的没什么了？"

"那要看对方，对她上不上心。"卫韫没有转头看她，而是看着前方，目不斜视，声

七 完了，坑哥了！

音平稳又从容，"你同我说过'没什么'，二嫂同我说过'没什么'，母亲也同我说过'没什么'。可我却从不觉得，你们是真的没什么。人心都是肉长的，不过是撑着自己站起来，谁又是真的没什么？"

听着卫韫的话，方才的那份躁动在楚瑜心中慢慢淡去。她转头看向卫韫，发现这段时间他似乎又长高了一点，初见的时候他们差不多高，如今卫韫却已经明显比她高了一头。她想起未来卫韫的模样，玩笑道："小七你要快点长高，以后好好孝敬嫂嫂。"

卫韫斜睨着她，微勾的眼里含着轻浅的笑。"行，"他点头道，"到时候人参鹿茸、冬虫夏草，我都找来给您当饭吃。我卫七从来是个孝敬长者的人，您到时可千万别客气。"

这话楚瑜听明白了，卫韫是在埋汰她以后会变成个老太太。她轻轻敲了他的手一下，卫韫顿时大叫起来，捂着手痛苦地道："不好，骨折了！"

楚瑜瞟了他一眼，淡淡地提醒："浮夸了啊。"

卫韫叹了口气："嫂嫂，你不心疼我。"

"我当然心疼你，"楚瑜微微一笑，"没了你，我以后还怎么把人参、鹿茸当饭吃啊？"

两人一路打闹着往回走，一时之间，楚瑜竟全然忘了方才那些烦恼的、讨厌的、不安的情绪。等卫韫送她回屋后告退时，她才猛地反应过来，叫住了他道："……你来等我，是不是特意来安慰我的？"

卫韫听到这话，面上露出几分不好意思来。他摸了摸自己的鼻子，有些羞涩地道："我见嫂嫂不开心，也不知道该怎么劝慰，我想，陪嫂嫂说说话或许好些。"

楚瑜没说话，就这么瞧着他。少年示好的方式笨拙又简单，与在外时那副沉稳的模样全然不一样。她的目光柔和下来，瞧了他许久，才终于道："谢谢你，我好很多了。"

卫韫笑了开来："那就好。"

一家人回到府里，楚建昌回了房，谢韵还在埋怨着，不满地道："看看他教的孩子，还有一点女子的样子吗？当年我就说让他把孩子交给我交给我，他一定要带到西南去，你看看如今成了什么样？她到底明不明白守寡三年意味着什么？她三年后要嫁不出去，嫁不到一个好人家，怎么办？！"

"母亲，"楚临阳在她背后出了声，"妹妹并不是寻常女子，母亲便不要以寻常女子之心去衡量了吧。与其讨论阿瑜如何，母亲倒不如问问自己，是如何将阿锦教成这般心思叵测的女子的？"

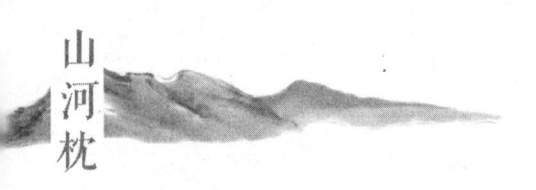

"大哥！"楚锦含泪出声，正要说什么，就见楚临阳转过头来，微笑着看向她："你不要说话。"

看着那微笑，楚锦浑身猛地颤抖起来。楚临阳抬手指向祠堂的方向，温和地道："去那里跪着，嗯？"

"临阳……"谢韵有些不安，"你这样……"

"我怎样？不公平？母亲，您知道真正的不公平是什么样的吗？"楚临阳的眼里全是冷意，"如果我真的不公平，您以为她楚锦还能在这里跪祠堂？就凭她做的这些混账事儿，父亲若是悉数了解，早给她嫁到猪食巷去了！"

"你怎么能认定她就是有意的……"

谢韵撑着自己，楚临阳却是冷冷一笑："因为阿瑜是我妹妹，她也是我妹妹，她们的品行，我清楚得很。到底是我偏心还是您不公，母亲，您自己也清楚得很。阿瑜是有本事，也可以不在意，可您别总想着出了事就让阿瑜忍。"说着，楚临阳抬眼看向还站在一边的楚锦，冷声道："跪着去！"

楚锦没说话，她亦冷冷地看了楚临阳片刻，转身离开了。楚临阳又转头看向谢韵，依旧温和地道："母亲，要我对阿锦好，您就别那么偏心了，多对阿瑜好一些。若阿瑜不好过，我便让阿锦也不好过，好不好？"

"你……你……"谢韵急促地出声，"我怎么生了你这样的忤逆子！"

楚临阳没说话，他平静地看着谢韵，那目光直看得谢韵遍体生寒。所有的言语止于唇齿之间，楚临阳见她收了声，也不再纠缠，优雅地转身，慢慢往祠堂的方向走去。

楚锦进了祠堂后，自己跪了下来。没过多久，楚临阳便站到了她的身后。月光拉长了他的身影，他们的影子交织在一起，楚锦的身子忍不住微微颤抖。片刻后，楚临阳轻轻叹了口气："你怎么就这么想不开，要去招惹阿瑜呢？"

楚锦没说话，她慢慢地捏紧了拳头。楚临阳瞧着她的背影，眉目间仍全是温和："你还记得你十二岁那年，我对你说的话吗？"

"记得……"楚锦的声音打着战，仿佛是陷入了一个噩梦一般。楚临阳走到她身边来，他的温度靠近她，却让她颤抖得越发厉害。楚临阳蹲下身子，含笑看着她的侧脸："哥哥给你复述一遍？——不要……招惹姐姐。不要……设计姐姐。不要……对姐姐心存恶念……让她，容她，爱她。我说错了吗？"楚临阳的声音温柔如水。楚锦的眼泪慢慢落下来，沙哑着声音道："没有。"

"那今日之事，你能给我个理由吗？"

楚锦咬紧了下唇，一句话都不敢说。楚临阳瞧着她，眼中全是玩味："若不是阿瑜今日说出来，我都不知道你还有这样大的胆子。怂恿她私奔，污化她的名誉……阿锦，是这些年我对你太好了吗？"

楚锦还是不说话，楚临阳猛地提高了声音："说话！"

"你要我说什么……"楚锦突然哭着回头，她再也无法忍耐，"你让我说什么？！你要我给你理由，该是我问你理由！同样都是妹妹，你凭什么这么对我？你为什么这么对我？……是，十二岁那年是我设计让她掉进了井里，可你也给她报了仇。我那么相信你，你让我下井我就下井，结果呢？你把我困在井下，那么黑，那么冷，你骗我在下面待了三天！她发了三天高烧，你就把我关在井下三天，这还不够吗？！凭什么我就要忍她、让她，她喜欢什么就都给她？你问我理由？"楚锦仿佛是什么都不在意了一般，大笑出声来，"好，我告诉你，我要比她好！我要你看清楚，是你瞎了你的狗眼，我比她好一千倍一万倍！我嫁得比她好，我名声比她好，我什么都比她好，是你这个做哥哥的错了！你看错了！"

楚锦哭得上气不接下气。她平时的哭都是楚楚可怜，然而今日的哭泣却是完全不管不顾，眼泪、鼻涕混合在一起，全然没了任何仪态。她仿佛一个孩子一般，匍匐在楚临阳脚下，痛苦地嘶吼着："——当年是你说的……是你说，我一辈子都赶不上她，我若赶得上她，你也会如此对我……你如今却还来问我理由，我还能有什么理由？！"

还能有什么理由——不过就是不甘心，不过就是想要争。争的哪里是什么荣华富贵，争的不过是他的这份独一无二的宠爱。她也想像楚瑜那样，被一个人放在心尖尖上。

楚锦大哭大笑，楚临阳就一直静默地看着。直到最后，她哭不动了，趴在他脚下，小声地抽噎。楚临阳瞧着她，眼里带着怜惜："对不起，我没想过小时候的事情会对你造成这么大的困扰。"楚临阳的声音很温和，楚锦慢慢抬头，眼里带了期望。只见他拿出一方手帕，递给她。

楚锦看着这方手帕，忍不住愣了神。这个人很温柔，那是一种安定的、无微不至的温柔。她从小就喜欢这个哥哥，每年只有逢年过节他才会回来，那时候她就会站在门前，抱着他前一年送给她的布娃娃等他。他每年都会带不一样的布娃娃回来，都是她最喜欢的。可十二岁那年，跟着他回来的不仅是布娃娃，还有她那位一直长在西南，到十二岁才不晕马车的姐姐。

见过楚瑜，她才知道，原来这个人给她的布娃娃，只是他的温柔里最微不足道的一份。年少的她心生嫉妒，她将一只猫扔进了井里，哄楚瑜去救，想用这样的方式去伤害楚瑜，发泄自己内心的那一份不满。

这件事被楚临阳知晓，他没有骂她，反而跟家里说要带着她出去游玩。她那时多欢喜啊，以为没有了楚瑜，哥哥就只是自己一个人的哥哥了。却不承想，楚临阳带着她出门之后，当天夜里就将她骗到了一口枯井里。——她以为的最好的哥哥，将她骗到了井里，然后在井口漠然地看着她。

她哭着求他救自己出来，他却是说："阿瑜的高烧什么时候退，你就什么时候出来。"

"那她要是死了呢？"

楚临阳笑了，那笑容温柔又冷静，在月色下看得楚锦的心为之颤抖。只见他温柔地笑着问她："她死了，你还活着做什么？你不该偿命吗？"

那一瞬间，她看着那人从容平静的神情，有一种绝望和不甘铺天盖地涌了上来。她哭着问他："为什么？她哪里好？！我也是你妹妹，你为什么这样对我？"

楚临阳面上的笑容不退，声音却冰冷："她哪里都比你好，你之心性，一辈子都赶不上她。"

"我怎么赶不上？我怎么不比她好？楚临阳，若我比她好呢？"

"你？"他的笑容更盛，却仿若玩笑，"那你想如何，便是如何。"

你想如何，便是如何。那言语，撑了她多少年——她读书、认字，学诗词歌赋，精琴棋书画，她做到了当世所有女子能做到的最佳。而楚瑜会什么？除了舞枪弄棒，她什么都不会。可在他心里，楚瑜仍是那个独一无二的好妹妹。

如果说最开始不过是姐妹之间普通的嫉妒，那日积月累，嫉妒便成了嫉恨。

楚锦艰难地闭上眼睛，再也发不出声音。楚临阳静静地看着她，许久后，终于出声："我那时年纪小，不懂得用更好的办法，是我的错。可事情已经过去了，我给你道歉。我希望家庭和睦，希望你能体谅我，所以以后，不要去找阿瑜的麻烦，好好当她是姐姐吧。"

"若我不当呢？"楚锦沙哑着声音。

楚临阳有些无奈，叹息道："你惯来知道我的脾气，你是我妹妹，我自然是不忍心杀你的。只能分情况来看吧。——比如，你若再做出这种诬陷她名声的事，我便割了你的舌头。你若动手让她受伤，我便废了你的四肢。你若让她婚事受阻，我便会为你寻一门更'合适'的婚事，保证你后悔一辈子。……你若害死了她，"楚临阳的眼中带了怜悯，"阿锦，我会让你知道，什么叫作生不如死。"楚锦感到不可置信，慢慢地抬起头。楚临阳蹲下身子，低头瞧着她，"阿锦，人都在长大。今日若不是我拦着阿瑜……你下一次再算计她，或许你就死透了。当然，把你关在井里这样幼稚的事，兄长也不会再做了，你明白吗？"

七 完了，坑哥了！

楚临阳眼里温和得让楚锦觉得害怕，她整个人颤抖不止。楚临阳脱下自己的外套，轻轻搭在她的身上。他垂眸看她，眼中满是关切："夜凉露寒，好好跪着吧。"说着，他站起身往外走去，慢慢关上了房门。

十二岁那年在枯井里等待死亡的绝望和惊恐再次涌现上来。他知道的，十二岁之后她就没办法一个人待在黑暗的地方，可他还是要合上大门。他在惩罚她！他要让她知道，楚瑜是她不可触碰的神明，是她永远不能触及的存在。

"不要！"她试图阻止那大门合上，号哭出声，"大哥，不要关门，我听你的话，不要关门！"

然而没用。正如十二岁那年她被他骗进井里，他也不曾在意她的哀求。

楚锦在祠堂里号啕着，楚临阳站在门外，好久后，慢慢离开。

第二日，楚瑜洗漱后来到饭厅，便看见卫韫已经坐在那里了。蒋纯、柳雪阳、王岚三人在聊着天，卫韫跪坐在首座上，正闭目养神。他头上束了玉冠，身上穿了件玉色外袍。他跪坐时腰背自然挺直，带着一种少年的明锐，如宝剑立于座上。

听见楚瑜的脚步声，他慢慢地睁开眼，朝她点了点头："大嫂来了。"

"嗯。"楚瑜走到自己的位子上落座，见卫韫一副要出门的打扮，不由得道："今日可是要出门去？"

卫韫点了点头："楚大人今日前往洛州，我去送别。"

楚瑜微微一愣。昨日楚临阳同她说过他要去西南的事，却没有说便是今日。楚瑜正要开口，却听卫韫又道："既是大嫂娘家，大嫂不如同我一道过去吧。"

楚瑜笑着应了一声，卫韫看着那女子眼角眉梢都带了欢喜，神色不由得软了下来。

一家人用过膳后，卫韫领着楚瑜出门，她这才想起来细问："我父兄今日去西南，那宋家什么时候出发去前线？"

"昨日已经去了。"

马车摇摇晃晃，楚瑜从车帘缝隙里往外望去，见道路上多了许多流民。前方战火纷飞，华京多少也受影响，流民大批拥入华京，商办采买也萧条了许多。看见这些流民，楚瑜不由得想起顾楚生。上辈子顾楚生并不是走这条疏散百姓的路出现在人前的。他任职昆阳县令期间将昆阳管理得井井有条，投靠了姚勇之后，在姚勇的提拔下升任为太守，再后来投靠卫韫，由卫韫直接提拔至金部主事、户部特使。至此，他名义上是中央官员，实际上特派在昆州，掌管昆、青、白三州的财政军饷调用。

上辈子大楚和北狄打了足足两年，战事几乎把大楚国库耗空，但因顾楚生优秀的财政能力，大楚并没有发生大面积的饥荒。如今顾楚生走了这条疏散百姓的路子，也不知道能不能再像上辈子一样投靠姚勇。如果不能投靠姚勇，那青、白两州的民生不知将由谁来管理，等到卫韫接手，也不知道会是个什么情形了。

楚瑜皱起眉头想着战场上的事，卫韫注意到她的目光，瞧见外面的流民在沿街乞讨，以为她是因为目睹此情景而心生不忍，便道："我昨日已经联合了各大世家，打算开仓放粮，先救济着这些流民。等一会儿我去谢太傅府上，商量具体的应对之策。"

"开仓放粮不是办法。"楚瑜想了想，"不如买些地来，将他们收作长工，去开垦荒地、种些粮食吧。"后面要打仗的日子还长，卫家的封地均在战线上，粮草大事要先做着计议。

卫韫听到这话，斟酌着道："华京地价昂贵，就算是举卫府家财，怕也安置不下太多……"

"不在华京，到汜水去。"汜水在兰州，离华京大约有三百里远，多高山秀水，乃天险之地，又属大楚腹中，少有征战。楚瑜回顾着上辈子，大约也就是在明年春天华京便撑不住了，当时除了卫韫等武将，没有任何人想过天守关会破，更没人想过北狄会在一夜之间长驱直入，兵临华京城下。当时京中贵族纷纷卷了家财出逃，其中去得最多的地方，便是汜水。于是汜水一时之间地价飞升，寸土寸金。

楚瑜琢磨着未来，但也不能说得太过明显，便询问卫韫道："你觉得，姚勇可守得住天守关？"

"守不住。"卫韫回答得果断，"除非有其他人帮他，否则以他的性子，决计守不住天守关。"

"你为何如此肯定？"楚瑜知道姚勇守不住，她本以为卫韫也只是有几分猜测，却不承想他竟是如此笃定。

卫韫笑了笑，从抽屉里拿了点心出来，慢慢地道："姚勇此人向来更擅于玩弄权术，他极爱惜自己的兵力，从来不肯用自己的兵和北狄正面对抗，不到万不得已，他绝不会折损自己的羽翼。"

"如今前线全是他的人，我不上前线去，他绝不会安心，一定会保留实力。所以战场上真要打，那就得有人愿意出血拼命，他从旁协助。陛下明白姚勇的心思，所以一门心思想让我上战场。我不去，陛下就把宋家派了出去。然而，一方面宋家也不会这么用心用力，另一方面，我已同宋世澜结盟——"卫韫抿了口茶，声音平静，"我帮宋世澜把宋文昌送上了战场，以他之心性，宋文昌怕是活不下来的。他答应我，只要他掌了宋家兵权，便只疏散百姓，决不与北狄做正面交锋。姚勇弃城，他会比姚勇跑得更快。"

七 完了，坑哥了！

"如此下来，陛下怕是会震怒。"楚瑜皱起眉头。

闻得此言，卫韫挑起了眉头："我不就等着陛下震怒吗？他若要罚逃兵，首当其冲的就是姚勇。若他不罚姚勇，我便在华京周旋，绝不让他罚宋世澜。若他罚了姚勇，罚得轻了，姚勇不会在意；罚得重了，我便可以回前线去了。"

"你倒是厉害了，"楚瑜笑出声来，"你还能帮宋世澜周旋呢，怎么不见你入狱时给自己周旋？"

"那时情况不一样。"卫韫的神色沉静，"当时卫府许多东西我还没接管。且那时卫府是落难，陛下的态度并不明朗，救卫府无甚好处，无人愿意尽心尽力。而如今却是借宋府斗姚勇，世家皆在一条线上，我当出头鸟，世家做暗中推手，他们有什么不愿意的？外加如今长公主对太子咬得狠，有她当靠山……"卫韫的面上露出些小得意来，"我怕什么？"

"你这人，"楚瑜看着卫韫说起国家大事，面上却满是少年才有的小嘚瑟，不由得失笑，"如此少年心性，怕是你要吃亏的。"

"怎会？"卫韫嬉笑着凑上前来，"不是还有嫂嫂帮着我吗？"

这话说完，两人便都愣住了。卫韫不过是习惯性地凑上来，他过往同家里人说话向来是这般没大没小。然而真的凑到了楚瑜面前，他才发现，这女子其实也不过和自己同龄。她皮肤很好，哪怕凑近了看也不见分毫瑕疵，光洁如玉，白皙如瓷，虽然不施脂粉，却不逊于京中那些每日花了大把时间涂抹保养的名门贵女。卫韫的目光忍不住凝在了那肌肤上。

而这一辈子，除了父兄，楚瑜很少和男性这般近距离接触过。卫韫骤然接近，她这才察觉出来，男女之间的确是大为不同的。他的温度很灼热，仿佛是一颗小太阳，光是这样接近，她就能感受到他那灼人的温度。

楚瑜有些尴尬，面上却假作镇定，片刻后，却听卫韫笑着说了句："嫂嫂的皮肤真好，平日是涂抹了什么香膏？不如让全府的女眷都用一样的吧。"

听到这话，楚瑜舒了口气。卫韫已经退回了自己的"安全地带"，面上依旧像方才一样笑意盈盈，然而鼻尖仿佛还萦绕着一股桂花的香味。

以后不能靠那么近了——他琢磨着——不然总觉得有些奇怪啊。

卫韫退回去后，楚瑜的心里终于平静了些，方才继续刚才的话题道："宋世澜不帮姚勇，他们一个跑得比一个快，那送了天守关，也就是早晚的事了。"

"嗯。"卫韫应了一声。其实他还有其他更多打算，只是事情还没走到那一步，他也就没有多说。楚瑜抬眼看了一眼卫韫的神色，斟酌着用词，尽量避免让自己显得太过先

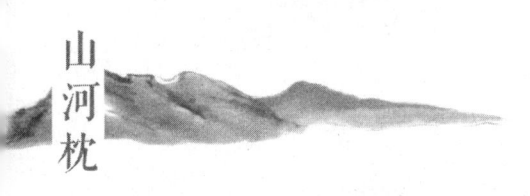

知:"若天守关失守,从天守关到华京也不过一日的路程,那华京便也守不住了。到时京中权贵往外流亡,必然将哄抬地价、物价,我们提前买了这些地,再借钱买一些用来耕种的地,这样一来,等房产卖出,我们或许还能小赚一笔。"

"那嫂嫂是觉得,华京失守,大家会往汜水去?"卫韫说着,紧接着便明白过来,"是了,汜水离华京不算远,又是长公主的封地,本就有重兵把守,最重要的是有天险可守。若华京失守,人们必然要寻个安全的地方,那汜水的确是个好选择。……可是,"他皱起眉头,"若大家没去汜水,这借来的钱该怎么办?"

"那就要靠你慢慢还了。"楚瑜认真地道,"镇国侯大人,你得努力啊。"

卫韫呆滞了片刻,想了想道:"行吧,所以我得找个有钱人借。"

"找谁?"楚瑜有些好奇。

卫韫笑了笑:"楚临阳。"

楚瑜大惊——完了,坑哥了!

看着楚瑜又惊又怕的模样,卫韫很是高兴。过了片刻,楚瑜却已冷静下来,认真地道:"答应我一件事。"

"嗯?"

"别说借钱这主意是我出的。"

两人商量着,已经到了楚府门口。楚临阳正站在门口清点人员,见卫韫下得马车来,他还有些诧异,片刻后看见楚瑜也走了下来,便明白卫韫这是带着楚瑜过来送行了。

卫韫上前给楚临阳打了招呼,楚瑜跟上来瞧了一眼周边的人,问道:"父亲呢?"

"还在梳洗。"楚临阳笑了笑,招呼了卫韫和楚瑜一起进门,"可用过早膳了?不如一起?"

楚府用膳的时间比卫府晚,卫韫和楚瑜都已吃过了,两人却还是跟着楚临阳走了进去。卫韫和楚临阳一路说些客套话,楚瑜便在一旁静静听着。

进得屋来,楚家人正在吃饭,楚临西一边吃还一边在向谢韵撒娇,屋里都是笑声。忽见楚临阳带着卫韫、楚瑜一起进来,几人便都愣了,随后楚临西便欢喜地迎了上去:"阿瑜,你怎么来了?"

"无礼!"楚建昌呵斥着,言语间却并没有真的动怒,只是板着脸道,"先给侯爷见礼。"说着，他便站起身来给卫韫行了礼。卫韫赶忙扶起他，沉稳地道："此番小七是特意来给楚伯父和楚大哥饯行的，请伯父将小七当作普通晚辈，千万别太过客气。"

楚建昌闻言倒也没推辞，笑了笑道："那今日我便当你是侄儿吧。你们赶紧坐下。"

侍女端了小桌上来，给楚瑜和卫韫摆好了座。楚瑜坐到楚锦身边，却发现楚锦的目光有些呆滞，看上去神情恍惚。

楚瑜有些诧异，不明白为何一夜之间楚锦就变成这样了。她将目光落到楚临阳身上，却见他正和卫韫说着话。两人说了一会儿后，楚临阳站起身来，要带卫韫去逛一逛楚府的园子，楚瑜忙起身跟了上去："我也去！"楚临阳愣了愣，却见卫韫面色不变，便也只点点头，颇有些无奈地道："那便来吧。"

三人一起走出屋去，楚瑜跟在两人后面，两人便当她不存在一般，只听卫韫说道："你此去西南，南越怕是不安宁了。"

楚临阳点了点头，一贯温和的面容此刻也锁起了眉，颇有些担忧地道："我已经收到前方线报，南越集兵五万压境。其实单打南越我不担心，就是担心北狄和南越同时进攻……"

"只要拖得够久，也还好。"卫韫思量着，"南越国小人少，如今进攻，大约是和北狄共谋，想捞点好处。你把战线拖长一些，等南越觉得吃力时我们再主动许他们好处，他们自然会停手。所以这一战，大哥只守不攻，拖着就好。其实此战之难，在于北狄。"

"北狄到底怎么突然就攻进来了？"楚临阳不明白。

卫韫有些无奈："北狄近年多天灾，去冬冻死了大批牛羊，今夏又逢暴雨，引发瘟疫，民怨沸腾。新皇本也善战，加上国内压力，便一心想攻下大楚。"

"那他打几个城池就好，怎的如此不死不休？"楚临阳还是不解。楚家的战线在西南洛、徽两州，虽偶有调派北线，但对于北方的确算不上了解。而卫家长居北线，说起这些事来，卫韫要比楚临阳清楚得多。

卫韫听着楚临阳的询问，眼神渐冷："北狄凶悍，其实边境常年也就是我卫家子弟在扛着。他们凶，我们更凶。如今卫家没了，北狄还会怕谁？"

楚临阳没有说话，提起此事，他心知卫韫比谁都难过。许久后，他长叹了一口气："你我因着阿瑜，也算亲人。我想要你一句实话，当初在战场上，姚勇到底做了什么，你可知晓？"

"不知。"卫韫平静地开口，抬眼看向楚临阳，"能否麻烦你也给我一句实话，为何你一口咬定此事与姚勇有关，而不是我卫家失策？"

"你可能忘了，"楚临阳淡淡一笑，"两年前我曾在北境跟你父兄共事过三个月，卫

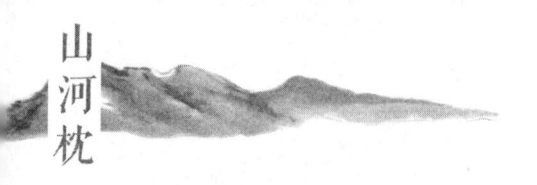

家的打法我清楚，追击逃兵……"他摇了摇头，"我不信。……而姚勇此人与你父亲之间的分歧，我也清楚。"

三人转过长廊，步入水榭之中。十二月的华京，湖面都已结了薄冰，像是打融了一般的冰碴浮在水面上，看上去便让人觉得寒冷。卫韫下意识地回头，习惯性地站在挡风的位置，不着痕迹地将楚瑜挡在了后面，同楚临阳一起落下座来。

楚临阳瞧了卫韫一眼，没有多说什么，一旁的侍从赶紧端了炭火盆来放在庭中。暖气升腾起来，楚临阳继续道："我与你大哥还算旧友。当年阿珺曾嘱咐我，日后他若有不测，让我照看着你。我答应过他。"

听到这话，卫韫瞬间愣住了。他呆呆地看着楚临阳，像是一个骤然迷路的少年。听着卫珺的名字，他突然有那么几分仓皇无措。楚瑜坐在他身后，温和地出声唤道："小七。"

卫韫听得楚瑜那从容又沉稳的声音，这才回过神来，捡起平日的姿态，慢慢地道："多谢大哥了。"

"我答应他，也不是没有条件的。我同他说，我会好好照顾你，也烦请他好好照顾阿瑜。没有想到他去得这样早，"楚临阳的面上露出苦笑，"这笔生意，真是不大划算。"

卫韫没有回答。提及故去的人，气氛难免有些沉重，楚临阳见大家沉默下来，笑了笑道："罢了，不说这些。你们今日前来，是有其他事的吧？"

"嗯。"卫韫顺着楚临阳的话转换了话题，点头道，"今日来，一为送行，二为打听西南的情况，三为……"卫韫抬起头来，眼巴巴地看着楚临阳。他与非亲近之人交往时姿态向来高冷，然而此时他面上冷静从容，眼里却全是渴盼，那孩子一般巴巴看着人的眼神，放在卫韫脸上杀伤力太过巨大。楚临阳直觉不好，握住茶杯，将目光转了开去，力图让自己镇定一点："三为什么？"

"楚大哥，你看，你与我哥哥乃旧友，也是我嫂嫂的亲哥哥，小七看你就像看我亲哥哥一般。以前哥哥常同我感慨你擅长经营，生财有道，如此，你方不方便……"

"借钱？"楚临阳瞬间明白了卫韫的意图，他微笑着转回头来，"不知小侯爷想借多少呢？"

"也不是很多，我想这对楚大哥来说也就是九牛一毛……"卫韫面上一派淡定，语气里却带了斟酌，"你看，就先借钱给我在洛州买一千亩……"

"小侯爷，"楚临阳保持着微笑，慢慢地开口道，"一千亩地，你怎么不去抢呢？"

卫韫的脸皮向来够厚，面对楚临阳的埋汰，他依旧不动声色地道："我知道楚大哥在外也放印子钱，我也不是仗着亲戚的身份白借的，该给的利息我会给，你看怎么样？"

七 完了，坑哥了！

楚临阳抿了口茶，公事公办地道："你买一千亩地是打算做什么？"

"安置流民，种粮。"卫韫没有隐瞒，答得果断。楚临阳抬眼看他："从我这里借钱，月十厘，你若是买来种粮，怕是还不起。"

卫韫没说话，他看了楚瑜一眼，在算账这件事上，他的头脑其实是没有那么清楚的。而那一眼瞬间就让楚瑜明白了他的意思，她有些无奈，却还是硬着头皮顶上道："还得起。"

"嗯？"楚临阳抬眼看向楚瑜，颇为意外，"镇国侯府何时这般有钱了？"

"我们有把握的。"楚瑜顶着大哥的目光，话说得有些心虚，"氾水的地价肯定会涨。"听了这话，楚临阳顿了顿，不急不慢地喝了口茶才道："既然是我妹妹想做生意，那当哥哥的自然要支持一下。这钱我借你，待会儿我会让人清点好，晚些时候将银票送到你府上去。"

楚瑜和卫韫都舒了一口气。楚临阳瞧着他们俩跪坐在一起的模样，忍不住笑了。那笑容里满是包容和宠溺，楚瑜瞧见，一时不由得呆了呆。楚临阳静静地看着她，好久后，却是道："以往我走，总不愿意让你瞧见，怕你难过。这一次你也不要瞧，没事就回去了吧。"

楚瑜抿了抿唇。楚临阳远行从来不让家人送别，这是他一贯的规矩。她抬眼看向他，好久后，终于道："好。"

兄妹俩都是不善言辞的人，这声"好"之后，所有人便沉默了下来。最后还是楚临阳开了口，叹息了一声："走吧。"

三人一起回到饭厅，屋里的人都已经用完早膳，正坐在一旁说话。楚瑜和卫韫同众人告别，楚建昌和谢韵本想送他们，楚临阳却突然道："我同阿锦去送就好。"楚锦似乎早已经料到，没有吭声，只乖乖地跟在了他身后。

四人走在长廊上，楚临阳带着卫韫上前说话，楚锦和楚瑜便远远地跟在后面。楚瑜没有出声，楚锦也依旧不说话。走了许久，楚锦却突然开口："对不起。"

楚瑜有些诧异，她转过头去，看见的是楚锦有些麻木的神情。楚瑜从来没在楚锦脸上看到过这样的表情，她记忆里的楚锦永远是充满野心与欲望的存在。而此时此刻的楚锦，却似乎是什么都不想要了，只如一个精致的玩偶一般行走在长廊上，颇为诡异。楚瑜皱了皱眉头："你怎么了？"

"没什么。"楚锦的声音里没有半分情绪，平静地道，"我对不起你很多，今日给你道歉。"

楚瑜没说话，她的目光落在楚锦身上，想问什么，却又觉得这与她并没有多大干系，

165

甚至问多了还怕惹麻烦。于是她压抑着好奇心沉默着，听楚锦慢慢回顾着过往："十二岁那年，你伤了脚，却还是下井去救那只猫。我答应用绳子拉你上来，却晕倒在井边，让你带着伤困在井里一下午。这件事，是我算计的你。对不起。"

楚瑜微微一愣，没想到楚锦会说起这件事。那样遥远的事情，隔着两辈子想起来，她并没有觉得难过，甚至还因少年时的那份天真而忍不住有了笑意。她扬起笑容，满不在意地道："啊，我知道。"

楚锦猛地一震，她顿住脚步，抬头看向楚瑜，神色莫测。

楚瑜有些不好意思，她忍不住有些孩子气地抓了抓头发："就……那只猫嘛。其实是我练武的时候不小心用石头打到了它的腿，所以它掉下井就没能爬上来。你来找我的时候我心虚，也没敢跟你说它的腿是我害的。"

楚锦张了张口，一句话也说不出口。她怎么能告诉楚瑜，那只猫是她放下去的，不是它自己摔下去的？楚瑜没注意到她的神色，还像小时候一样有些傻气地道："我知道你气这件事，所以故意装晕不拉我上来。人晕和没晕时呼吸都是不一样的，我上来的时候就听出来了。"

"那你当初为什么不直接告诉父母呢？"楚锦捏紧了拳头，故作冷静道。

楚瑜回想着过往，心里竟感到有那么几分暖意："本来是想的，结果我被抬到床上的时候，看见你在一旁怕得一直哭，一直在问我会不会死，我就想，算了。……这对我来说本也不是什么大事。"她靠在廊柱上，语调里带着几分无奈，"我要是告诉家里人，按照他们的脾气，父亲除了上军棍就是上竹条，母亲骂起人来既伤人又抓不住重点，哥哥就更算了，他能把你当成我打。你这身子骨，一个也受不起。"

楚瑜说着，思绪忍不住飘远了去。其实年少的自己和楚锦之间，也并不是那么坏的关系。她们是怎么一步一步走到了如今的呢？如果说上辈子楚临阳死之前，楚锦所做的一切是为了她自己的富贵荣华，那楚临阳战死、楚锦嫁给顾楚生之后，那些铺天盖地的事，简直就是恨了。

楚锦看着站在长廊上，眼中满是回忆之色的楚瑜，觉得有什么东西翻涌在她的喉间。而楚瑜亦偏头看向了她。楚瑜比楚锦高出半个头去，加上楚锦本就瘦弱，站在她身边更是柔弱得让人怜惜。此时的楚锦眉眼间还有少年气，并不全是上辈子楚瑜死去前那精致又恶毒的嘴脸。楚瑜静静地看着她，一时之间竟也觉得，其实并没有那么多好恨的。

年少的楚锦也会偷偷养猫，也会哭着问她会不会死。人的成长都是一步一步的，哪有人真的从一开始就坏成这样？来得及，一切都来得及。楚瑜看着面前捏着拳头、红着眼的姑娘，抿了抿唇，终于还是伸出手，将她拥入了怀里。

七 完了，坑哥了！

"阿锦，"她抱着楚锦，像年少时一样，温和地开口，"你该多出去看看。这世间有大好山河，你不该拘于这宅院寸土。你会发现，所谓的财富不过是过眼云烟，所谓男人的一时爱慕不过是晨间露珠，所谓女子的名声、后宅的心机，那都是在消耗你的生命和美丽。你本来是个特别特别好的姑娘。"

听着楚瑜的话，楚锦捏紧拳头，睁大眼睛，眼泪簌簌而落。楚瑜感到肩头被眼泪打湿，更拥紧了她一些，叹息道："我不知道你为什么会变成今天这样。可是阿锦，你该找回你自己，别被这世间的阴暗、恐惧、绝望、痛苦等种种，把自己变得面目全非。可能你不懂我今天在说什么，但这是我作为姐姐，想给你的最好的东西。你把我当家人，我就把你当家人。你若把我当仇人，阿锦，"楚瑜叹息出声，"我也从不是个可以让人欺辱的人。你可明白？"

"我没有……"楚锦咬牙开口，"……想欺辱你。"

"我知道，"楚瑜温和了声音，放开楚锦，看了她许久，又重复道，"我知道。"

楚锦抬眼迎向她的目光，牙齿微微打战："我只是……"

只是什么？她说不出口。过往翻滚上来，从十二岁那年起，对楚临阳喊出的那句"凭什么"，就成了她的执念。楚锦的内心反复挣扎了许久，终于出声："……我只是不甘心。"

说完这句话，楚锦仿佛是将自己一生最狼狈的一刻放在了楚瑜面前。她慢慢地闭上眼睛："我也不知道自己怎么了。我害怕大哥，又希望大哥对我像对你一样好。我感觉不到谁爱我。母亲不爱我，她爱的是父亲，她在乎的是她自己，她只会反反复复跟我说她对我有多好，叫我一定要记得；父亲也不爱我，他从不喜欢我，只会骂我；哥哥……哥哥……"

楚锦说不下去了。楚瑜这般听着，突然觉得十分酸楚。如果上辈子她早些知道楚锦在想什么，或许就不会让她变成后来的模样。

看着抽噎不停的楚锦，楚瑜抬手覆在了她的头上："那我呢？"

楚锦呆呆地抬头看她，只听见楚瑜平静地道："阿锦，如果你不曾害我，其实我也能很爱你。……我们楚家的人不懂得表达感情，可这并不代表不爱。哥哥每年回家，都会认真地从边境给你挑礼物，遇到好看的娃娃，他都会买下来，跟我说是带给阿锦的。父亲这样一个随时准备给我上军棍的糙汉，却能控制住自己，再暴怒都没对你动过手。至于母亲……"楚瑜苦笑，"她偏心都偏得我难过了，她要你记得她对你的好，只是因为你是她的唯一。我和父兄都在边境，除了你，没有谁留在她身边，她不安，她害怕。"

"阿锦，"楚瑜叹了口气，"你看，我们都爱你的呀。"

卫韫和楚临阳站在前方等了一会儿，看着那对姐妹哭哭抱抱。楚临阳看了看天色，卫韫意识到他该是要起程了，便同楚瑜道："嫂嫂，可能回了？"

"我这就来。"楚瑜扬声答道。然而就在她提裙转身时，楚锦却突然叫住了她："阿姐，你可遇到过什么伤害你的事，你看着就怕，却又执着、放不下？"

这个问题让楚瑜久久无法回答。她背对着楚锦，不由自主地挺直了腰背，许久后才道："有。"

比如顾楚生，比如楚锦。他们都是她上辈子的噩梦，她害怕，又执着。她以为自己会永远恨他们，永远缠绕在这噩梦里，拼命逃脱，却又不得超生。

"那你怎么办？"

"面对它。"楚瑜抬头，看着卫韫，果决地道，"它若是缘的纠缠，那就解开；它若是孽的牵扯，那就斩断。"

楚锦没说话，楚瑜知道她已明白。她从容地来到卫韫身边，卫韫和楚临阳都察觉到，她身上似乎带了一股子决绝的气息。楚临阳皱了皱眉，却也没有说话。人都有自己的路，她不开口，他便不干涉。

楚临阳送楚瑜和卫韫上了马车。卫韫看着楚瑜的模样，终于开口问道："嫂嫂怎么了？"

透过马车窗格，仍能看见楚临阳和楚锦的身影。楚瑜慢慢抬起头来，目光有些茫然："我以为我这辈子，和她不会有什么好的结果。"

卫韫没说话，他听不明白她的意思，却也知道她想说说话。楚瑜的神色迷惘："我曾经恨她，恨在骨子里。你说一个人怎么能在恨里，又去看到那份好？"

"其实人这一辈子，不过是在求一个心上的圆满。如果一个人的心是满的，他就能看到这个世界本来的样子。"卫韫慢慢出声，"心不满，拼命想要求什么、执着什么，就会被蒙住眼睛。要么看到纯善，要么看到纯恶，甚至善变成恶，恶变成善。"

楚瑜愣了愣。经卫韫这样一点，她才猛地反应过来。这辈子不一样的不仅是楚锦，还有她楚瑜。她不由得轻轻笑了："其实我很感激你哥哥。"

卫韫转头看了过来，楚瑜则看向车窗外，目光里带了暖意："成婚那天，他见到我，紧张得话都说不出来。后来他将红绸递到我手里，一路特别小心，就怕我摔了碰了。这辈子都没人这么对过我，"楚瑜叹息出声来，"那是我第一次觉得，心里开始满了起来。"

重生回来的时候，她的心里带着无数戾气，只想逃脱。那红绸是她的第一缕温暖。

卫韫没说话。听到楚瑜这话的瞬间，无数心疼骤然而上，他差点脱口而出——我以后对嫂嫂也这样好，然而旋即又觉得不妥，让这话止在了唇齿之间。那是他哥哥能做的事，不是他能做的。他哥哥是她的丈夫,是与他全然不同的存在。有些事,卫珺做得,卫韫做不得。他对她的好,永远要在那一道线之外,止乎于礼。虽然他想将这世上所有的好都给她,以报她对卫府的那份情意,报她于他危难时给予的那份温暖。可有些东西能给,有些东西,须得有资格才能给。

卫韫说不出这是什么感觉,他看着外面的景色,莫名觉得嘴里一阵苦涩。

楚瑜与卫韫在华京中商议着后续之事时,千里之外的昆阳,顾楚生正在县令府衙中批阅公文。白城被攻破之后,昆阳就成为首当其冲的要地,姚勇屯兵于此,与他共守。

"大人,"侍从张灯从外面疾走进来,小声道,"身份文牒我都已经准备好了,您看什么时候走合适?"见顾楚生没说话,他又道,"城外的人和银两也已按您的吩咐准备好,大人不用担心。"

"嗯。"顾楚生迅速翻开手边的折子,确认没有问题后提笔写了一气,又问道,"送给公孙缪的银子,他可收了?"公孙缪是姚勇心腹,对姚勇的态度知道得一清二楚。他给公孙缪送银子,便是要试探姚勇的态度。张灯忙不迭地点头:"收了。"

顾楚生握着笔的手顿了顿,抬头看向张灯:"怎么收的?"

"就……这么收了。"张灯看着顾楚生的神情,竟有种自己似乎是做错了什么的感觉。他犹豫着继续说道,"公孙先生还说,下午就来请您过府……"

张灯的话还没说完,却见顾楚生突然站起身来开始收拾行李。他有些不明白:"大人您这是在做什么?"

"走。"顾楚生果断地开口。张灯有些摸不着头脑:"公孙先生不是答应请您过去商讨了吗,大人为何还要走?"

"你见过受贿就这么直接拿钱的吗?"顾楚生冷冷看了张灯一眼,"若非主上示意,他怎敢这么明目张胆地拿钱?"

听到这话,张灯猛地反应过来,顿时觉得背后冷汗涔涔,忙帮着顾楚生收拾起东西来。顾楚生早在之前就已经把该准备的东西都准备好了,如今只是翻找出来,扛着东西便打算往外走。然而还没走到门口,外面却突然传来一阵匆忙的脚步声,顾楚生旋即将东西交给张灯,冷声道:"你躲着去。"说着,他便假装淡定地坐到了书桌前,继续看公文。

没多久,一个身着绣竹白衣的中年男子便带着人走了进来。这人手执羽扇,面有美髯,神色肃然地站在庭院里面,身后还跟着两排士兵。来人正是姚勇手下第一谋士公孙缪,他走上前来,朝顾楚生行了个礼道:"顾大人。"

"公孙先生。"顾楚生站起身子,笑着上前回礼,"公孙先生今日怎的来此?"

"小事小事。"公孙缪拱手道,"姚将军仰慕大人才华久矣,在下特奉将军之命前来,邀请大人过府一叙。"

"这当真是太好了!"顾楚生佯装激动道,"我本就想见将军许久,大人且在前厅等候在下片刻,在下为将军换上华衣,这就前来。"

"何必呢?"公孙缪抬手拦住顾楚生,"将军欣赏大人,欣赏的是那份才华气度,而非身上华衣。顾大人且就跟我走吧,莫让大人久候了。"

听到这话,顾楚生面上露出疑惑的神情来:"将军可是有什么麻烦之事,为何如此着急?"

公孙缪的面色僵了僵,但那不自然只是一闪而过,很快他便笑着道:"顾大人误会了,只是今日在下小儿在家中等候,在下想早些回家,故而希望做事快当些。"

"如此,"顾楚生点了点头道,"先生真是顾家之人。那顾某也不为难先生,这就走吧!"

"多谢多谢。"公孙缪连忙拱手道谢。顾楚生满不在意地笑了笑,同公孙缪有说有笑地走了出去。

一行人刚出去不久,张灯便从屏风之后探出头来,他提了佩剑,纵身一跃,上了横梁,顺着横梁来到某一处,往上一推便拨开了砖瓦,随后便跳了上去。这个出口是顾楚生提前准备好的,就是为了这一刻。

看着张灯远去的背影,躲在暗处的暗卫纷纷看向了卫秋。卫秋朝着南边的人打了个手势,三个暗卫迅速跟着张灯跑了出去。而卫秋则带着人,跟着顾楚生往姚勇的所在之处赶了过去。

顾楚生同公孙缪一路闲聊,不断诉说着自己对姚勇的敬佩之情。公孙缪含笑听着,心情倒也十分愉悦,只觉这顾楚生当真是个傻的。姚勇弃城,他竟还敢去疏散百姓,这份功劳怎么可能给他?给不了他,又怕他日后回京去同天子提起,那自然只能杀了他。

公孙缪看着面前生机勃勃的年轻人,心中有些惋惜——如此才俊,倒是可惜了。

"这昆阳的护城河乃昆州前任太守修建,环城一圈,外连归燕江。如今虽然是冬季,但这护城河却是水量不减。"顾楚生兴致勃勃地给公孙缪介绍着,"大人可知这是为何?"

公孙缪也觉得奇怪,一般河流冬日都会水量减少甚至枯竭,为何这昆阳的护城河还是如此水流湍急?顾楚生驾马往前走了几步,指着护城河上的一座石狮道:"先生你过来看,便就是这个……"

公孙缪下意识地跟着探过头去,也就是在这一瞬间,顾楚生猛地出手,一把挟持住

七 完了，坑哥了！

公孙缪，手中的袖刀抵在了他的身上，暴喝一声："站住！"

公孙缪瞬间明白了自己的处境，顾楚生不是没察觉姚勇的意思，他不仅察觉了，且察觉得太透！想到这里，冷汗从公孙缪背后生起，他素来知道姚勇的手段，若这番他把顾楚生放跑了，怕是他的一家老小都走不了！

"别管我！"公孙缪大吼出声，"拿下他！"

顾楚生面色剧变，提着他纵身一跃，双双坠入了护城河中。羽箭瞬间紧追而至，顾楚生沉入水下，抬起公孙缪就挡住了头上飞来的羽箭，随后将人一推，顺着水流漂了出去。

岸上的人一时不知所措，全然找不见顾楚生的人影。而卫家暗卫则统统看向卫秋，焦急地道："老大，人不见了，怎么办？"

卫秋抿了抿唇，吩咐下去："卫丙回去飞鸽传书回禀侯爷，其他人跟我走！"

所有人分散开，岸上的人纷纷朝下游追去，顾楚生躲在河岸石狮下的中空处，捂着伤口，微微喘息。

他已经很多年没有被逼到这个程度了。可是没关系……他的眼中带着狂热——他活得下来，他这就回华京去。回到华京，就能见到阿瑜了。

卫韫是两天后收到顾楚生失踪的消息的。卫秋虽然没有救下顾楚生，却寻到了顾楚生的侍从张灯，他手里还拿着顾楚生临走时准备好的包袱。张灯拒不交出手里的包袱，卫秋也不敢对他太过强硬，只能将他带着往华京赶。

但不用卫秋检查，卫韫也差不多猜出来了，张灯拼死保护的包袱里应该就是顾楚生找到的证据。顾楚生既然能提前料到姚勇要对他动手，自然不会坐以待毙，他之所以在昆阳逗留了这么久，恐怕就是为了搜集这些证据。

如今张灯不交出包袱来，卫韫要硬抢也是可以的。可若少了顾楚生，这件事就得卫韫去出头。他如今是皇帝宽赦下来的"罪臣之后"，拿着姚勇的把柄告姚勇，怕是皇帝不会采信。因此无论如何，这件事最好还是让顾楚生来做。而且出于道义，卫韫也不打算让救了白城百姓的顾楚生因此而死。若这世上做出如此义举的人被恶人杀死却无人管无人问，那恐怕就再无人敢当好人了。

卫韫思索着顾楚生的事，吩咐卫夏："请大嫂过来。"

卫夏应了一声，没多久就把楚瑜请了过来。

她本在庭院中练剑，如今一切安定下来，柳雪阳对她的管束并不多，家中杂事也有蒋纯处理得井井有条，她也就重拾了过去的生活。只见她梳着出嫁前的发髻，手里拿着一块帕子，一边擦着汗一边往屋里走来："可是出什么事了？"

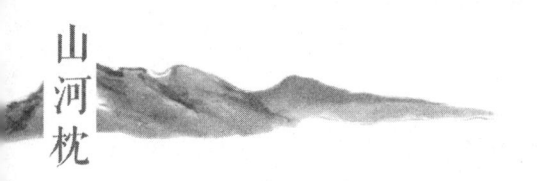

卫韫看着她走进来。梳着少女发髻的楚瑜对他而言，似乎有了一种不同于往常的亲近感。她没有了平日作为卫家大夫人的那股子沉稳气息，反而带了几分少女的活泼模样。事实上，自从前番与楚锦谈过之后，她似乎是放下了什么，没了过去那份隐约让人心疼的酸涩和隐忍，而终于有了几分他曾听说的"楚家大小姐"的骄纵模样。

嫁进卫家之后，楚瑜沉稳了太多，沉稳得让卫韫都忘记了她过往做下的那些"光辉事迹"。她出嫁前卫韫就替哥哥打听过，她是个十分泼辣的姑娘。听闻王家三小姐曾在马场嘲讽她，她就将那小姐一鞭子抽下马，结果自己在家里挨了十军棍，硬是咬着牙没去给人家道歉。这样骄纵不羁的贵女，在京中也是独一份了。那时候卫韫还劝过哥哥，要不要再考虑一下，虽然定了亲，可以卫家如今的门楣，以卫珺世子的身份，退了这凶悍的女人，大家也能理解。

可卫珺却是摸摸下巴，思量了片刻道："倒也无妨吧……楚府都罩得住她，我卫府不能？"

想到卫珺当年的话，卫韫不由得笑了。楚瑜被他笑得莫名其妙，停住擦汗的动作道："你笑什么？"

"我想起了你甩王家三小姐的那一鞭子。"卫韫含笑道，"以前觉得嫂嫂不该是那样的人，如今瞧着，的确有那么几分气势。"

"她嘴碎，我又说不过她，干脆一鞭子抽了吧。"楚瑜满不在乎地摊了摊手，"反正十军棍我扛得住，那一鞭子让她在床上装病装了半个月，也怪辛苦的。"

卫韫抿嘴轻笑，招呼着楚瑜坐下来，给她递了雪梨汤，轻轻地道："你先喝些雪梨汤，二嫂说它下火。你天天在外练武，晚月怕你因汗衣着凉，就一碗一碗的姜汤端给你喝，这样怕是要上火的。"说着，卫韫让人取了一件外套来，转头同她道，"你练剑身子热，但停下来就该把外套加上，这样……"

"先别说这些琐事了。"楚瑜听卫韫念叨得头疼，粗暴地打断了他。她就不明白了，卫韫这样一个在外面几乎不说话的人，怎么在家里就这么婆婆妈妈？她摆了摆手道："你叫我来一定是出什么事了吧？"

卫韫见楚瑜不耐烦了，也不纠结，迅速转入正题："顾楚生失踪了。"

楚瑜惊诧地抬头，只见卫韫慢悠悠地回到自己的座位上："姚勇还是选择杀他，他跳进河里跑了，卫秋跟丢了人。如今他肯定是要隐姓埋名往华京来的。"

楚瑜皱眉听着，听到最后一句，她有些明白过味来："他来华京，是来投奔你，还是来告御状？"

"这两者有什么不同吗？"卫韫低头喝了口热茶，"他来告御状，便是来投奔我。"

七　完了，坑哥了！

"你要扳倒姚勇，要用顾楚生作为敲门砖？"楚瑜思索着。想到那个人，她的心里总有那么几分异样。然而，也只是止于那么几分异样而已。她放下了，就不会挂念。无论是好的挂念还是坏的挂念，都止于此了。

卫韫没察觉楚瑜的心情波动，点头道："既然他给我送了这敲门砖，我自然不会辜负他。"

"那他如今失踪了，你待如何？"顾楚生失踪，楚瑜是一点都不担心的。这个人从来都是条泥鳅，若是姚勇就能把他弄死，他也混不到后来的地位。可转念一想，又觉得自己对顾楚生的能力或许是太过信任了。上辈子顾楚生的确老谋深算，可如今他不过十七岁，当年十七岁的顾楚生也是好几次险些没命，都是她出去保住的，为此她培养的一支暗卫队几乎全数赔了进去。后来每每想到这支暗卫队，楚瑜便心疼不已。

卫韫听了楚瑜的话，摸着茶杯斟酌道："自然是要让人继续去找的。只是如今怎么找，却是个问题。"

"如何说？"楚瑜喝着雪梨汤，心情还算愉悦。卫韫有些无奈："顾楚生不认识我的人，怕是不会信他们。"听到这话，楚瑜微微一愣。

是了，卫家乃武将世家，常年居于边关，卫韫认识的人亦多为武将世家出身。而顾楚生自己虽然有点三脚猫功夫，却是实实在在的文官家族出身，祖上数过去数代没有一个是武将。因此卫家与顾楚生没有交集，也算正常。而以顾楚生的能耐，他化了装后，不熟悉他的人根本连他人都认不出来，又谈何找他？

楚瑜听明白了卫韫的意思："你是问我有没有熟悉他的人？"

卫韫颇有些尴尬。他大致知道顾楚生和楚瑜有过一段前尘往事，虽然他也再三向楚瑜确认过并没有太大的关系，可是让她的人去找顾楚生，卫韫终究还是有几分尴尬。

他讪讪地点头，随后道："没有也没关系，我去问问其他人好了。"

楚瑜没说话。她手里自然是有人认识顾楚生的，晚月、长月都认识他。可如今顾楚生失踪，那明显是他跑了，他不想见人，要找他就难。她自问还算了解顾楚生，若她亲自去找，对他的想法或许还能揣摩一二；而若换作其他人去，几乎不可能完成。

顾楚生若是找不回来，也还好。但若他被姚勇的人先找到，那卫韫的计划怕是又要重新部署了。而且顾楚生乃后来战场后方财政、民生的支柱，他若死在了这里，日后又有谁来替代他？他这人虽然黑心烂肝，但要找一个能替代他的有才之人，着实也不容易。

楚瑜思虑着，卫韫便有些不安了，赶忙道："我想宋世澜应该是认识他的，我这就修书过去……"

"我去吧。"楚瑜突然开口。卫韫猛地抬头，片刻后他才反应过来："不行。他如今

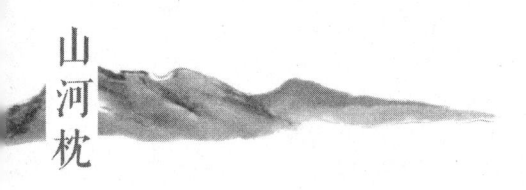

被姚勇追杀，此行凶险，你过去……"

"小七，"楚瑜平静地看着他，那目光恢复了她之前的从容冷静，甚至带了一种无形的压迫感，"别把我养成金丝雀。"

卫韫听着她的话，慢慢回过了神来。楚瑜和蒋纯、柳雪阳是不一样的。她长于边境，除却是个女子外，她所有的成长环境，与他并没有任何不同。对于她而言，所谓的保护，或许又是另一种折辱。她说她可以，你就得信她行。

卫韫一瞬间说不出话来。他对别人杀伐果断，却偏就是对这个女子，她说一，他说不出二。见他沉默着不说话，楚瑜便给他分析："顾楚生此人难寻，这一次咱们拼的是谁能先找到他，所以，我们越快找到他越好。我与他自幼相识，对他之手段十分熟悉，我去找，必然更快一些。"

卫韫抿紧了唇，还是不语。他本打算答应了，然而想到楚瑜方才说她与顾楚生自幼相识，他心里也不知道怎么的，骤然就有些烦躁起来。

楚瑜见他的脸色不太好看，继续劝道："而且他这个人生性多疑，哪怕我派长月、晚月过去，他也不一定会配合。而若是我过去，他应该是放心的，我们也能更快回到华京。"上辈子顾楚生虽然对她算不上好，却从没怀疑过她，几次关键时刻，他都是将最贵重的东西交托于她。

卫韫越听脸色越不好，楚瑜也不知卫韫到底是在担忧什么，只能继续道："而且……"

"行了，我知道了。"卫韫终于听不下去，板着脸道，"我知道嫂嫂与他乃故交，怕嫂嫂也是担心他的安危。去就去吧，不是什么大事。"

楚瑜瞧着卫韫双手捏成拳头，目光冷冷直视前方的模样，感觉哪里不太对。她猜想卫韫是气恼她不听劝，又或是担忧她的安危，她心里暖洋洋的，觉得自己仿佛是多了个弟弟一般。于是她笑着道："别担心，我可厉害着呢。"

卫韫依旧板着脸，声音却柔和了不少："我把天字卫都给你，你带着过去。顾楚生……能救则救了，不能救也没什么。……他可以死，"卫韫认真地看着楚瑜，眼里全是郑重，"你半根汗毛都少不得！可明白？"

"行行行，我知道。"楚瑜知道卫韫向来护短，没想到他能护短成这样。她不打算和卫韫婆妈，站起身来大步往外走去，"我不和你说，我走了。"

卫韫看着她的背影，忍不住道："凡事小心，别冒冒失失的，有事……"

"知道了——"楚瑜背对着他摆了摆手，拖长了声音道，"卫大姑娘，我知道了——"

七　完了，坑哥了！

"你……"卫韫一口气堵在胸口，看着那女子一手负在身后，一手向他摆手作别，全然一副没心没肺的模样，竟是一时间什么话都说不出来。憋了半天，他终于叹了口气，有些无奈地道："嫂嫂到底什么时候才能长点心？"

卫夏站在他身后翻了个白眼："怕是您心眼儿太多。"

卫韫："……"

而楚瑜走在长廊上，看着庭院里飘起的雪花，内心全是安宁平和。她仰起头来，忍不住勾起了嘴角。

她对楚锦说：如果是缘的纠缠，就解开，是孽的牵扯，就斩断。这话又何尝不是对自己说的？她从未想过原谅顾楚生，可是能放下，未必不是救赎。

"行吧，"楚瑜望着远方，呢喃道，"我再救你一次。你可千万要像上辈子一样，好好对我们小七啊。"

八　如今我来了，你随我走吧

决定了要去找顾楚生，楚瑜便立刻点了人，准备好银票、干粮、武器、药材，又带上了一个随行大夫以及卫韫拨给她的暗卫，连夜出了府。

她日夜兼程，先赶去昆阳与卫秋会和。顾楚生向来认为最危险的地方就是最安全的地方，因此应该不会立刻离开，他会先在昆阳逗留一段时间，待姚勇放松警惕后再上路。

楚瑜带着人化装到达昆阳后，卫秋便领着楚瑜来到顾楚生失踪的地方。如今水势比起前几天已缓了许多，卫秋指了指顾楚生落水的位置道："他就是从这里跳下去的，一下去人就不见了。"

楚瑜没说话。这条护城河她很熟悉，毕竟当年她和顾楚生在昆阳也熬了许多年，她知道镇守在护城河边上的那头石狮其实下部是空心的，河水流过时，淹没了下方，却能留下大概半个人的空间。而石狮上方的张口处有气流通过，所以那里是一个绝佳的藏人之处。人如果在河中挣扎着往什么地方去，至少也要浮上水面来呼吸，不可能就这么不见了，唯一的可能就是，当时顾楚生没有走远，他就在这石狮里藏着。

进入石狮内腹的路线有些曲折，楚瑜一时半会儿也说不清楚，且也担心别人对环境的观察不够细微，可能会漏掉顾楚生留下的记号。于是她让人给她在腰上系了绳子，亲自攀爬下去。落入河中后，她憋了口气，游到了石狮下方中空的位置，然后探出头来。

此时正是白日，阳光从石狮口中落进来，楚瑜便看清了石壁上斑驳的血迹。这血迹看上去并不陈旧，楚瑜打量着血迹的颜色和量，大概可以确定顾楚生并没有中毒或重伤。然而她正打算离开时，骤然看见了一个符号。那符号是用什么尖锐的东西刻到石壁上去的，笔画极细，可楚瑜仍能辨认出它所代表的意思——东。

楚瑜反应过来，这其实是年幼时她和顾楚生一起玩耍时合创的一种暗语，后来遭遇紧急之时她也多用这个方法和顾楚生联络。可此时此刻，为什么顾楚生会在这里留下这个痕迹？是他和他的人现在正用的是这套符号作为暗语，还是说……他知道她要来？！

八 如今我来了，你随我走吧

楚瑜愣了愣，一时之间居然感到有点荒谬——顾楚生居然算着了她会回来找他？！是了，十五岁的楚瑜对他一片痴心，他又不是个傻的，她的情意他心里一清二楚。如今他落难，又已经向卫府投诚，自然猜想她会来。楚瑜忍不住觉得有些好笑，心想这人也未免太看高了自己，她都已经嫁人了，他还以为自己这般魅力无边？

楚瑜一头扎进水里，游回岸上："往上游去寻。"

顾楚生受了伤，其实往下游走会更加省力，也不知道他是哪里来的体力往上游去的。可是这样的选择的确更加安全。楚瑜并不奇怪顾楚生的选择，他一贯是个破釜沉舟的人，把自己逼到绝境里去的事，他做过也不是一次两次了。

楚瑜带着人往上游一路搜寻过去，很快就听到有人叫喊出声来："这里有树枝被压断了！"

楚瑜忙跑到河边，拂开树枝察看了片刻，又捻了一把泥土细细嗅了一下，随后起身道："走。"那泥土里带着鲜血浸染后的味道，应该是顾楚生从这里经过时留下的。只是他这个人一贯小心，此时却连清除痕迹这件事都做不到，可见他的情况的确不容乐观。

顾楚生留了"东"的记号给她，她就向东边一直寻找过去。又走了没多久，就听到有人道："夫人，这里有碎布。"

楚瑜只看了一眼那染血的碎布，长月已经大步掠了出去。片刻后，长月的声音传来："夫人，这里有断枝，应该是从这里去了。"

楚瑜没说话。顾楚生可能会出现偶然的失误，但是留下碎布和断枝这样明显指引路线的痕迹？不可能，这不是他会做的事情。她思考了片刻，看向东边，平静地道："往东继续搜查。"

所有人都有些诧异，东边的确看不出任何有人经过的痕迹，可没有人敢多说什么。搜寻到夜里，所有人都累了，长月发现了一个山洞，同楚瑜道："夫人，我们先进山洞里歇息一晚吧？"

楚瑜应了一声，便由卫秋点了火把，带着大家往山洞里走去。暗卫开路，晚月、长月和其余人跟在后面护卫，楚瑜提着剑走在中间。奔波了一天，她也有些疲惫，脚步有些不稳。

然而一行人刚步入山洞，一瞬间卫秋手中的火把骤然熄灭，楚瑜尚未来得及反应，就被一人拉入怀中。她感到有利器抵在了她脖间，一片黑暗之中，只听见顾楚生沙哑的声音就在耳边："不许动。"

他身上带着泥土和血的味道，气息急短，明显很是虚弱。他触碰在她身上的手滚烫灼热，和刀尖的冰寒两相对比，格外明显。楚瑜没说话，卫秋重新点起了火把，却看见楚

177

瑜被顾楚生劫持在身前。顾楚生手握利刃,冷着声道:"谁都别动,不然我可保证不了这位夫人……"话没说完,顾楚生的目光落到了长月愤怒的脸上,他的声音猛地顿住。片刻后,他便意识到了来人是谁——正是他朝思暮想,费尽心机想要回华京去见一面的楚瑜!

他的心跳得飞快,一时竟不知该说些什么,直到楚瑜冰冷的声音响起:"把刀拿开。"

听到这话,顾楚生忙将袖刀藏进了袖中。楚瑜立刻从他身边退出来,卫秋忙上前去挡在两人之间,冷着声道:"你想做什么?"

然而,此刻顾楚生的目光落在楚瑜身上,根本挪不开半分。十五岁的楚瑜并没有上辈子去世前的那份死气,此时此刻她还生机勃勃,还鲜活动人,甚至他似乎觉得,原来十五岁的楚瑜,还带着一份他从没注意到的沉稳从容。

为什么当年没看到呢?顾楚生审视着面前的楚瑜,回顾着年少时的自己。他花了十二年和楚瑜纠缠,又在楚瑜死后的二十年里一遍遍回忆她活着的时光,然后在这份回忆里,一点点沉沦、追逐,直到无可自拔。

少年太过骄傲,那时候明明喜欢着这个人,却又在每次被她救起后感到深深的无力和尴尬。她不是会温婉说话的人,心思直得根本意识不到自己说了什么。若是常人也就罢了,偏生遭遇过家变的他,是那样敏感的性子。于是她的每一句无心之言,都会成为他心里的屈辱和嘲讽。

他们被追杀时,她扛着他跑,同他笑着说,顾楚生你这身体太弱了,大姑娘似的,以后还是得靠着我吃饭。如今想来,这样的话明明如此可爱,当年他却只觉得屈辱和愤怒。于是他回去提了剑,雷打不动地每天下午在庭院中练剑,一直到她再赢不了他。

他们错过了太多年,直到她死。他习惯性地假作淡定,却在日复一日的空寂里慢慢回想起过往。直到他在卫韫的剑下濒死,恍惚中想着"如果阿瑜在,必然不会舍得看我这样",才猛地意识到,如果当年真的没有半分喜欢,又怎么会为了一句玩笑话,在庭院中苦练多年?

此刻楚瑜正抬手摸着自己脖颈上的刀痕,一边同长月说话。顾楚生看着她,忍不住红了眼,颤抖了唇。

卫秋见顾楚生一直不说话,只盯着楚瑜看,甚至已经要哭出来,心里不由得生起一种莫名的慌张。他上前一步,挡住顾楚生的视线,厉喝道:"你在看什么!我卫府大夫人是你能看的吗?!"

华京贵族府邸,能被称为"大夫人"的只有一个,那就是掌管这个家中后院的女子。如今柳雪阳退后不再管事,卫韫虽然已是镇北侯,但仍未娶妻,于是卫府大夫人的名头就落在了这个原世子夫人身上。

听到这个称呼,顾楚生才骤然回神,见楚瑜看了过来,他忙垂下头,收敛了心神,怕被人看出自己的这份心思,退了一步道:"抱歉,骤遇故人,难免失态。"

他将眼中那份热气逼了回去,闭上眼睛平复了心情后,才再次抬起头来,朝着众人缓缓一笑,拱手道:"在下顾楚生,见过卫大夫人。"

楚瑜没说话,她打量着面前的顾楚生,总觉得他有那么几分怪异。他过往从来不大爱对她笑。顾楚生这个人,在外长袖善舞,谁都说他脾气好,却唯独对她,从未给过好脸色,不是冷嘲热讽就是冷漠无言。

可此时此刻,他静静瞧着她,眼里尚带着没有退完的水汽,唇边带着近乎完美的微笑。然而那笑意却并不让人觉得虚伪,反而让楚瑜觉得,他似乎……他似乎,是在努力让自己用一个最好的姿态,面对她。

一想到这一点,楚瑜便觉得荒谬。她收敛了自己那些天马行空的想法,从卫秋身后走出来,朝着顾楚生行了个礼,恭敬地道:"见过顾大人。妾身奉镇国侯之命前来,护送顾大人进京。不知顾大人此刻情况如何,可否立刻起程?"

楚瑜这冰冷的态度让顾楚生愣了愣,但他立刻又明白了过来。楚瑜是一个极有责任感的人,她既然嫁卫珺,哪怕卫珺死了,只要她还是卫家大夫人一日,便会保着卫家的名声,绝不会做出有损卫珺声誉的事,更不会做对不起卫珺的事。当年她当了顾夫人,也是这样苛求自己的,家里吵得天翻地覆,她也没在外面让他有过半分难堪。他是她曾经相约私奔的人,她如今见他,自然应有所距离。

顾楚生心里酸涩,却也配合楚瑜,没有多说什么,只是道:"好。"说着,他抬头看着她,又温和地道,"你说什么都好。"

听到这话,在场众人内心都生出一种怪异感。然而楚瑜假装什么都没听到,只抬手道:"大人请。"顾楚生点了点头,撑着自己走了出去。

他身上明显带了伤,血染透了衣服,可他却一声不吭,楚瑜让他走,他就走。长月和晚月知道两人的过往,虽然有些奇怪,但到底是能猜出来几分,没有多话。卫家的暗卫却是有些憋不住了,一群人跟在楚瑜身后,其中一个忍不住上前同卫秋道:"那贼子看大夫人的眼神不对啊。"

"你当我瞎吗?"卫秋淡淡瞟过去,就顾楚生那眼神,已经不能用狂热来形容了。卫秋抱着剑,冷着声音,"不过他现在也没做什么,先看着吧。等到了华京,有小侯爷收拾他。"

"要是没到华京他就想做什么呢?"

卫秋没说话，片刻后，他慢慢地道："那就看大夫人的意思了。"

侍卫们在后面嘀嘀咕咕的时候，顾楚生正跟在楚瑜身后，往外面走去。楚瑜走得快，一点都没照顾他，甚至还因他这么跟着而生出几许烦躁来。她不想和顾楚生牵扯那么多，牵扯一辈子已经够了，还要再牵扯一辈子？想都别想！

想到这里，楚瑜忍不住加快了脚步，顾楚生却仍不紧不慢地跟着。他的伤口因动作太大而挣出血来，他也不觉得疼。看着活生生的楚瑜走在他面前，他就觉得有那么一丝甜蜜涌了上来。

楚瑜走到马边，回头时才发现顾楚生的伤口已经再次出了血。她心里琢磨着，要是半路上顾楚生死了，她这趟可就白来了。于是她皱了皱眉头，询问道："你当真撑得住？"

听到楚瑜问起，顾楚生微微一愣，随后便感到有巨大的狂喜涌了上来。她再如何遮掩，终究是喜欢他的！他抿了抿唇，低头想藏住笑，楚瑜被他这个举动吓得头皮发麻，总觉得面前这个人似乎是脑子有坑，不能以正常人论。

"可以的。"顾楚生小声道，"你别担心，你在我身边，我就没事。"

听到这话，楚瑜突然有一股想破口大骂的冲动。她在军营里也是学了很多骂人话的，只是后来当了顾夫人，被他纠正多年，这才改了过来。如今再次见到他，他居然能在这么短短一刻让她重温了曾经的技能，也算有本事了。

她板着脸扭过头，翻身上马，道："行，我看你状态还挺好，上马吧。"

顾楚生轻轻一笑，歪头道："好。"

说着，他便尝试着翻上马去。可他体力不支，几次都翻不上去，旁边的人都在马上等候着了，就他还在那里艰难地爬着。可他也没向别人求助，就这么跟自己较劲。楚瑜不明白顾楚生怎么成了现在这个样子，她心里有些杂乱，冷着声音道："卫秋，你帮他一把。"

卫秋愣了愣，随后露出一副嫌弃脸来，抬手扶了顾楚生一把。顾楚生刚坐稳，楚瑜就拍马冲了出去。顾楚生连忙追上，在马背上被颠簸得唇齿之间全是血气。晚月看了他一眼，不由得颇为担心，她向来心细，上前去追到楚瑜身边，小声道："顾公子看上去不太行，这样颠簸下去恐怕不好。夫人你有什么气，也先把小侯爷的事办完了再发。"

听到这话，楚瑜微微一愣。是了，她有什么好烦好置气的呢？如今十七岁的顾楚生，没有半分对不起她。她固执地要追着他去，他奋力拒绝，除此之外，在十七岁之前，他们只是偶尔一起玩耍，其实并没有太多的交集。就算有，也不过就是她十二岁时，顾楚生救了她。

自那之后，逢年过节，顾楚生来楚家拜访，都会给楚锦一份礼物，也给她一份。然后他和楚锦在一起玩耍,她来作陪。他们的最后一场交集,是他落魄之后,她单方面给他赠送东西,给他写情书,约着他私奔。

十七岁这年,顾楚生不过是一个不喜欢她的人。再多的怨恨,也不该报复在什么都没做的人身上。为了泄愤去报复一个无辜的人,哪怕这愤怒是因为这个人未来的作为,仍然是一种恶。而一个人可以不为善,却不能作恶。

楚瑜慢慢平复着心情,她看了一眼紧跟在后面的顾楚生,放慢了马,淡道:"慢一点吧,不着急。"

大家听得楚瑜的命令,便放缓了速度。楚瑜扔了一瓶药给顾楚生,平静地道:"先吃了这个补充体力,前面很快就有客栈,我让人你给看诊。"

听到她的话,顾楚生弯了眉眼,温和地道:"嗯。"

楚瑜不再看他,驾马走到了前方去。顾楚生握着那瓶子,打开瓶盖,小心翼翼地吃了一颗,随后将那瓶子珍重地放在了胸口。

一行人大概行了半个时辰,便寻到一家客栈。顾楚生身上带着伤,容易引起注意,楚瑜便让人给他披了外袍,随后让卫秋扶住他,伪装成一个病弱公子带着妹妹出行的模样,住进了客栈之中。

顾楚生咳嗽着上了客房,饭店里其他人还在聊天。

"姚勇在整个州府缉拿那个顾楚生,赏金两万两黄金,要是我能拿到,几辈子都不愁了呢!"

楚瑜瞟了那两人一眼,一言不发。顾楚生化了装,神色坦坦荡荡,就这么从那两人面前走过去,都没有人认出他来。然而刚进入客栈房间,顾楚生便倒了下去,卫秋连忙叫了大夫过来。

一群人忙了一夜,顾楚生总算平稳下来。大夫擦了一把冷汗,有些感慨地道:"这可真是个狠人啊。普通人像他这样的伤势,早就倒下了。"

楚瑜没说话,她看着顾楚生睡梦中紧皱起来的眉头,心里也不由得有了几分敬意。"行了。"她看了看外面的天色,同旁边人道,"卫秋来安排一下,该休息的休息,明天还要赶路,都别耗着了。"

"是。"卫秋领了命令,楚瑜便带着晚月和长月走了出去。临出门前,她听见了顾楚生一声嘶哑的低喃:"阿瑜……"

她愣了愣,随后伸手掏了掏耳朵。她想自己大概是出现了幻听。旁边的长月有些疑惑地道:"夫人你在做什么?"

"赶紧给我颗糖丸,"楚瑜连忙伸手,一脸惊恐地道,"我得给自己压压惊。"

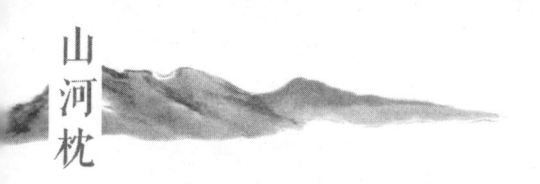

长月和晚月还道楚瑜是在开玩笑，出嫁前她也向来是这样跳脱的性子。但此刻楚瑜却是发自内心地觉得，她是真想要压压惊。顾楚生叫了她的乳名？不可能，绝对不可能。要问上辈子顾楚生最讨厌的人是谁，楚瑜想那人一定是自己。毕竟他这个人对谁都能彬彬有礼，唯独对她从来都是恶言相向；他对谁都能以理智来衡量得失，唯独对她是厌恶已经超出了理智。

可是转念一想，楚瑜又有些不确定了。其实上辈子她在千里夜奔去找顾楚生之前，对顾楚生并不算十分了解。那时候的顾楚生，在她心里就是一个完美大哥哥的形象。而那时候的顾楚生对自己是什么感情呢？她不知道。楚瑜骤然生出了一个很自恋的念头——难道顾楚生在最开始是喜欢自己的？只是因为后来的某些事，有可能正是她追着他而去的行为，反而让他转变了态度？总不能现在这个顾楚生也是重生回来的吧？！

想到这里，楚瑜立刻否定了。她和顾楚生纠缠的十二年，感情是一步一步恶化的，最后变成了相看两生厌。两人刚成婚的时候，情况还没那么恶劣，偶尔他还是会对她好一下的，尤其是在他不太清醒的时候。比如那时候他们住的县令府衙十分简陋，夜里漏风，有时候睡熟了，风吹进来，他会在迷迷糊糊中抱紧她，然后问她一声："冷不冷？"

可后来呢？后来，她看不惯他的阴险诡诈，他看不惯她的莽撞冒失。等回到华京，楚锦再次出现，他要迎楚锦入府，两人更是吵得不可开交。她嫉妒得面目全非，他失态得面目可憎。这段感情——或者说她单方面的感情，走到第十二年，唯剩满目疮痍。

所以，如果此时的顾楚生是重生而来，那他此时此刻见到她，恐怕心里不知道有多恶心，必然是有多远跑多远，绝对不会慢上一步的。

回顾着上辈子，楚瑜内心那些可笑的念头慢慢消失了。她不太想知道顾楚生为什么叫她的乳名，反正这辈子，这个人与自己，也无甚关系。她回头看了一眼床上的顾楚生，吩咐卫秋道："好好照顾着，我先去休息了。"

连日奔波，楚瑜也有些累了。如今的身体虽然比当年她病时好很多，却也是不能太过折腾。她已想明白，这辈子要好好保命、好好惜命，再不能为无谓的人做傻事。

这一觉楚瑜睡得很好，第二日长月、晚月伺候着她梳洗完毕，顾楚生还在昏迷中，她就带着二人去逛了会儿街，寻到一家烤鸭店，吃完之后还打了包带回来给卫秋他们。

回来的时候听闻顾楚生总算醒了，楚瑜走进房里去瞧他。他正在喝粥，七八个卫家侍卫守在他身边吃饭，楚瑜带着烤鸭一迈进门来，顿时满室生香。顾楚生抬起头来瞧她，眼里瞬间带了光。楚瑜假装看不见他的神色，将烤鸭递给一名侍卫后，才来到他身前。

顾楚生的目光落在那烤鸭上没有移开，楚瑜以为他是馋了，便道："你现在先喝粥吧，不适合吃那些。"

顾楚生的心里微微颤动。他已经很久没接受过楚瑜的关心了。她死后二十年，无数人向他表达过关心，却再没有一个人让他觉得，那份关心是真切的、发自内心的。哪怕是楚锦，对他嘘寒问暖二十年，也未曾让他有过半分心安。

他捧着粥，无数辛酸苦楚涌上来。他想拉着她说这二十年，想告诉她没有她的二十年，他活得有多难。可是那些言语止于齿间，只有热泪涌了上来，在楚瑜说出那句"先喝粥吧"的瞬间，骤然落下。

楚瑜被顾楚生哭得吓了一跳。她上辈子没见过顾楚生哭，哪怕是在他父亲被处死、自己落难那些年。他最难过的时候，也只是沙哑着声音同她说一句："你过来。"然后他就会抱住她，把头埋在她的怀里，颤抖着身子，咬紧牙关，一言不发。

年少的顾楚生有多骄傲她知道，所以看到顾楚生哭了出来，她吓得小心翼翼开口："这……可是发生了什么大事？"就她所知，顾楚生一辈子最痛苦的就是他爹被处死的时候，那时候他都没哭，怎么现在就哭了？难道还有比死爹更难过的事情不成？还是说，这辈子她没在他身边，他性情大变了？

顾楚生一手仍端着粥，一手擦了擦眼泪，随后抬起头来，含笑道："没什么，只是许久没有人对我这样好，一时伤感罢了。"

这个理由……楚瑜姑且相信了。她也再找不出什么其他理由。看着面前的少年红着眼、捧着粥，楚瑜一时有些感慨，叹了口气道："你好好休养，别想太多，对养伤不利。我们还要赶紧起程……"

"那我们就起程吧。"顾楚生果断地道，"我还撑得住。"

"不用不用！"楚瑜被顾楚生这拼命三郎的架势吓到了。昨晚大夫才同她说过，这人对自己太狠，再多狠一点就能把命给作没了。她是来带人回去告御状的，不是来给他收尸的。"你别乱动了，好好休息。现在也没急到这个程度，你回去后还有一场硬仗要打，给自己留点余地。"

听了这话，顾楚生思索片刻，终于点了点头。他低头喝粥，楚瑜便坐在一旁和侍卫们聊天吃烤鸭。

顾楚生在一旁静静看着。以前他最恨的就是楚瑜这不羁的性子，从来没有多少男女之防，在军营里当着将士中的侃爷，回了家除了面子上过得去，私下也全无大夫人的样

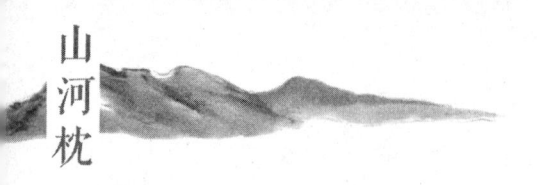

子。这样的性子放在武将世家没什么，可放到书香门第出身的顾楚生眼里，那就是大大的罪过。

然而二十年过去，他见过太多龌龊肮脏，此刻瞧着楚瑜嗑着瓜子的样子，竟也只觉得可爱了。

只是楚瑜聊了半天，等他粥都喝完了，也没同他说一句话，他心里不由得有些难受。他虽然理解她如今是卫家大夫人，和卫家侍卫聊天没什么，和一个外人太过热络反而不好，却仍旧扛不住自己内心的那份心酸苦楚。

为什么不重生得早一点……顾楚生闭上眼睛，有些怨恨自己。若他重生在他还是顾家大公子、楚瑜还没嫁人时，那他无论如何，也要去抢了这门婚事才是。他深吸了一口气，慢慢开口道："大夫人。"

楚瑜听顾楚生这么唤她，心里十分慊意，转过头去看他："顾大人何事？"

"有些事想与大夫人商议，大夫人可否屏退周边？"

楚瑜没想到顾楚生会说这话，她瞧了一眼卫秋，却见卫秋面色平静，完全是无妨的模样。她犹豫了片刻，知晓顾楚生此人从来不会随便行事，必然是有什么重要的话要说，于是还是抬手道："那烦请顾大人放帘吧。"

让顾楚生把床帘放下来，两人隔着床帘相见，这也算是楚瑜的态度了。顾楚生没想到楚瑜会做这样的要求，愣了片刻，心里的苦涩更甚。上辈子他与她夫妻十二年，从来没有隔着帘子见过。然而此刻他面上只能保持平静，只抬了抬手道："请下帘。"

晚月、长月上前去，替顾楚生放下床帘，楚瑜朝卫秋点了点头，卫秋便带着众人走了出去。听见房门关上，楚瑜坐在桌边，平静地道："顾大人有事，现在可以说了。"

"这一次是卫韫派你来的吧？"

顾楚生看着帘外楚瑜模糊的身影，心里酸涩无比。如今房里没有人了，楚瑜却还是这样的态度，摆明是要同他划清界限。可是不应该的啊……顾楚生想不明白，她这般喜欢他，愿意为他抛弃所有而私奔，怎么就……这样了呢？

顾楚生克制着自己的情绪，听见外面的楚瑜说道："正是小侯爷派妾身前来救顾大人的。如今张灯已为我卫府所救，顾大人的所作所为，我卫府亦已悉知。如今顾大人被姚勇追杀，小侯爷担心顾大人安危，便派妾身过来救顾大人回京，之后将姚勇之事呈禀圣上，为顾大人主持一个公道。"

顾楚生没说话。他听着楚瑜一口一个"我卫府"，内心仿佛被刀割一般。卫府和她什么关系？卫珺明明都没了，他们甚至没有圆房，她可能见都没见过那个男人，就要把一辈子送给那个男人了？！

八　如今我来了，你随我走吧

　　他心中无数情绪翻涌，让一贯的理智几乎都要毁了去。可他却仍控制着自己，看着床帘上绣着的梅花，平静地道："下一步，小侯爷是打算让我去告御状，他再联合其他人保我？不知我和陛下僵持的时候，小侯爷还有什么打算？"

　　楚瑜听着顾楚生的分析，知顾楚生向来足智多谋，她也一贯信服，便问道："顾大人说的打算，是指什么？"

　　"我这份状纸，也不过是在陛下心中埋下一颗种子。不知道小侯爷可有其他准备，能给这颗种子浇水施肥，让它生根发芽？"

　　"这个，自然是有的。"楚瑜心知若让顾楚生知道自己要单枪匹马去扛姚勇，他绝对不会干，于是只能先安抚他，"顾大人只要做好自己的事就好，其他事情，小侯爷自会安排。"

　　"卫大夫人可知，顾某此番是搭着性命的风险在做此事？"顾楚生看着床帘上的梅花摇摇晃晃，觉得自己就快压抑不住了。人就在外面，他掀开帘子就能看到，他再往前一步就能拥抱。然而，此时此刻他什么都做不了，甚至还要叫她一声：卫大夫人。

　　楚瑜听着顾楚生的话，不免笑了。她就知道顾楚生做这些事必有所图，于是她抿了口茶，含笑道："顾大人放心，事成之后，卫家绝不会亏待大人。顾大人想要什么，大可说来。"她想，此时此刻的顾楚生，要的不过是官场上的那些好处，这点东西，哪怕顾楚生不说，她也会说动卫韫给。毕竟，以顾楚生的能耐，当个县令也着实可惜了。

　　可床帘里面的人却是许久没说话。楚瑜有些疑惑，不禁开口询问道："顾大人？"

　　"阿瑜，"里面的声音终于再次响了起来，夹杂着一丝嘶哑，"如果我想要你呢？"

　　这句话出来，楚瑜整个人都蒙了。

　　顾楚生闭上了眼睛。不该在此刻说出口的，可是他受不了，他按捺不住了。他见不得她这样云淡风轻、抽身事外，也见不得自己这样苦苦隐藏、狼狈不堪。以前多少人骂过他顾楚生狼子野心，骂得的确不错。他从来都是一匹孤狼，他看中什么，就一定会咬死了，绝不放口。

　　"你成婚前，曾给我一封信，邀我同你私奔。"顾楚生慢慢睁开眼睛，撩起帘子，露出了他精致如玉的面容。少年眼里带着血性，带着狂热的执着，他盯着楚瑜，认真地开口道："我答应了。如今我来了，你随我走吧。"

　　楚瑜没说话，她在压抑着自己的情绪。有那么一瞬间，她害怕自己一个冲动，会跳起来捅面前这个人一刀。

　　他让她跟他走？这是什么意思呢？在楚瑜看来，这句话，代表着他轻飘飘地，否定了她六年的努力，还有六年的苦楚——足足十二年，都被这句话否定得干干净净。上一世她

185

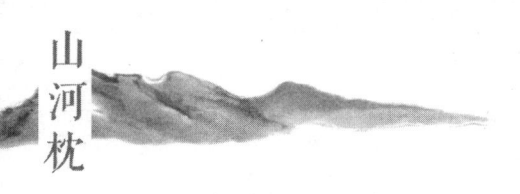

与他爱恨纠缠十二年，恨不得将心肝全给了这个人，为的就是这一句话。可是他没给她。反而是在她重生回来，什么都没给过他的时候，他将这句话给了她。

是她错了吗？上天让她重生回来，就是要按着她的头一巴掌抽过来，告诉她，她错了？不是顾楚生年少时不爱她，是她锉磨了顾楚生的爱？

可，她到底又做错了什么呢？她为了保护他费尽心思，伤痕累累。她在时光岁月里磨平了棱角，变成了当年的顾大夫人。她本来是可以一马鞭把嘴碎的女人抽下马回头去熬十军棍的人，却在他身边学会了虚伪，学会了沉稳含笑，像一个后宅妇人一样和别人唇枪舌剑。她本来是一个会在战后围着篝火和将士们拍着酒坛子痛饮高歌的人，却在嫁给他后，像猛虎被拔了爪牙，成了一只乖顺的猫。

他总说她不好，看不惯她的做派。但如果他真的曾去看过，又怎会看不见，顾大夫人和楚瑜，根本就是两个人？是她为爱情失去了自己，也难怪别人看不起她。

看着楚瑜沉默，顾楚生有些不安，忐忑地出声："阿瑜……"

"不要这样叫我。"楚瑜抬头，骤然打断了他。顾楚生的脸色有些苍白，楚瑜抬眼看向了他。

面前年少的顾楚生，尚没有后来的那股子戾气——后来顾楚生为官十二载，在官场之上，再没有了年少时的那份傲气热血。然而，此刻她看着顾楚生，他还干干净净。她深深吸了一口气，压住胸口所有翻涌上来的情绪，往后退了几步，重新跪坐下来。

"年少不知世事，冒昧求君，是吾之过。"她静静看着他，眼神决绝，"然而，如今妾心已明，烦请顾大人将那少年玩笑之事，当作过眼云烟吧。"

听到这话，顾楚生慢慢捏紧了拳头："妾心已明？玩笑之事？有人会将私奔之事当开玩笑吗？！……你喜欢我，你自己心里不清楚吗？！"

"清楚。"楚瑜看着顾楚生失态的模样，反而平静了下来。她看着他红肿的眼，语调平和，"妾身知道，自己年少时喜欢过大人。十二岁那年，大人红衣驾马而来，妾身甚是欢喜。"

听到这话，顾楚生的眼泪再也止不住，慢慢落了下来。

十二岁那年……城破之时，他本是出去报信，却遥遥见到了那姑娘。那是他第一次握住一个姑娘的手，也是第一次拥抱一个人。后来在她死后，他无数次回想那个场景——那时候的他还是顾家大公子，意气风发，少年自满，那大概是他一生之中，最美好的年华。

他微微颤抖，抿紧了唇，眼泪簌簌。他想阻止她后面的话，将所有言语停在这一刻。然而他知道，他得听下去，只有听下去，他才明白自己该做什么。

"然而，妾身所求，不过一分温柔。出生以来，父兄不曾将妾身当女子，母亲不曾将妾身当女子，于是在公子伸手那片刻，妾身当公子是救赎。故而当年妾身爱的不是公子，只是妾身自以为是的幻想。"说着，她慢慢微笑起来，"直到嫁给卫世子，妾身方才知道，所谓感情，并非如此。"

"你只见过他一面。"顾楚生沙哑着声音提醒，"然后他就死了。"

楚瑜轻轻笑了："虽然只有一面，可是举手投足，他待妾身极好。顾公子给妾身的，不过是一个人对待一个普通女子的好，卫世子给妾身的，却是如珠如宝。上战场后，再忙之时，卫世子也不忘同妾身通信。妾身仰慕卫世子英雄豪情，他虽战死于沙场，却永存于妾身心中。"

顾楚生说不出话来，他捏着拳头，全身都在颤抖。好痛啊，怎么这么痛呢？自己到底为什么要重生这一遭，为什么要回来，亲耳听楚瑜说，她对他的爱情，从来只是一场自以为是？她以为他不明白吗？

他明白，可是他一直在自欺欺人。那么多年，他都明白，她爱慕的从来是那顶天立地的英雄男儿，不是他这样躲在黑暗之中玩弄权术的政客小人。如果她向往的是烈阳，那他就是阴月。可她看错了人。而她这人一向执着，这一执着，就是六年。

六年后她终于受不了了，终于要与他和离。他一直在等那一天，她这犹如空中楼阁的爱，他怎么不知道只是一场幻想？他早就明白，终有一天她会梦醒，终有一天她会看清。可是他没有办法，他只能在这痛苦中打着转，再出不来。

所以他多少次告诉自己他讨厌她，多少次告诉自己他厌恶她。年少的时候说着说着就以为是真的了，直到她死，他再也说不出这样伤人的话，他才敢慢慢打开自己紧捏在手里的心思，想要看清自己的心。

可是，他为什么要看清呢？老天为什么要在他抱着幻梦死去后，又将他拖回来，如此凌迟呢？他看着她清澈温和的眼，问不出声来。

楚瑜见他不说话只落泪，叹了口气，轻声道："少年冒昧之事，还请公子原谅。天高海阔，民生多艰，公子有经世之才，亦有凌云之志，望日后公子大展宏图，成我大楚之重器，护我大楚黎民百姓——"她抬眼看向他，语声缓慢，"盛世江山。"

"我不！"顾楚生猛地盯向了楚瑜的眼睛，如一个孩子一般，一字一句咬牙出声，"我不。"

凭什么遂了她的愿？凭什么她如此从容地离开，还能要求他做这做那？她是他的谁？她凭什么又要这般对他的行径指指点点？顾楚生仿佛是回到了当年和楚瑜争执之时，她看不惯他的小人行径，斥责他不顾大局。他总是在同她吵，他恨极了她为别人同他争执。

他在等着她说服他，责骂他。然而楚瑜听到他的话，却只是愣了愣，片刻后，她点了点头:"也是,这是大人的选择。妾身不过随口一说,大人无须多想。"说着,她起身道,"若无他事,妾身这就退下了。"

顾楚生愣住了,他看着楚瑜走出去,沙哑着声音开口:"你为什么,不骂我?"

楚瑜有些奇怪,她站在门边,回头看他:"各人有各人的选择,你与我又没有什么干系,我骂你作甚?"

"你的意思是,"他的目光有些呆滞,"你不喜欢我了,我和你没什么关系了,所以我是个好人还是个坏人,对于你而言,都无所谓了?"

"或许还是有所谓的吧。"楚瑜叹了口气,轻笑道,"若顾大人是个坏人,要除了顾大人,或许还颇费周折呢。"

"你要杀我?"顾楚生听到这话,慢慢笑出声来。他撑着自己走下床来,抽出挂在床边的剑,将剑柄转向她:"那你来啊。"

楚瑜皱起了眉头。顾楚生看着剑尖指向自己,心中满是快意,大笑出声来:"你来杀了我啊!"

楚瑜沉默了片刻,平静地看着他道:"你还没做错事,我杀你作甚?而你若做错了事,"她抬手将头发绾在耳后,目光飘了开去,"该是我杀的,我自然不会手软;不该我杀的,自然有人来杀。……其他的且不论,"楚瑜的笑声里带了一些她自己都没察觉的思念,"你若祸国殃民,依着我们家小七那性子,怕是第一个就要动手的了。"

听到这话,顾楚生心里一寒。

上辈子他就是被卫韫所杀。楚瑜不在以后,他也不知道自己还能求什么。卫韫对皇家一直不满,顾楚生却是个十足的保皇派,二人为此争斗了近二十年。最后新皇看不惯卫韫,意图设计他,卫韫便带着人直杀入京中,而他奋力反抗,却在最后被卫韫的一封信彻底击溃。

卫韫在那封信里告诉顾楚生,他手里还留着楚瑜当年与卫家的婚书,问顾楚生要是不要。所有人都以为这是卫韫的笑言,区区一封已死去二十年的旧人的婚书,怎可与天子安危相比?顾楚生再糊涂,也不至于糊涂成这样。

然而顾楚生却知道,这是卫韫将他看透了。他一生早已没了什么能求的,他苦苦追寻的,不过是那个女子的幻影。别人说她死了,可她在他心里,却一直活着。

妻子与他人的婚书,自然是要拿回来的。于是他打开了华京城门,立于城门之前。那时候,按照他的谋算,再守城一天,卫韫就撑不住了。可他还是输了,输在二十年前死去的故人手里。此刻,楚瑜的话,可谓一语成谶。他不恨卫韫,甚至还有点感激他,至少他给自己的死找到了一个理由。他顾楚生本就是游荡于人世的孤魂,又有什么好求的?

八　如今我来了，你随我走吧

　　楚瑜转身离开了。顾楚生将手里的剑慢慢放下，颓然地坐到床上，整个人都乱了。

　　楚瑜走出门后，长月、晚月赶紧迎了上来，担忧地道："夫人，他没做什么吧？"
　　听到这话，卫秋抬头朝楚瑜看了一眼。楚瑜笑笑："就他那身子骨，能对我做什么？行了，该做什么就都做什么去吧，等他休养好了，我们便起程。"
　　有了楚瑜这话，大家才又各自忙碌开去。楚瑜和晚月、长月回到自己的房间里，刚进房门，晚月便焦急地上前来问道："夫人，他同你说了些什么？"
　　楚瑜知道晚月的担忧。晚月向来是个聪明人，当初她执着地要私奔，也是晚月死命拦着。晚月知道她对顾楚生情深，就怕她此刻做出什么傻事来。
　　楚瑜无奈地笑了笑："别担心，没说什么。他就是邀我一起私奔。"
　　一听这话，两个侍女顿时睁大了眼，长月提剑转身就往外走："我去杀了他。"
　　"回来！"晚月忙叫住了这个脾气暴躁的妹妹，回头郑重地看着楚瑜道："夫人可答应了？"
　　楚瑜一看她们着急的样子就觉得好笑，她拿起桌上的陶泥茶杯，倒入茶水，笑着道："哪儿能啊，我又不傻。我同他说了，我已经嫁人，还挺喜欢阿珺的，打算给阿珺守寡呢。"
　　听到这话，晚月舒了口气，她瞧着楚瑜，面上露出几分欣慰来："小姐总算长大了。"
　　她没有用"夫人"，而是唤她未出阁时的称谓"小姐"。楚瑜顿了顿喝茶的动作，抬头看向晚月，对上了她不含杂质的眼神。
　　上辈子长月走得早，是晚月一直陪着她。后来她让晚月出嫁，看在顾楚生的面子上，加上晚月圆滑，倒也嫁得不错，成了一位富商的妻子。她嫁人后经常来看望楚瑜，多有照顾，一直到楚瑜死前，也是她来照顾伺候。
　　看到这如长姐一样的人，楚瑜不觉有些心酸。她声音艰涩，慢慢地道："这些年我不懂事，让你费心了。"
　　"无妨的。"晚月神色温和，"夫人能安好，我便心安。早点晚点，没什么关系。"
　　怎么没关系？上辈子，她就是懂事得太晚。可这些话楚瑜说不出口，亦没有说出口的必要。于是她轻轻笑了笑，换了话题道："不过顾楚生既然有这个心思，以后我们还是避着些吧。"
　　晚月赞同地点头，长月则气冲冲地坐回来，将剑往腿上一放，嘟囔道："那就这么放过他了？"

189

"那你倒说说,他是做错了什么,让你不放过?"楚瑜含笑开口,逗弄长月。长月张了张口,一时居然也挑不出顾楚生的错来。顾楚生与楚瑜无甚交集,唯一的冲突,也不过是当年拒绝过楚瑜。只见她憋了半天,终于道:"他瞎了眼才拒绝夫人!拒绝了还有脸回来?我看着他这贼子就想捅他一剑!"

"行啊。"楚瑜大大方方地开口,"等仗打完了,他没用了,你有本事杀他,我双手赞成。你要是缺利刃,我还能将我的宝剑奉上,借你宰贼去!"

方才长月也不过就是说说气话,楚瑜真让她杀,她也不敢。这会儿她一口气堵在胸口,好半天才终于叹了口气道:"罢了吧。"

因存了躲着顾楚生的心思,后面的时间里楚瑜也没多去看他。两天后,卫秋来禀报楚瑜,说顾楚生伤势已好得差不多,可以上路了,楚瑜便立刻带人起程。

一行人用伪造的通关文牒,伪装成了送病弱公子进京就医的商人,一路畅通无阻地往华京赶去。临到华京前,所有人都有些累了,眼见着华京就在前方,楚瑜算了算时间,便决定先住店休息,同时让人进华京去告知卫韫他们即将到达的消息。

一行人进店的时候,店里没有多少人,小二上前来招呼:"公子是打尖还是住店?"

顾楚生由卫秋搀扶着,轻咳了几声,转头看向楚瑜。楚瑜忙上前来道:"我们住店。"说着,楚瑜便与小二点了人数,定了房间。一行人坐下来吃饭,卫秋暗中将呈上来的东西验过毒后,才让所有人进食。

店里客人不多,没多久,另一行大汉提刀笑着走了进来,上来就要了热酒,在一旁闹闹哄哄,整个酒馆瞬间热闹起来。

顾楚生瞟了来人一眼,没有说话。一个大汉喝了几口酒后,端着酒来到楚瑜面前,笑着同众人道:"哟,这小娘子好俊俏啊。"

"大胆!"一个侍卫猛地站起来,旁边有人大笑起来,那大汉转头道:"这小鸡仔同老子说大胆呢!老子就是大胆,怎么了?老子不但要说小娘子漂亮,还要抢她去快活……"

话没说完,卫秋的剑已送了出去。楚瑜抿了一口酒,听到顾楚生急促地咳嗽起来,她忙装作着急的模样靠过去:"哥哥你怎么了?"

听见咳嗽之声,卫秋这才想起来如今是什么状况,他慌忙收剑,对方却是不依不饶。顾楚生朝着楚瑜伸出手,继续急促地咳嗽着,楚瑜忙扶住他:"哥哥你怎么了?先上楼去歇息吧!"说着,她扶着顾楚生便往楼上走去,晚月、长月跟在后面。那些大汉还想上前,被卫秋等人横刀拦住。

刚上楼，顾楚生便立刻拉住她，急促地道："是姚勇的人，赶紧走！"

楚瑜来不及问顾楚生是怎么认出来的，吹了声口哨，拉着顾楚生飞快地冲过长廊，直接从窗户就跳了下去。

此时夜色已深，楚瑜和顾楚生刚落到地上，数只羽箭便朝他们的方向射了过来！顾楚生将外袍朝羽箭的方向一扔，瞬间遮住了对方的视线，楚瑜就着这个机会提起他，兔起鹤落便朝着林子冲了过去。同一时刻，卫秋等人听到哨声便知道情况不对，立刻也跟着冲出客栈。然而对方明显已经摸清了他们的实力，来人是他们两倍之多，瞬间便将他们团团围住了。

晚月、长月断后，楚瑜只回头看了一眼便知情形严峻，她皱起眉头，又吹了一声口哨。

卫秋等人立刻判断出楚瑜的方位，奋力突破包围朝楚瑜的方向跑过来。楚瑜将顾楚生往密林里一扔，急促地说了一句："躲着别出来。"随后便朝林子深处冲了进去。

许多杀手追着楚瑜也冲进了林中，楚瑜埋伏在树上不动，看着地上的人团团打转。顾楚生看了一眼楚瑜的位置，他手里捏了块石头，朝楚瑜的反方向扔了过去。

"那边！"众人朝石头的方向冲了过去，楚瑜瞬间明白了顾楚生的意思，在那些人穿过她脚下时，倒挂着一刀剑光过去，直接从后面收了一批人头，而后她迅速换了一棵树，再也不动弹。

血流了一地，远处是卫家侍卫和敌人打斗的声音，林子里却是安静得可怕。这时，一个面容冷峻的青年背着刀走了进来，冷着声道："你们在等什么？"

"大……大人……"一个杀手颤着声道，"他们藏在树上，我们看不见！"

青年没说话，背后的大刀猛地扔了出去，在空中旋转着砍过大树，瞬息之间，十几棵大树摇摇欲坠，而楚瑜所在的那一棵正是其中之一！她没有办法，纵身一跃，电光石火间，青年已提着大刀猛地扑了上来！

那青年的刀法又狠又快，楚瑜灵活躲闪，仍觉得有些吃力。顾楚生在暗处算着两人的路数，刻意遮掩了呼吸，一言不发。

十几个杀手围住楚瑜，楚瑜艰难地躲闪着，道道刀光在夜色中带着寒意，楚瑜的长剑根本不敢硬接。顾楚生躲在暗处，眼见着一条刀光朝楚瑜横过去，他再也按捺不住，手中的石子朝着那人就弹了出去！

也就是这瞬间，持刀青年朝顾楚生的方向奔袭而来，楚瑜提起长剑直追而起，顾楚生也握紧了袖中短刀。谁知，那人却是半路猛地用一阵掌风扫过顾楚生藏身的密林，顾楚生本已受伤，被这掌风猛地一推，便重摔了出去，撞在树上，吐出血来。

确认了顾楚生落单，青年这才挥刀砍过去，楚瑜连忙跟上，在青年刀锋袭来时，将顾楚生往边上一拖。那刀刃眼见着就要砍到楚瑜，顾楚生脑子一嗡，想也没想便朝楚瑜扑了过去。刀刃划过顾楚生背部，血溅了楚瑜一脸。眼见着第二刀就要落下，却突闻箭声疾驰而来，于夜色中划出银光。青年一个回旋躲闪开去，旋即又是三支箭从三个不同的方向射来。

那箭不是直直过来，而是先击到树上再折过去，每一次角度都极其刁钻，纵是青年身形敏捷，却也在第三箭时被直接钉在了树上。青年大怒，拔了箭红着眼就提刀朝楚瑜砍去，这时，一个少年白衣长枪，从马上翻身落到楚瑜身前，不带半分犹豫，枪尖直指青年。

那枪法大开大合，每一击都仿佛带着泰山倾崩千钧之势。青年受了那一箭，动作迟钝许多，周边许多帮手冲上来，楚瑜将顾楚生一扔，便冲入战局，拦住了他们。

枪如游龙翱翔于夜色中，青年被来人逼得节节败退，而对方不过堪堪少年，却游刃有余，没有半分疲惫之色。最后一枪如惊雷刺入青年肺腑，他被钉在树上，鲜血流出来，他沙哑着出声："是谁？"

少年抬眼，漂亮的眼里一片平静："杀人者，卫家卫韫。"

音落之时，卫韫骤然收回长枪，对方一口血急涌而出，顺着树干便瘫了下去。

卫韫并非一个人赶来，等他收拾完青年，局势已在控制之中。卫韫提着长枪回身，疾步走到楚瑜面前，关切地道："可有大碍？"

"嗯？"楚瑜将剑甩回鞘中，回头看去，有些奇怪地道，"我又没受伤，有什么大碍？"

卫韫听了这话，这才放下心来。侍卫扶着顾楚生走过来，卫韫转头过去打量他。此刻顾楚生穿着水蓝色长衫，上面沾染了泥土和血迹，头上的玉冠也在打斗中落下，仅从衣着上看，不免有些狼狈。然而此人面色镇定，神色清明，朝着卫韫走来时，带着一股卫韫仅在谢太傅等常年混迹于朝堂的政客身上才见过的气势。

初次见面，卫韫便生了警惕。

而顾楚生也在打量着卫韫。他记得上辈子初见卫韫，其实比现在的时间更早一些。上一辈子没有楚瑜，卫韫从天牢之中出来之后就直奔战场。当时白城已破，他强撑着独守昆阳，那少年在夜里带兵而来，驾马立于城门之外，仰头看向城楼上的他，冷声开口："卫家卫韫，奉命前来守城。"

少年身上那股子戾气太重，重得让他时隔三十多年再次回想起来，依然记忆犹新。然而如今看见卫韫，却与当年截然不同。他的五官并没有多大变化，但上辈子的那股戾气已全然不见。只见他和楚瑜并肩站立，白衣银枪，立如青松修竹，笑带朗月清风。

卫韫朝他行了个礼，神色真挚地道："顾大人一路辛苦，卫某来迟，让顾大人受惊了。"

按照他们两人如今的身份，这绝对算得上礼遇。顾楚生连忙回礼，面色恭敬地道："小侯爷抬举，顾某被人追杀，还牵连侯爷，是顾某的不是。"

"此事具体如何，本侯心里清楚。"卫韫看了一眼周边，神色沉稳地道，"此地不宜久留，还请顾大人上马，我等速进华京，再做详谈。"

听了这话，顾楚生也没迟疑，三人便立刻上马，往华京奔赴而去。

卫韫将顾楚生交给卫秋等人照看，同楚瑜走在前方。他拍马靠近楚瑜，打量着她，再次确认道："嫂嫂真无大碍？"

"没有。"楚瑜笑了笑，"我还没真的开打呢，手都没热起来，你就来了。"

卫韫听了这话，眼里带了微弱的笑意："嫂嫂这就托大了，今日来的是漠北金刀张程，嫂嫂遇上他，怕是要吃点亏。"

卫韫说的是实在话。楚瑜心里也明白，对上这种天生神力的人，她的确没什么办法。她瞧了卫韫一眼，奇怪地道："我不是才让人去报信，你怎么就来了？"

"两天前嫂嫂来信说已到天守关，我便算着日子等着。想着今日你们应该差不多到这附近了，我便过来看看。"

卫韫说得平淡，简单的句子里却全是关心。从两天前他就开始算着日子，怕也是担忧太久了。然而卫韫却也知道，自己对楚瑜的行踪如此清楚，不只是担忧。楚瑜这么一走十几天，而他打从回到华京后，就没和楚瑜分开这么久过，一时竟是有些不习惯。

人都说习惯这东西，久了就会养成。他本来也觉得，楚瑜离开再多几日，他就会习惯。然而，结果却是，时间越长，他越是记挂着，甚至夜里做梦还会梦见她一身素衣，神情萧索，跪坐在马车里，平静地叫他一声：卫大人。

梦里的楚瑜脸上一片死寂，仿佛是跋山涉水后走到绝境的旅人。他看着楚瑜那般模样，心疼得不行，想着问一声"嫂嫂，你怎么了？"却又骤然惊醒，见到天光。于是他越等越焦急，得知楚瑜到了天守关，便亲自来接。

这般焦急地等待他自然不会告诉楚瑜，但楚瑜还是心头一暖，感激地道："还好你今日来接了，不然今日不打到天明我们怕是回不去。"

卫韫没说话，拉着缰绳，看向前方。

楚瑜有些奇怪："你怎的了？"

"我方才在想，"卫韫的声音有些僵硬，"若嫂嫂今日遇了不测，怎么办？……为了这样一件不重要的事让嫂嫂有了闪失，你让我心里怎么过得去这个坎？"

楚瑜微微愣了愣。来是她要求来的，做是她没做好，卫韫不高兴，倒也正常。她抿了抿唇："日后我不会再如此莽撞。今日本该直接进京的，是我没有……"她的声音渐渐小了下去，卫韫面色未变，她这才察觉，卫韫在乎的并不是她做得好与不好，而是她遇险之事有一就有二。但是楚瑜也无法承诺这辈子再不会遇到险情，本就是生在沙场上的人，谁又许诺得了谁生死？

两人沉默着往华京赶去，几近天亮才入了卫府。

一入府中，蒋纯便带着人迎了上来，焦急地道："这是怎么了？路上我便收了信，说要备好大夫……"说着，蒋纯走到楚瑜面前，抓起她的手上下打量着，关切地道，"可有大碍？"

"没什么。"楚瑜尴尬地摆了摆手，"就是遇了埋伏，我没受伤。"

"让大夫给顾大人看看。"卫韫解了外袍交给下人，脱了鞋走上长廊，吩咐道，"再给大夫人彻底问诊。"

听了这话，楚瑜面上露出些无奈。蒋纯抬眼，带着几分疑惑看向楚瑜，只见楚瑜叹了口气："依他，都依他。"

听到这话，卫韫脚下顿了顿，还是板着脸往屋里去了。

顾楚生被送到了客房，他伤势严重得多，便调了卫府最好的大夫过去给他疗伤。而蒋纯确认楚瑜确实没受什么伤后，便先让楚瑜去休息了。楚瑜这几日一路奔波，也觉得有些疲惫，回了屋里连澡都没洗，便直接倒在床上睡了过去。

一觉睡到下午，楚瑜才慢慢醒来，让人打了水来沐浴。她正在水里擦着身子，就听到外面传来了卫韫的声音："嫂嫂呢？"

"大夫人还在沐浴。"长月在外恭敬地道，"还请侯爷稍等片刻。"

卫韫没有回话，似乎是愣住了。过了片刻，楚瑜才听他故作镇定却难掩慌张地道："那我去前厅等嫂嫂。"那逃一样的脚步声让楚瑜忍不住"扑哧"一声笑了出来。

她回头瞧着正给她擦身子的晚月，笑着道："我这么可怕的吗？"

"小侯爷毕竟年少，"晚月正给她淋水，有些无奈地道，"羞涩也是人之常情。"

"我说，"楚瑜翻过身子，趴在浴桶边缘，回想起卫珺迎亲那日的场景，眼里带了温度，"他们卫家的男人，好像都很容易害羞。你说以后小七娶亲，是不是也要结结巴巴，半天说不出一句话来？"

"那是未来的事了。"晚月叹了口气,又舀起水淋在楚瑜的身上,"小侯爷若是娶亲,您也得为自己打算了。这卫府的大夫人终究只能有一个,到时候您年纪也不小了,也该早为自己找个去路。"

"我该为自己找什么去路?"楚瑜假作听不懂晚月的话。晚月抬眼瞧她:"您总不能真自己一个人过一辈子,无论如何,孩子总得有一个的吧?"

楚瑜没说话。她练的功夫路子偏阴,正常人倒也没什么,但上辈子她受过几次伤,加上练功的路子不对,体质就极其阴寒,不易受孕。千辛万苦终于要了一个孩子,那孩子最后却是认了楚锦为母亲。上一辈子,孩子给予她的,除了怀胎十月的片刻温暖,其他的记忆都十分不堪。虽然她也知道那并非孩子的错,但终究她对于孩子,没了什么期盼。

"其实也无所谓的吧。"她叹息了一声,"我自己一个人过,也挺好。"

"您说的是孩子话。"晚月有些无奈,"等您老了,便明白孩子的好了。"

楚瑜没应声,她隐约想起怀着孩子的那几个月,看着肚子一点一点大起来的那份心情。过了好久,她终于道:"若是能遇到个合适的人,再说吧。"

晚月也没再追着说这个话题,她给楚瑜递了巾帕擦干身子,披上衣衫,打了香露,又擦了头发,这才跟着她一起往前厅去。

楚瑜来到前厅时,卫韫正跪坐着发呆,也不知道他在想些什么。楚瑜步入屋中,唤了一声:"小七?"

他抬起头来,目光落到楚瑜身上,点了点头道:"嫂嫂。"

冬日风寒,楚瑜的头发还没彻底擦干,便披着头发过来了。卫韫瞧见她这散着发的模样,不由得愣了愣,随后忙让人加了炭火,又让长月拿了帕子过来,皱着眉同她道:"怎的没将头发擦干再来?你湿着头发出来,也不怕老来头痛吗?"

"哪里有这样娇气?"楚瑜笑了笑,"我想你必然有很多事情要问,便先过来同你说一下情况。这头发一时半会儿干不了,我说完还得去吃饭呢。"

楚瑜是要去同柳雪阳、蒋纯一起用膳的,当着她们的面不好说这些正事,只能先来找卫韫。卫韫早让人备了点心,有些无奈地道:"我早知道你要吃东西,这些可以先垫着肚子,慢慢说吧。"

楚瑜从到达昆阳开始讲起,除了顾楚生同她告白一事,其他细节都原原本本说给了卫韫听。卫韫一手敲着桌子,耐心听完,慢慢地道:"看来你们是在路上就被盯上了,不然他们不会准备得这样充足。"

楚瑜应了一声,卫韫抬眼看她:"还有一事,我有些冒昧。"楚瑜有些奇怪,她看着卫韫的眼,只瞧见他目光平静,"卫秋同我说,嫂嫂与顾楚生曾独处一室商议大事,不知

这件大事是什么？"

话刚说完，卫韫就有些后悔了。他其实也不知道自己为什么要问这个，这问题听上去着实有那么些不雅，仿佛是他在怀疑楚瑜一般。他当然并不怀疑楚瑜，可若不问，他又总觉得有那么些奇怪的东西在心里挠着。左思右想，他只能将这归咎于对楚瑜的关心，毕竟楚瑜的婚事也是他要操心的事情，他不能让楚瑜随随便便被人骗了过去。

楚瑜静静地看着卫韫，见他将目光挪开，看向了其他方向，她轻轻一笑："小七可是疑我？"

"我没有。"卫韫瞬间涨红了脸，颇有些孩子气地急忙解释道，"我就是问问，你不说就罢了，又不是要逼着你说什么。"

见着卫韫的窘态，楚瑜的心放了下来。她大概猜出了卫韫的意思，按照柳雪阳的性子，必然是拜托了卫韫帮她物色夫婿人选的，如今卫韫问起这事，怕也是误会了她与顾楚生。顾楚生青年才俊，除开他父亲的事情不谈，他本人从来都是华京望族家长心中的良婿人选。楚瑜知道柳雪阳一心想给她找个好人家，若卫韫知道了顾楚生的心思，多半会告诉柳雪阳，那么待他日顾楚生平步青云，柳雪阳怕是会极力撮合。

多一事不如少一事，楚瑜笑了笑道："你不是疑我便好。顾楚生疑心甚重，他也就是支开家仆，询问我你的计划而已。但你本也没告诉过我什么计划，我答了不知，也就没什么了。"

卫韫应了一声，沉默着点了点头，没有再多问。可他心里却是知晓，楚瑜并有没同他说实话。他抬头看了一眼楚瑜。

如今已经是入夜，房间里点了灯火，方才炉里炭也加得多，所有人都出了些细汗，楚瑜身上却仍清爽如玉。烛火之下，她的肌肤透出一种玉色的光滑，看上去如同刚剥开的煮鸡蛋一般，只是瞧着便能想象到触碰的感觉。褪去了平日的端庄与距离，面前这个女子骤然变得触手可及。于是一些莫名的念头飞蹿而出，又被巨石狠狠压住，挣扎着想要掀翻那巨石，引得一阵惊涛骇浪。

卫韫不过是淡淡地从楚瑜身上扫过，却就凝在了那里。楚瑜喝着茶，见他半天没答话，不由得皱了皱眉，端着茶杯抬头，疑惑地道："小七？"

女子软语唤出他的名字，卫韫猛地清醒过来。他迅速收回神色，背上全是冷汗。然而他面上犹自镇定，慢慢地道："方才突然想起其他事，走了神。"

楚瑜点点头，见卫韫不再追究她的私事，便颇为满意地换了话题："如今顾楚生来了，你打算如何安置？"

"先待他将伤养好。"卫韫大口灌下一杯茶，眼睛直直地看着大门的方向，半点不敢看向楚瑜，试图让自己冷静下来，"等一会儿我去找他，先问了情况再做定夺。"

"也好。"楚瑜点点头，"你可用膳了？"

"用了。"卫韫仍然直直地盯着前厅，只想赶紧离开。他觉得此时此刻整个氛围似乎都不太对，他向来五感敏锐，今日尤甚。整片空气里都弥漫着一股兰花香气，是楚瑜惯常用的一种，此刻这香气在他鼻尖翻转缠绕，然后慢慢钻入他的肺腑，让他的心也跟着浮躁起来。

楚瑜没察觉卫韫的不对，只是道："那我去陪母亲和阿纯用饭了。"

卫韫垂着眼眸，从鼻腔里发出了一声"嗯"。

等到楚瑜走出去许久，脚步声彻底弱了下去，卫韫才慢慢抬起眼来。他的目光落在门外，仿佛月光下还有那女子婀娜的影子。

卫夏有些疑惑地道："侯爷，您看什么呢？"

卫韫没说话。

卫夏追问着出声："侯爷？"

卫韫收了心神，站起身子，平静地道："去找顾楚生吧。"

九　去长公主府，怎的如入龙潭虎穴一般？

　　卫韫带着卫秋和卫夏来到顾楚生房里，他已经包扎好了伤口，正跪坐在桌前喝粥。他惯来是个讲究的人，坐得端端正正，此刻听见卫韫来了，他连忙起身准备行礼。卫韫大步跨进来，扶住了他道："顾大人无须多礼，你有伤在身，就不必如此了。"

　　顾楚生轻轻咳嗽起来，一面道："见到侯爷，应有的礼数……咳咳……还是要有。"

　　他这话说得断断续续，却是诚意十足。卫韫叹了口气，扶着他坐下："大人的诚意，卫某已经明白，还请大人莫要作践自己的身子，该为日后多做打算才是。"

　　听到这话，顾楚生叹了口气："给侯爷添麻烦了。"

　　卫韫摇了摇头，扶着顾楚生坐稳，自己坐到了另一边的小桌旁，静静等着他调匀气息。等了一会儿，顾楚生抬起头来："侯爷此时来，是想问顾某在昆阳之事吧？"

　　"顾大人之事，卫某有所耳闻。"卫韫实话实说，"但道听途说，不如顾大人亲口所言。明白顾大人经历了什么，才好做下一步谋划。"

　　顾楚生点了点头，他本也为此早做好了准备，便慢慢地道："此事应当从卫家遇难前半个月开始说起。"

　　听到"卫家遇难"四字，卫韫的眼神瞬间一冷，面上却是不动声色，只抬手道："洗耳恭听大人之言。"

　　"下官本为昆阳县令，战时肩负昆阳至白城一段粮草押运之责。卫家遇难前半月，我发现粮草数量加大，从粮草数量反推，当时在白城的将士前后应有近二十万。"

　　彼时战场上一共十九万人马，顾楚生的估计十分精准。当时姚勇是秘密去的白城，并没对外宣扬，带去的九万人马，更是没有对外多说。顾楚生仅凭自己押送的粮草数量就能估计到战场上的实际将士数量，的确是个能人。

　　"白帝谷一战，听闻卫家战死七万人，姚勇暂管帅印，我便知事有蹊跷。于是我连夜赶往白帝谷勘查情况，在白帝谷山上发现了青州军的马蹄印记。"顾楚生说着，声音里带了叹息。卫韫慢慢捏紧了拳头，顾楚生看了他一眼，接着道："我心知此事不好，虽然不知道具体发生了什么，但我却从来爱做最坏之猜想。若是姚勇与卫大人有争斗，那白帝谷一战，罪名必然会全落在卫家身上，而卫家剩下的兵力，姚勇也要努力耗尽。可卫小侯爷一旦入狱，卫家剩下的将士绝不会善罢甘休，不做些令天子恼惧之事便也算了，哪里还会甘心当人棋子，替人卖命？"

卫韫没说话。白城当时有卫家驻军十万，死了七万，剩下三万，他入狱后再无联系。而他出狱后给卫家军的第一条命令就是：惜命保命，韬光养晦。顾楚生将这局势中所有人的心思一一猜到，让卫韫不由得有些佩服。他坐直身子，抿了口茶道："卫家乃世代忠臣，也不会在卫韫这里成为乱臣贼子。"

顾楚生笑了笑，只瞧着面前神色冷淡的少年。上辈子的卫韫哪里有半分忠臣的样子？皇帝轻言废立，若非他顾楚生扛着，怕是卫韫和曹阿瞒无异。卫韫甚至能在御书房痛斥皇帝："我卫家忠黎民百姓，护九州之安，你天子算个什么东西？！"如今同他说"忠义"，顾楚生觉得也颇为可笑了些。

只是顾楚生面上不显，继续道："姚卫之争必然要波及百姓。所以自那之后我都是亲自押送粮草，随时关心着白城动向。白城城破前，我前去观望过战况，当时我便已明白，白城怕是守不住了。那天夜里，我夜访秦将军营帐，同秦将军谈妥，城破之时，秦将军留两千兵马给我，并于城中几个关键点设伏。而我提前组织好百姓，随时做好抗敌准备。"

顾楚生说的秦将军，便是后来统领卫家留在白城那三万军队的人：左将军秦时月。

秦时月乃卫家家臣，然而顾楚生与他联络之事，他却并没有告诉卫韫。卫韫皱起了眉头，顾楚生却道："是我让秦将军不要同卫大人说的。在下不做没把握之事，等网布好，再与大人说也不迟。"

卫韫抬眼，见顾楚生神色平淡，仿佛是在撒网捕鱼一般："白城于黎明时城破，我便带着卫家两千兵马组织百姓进行了抵抗和疏散。因为卫家军当时身着便服，所有人便以为是我一个人组织疏散了百姓。"

这样说来，事情便明朗起来，卫韫大概明白了顾楚生的思路，抬手示意他继续说。

"如此大功，姚勇决计不会给我，我猜到他必然要独揽此功。"顾楚生看了卫韫的手势，接着道，"揽功之后，他对我无非两个态度，要么我依附归顺他，要么他对我赶尽杀绝。若是前者最好，我便混入他手下，多收集些证据再动手不迟。若是后者也无妨，那自然有第二套方案等着他。"

顾楚生说着这些，神色间不自觉带了些神采，他端起茶轻抿了一口，姿态风流大方，全然看不出是刚刚被人追杀过的模样。他继续道："于是我先将证人保护起来，一旦我出事，便会有人带着他们赶往华京。同时我派人向姚勇手下的谋士公孙缪送礼，以试探姚勇的意思。从公孙缪的态度中，我揣测出姚勇要杀我，只是我没想到他动手这样快，便只能让张灯带着证据先走，然后假装顺从地跟着公孙缪往姚勇那里去。我半路逃脱，跳入河中，藏到河内一隐蔽之处，在河中等了足足一天，再做了引路标记，而后逆流去了上游。"

听到这话，卫韫的面上露出微妙的神色来："我听闻你落河时已经受了伤？"

"是，"顾楚生也没有否认，坦诚地道，"我武艺不佳，落河时为流矢所伤。"

"那你还在河里待了一天？！"卫韫颇为震惊。十二月的河水温度绝非常人所能忍受，虽然对于卫韫这些习武之人来说不至于冻死，但也绝不是什么好的体验，更何况顾楚生一介文官。顾楚生有些无奈："姚勇的人多，必然会沿着上下游找我，这是他抓我的最好机会。我若不在河中待上一天，任何时候出去都只会被瓮中捉鳖。我只能等他们追踪过后再行逃脱，只要能够出去，他们再找我就难得多了。"

顾楚生说得轻描淡写，卫秋等人听着，却不由得有些心里发颤，只觉得这人对自己着实是太狠。"顾大人真乃大丈夫。"卫韫感慨了一声。顾楚生知道他指的是什么，不由得苦笑了一下。其实他对自己算不得狠，要说真狠的，怕只能是楚临阳。

"侯爷谬赞，在下也是被逼无奈了。"顾楚生接着道，"我上岸后，便找了一个山洞躲着。因为要时刻准备逃跑，我身上带着些干粮，虽然泡了水，倒也没把我饿死。然后我便等到了大夫人带人前来。如今证据我都已经准备好，能够证明当时卫家军与我一同组织了疏散的证人也正在来华京的路上，只等侯爷一声令下，顾某便立刻去将此事捅出来，戳他姚勇一刀。"

卫韫没说话，他斟酌着顾楚生的计划。如果顾楚生所说为真，那他的所作所为，就不仅仅是在帮卫韫扳倒姚勇了，他甚至还在帮着卫家又博得一个好名声。想到这里，卫韫心里不由得一冷，他抬眼看向顾楚生，平静地道："顾大人所作所为，卫某十分感激。但有几个疑问，卫某却不得不问。"

"侯爷请说。"顾楚生似乎已经料到卫韫要问什么，神色一片泰然。卫韫便也不绕弯子，直接道："顾大人所做之事，处处都为我卫家着想。但我卫家与顾大人既非故交，又非旧友，顾大人何苦牺牲至此？"

顾楚生抿了口茶，没有回答这个问题，只是含笑问："还有呢？"

"你从头到尾，似乎都并不畏惧姚勇。甚至跳入河中后，你还知道会有人来救你，留下了指路的标记。你是觉得谁会来救你，而留下那些痕迹？你不怕被人发现吗？"

听到这些话，顾楚生轻轻笑了："实不相瞒，顾某之所以这般拼着性命和前程做出如此举动,其实有三个原因。其一,姚勇此等小人不堪为谋,北狄此番来势汹汹,若放纵此人,怕是大楚江山将尽毁于此人手中。顾某再如何心思卑劣,也是大楚儿郎,若国不国,又何以为家?故而我欲联手侯爷打压姚勇,甘为侯爷马前卒。"

卫韫没接话,这些漂亮话从来不是事情的关键。顾楚生也知卫韫对这些不感兴趣,便接着道:"其二,顾某乃罪臣之子,若要稳步升迁,从九品县令再爬回到我原来翰林学士的位子,怕是耗尽一生也未必能做到,我只能兵行险着。望他日侯爷飞黄腾达,不忘顾某今日之诚意。"

"这个,你放心。"卫韫点了点头,玩弄着手中的茶杯,看着烛火,平静地道,"本侯向来是恩怨分明之人,绝不亏欠功臣。"

"不过,前两个因由都只是引子。真正让我下定决心冒如此大险的,全是在于,我想向小侯爷求一个人。"

听到这话,卫韫顿住转动茶杯的动作,慢慢看了过来。顾楚生在他凌厉的目光下,神色不动,依然平静地道:"小侯爷问我为何敢留下标记,是因我猜到,来救我的,必然是卫大夫人。顾某所留标记,乃年幼时与大夫人共同创制,唯有我二人方才明白。"

所有人都感觉到周边的温度迅速降了下去。顾楚生退了一步,展袖伏身,将双手交叠放于额顶,朝着卫韫大拜下去,话语字字掷地有声:"顾某愿不惜代价,求娶卫大夫人!"

卫韫没有说话,所有人都察觉到,有肃杀之气从卫韫身上散发出来。他握着茶杯,神色平静,顾楚生跪拜在他身前,一动不动。

许久后,卫韫轻笑了一声。

"区区九品县令,罪臣之子,求娶我卫府大夫人?——顾楚生,"卫韫微微抬起下巴,眼中全是蔑视,"你配得起吗?!"

顾楚生皱了皱眉头,事情有些出乎他的意料。

他和卫韫斗了一辈子,自认还算了解这个人。他知卫韫向来护短,对家人十分重视,同时也是个很会尊重人的人,绝不做强迫别人意愿之事。这一世楚瑜在卫家所做之事,他在昆阳有所耳闻,楚瑜的这份恩情,卫韫必然是要铭记在心,替楚瑜谋划未来的。他之所以着急,也就是有着这分考量。若是卫韫擅作主张,将楚瑜不声不响嫁了,到时候未必再有一个早死的卫珺。

虽然他已确定此时楚瑜心中有自己,且楚瑜也应当不是卫韫说什么就是什么的,可这世上之事多有变化,不怕一万就怕万一。于是他才如此着急地赶回华京,先是设计向卫韫展示了自己的能力手腕,再向卫韫表明心意,言语间暗示他与楚瑜青梅竹马、情投意合。

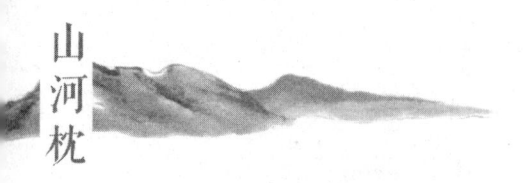

这样一来，卫韫就算不即刻答应他，也应会将他当作备选。

然而卫韫此时如此直言嘲讽，顾楚生的确有些意外。他深吸了一口气，佯装平静地道："若是因下官如今权势不足以匹配卫大夫人，那敢问侯爷，顾某官至何位，才有资格上门求娶？"

这话问出来，卫韫觉得自己怒得想要掀了这人桌子。他也不知道自己在恼怒些什么，只是瞧着顾楚生这不屈不挠死缠烂打的脸，觉得格外可憎。可他面色不显，握着酒杯，一言不发。什么官位配得上？卫韫也问自己。他想了许多，无论顾楚生是九品县令还是内阁大学士，甚或当朝首辅，卫韫仍然觉得，他配不上。他抬眼打量顾楚生，顾楚生不由自主地挺直了腰背。

客观来说，顾楚生生得极好，斯文俊秀，看似文弱，但挺直腰背不卑不亢地跪坐在那里，便带了一股子文人特有的傲气风骨，任何一个女子瞧见了，都难免会称赞几声。华京素以文弱风流为美，因此卫家的儿郎哪怕五官上生得更有颜色，与华京那些贵公子相比，却总还是差了几分。而顾楚生乃书香门第顾家出身，自幼持礼守序，一举一动自带风流教养，端端就这么看着，便让人赏心悦目。

然而，卫韫对顾楚生却是越看越难受，总觉得这人贼眉鼠眼，面目可憎。思索了许久后，他终于找出了自己讨厌这人的原因："你当初既然拒绝了我嫂嫂，断没有回头的道理。"想到这个理由，他心里不禁舒了口气，便又放下茶杯，冷着声音道，"我嫂嫂何等骄傲女子，容得你呼之即来挥之即去？当初既然不好好珍惜，如今便莫惺惺作态。你若愿意，你我继续合作，你好好谋你的前程。若不愿意，便请顾大人自请离去，以大人之谋略，怕也不是非我卫家不可。我会让人护送大人，直到大人寻到安身之所。"

顾楚生一时没说话，卫韫亦不愿与他啰唆，起身欲走。然而他刚刚转身，顾楚生就慢慢笑了起来："侯爷说得极是。"他的声音依然平静，卫韫慢慢回头，看见他垂着眼眸，唇边带着笑意，"当初没有好好珍惜，又怎是一言一语就能打动人心的？做了错事得认，犯下的罪得偿。顾某明白。"

卫韫静静看向他，等着他的下一句。顾楚生抬头看向卫韫，神色中却是带了恳求："只是，原不原谅，这是大夫人与在下之间的事。可否请侯爷尊重大夫人的意思，大夫人嫁与不嫁，侯爷切勿强求。"

卫韫捏着拳头，只觉得内心波涛翻滚。然而他面上却保持着那冷漠的神色，只是应了一声："可。"

她的意思，他又什么时候没遵从过？顾楚生就是在白担心。看着顾楚生那放下了心来的眼神，卫韫忍不住出声刺他："我不逼她嫁人，可顾楚生，不是每个人都会等在原地。"

九　去长公主府，怎的如入龙潭虎穴一般？

有一天她若爱上别人，到时候我也会亲手送她出嫁，绝不阻拦。"

听到这话，顾楚生微微一愣，随后他轻笑起来，平静地道："顾某明白。"

顾楚生那云淡风轻的样子激得卫韫气血翻涌。他本是想刺顾楚生的，可话一出来，他却觉得仿佛刺到的是自己。顾楚生平静的态度与自己的张牙舞爪呈现出鲜明对比，一瞬之间，卫韫觉得自己就像是一只毛都没长齐的小狗，正对着一头狼龇牙咆哮。他心虚地犬吠低吼，那人却带着一股子看过了世事的从容淡定。

这样的对比让卫韫的内心酸楚不已。越是和顾楚生相处，他越能明白，为什么楚瑜会在面对和自己大哥的那样众人称赞的好婚事时，仍愿意抛弃一切，学着红拂女去找这个人，因为他和大哥一样，俱是内心强大之人，和自己这样强撑淡定的幼犬截然不同。

卫韫不与他再多言，大步转身离开。他憋着一口气回到自己房中，将卫夏、卫秋等人全都赶出去，一脚踹翻了放花瓶的架子。卫夏听见屋里噼里啪啦的声响，忍不住抖了抖。

卫秋见状，转身就走，卫夏赶紧追上去，小声问道："你去哪儿啊？"

"去找大夫人。"卫秋用看傻子的表情看了一眼卫夏，卫夏顿时反应过来。

以前卫韫就是这性子，不高兴了就砸东西，每次都是卫珺来拦着。如今卫珺不在了，柳雪阳是个不管事的，同她说此事，她只会问："怎么办哪？那……要不就砸吧？砸累了就好了。"可卫韫向来体力超群，等他砸累了，怕是能把卫府拆了。如今能拦住他的人，也就是楚瑜了。

于是卫夏催促卫秋道："我看着，你赶紧去。"

楚瑜与柳雪阳等人一起用过饭，正同家里女眷聊着天。王岚已经接近临盆，所有人都围着王岚问东问西，嘱咐着王岚该怎么着生产才会顺利。楚瑜正笑着将手放在王岚肚子上感受胎动，卫秋便走了进来，恭敬地道："大夫人。"

楚瑜抬头看了一眼卫秋的脸色，便知道他是有事。她笑着辞别众人，来到长廊里，皱起眉头道："怎的了？"

"小侯爷和顾大人谈得不高兴，在屋里砸东西。"

听到这话，楚瑜微微一愣。顾楚生的能力她知道，他既然费尽心思布了这么大的局，应当不会在这个节骨眼上和卫韫争执起来才是。而卫韫待人又向来心胸宽广，顾楚生不作妖，卫韫绝不会有什么不高兴的理由。于是楚瑜立刻断定，必然是顾楚生又作了什么妖。她有些不满，提步便朝卫韫的房间走去："你可知他们说了什么？"

"不知。"卫秋冷静地回答道。其实他知道，但作为一个好侍卫，最基本的原则就是，主子的事儿，他什么都不知道。哪怕他和卫夏什么都看得清楚，可他也明白，什么都不该他们看清楚。一个人若是知道得太多、看得太明白，容易活不长。

楚瑜知道从卫秋这里问不出什么了，就大步朝着卫韫房间走去。才到门口，就听见里面传来一声瓷器碎裂之声，卫夏蹲在门口，用手捂着耳朵，跟着声音一起颤了一下。

楚瑜来到门前，抬手敲了门，听见里面传来卫韫带着气性的声音："滚开，别烦我！"

"小七，是我。"一听这话，里面的卫韫就愣了。他站在一片狼藉中，那份和顾楚生对比出来的幼稚，在这狼藉里显得越发清晰刺眼。他抿紧了唇，僵硬着声音道："嫂嫂，今日我身体不适，有什么事，还请嫂嫂改日再来吧。"

"哦，身体不适啊——"楚瑜在外面善解人意地拉长了声音，随后带了笑意，"那你开门，我来替你看看，到底我们小七这病，是在身上呢，还是在心上？"卫韫不说话，楚瑜便将手放在门上，笑着道："你不开，我就踹了。"

"别！"卫韫赶忙出声，怕楚瑜一脚踹进门来看见这满地的狼狈。他深吸了一口气，终于道："还请嫂嫂在门外稍候片刻吧，小七出来。"

楚瑜也不逼他，堂堂镇国侯被人看见这样孩子气的一面，怎么说也不体面，卫韫又是要面子的人，自然不会愿意她此刻进屋去。于是她背过身子，负手立在长廊上，又同卫夏吩咐拿了酒和一些下酒菜过来，便只仰头看着月亮。

卫韫见外面没再作声催促，深吸了一口气，忙去镜子前整理衣衫，梳理头发。他如今还不到束冠之年，虽然按照华京的风潮，像他这样不及弱冠却已为官的少年也可用发冠作为装饰，但并不强求。像卫府这样的武将世家，是戴不惯那些复杂的发饰的，因此他便多只用一根发带将头发一束，最多在那发带上做点文章。但朴素如卫韫，此刻连发带都没有任何坠饰。

这样的发带简单是简单，但是没有任何审美意识。以往卫韫不觉得，可今日打量了顾楚生，再看这简陋的发带，他竟是生出了几分不满来。他觉得自己这番心思别别扭扭，也不知道自己到底是在想些什么，摆弄了一会儿头发后，恼怒地将桌子一拍，便开门走了出去。

刚开门，便见到楚瑜负手而立，背对着他，正仰头看着天上的明月。她素衣广袖，头发也是用一根红色发带简单束在身后，看上去颇有几分名士不羁的味道。卫韫站在她身后瞧她，楚瑜听得关门的声响，笑着转头看了过去："出来了？"

"嗯。"卫韫垂下眼眸，心里不自觉涌起了几分自卑来，总觉得面前人如月宫仙子落凡，而自己只是人间莽撞少年郎，触碰她不得。

楚瑜招呼他来到长廊上，这里已经备好了酒水茶点。楚瑜靠着一根廊柱坐下来，指了指对面道："坐吧。"

九　去长公主府，怎的如入龙潭虎穴一般？

　　卫韫听话地坐了下来。楚瑜靠着廊柱，曲着腿，执了一杯酒，含笑看向卫韫。卫韫则是双腿搭在长廊边上，手放在两边，垂着眼眸坐着，活像个小姑娘。楚瑜不觉笑出声来，却也不敢在这个时候多激他，便只是压着笑意道："是怎么同顾楚生吵起来的，同我说说？"

　　"他这竖子，"卫韫也没直说，扭头便叱责道，"轻狂！"

　　"嗯。"楚瑜点了点头，这点她倒是赞成。顾楚生内心极其狂傲，于政治一事完全是个狂热赌徒，从来只觉得自己不会输。想了一想，怕就是他这样的态度惹恼了卫韫。她笑了笑道，"他这人是这样的，有几分才能的人多少有些脾气，你日后见得多，要学着包容些。"说着，她给卫韫倒了杯酒，"做大事者心思不能太过细腻，否则善妒多疑，日久天长，便会走到歪路上，也引不来良才效力。"

　　"嫂嫂说的，我都明白。"卫韫低着头，任楚瑜将酒杯放在他手边，垂眸道，"嫂嫂不如同我说说，你和顾楚生的事吧。"

　　其实本来不该问的，他从来也不是想打听楚瑜过去的人。可是听着顾楚生说他与楚瑜青梅竹马、共同创制了只有他们俩才认得出来的暗号，听着楚瑜说她如何熟识顾楚生，他就有种莫名的排斥感涌上来。他觉得自己仿佛是一个外人，插入不了他们的世界，他甚至都不知道他们的世界经历过什么。

　　然而问出这句话后，卫韫就自知失礼，忙道："我就是好奇，不说也不妨事。"

　　"其实，也没什么。"楚瑜亦垂着眼眸。从来没有人问过她与顾楚生的事，仿佛她爱顾楚生这件事是突如其来的，她说爱，大家就坦然接受，从没有人问过一句为什么。

　　"我和他的事，得从我十二岁那年说起。"楚瑜淡淡开口。其实她和顾楚生的开始并不复杂，战场被救，从此长久暗恋，被楚锦怂恿私奔，然后被拒绝。十五岁的楚瑜和十七岁的顾楚生，十分简单，仅此而已。

　　"遇到你大哥后，我意识到，其实我爱的不是顾楚生。我爱的是顾楚生给我的那份错觉。十二岁那年他对我伸出手，我就以为他会给我爱，但其实他不会给，也没有责任给。我和楚锦并没有多大区别，楚锦在家里没有感受过爱，于是她用尽手段去追求一个对她好的人。我也是如此。"

　　上辈子她执着十二年，求的是这份心上的圆满。年少时没有得到，所以她就拼命渴求。而回顾过去，楚锦用尽手段，与她所求，何尝不是一样？她看明白了楚锦，也就看明白了自己。只是她这一路的感悟如何得来，不能言明，她只能用卫珺当幌子，说着自己的心得："人心都会有残缺，有不圆满，可我们不能一直活在这份残缺里。"

　　"所以你放弃了顾楚生？"卫韫皱起眉头。

楚瑜轻轻一笑："应该说，我放下了我的执念。而顾楚生……"她抿了口酒，轻轻叹息，"或许曾经喜欢过，可是放下了，就是放下了。如今瞧着他，也就是个路人而已。若不是要帮着你，我与他大概今生今世都不会再见。"

卫韫没有再把话接下去。他低头看着庭院里的鹅卵石，许久后，慢慢地道："其实我气恼的不是顾楚生，是我自己。"

"嗯？"楚瑜有些疑惑，"你气恼自己什么？"

卫韫沉默，楚瑜便静静等着。过了好久，卫韫终于抬起头来，认真地看着楚瑜，有些忐忑地道："嫂嫂，我是不是太孩子气了？"

听了这话，楚瑜微微一愣，片刻后，却是笑出了声来："你是气恼这个？"

"我与顾楚生，相差也不过三岁。"卫韫抿了抿唇，"可我却觉得，这人心智之深沉，让我自惭形秽。与他相比，我总觉得自己不过是虚张声势，刻意装出来了那份成熟。他却是真的老谋深算，无论是拿捏情绪还是猜测人心，都精准得让人觉得可怕。"

楚瑜听着，喝了口酒："你觉得自己是在虚张声势，怎不知他在你面前也是虚张声势呢？"

年少时的顾楚生是什么样子，她还记得。十七岁的顾楚生比起十四岁的卫韫，半斤八两，谁也不比谁好到哪里去。都是天之骄子，不过是所擅长的方向不同，哪里又来的天差地别？只是顾楚生毕竟年长，而且从小就是个会装腔作势的，怕是唬住了卫韫。

她抬手拍了拍卫韫的肩："别沮丧了，你要真觉得自己比不上他，那你就努力。而且，我觉得吧，我们家小七哪儿都比他好，怎么就比不上他顾楚生了？"

听了这话，卫韫抬起头来，认真地问："那我哪儿比他好？"

没想到卫韫居然会这么认真地问这个问题，随口一说的楚瑜当场就愣了。然而少年看着她的神色却是清明严肃，容不得半分欺骗犹豫。楚瑜沉默了片刻，慢慢地道："你比他好太多，我一时半会儿说不完。"

"那你慢慢说，我慢慢听。"卫韫端了酒杯，看着前方。楚瑜无奈，靠在廊柱上，盯着卫韫，开始认真思索："你比他长得好。"

没想到开口就是这个，卫韫不由得僵了僵。楚瑜见他似是被夸得害羞了，不由得抚掌大笑："我们小七怕是不知道自己长得有多好？你可知我还在闺中时，你十二岁跟随卫将军凯旋，我同众位贵族小姐去迎接你们。当时我就坐在茶楼包厢里，看见你们卫家子弟领军入城。那天你跟在你哥哥身后，一出来，我就听人家说，哎呀，那个小公子好俊啊，我一眼瞧见就挪不开了，长大后一定是华京第一美男啊。"

楚瑜浮夸地学着那小姐的口吻，说着说着，自己倒忍不住先笑了起来。卫韫静静地瞧着她:"那时候,嫂嫂也瞧见我了吗?"

"瞧见了。"楚瑜回想着那遥远的过去。满打满算,应该已经过去了十四年,然而当她刻意回想,却感觉那回忆仿佛就在昨日一样。她明明早该忘记,却仍在这一刻,想起了卫家子弟身着银甲、意气风发驾马入城的模样。楚瑜抿了口酒,叹息出声:"一眼就瞧见了。"

听到这话,卫韫心里总算是舒坦了些。他发现自己果然还是耳根子软,楚瑜说些好听话,他就觉得开心。于是他再次追问:"除了长得好,我还有什么比顾楚生好?"

楚瑜没说话,她酒喝得多了些,抬眼看着少年此刻清澈的眼睛,那眼睛如宝石一样,引人窥探。她忍不住往前探了探身,将如玉的指尖轻轻指在卫韫的胸口:"心正。"

"你如天上皎皎月,"她轻笑,"他似月下晚来香。小七,你不需要同他比较的。花开会败,唯日月永恒。人一生唯有心正,才得长久。聪慧也好,出身也罢,从不是最重要的。如何当一个人,才是人这一辈子,决定其命运的根本。"

卫韫没说话,他的目光落在楚瑜的指尖:"那么,嫂嫂觉得,要如何当一个人呢?"

"无愧于人,无愧于心。"楚瑜靠回廊柱上,叹了口气道,"不伤害他人,是做人的底线。但不伤害自己,是做自己的底线。"

"好难。"卫韫果断地出声。楚瑜笑开:"所以说,做人难啊。"

卫韫不说话了。他发现楚瑜总有一种莫名的力量,无论任何时候,她只要同他这么简简单单说几句话,他就觉得一切都被安抚下来了。时间、世界,都仿佛与他们隔离,他们身处在一个独立的空间里,这个世界只有他们两个人,安静地说着话。

卫韫端起楚瑜递给他的酒,同楚瑜说着话,听着楚瑜一句一句夸赞他。两个人肩并肩坐在长廊上,仿佛两个孩子,诉说着所有心事与未来。卫韫说他想为卫家报仇,想灭北狄,想让国家有一个圣明的君主,想看海晏河清,四海升平。楚瑜说等天下安定了,她想去兰州,想去找一个山清水秀的地方,遇到一个自己喜欢的人,她想做什么就做什么,最好能养五只猫儿,还要有个小鱼塘。

卫韫喝了酒,有些困了。他一喝酒就容易困,楚瑜却是越喝越亢奋的类型。他撑着自己问:"为什么想养五只猫儿?"

"小时候在边境,大哥不喜欢猫,"楚瑜比画着道,"我就一直没养。可我隔壁有个妹子,她就养了五只猫儿。我每天馋啊,只能爬墙过去蹭猫儿玩。我那时候就想,等我以后长大了,飞黄腾达,我一定要养五只猫儿!"

卫韫听着,支吾着应声点头。楚瑜越说越高兴,细细描绘着自己向往的生活。说着说着,卫韫再也支持不住,突然就倒在了楚瑜肩头。楚瑜微微一愣,扭过头去,看见卫韫毫无防备的睡颜，许久后，才慢慢回过神来。

她也不知道自己是怎么了。她总是看着这个孩子要强地撑着自己当镇北侯的样子，当他骤然靠在自己肩头时，她居然就觉得有那么几分心疼。卫韫其实很久没睡好了。昨日同样是连夜奔波，她睡下时卫韫没睡下，她醒来时卫韫仍醒着。如今她还神采奕奕，他却已经撑不住，倒在了自己肩头。

酒意上头来，她觉得自己身侧这个人，仿佛就是自己的亲弟弟一般。她不忍心挪动他，便让卫夏拿了毯子来，盖在他身上，坐着喝酒，抬头瞧着月亮。

也不知道是过了多久，卫韫慢慢醒过来。他许久没有睡得这样沉过，茫然地睁了眼，看见他身侧的楚瑜。楚瑜提着一只小酒壶，朝他笑了笑："醒了？"

夜风吹过来，卫韫清醒了许多，他挺直身子，身上的毯子滑落下来，他小声地应道："嗯。"

"你醒了，我就走了。"楚瑜撑着自己站起来。她穿着宽大的袍子，头发随意散着，手里提着一壶小酒，背对着他举了举酒瓶："早点睡，回见了。"

说着，她便赤脚走在长廊上，转身离去了。

卫韫看着月光落在那女子身上，风吹得女子的广袖和长发一起飞扬，红色的头绳在一片素色中格外鲜明，手中小酒壶上缠绕的红色穗子跟随着她的动作在空中荡来荡去，起起伏伏。

他就这么静静瞧着，旁边的卫夏走过来，小心翼翼地道："侯爷，就寝吧？"

卫韫垂下眉眼，拿过楚瑜方才喝过的酒壶。他突然特别想知道，楚瑜喝过的酒，是什么味道。

他喝了一口，楚瑜喜欢喝的是果酒，带着些甜味，缠绕在唇齿之间，侵蚀得人意志全无，软弱不堪。他低头看着手心里的小酒壶，许久后，站起身来，同卫夏道："以后嫂嫂喝的酒都要温过以后再送来，不然就不准她喝了。"

卫夏愣了愣，张了张口想说什么，却终究什么都没说。

第二天清晨醒来，卫韫再次去找了顾楚生。顾楚生正在换药，听闻卫韫来了，不慌不忙地让人将伤口包扎好，这才往前来，恭恭敬敬行了个礼，随后道："侯爷今日前来，不知有何赐教？"

顾楚生说着，目光却是不自觉地打量向卫韫。只见他身上的气质与昨日不同，昨日明明像一只龇牙咧嘴将所有毛发竖起来抵御外敌的小兽，今日却骤然收起了倒刺，展现出一种从容温和的态度。然而这份从容温和却非可欺，任何人瞧着他，都能察觉有一种无声的压迫感流转在他的举手投足里,不是刻意为之,只是因身处高位,与生俱来。

顾楚生不明白到底发生了什么,只能沉默着等待卫韫开口。卫韫抿了口茶,神色平静地道:"卫某前来,是为昨日之事道歉。昨日卫某口出妄言,还望顾大人不要见怪。"

顾楚生没想到卫韫居然是来说这个事,他沉默着,等着卫韫接下来的话。

卫韫静静地看着他:"你与我嫂嫂的事,我昨日已同嫂嫂谈过。你们的事我不会管,但我也不希望你们的事会影响你我所谋之事。"

"这是自然。"顾楚生没想到卫韫居然能将两件事分开来看。他抬头看向卫韫,十四岁的少年经历昨日那样的恼怒,此刻眉宇间却不带半分怨气,反而是真挚地道:"顾大人要以做马前卒换一个好前途,这事卫韫答应你。但嫂嫂之事不能作为此事的赌注,顾大人可明白?"

"明白。"顾楚生果断地点头,也不迟疑。

卫韫从袖中摸出了一张纸来,随后举杯抿了一口茶:"这上面是陛下近日出行的日程,挑个好日子,"他放下茶杯,轻声道,"告御状去吧。"

顾楚生从卫韫手里接过写着日期和地点的纸页,仔细看着上面的内容,没有多话。

卫韫出狱后成功接手了卫家从前的一切储备力量,能摸到皇帝的行程,顾楚生一点都不意外。他之所以如今还要依靠着卫韫,也是因为这些世家大族的力量,是他拥有不起的。当年皇帝与秦王的恩怨可谓不死不休,顾楚生的父亲撞在皇帝的剑上,皇帝没给顾家留下任何东西。甚至如果不是顾楚生当年咬着牙进宫,主动将顾家的一切暗中势力悉数上缴、家产尽捐,并交出了秦王的遗腹子,怕是连他都活不下来。实际上,所有人都以为他父亲是因着为秦王谏言而触怒了皇帝,却不知顾家真正触怒皇帝的,是他父亲私藏了秦王的那个孩子。

因此,如今顾楚生虽然活了下来,却与一个普通子弟入仕没有任何区别。不攀附着世家大族,他根本没有任何往上走的机会。

卫韫等着顾楚生考虑。顾楚生去告御状,时间极其关键。皇帝如今还保着姚勇,谁也不知道他对姚勇的容忍度到底有多高。若是皇帝认为不顾百姓而弃城这件事算不上大事,那么顾楚生去告御状,就是白白送了性命。这御状要告,得告得有技巧,得告得天下皆知,才能保住顾楚生的命。

顾楚生看了那张纸一会儿,终于道:"正月初一这天吧。"

正月初一,皇帝会上祭坛祭祀,围观者众。顾楚生定在这天,倒的确是选了最热闹的时候。卫韫点了点头,心里却始终有些放心不下。顾楚生看着他的神色,明白他的意思:"侯爷可是觉得,如此逼迫陛下,怕会让陛下心生不喜?"

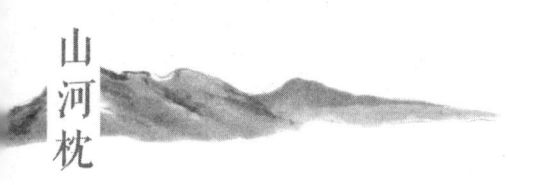

卫韫抬眼看他："我们已经逼过陛下一次。"为了让他出狱，楚瑜已经跪在宫门前，半逼半求过皇帝一次。此番顾楚生去当众告御状，卫家绝不能再出面。

顾楚生沉默着不说话，卫韫起身道："先暂定这个时间，我再想想。"

顾楚生应了一声，又道："我对京中事情不大清楚，还请侯爷留人予我，细细说明诸事。"

卫韫"嗯"了一声，抬头看了卫夏一眼："你留下。"说完，他便独自走出去，思索下一步计划了。

皇帝多年盛宠姚勇，除却姚勇是对付世家的一把刀，另一个原因就是，皇帝一直以为姚勇极有能力。因姚勇擅长经营，又热衷于揽功夺权，而不在前线之人根本不清楚前线的事情，皇帝只看到了战报结果，哪怕知道中间必有猫腻，也很难做出完全正确的估量。姚勇十分的功劳，皇帝心中大概知他有七分，却不知实际上，此人连三分都未必有。

如今先让皇帝怀疑姚勇无能，再让宋世澜配合导致姚勇在战场上节节败退，并让宋世澜一口将责任推到姚勇身上。那时皇帝内心必然会生疑虑，加上他安插在姚勇身边的人多做挑拨，君臣之间必生嫌隙。等到战线拖到天守关，便让楚临阳、宋世澜联手设计姚勇，天守关一丢，皇帝在本就质疑姚勇无能的情况下，对姚勇必然多加斥责，他再让线人透露出皇帝有杀姚勇换卫韫出山之意，届时姚勇必反。天守关破，姚勇再反，宋世澜、楚临阳避祸不出，皇帝手中能用的将领，也就只有卫韫了。到时候再将卫家那些在前线假装逃跑的士兵重新洗白成为正规军，皇帝哪怕心知肚明，也无可奈何。

因此，这一切的背后都已经部署好，顾楚生这一步就极为关键。如果不能在皇帝心里埋下这颗种子，那后面的一切可能就都成了无用功。其实卫韫大可以让顾楚生去告御状，归根到底，他并不指望用这个案子扳倒姚勇，它是一根引线，只需要埋在皇帝心里，让皇帝对姚勇行骗之行为有一个认识。那么之后顾楚生是生是死，也就没什么关系了。

可是，他做不到。他还不是那些老谋深算的冷血政客，顾楚生如今是一个救下白城百姓的良臣，哪怕他居心不良，可他没做错事，卫韫就做不到眼睁睁看着他去送死。而且，换个思路想，顾楚生刻意揭发这个案子，皇帝若是偏心到家，说不定还觉得是其他人设下圈套，刻意陷害姚勇。毕竟姚勇这些年为皇帝冲锋陷阵，得罪了不少世家。

想来想去，这件事，最好不要刻意去做。不该是他们主动告诉皇帝，而应该是皇帝自己知晓。那又该如何让皇帝知晓？卫韫左思右想，猛地想起一个人来。那只是一个模糊的念头，他便匆忙来到楚瑜的房间。楚瑜正在写字，看见卫韫急急忙忙走进来，不由得有些担忧地道："怎么了？"

"嫂嫂，"卫韫认真地道，"你与长公主的关系如何？"

听到这话，楚瑜的心放下大半来，她的目光回到面前的纸上，从容地道："你且说是什么事吧。"

卫韫将自己的念头粗略地同楚瑜说了一遍，楚瑜心里斟酌了一下，点头道："我明白了，我这就去长公主府。"

"你与长公主……"

"算不上熟识，"楚瑜诚实地道，"但是，若是让太子不喜的事，她大概会做得很欢畅。"上辈子李春华是一直把太子的头按到了底的，如今她才救了一次卫韫，估计还没尽兴。卫韫也大致知道他在狱中时发生的事，有些不敢相信地道："不过是些风月之事，长公主何至于此？"

听见这话，楚瑜的目光悠悠瞟向卫韫，卫韫顿时心里一紧，下意识地就道："不过太子做这事的确不地道！长公主做这些都是应该的！"这般及时补救，楚瑜终于满意了些。她看着卫韫那张虽然还带着稚气，却已不掩俊美的脸，想了想，还是嘱咐道："小七，所以你以后，千万别随便辜负一个女人。不是为了对方，是为了你自己。"

卫韫微微一愣，楚瑜语重心长："对于大多数女人来说，情爱已是一生。你想，一个人一辈子被毁掉的时候，她能做出多大的报复之事？"

"那你呢？"卫韫下意识出口，脑海中却是莫名其妙浮现出顾楚生的脸来。

楚瑜轻轻一笑："我要是能像长公主一样把和对方斗当乐子，我当然愿意按着对方的脸在地上摩擦。但若是毁掉那个人要付出太大的代价，"楚瑜眼里带了些鄙夷，"他值得吗？"

这话出来，卫韫莫名其妙放下了心来。他舒了一口气，看着楚瑜，认真地道："嫂嫂放心，我喜欢一个人，一定会对她特别特别好，只对她一个人好，绝对不辜负她。"

看着卫韫那认真的模样，楚瑜微微一愣，竟是蓦然对那位卫韫未来的妻子，生出了几分羡慕。上辈子卫韫娶的是谁来着？楚瑜思索着，慢慢想到了一个名字——清平郡主。

这位清平郡主是魏王的嫡长女，生得极为貌美，据说琴棋书画无一不精，尤善医理，是一位才女兼美女。且她不仅貌美、有才、有权势，还德行甚佳，上辈子卫韫东征西讨时，她广开善堂，亲自坐诊，颇负盛名。

想到将来会是这样一个人陪伴卫韫，楚瑜心里颇为放心，却又有那么几分舍不得，禁不住思来想去，约是一种老父亲嫁女儿的心态。然而又想到日后卫韫娶妻，卫家骤然要换一个大夫人，楚瑜的确是有几分失落的。但她也理解，毕竟早晚会有这么一天，于是她调整了心情，笑了笑道："等以后小七找到了喜欢的人，我一定把这话转告她。"

卫韫听到楚瑜的话，先是愣了愣，随后就有些茫然起来。他喜欢的人？这几个字凑在一起，他一瞬间居然觉得遥远又酸楚。他说不清楚这是什么情绪，只能顺着本能反应点了点头，喃喃地道："好啊。"

楚瑜也没纠结这个话题，两人商量了一下去长公主府后该怎么说，楚瑜便换了衣服，吩咐人备好拜帖，往长公主府去了。

临出门，卫韫追上来，焦急地同她道："忘了同嫂嫂说，与长公主相交，一定要小心些。"楚瑜有些疑惑，卫韫却认真地又道："她若设酒宴，你便不要留了，还是早些回来为好。"

楚瑜有些茫然地点头，想了想，还是问道："可我此去求人，若她设宴我不留，怕是不妥吧？"

卫韫愣了愣，随后咬了咬牙："那行吧，仅此一次，你去吧。"

楚瑜没说话，她坐上马车，一路思索着卫韫的话，总觉得怪怪的。不过是去趟长公主府，怎的像是入龙潭虎穴一般？

长公主府楚瑜已经来过一次，只是上次来时还是秋日，李春华还能在好日子里带着她的面首在花园里嬉戏，而这一次楚瑜只能在大堂里见她了。

长公主府极大，道路曲折幽深，庭院里花草茂盛，看上去别有一番自然雅致。管家是个五十多岁的长者，一面走一面道："殿下最近抱恙，本不见外客，听闻是大夫人过来，便立即答应见了。殿下真是极其喜欢您的。"说着，他的语气里似乎带了几分责怪的意味，"殿下平日寂寞，看得顺眼的人也没几个，本以为大夫人会常来，却不想上次之事后，大夫人竟也没常来走动。"

楚瑜闻言，只当是客套话，笑了笑道："承蒙殿下厚爱，楚瑜不胜感激。"

"您别当我和您说的是客套话。"管家明白楚瑜的意思，提醒道，"殿下是直爽人，向来见不得那些拐弯抹角的，老奴说的都是实话，您可千万上心。"

楚瑜愣了愣，随后诚恳地道："是阿瑜矫作了，多谢阿叔提醒。"

管家这才放下心来，又同楚瑜嘱咐了一些长公主的习惯，便领着楚瑜进了大堂。楚瑜没敢往上看，垂着眼眸恭恭敬敬地跪下来，行了个大礼道："见过长公主殿下。"

"免……免……阿嚏！"李春华一个喷嚏打出来，终于把话说顺溜了，"免礼。"说着，她神情怏怏，指着旁边的位子道，"你先坐吧。"

楚瑜听话地起身，跪坐下来。

大堂里金碧辉煌，所有用具都是黄金之色，金灿灿一片，几乎闪瞎了楚瑜的眼。李春华内里穿了件金缕衣，外面披着件大棉袄。她保养得好，三十好几的年纪，看上去仍旧像二八少女一般，被大棉袄包裹着，甚至还有几分可爱的味道。她身后跪着两个美貌青年，都穿着水蓝色长衫。楚瑜偷偷瞧了一眼，发现似乎与上次又是不一样的人了。

李春华看见楚瑜瞧了那一眼，有些不耐烦地道："想瞧你就抬起头来瞧，这么偷偷摸摸的做什么？"

楚瑜闻言，也没推诿，干脆就抬起头来，目光扫了那两个青年一眼，确定其中一个的确和上次不同，便笑着道："殿下似乎换了一位公子。"

"美人之美在于新鲜，"李春华往其中一位公子身上倒去，懒洋洋地道，"不新鲜的时候，再美也觉得腻。"

楚瑜也没同她争辩，只恭恭敬敬地道："殿下说得是。"

楚瑜不争，李春华也觉得无趣，打量着她道："你今日来又是为着什么？"

"妾身前来，是有一事想求殿下。"

无关人等到长公主府来，都是有事。李春华漫不经心地道："且说吧，我听听什么事。"

楚瑜得了话，便将顾楚生之事说了出来，且没加遮掩，有一说一。卫韫并没告诉她后续的计划，虽然她猜得八九不离十，但她不会把猜测的内容说出来，便只说了卫韫同她交代过的。

李春华靠在一个青年身上，由另一个青年喂着点心，看上去十分惬意。听楚瑜说完后，她点了点头："我明白了，你们是想要我制造一个机会，让皇帝知道此事，对吧？"

楚瑜应声："正是。"

李春华垂眸看着自己红色的指甲，片刻后，却是慢慢地笑了："你胆子倒也不小，同我这样实话实说，就不怕我卖了你们？"

"卖了我们，对殿下有什么好处呢？"楚瑜面色沉静，"我们既然相求于殿下，便不会白白让殿下帮忙。规矩阿瑜明白，殿下开口，只要力所能及，我等不会推辞。"

李春华听了这话，颇为满意："你倒是个懂事的。这事吧，其实也好办。我寻个日子，带着陛下到民间微服私访，你们让人追着顾楚生在陛下面前逛一圈，陛下自然会去查。只要你们说的是实话，陛下自然会查明白。"

楚瑜见李春华已答应了下来，赶忙道："让殿下费心了。"

"帮你们也不是白帮的，"李春华弹着自己的指甲，似是颇为有趣的模样，懒洋洋地道,"礼尚往来,应当的。……不过,"突然,她神色微冷,"若陛下意欲偏袒姚勇,怕是会在事情昭告天下之前向顾楚生下手,你们可做好了准备?"

"这个我与小侯爷已经商议过,"楚瑜应声道,"若顾楚生被扣下,陛下有了杀心,我们便会让从白城赶来的百姓去顺天府击鼓鸣冤,同时在民间造势,直接将顾楚生被扣之事按在姚勇的脑袋上。若顾楚生死了,便会坐实这件事,以陛下这在意名声的性子,怕是不允。不过到时候,还望殿下在其间周旋。"

说着,楚瑜又欲行礼,李春华抬手止住了她的动作:"区区小事,无须如此多礼。你三番两次来寻我帮忙,我们也算是熟识了,便当交个朋友吧。"

"得殿下垂爱,阿瑜却之不恭。"有了管家的提点,楚瑜也不推脱。李春华见她上道,笑着道:"倒是个洒脱的,今日要不留饭吧?我为你设下酒宴,带你长点见识!"

听到"长见识",楚瑜心里咯噔一下,想起了卫韫的话来。此刻她总觉得这人似乎不怎么靠谱,要做出些惊世骇俗的事来。然而她也没敢推辞,只能笑着道:"宾客随主,殿下随意安排就好。"

"行。"李春华抬手朝着管家挥了挥,"让众公子准备准备,本宫今晚要摆宴待客。"

楚瑜一听"众公子",眼皮立马跳了一跳,但她故作镇定,面色沉稳。李春华往后靠了回去,同楚瑜有一搭没一搭地聊着天。楚瑜跪在位子上,李春华问什么,她便答什么。

没过多久,侍从便端着膳食走上来,放到了楚瑜的面前。长公主府的厨子一看就是名厨,菜色做得精致漂亮,似不是菜品,而是什么工艺品一般。

楚瑜从容地起箸夹菜,李春华瞧了她一眼,却笑着道:"有酒有菜,怎能少了美人呢?"说着,她击掌出声,"进来吧。"

话音刚落,便见一直守在她们身边的乐师突然开始奏乐,侍从将门缓缓打开,几十个风格各异的美貌青年统一身着水蓝色广袖华衫站立在门口,随着乐曲的节奏踏着流云碎步翩然入内。楚瑜一口酒卡在嗓子眼里,急促地咳嗽起来。

李春华含笑瞧着她:"可长见识了?"

楚瑜拼命点头,瞧着首座上的女人,骤然觉得,她这两辈子,简直统统是白活了。而李春华却仿佛早已料到楚瑜的反应,她一边喝酒一边瞧着楚瑜,似是极其开心的模样。

片刻后,楚瑜缓过神来,忙低头继续吃菜,李春华也没为难她,看着美人跳舞,用小扇子在手心打着节拍,同她道:"你如今尚年轻,此间乐趣,怕是难以明白。等你到了我这年纪,便明白与美人相处的乐子了。"

楚瑜觉得,这种乐趣,自己大概是明白不了的。她没有应声,李春华瞧了她一眼,慢慢地道:"还念着卫珺呢?"

没想到李春华会问起这个,楚瑜讷讷地应了一声,只见李春华靠在身后的青年身上,瞧着歌舞,声音里带了几分怀念:"梅雪刚走那年,我也同你一样,总就想守着他。"

楚瑜慢慢抬眼,看见李春华一边瞧着酒宴里的人,仿佛是目光不能挪开了一样,一边平静地道:"直到有一天我发现,原来所有人都等着瞧我过得有多惨。于是我想,我不能输,人家都等着看我难过,都等着看我这样嚣张跋扈的姑娘,死了丈夫后还要独自带一个女儿……那我就一定要过得好好的。

"他们觉得我该哭,可我偏就要笑。他们觉得我该天天披麻戴孝,我就穿得花红柳绿。他们都觉得我要随便嫁一个男人委曲求全,可我就要把这天下好看的男子纷纷搜罗过来。活到现在,我比大多数女人有钱,比她们有权,她们还在唯唯诺诺地天天担心男人休了自己,我却可以肆意选择今天要宠爱哪一个男人。"

李春华抿了口酒,目光挪到楚瑜身上:"人在世上有很多种活法,而去了的人就是去了,你可明白?"

听着这一席话,楚瑜大约明白了李春华的意思。或许对于李春华而言,她对楚瑜的照顾不仅是看在楚瑜懂事、肯出钱、和太子斗争这些因素上,还有几分原因在于,楚瑜的处境,和当年的李春华,颇为相似。

楚瑜这次没敷衍,认真地道:"殿下说得极是,楚瑜明白。"

李春华见楚瑜脸上并无伤悲之色,点了点头,还算满意。她露出笑容来:"既然明白了,不若我送你几个?"

听到这话,楚瑜的笑僵在了脸上。她想起临行前卫韫那纠结的模样,算是明白了他的担忧。若她真的领了人回去,怕不是要被那小子打死?于是她赶忙道:"谢过殿下厚爱,妾身志不在此,还是免了吧。"

李春华有些惋惜地点了点头,想了想,又道:"如今顾楚生是在你们府中?"

楚瑜有些奇怪她为何突然问起顾楚生,应了一声道:"他的确是在敝府,不知殿下有何吩咐?"

听了这话,李春华的眼睛亮了起来。她直起身来,往前探了探,靠近楚瑜道:"我听闻顾大人风姿极佳、俊美无双,可是真的?"楚瑜瞧着那目光,心里有了底,倒也没说谎话,点了点头道:"的确。"

"那可否劳烦大夫人传个话?"

"殿下请讲。"楚瑜假作不懂李春华的意思,抬了抬手。李春华眯了眯眼,用小金扇敲打着手心道:"本宫明日设宴,想宴请顾公子和大夫人,劳烦大夫人回去同顾公子说一

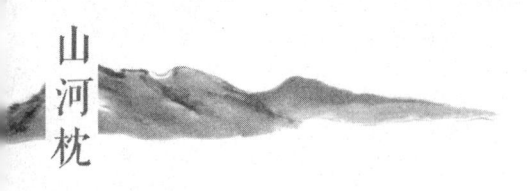

声吧？"

"妾身必会将话带给顾大人。"楚瑜将所有锅都往顾楚生身上推，她只是个带话的，来与不来全看顾楚生的意思。李春华点了点头，颇有些高兴，与楚瑜又喝了几杯。聊到她有些困乏，楚瑜便识趣地告退了下去。

回到府里，楚瑜便吩咐了晚月："你找人同顾楚生说一声，长公主欲设宴招待他，问他可愿明日随我前去。"对于楚瑜来说，话已经带到，去与不去，就与她没了多大关系。然而传话的人过去没一会儿，晚月便回来报："顾大人说，公主相邀，却之不恭。"

楚瑜点了点头，随口应了一声，便去做自己的事了。长公主的名声放在那里，顾楚生不至于不知道她请他是个什么意思。但自己答应的事，便自己负责吧。

然而关于顾楚生对李春华的认知，楚瑜却是估量错了。上辈子顾楚生见到李春华时，已是从战场上磨炼回来，任户部、金部主事，李春华对他极为敬重。因此，于顾楚生心里，李春华是一个极好的盟友，虽然会行些荒唐事，倒也知道分寸。这番李春华叫他过去，他还以为是有什么正事相商。

况且，他很想见楚瑜。如今楚瑜虽然同他就在一个院子里，卫韫却严防死守，根本没给他半分窥探的机会。这次楚瑜主动邀请，他自然是龙潭虎穴也要去的。

于是他早早做了准备，夜里就开始挑衣服。张灯见他将自己的衣服一件一件拿出来比较，有些疑惑地道："公子这是在做什么？"

顾楚生怕张灯看出自己这份想要在心上人面前尽量表现好一些的幼稚心思，便故作平静地道："明日要随大夫人去长公主府赴宴，寻一件合适的衣服。"张灯不觉有异，反而同顾楚生一起挑选起衣服来。

第二日，楚瑜先去寻了卫韫，将昨日与李春华沟通的结果说了一下，卫韫听了李春华的计划，点头道："这也好办，到时我派一批人从陛下面前追着顾楚生过去就好。"

"就这样跑过去，这戏怕不够真。"楚瑜思索着，想了想后，又道，"下午我去问问他，能不能在身上制造些伤痕，若能在不紧要处砍上一刀，自是更好。"

听到这话，卫韫心里颤了颤，他抬头看了楚瑜一眼，楚瑜还在认真思索着此事。一想到顾楚生是楚瑜的前情郎，卫韫便觉得，这大概就是她的报复。他没说话，心里只是想，楚瑜说得果然不错，女人的报复真是极其可怕的。

楚瑜又同他说了些细节，便打算回去了。临走前，她突然问道："小七，你对养面首一事的看法如何？"

一听这话，卫韫立刻着急地出声道："所以我说嫂嫂切勿和那长公主走得太近！"

于是楚瑜明白了，当着卫大夫人养面首这条路不太可行，她颇为感慨地叹了口气，摇着头道："罢了罢了，我还想着日后我要是找不到合适的人嫁，看看能不能在卫府留一辈子呢……"

后面的话，楚瑜没说出来，怕刺激卫韫。然而卫韫呆呆地看着楚瑜的背影，脑子里就留下了那一句：在卫府留一辈子。他没有主动去想这一辈子楚瑜要怎么留，只是听着这句话，就忍不住将唇角扬了起来。

用过午膳后，接近和李春华约定的时间，楚瑜便准备去叫顾楚生一起出门了。顾楚生早早已候在门口。他今日打扮过，特意穿了绛红色的外袍，披了纯白色狐裘，头束金色发冠，腰悬佩玉，往门口一站，便引得许多年轻姑娘停下了步子来。

顾楚生记得，楚瑜很喜欢看他穿红色。以前她在他衣柜里备下的衣衫，多是此种颜色，每次他穿的时候，她就总是瞧着他笑，仿佛怎么看都看不够似的。她病逝之后，他就爱穿这个颜色，等后来他老去，也曾对着镜子里的自己担忧过，黄泉路上，楚瑜大概是会嫌弃他的长相了。可如今他正是少年时候，穿着这样的颜色，再适合不过。哪怕他内心已苍老下去，早已经不爱那些太过艳丽的东西，却唯独楚瑜喜欢的这一份红，他无从拒绝。

楚瑜老远就看见了顾楚生，见他如此打扮，不由得愣了愣。等靠近之后，才发现他身上甚至还戴了熏香，腰上搭配了玉佩。这样的讲究，对于向来从简的顾楚生来说，怕已是盛装了。她对于顾楚生如此上道颇感惊异，随后便觉得，此人果然是能屈能伸，不怪当年他这样讨厌自己，却还能同自己成亲了。

楚瑜心里说不出到底是该厌恶还是该佩服，扫了顾楚生一眼后就匆匆移开了目光，甚至没同他打招呼便径直走过，吩咐道："上车吧。"说着，她便上了自己的马车，晚月则走上前来，恭恭敬敬地要请顾楚生上后面的马车。

顾楚生瞧着楚瑜这冷淡的模样，皱了皱眉，有些无奈，却也只能摇了摇头，也登上了马车。

两人一起来到长公主府门口，下了马车后，顾楚生便跟在楚瑜身后半步的距离，同她一起由管家领着往庭院里去。他找着机会想同楚瑜说话，便挑了公事同楚瑜道："此次长公主叫我，可是为了告御状一事？"

楚瑜没想骗他，直接地道："不知道。"

楚瑜这般冷淡，顾楚生以为她是在负气，责怪他拒绝私奔一事。过了初次重逢因为欢喜而慌乱的时期，顾楚生已冷静下来，便察觉有异。楚瑜当年对他的感情如此坚定，又怎么会是嫁给卫珺就没了的？不过是她因着卫大夫人的身份，恪守着与他的距离罢了。而这有时候甚至还带了几分恶意的疏离，他左思右想，大概也就是少女对他的责怪吧。

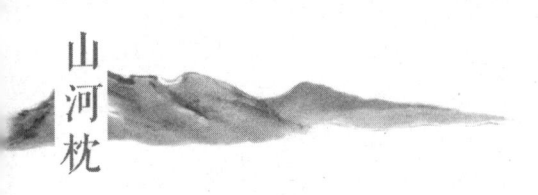

如此想来，他竟觉得，十五岁的楚瑜，当真也是可爱极了。他静静打量着她，那目光看得楚瑜有些后背发寒，她终于忍不住顿下步子来，扭头看他，说道："你……"

然而话没说完，她又收住了声。问什么呢？问他为什么明明拒绝了私奔，又要喜欢她？或者是，他为什么如今喜欢她？可这话问出来又有什么意义？他给出一千万种理由，又怎样呢？总不至于她再去喜欢他吧。而责怪？这样一个什么都没做过的少年，又有什么好去责怪的呢？

顾楚生静静等候着楚瑜开口，见她收了声，他甚至还轻柔地道："你别着急，慢慢说，我听着。"他从未对她这样好过，然而越是如此，楚瑜越是难受，觉得上辈子的自己似乎是蠢到了极点。她骤然平静下来，淡定地道："没什么，走吧。"说着，她转过身去，领着顾楚生进了大堂。顾楚生皱了皱眉头，总算察觉出那么几分不对劲来。然而他没有出声，仍然静静地观察着。

两人进了大堂，李春华已经等在里面了。如今已是寒冬，屋里燃着炭炉，她却仍穿着一身樱色笼纱长裙，手持一把小金扇，端坐在正堂之中，笑意盈盈地道："可算是来了。"

楚瑜瞧着她的衣着，不免笑了起来："殿下昨日见我，尚身披袄被，今日风寒可是好了？"李春华听出楚瑜话中的揶揄，倒也没有尴尬，小扇子摆了摆道："今日得二位在前，百病俱消，大夫人太小看我了。"

顾楚生正在落座，听到李春华的口吻，他皱了皱眉头，直觉出几分不对来。他抬头看了一眼楚瑜，见楚瑜神色平淡，正同李春华闲散地聊着天。然而李春华虽是在与楚瑜说话，目光却时不时往自己身上瞟。顾楚生被她看得心里带了气，面上却是不显，直直看向前方，抿酒不语。

李春华与楚瑜该谈的，都在昨日谈完了，此刻能谈的，也不过就是些胭脂水粉，家长里短。顾楚生听得不耐，李春华的目光又让他如坐针毡，他终于压抑不住，想早点结束了谈话离开，于是抬头看向李春华，认真地道："公主殿下今日相邀，可是有事要同下官吩咐？"

听到这话，李春华"扑哧"一声笑了出来。她低头瞧向楚瑜，小扇遮住半边脸，笑道："本宫不过是听闻顾大人风姿犹佳，特邀前来，顾大人无须如此拘束，且将本宫当作朋友，喝酒聊天，大可随意。"

李春华从不是遮掩的人，这话出来，顾楚生便明白她的意思了。他静静看了一眼楚瑜，见对方面色平静地饮着酒，一副置身事外的样子，顿觉怒气上涌。然而他知道如今在李春华面前不可放肆，便只能压着气性，冷着脸，没有出声。

李春华看出顾楚生怒了，似也觉得不妥，她轻咳了一声，举杯朝楚瑜送去，道："来来，大夫人，你我再饮一杯。"然而酒方送出去，突然就撞到了楚瑜正举杯的手上，酒洒了楚瑜一身。李春华忙道："呀，冬日寒凉，这可怎好？"

楚瑜已经明白了她的意思，她今日本来想请的也只是顾楚生，如今怕是想同顾楚生单独说几句话了。楚瑜不是不懂事的人，忙笑了笑，起身道："此事无妨，妾身马车中常备有换洗的衣服，劳烦殿下稍候片刻，妾身换过衣服就来。"说着，楚瑜起身，行了礼告退下去。

顾楚生如何不明白她们这一唱一和？他捏着拳头，目光落到楚瑜从容不迫的背影上。她是当真没有半分情绪的。明知道李春华是个怎样的人，明知道李春华抱着的是怎样的心思，可她说走就走，没有半分拖泥带水。

若是真的喜欢他，此情此景，怎能无动于衷？若是真的喜欢他，如此无动于衷，又是怎样的薄凉心肠？重生以来，从未有过的痛苦和羞辱涌在顾楚生胸口，他垂着眼眸，身体紧紧绷直，怕别人看出他此刻内心的滔天巨浪。

楚瑜走出去后，李春华挥了挥手，屋里所有人也都走了出去。她沉默了片刻，见顾楚生仍然一直低着头，便持着小扇子来到顾楚生身前，半蹲下来打量他。

"公子真是生得好容貌。"她赞叹出声，"方才公子进来，妾身便觉满堂蓬荜生辉。公子如日月彩霞，当真是光彩夺人。"她没有用"本宫"，反而是用了"妾身"这样的称呼，可谓礼遇。

然而顾楚生仍旧不言语，李春华便知道这些花言巧语对于顾楚生来说没有用，于是笑眯眯地瞧着他道："顾公子如今，尚是九品县令吧？不知道在昆阳之时，顾公子可曾怀念过华京旖旎？"

顾楚生还是不出声，李春华不免觉得有些无趣。她回到自己的位子上，撑着下巴，手里转着小金扇道："顾公子啊，你可知若非特殊际遇，以你父亲的罪过，你再有如何才能，怕都要在昆阳待一辈子了。你何不给自己找条捷径呢？"说着，她身子往前探了探，"顾公子，何不瞧瞧本宫呢？本宫长得也不算丑吧？"

这一次，顾楚生终于抬头了。他坦然地看着李春华，神色平静："明明那个人放在身边从没换过，何必假作多情，四处激他？"

听到这话，李春华的面色剧变。只见顾楚生施施然站起身来，语调淡然："今日酒宴，顾某不胜感激。殿下不是强人所难之人，若无他事，下官便告辞了。"说着，他便往外走去。

李春华看着这人似乎压抑着什么情绪的背影，嘲讽地笑开。他刺了她，她自然不会让他舒坦，她勾着嘴角，冷着声道："本宫可是同大夫人明说了今日是请你来做什么的。"

顾楚生顿住脚步，片刻后，他哑着声道："我知道。"说完，他便疾步走了出去。

李春华抓起手边的金杯就朝着顾楚生的方向砸了过去，然而他脚步不停，一路直行往外。没过多久，只见一个身着水蓝色广袖长衫的男子走了进来，眉目清朗，神色柔和。他弯腰捡起那酒杯，含笑道："人没留住？"

李春华冷哼一声，朝着外面道："是本宫觉得他无趣，不要了！"

"那答应卫大夫人的事，如何了呢？"那男人将酒杯扣在李春华桌上，李春华摆了摆手，"本宫不和钱过不去。"男人笑出声来，没理她的口是心非，只是将狐裘披到她身上，温和地道："下次多穿点儿，天冷了，你穿些毛茸茸的衣服，好看。"

李春华冷冷一笑，扭过头去，没有多话。

楚瑜换了衣服，就站在门口等着。外面下起了小雨，她披着羽鹤大氅，双手捧着暖炉，仰头看着雨水落到青瓦之上，再如线一般坠落下来。身后传来脚步声，她没有回头，询问道："长公主可有留宴的意思？若是有的话，便同她说，我抱恙先走了。顾楚生不用理会……"

她说着，转过头来，却看见的是顾楚生停在她身前。那一刻她微微一愣，慢慢睁大了眼睛："你怎的在此处？"

顾楚生静静看着她，目光里似有烈火烧灼。楚瑜手里抱着暖炉，慢慢反应过来，笑了出来道："你今日打扮得这样好看，我还以为你是知晓长公主的意思，故意前来的。倒是我误会了。"顾楚生没说话，晚月撑起了伞，楚瑜穿上木屐走进雨里，淡道，"那就回去吧。"

顾楚生捏着拳头，看着那女子从容的背影，感觉喉间一片腥甜。他克制住自己所有的冲动，跟着楚瑜出了长公主府。楚瑜钻进马车，刚要吩咐起程，就看见一双手猛地搭在马车边上，随后车帘便被掀开，露出了顾楚生冷峻的面容。

冷风卷席而来，顾楚生没有打伞，冬雨噼里啪啦砸在他身上，将他精心准备的这一身砸得狼狈不堪。楚瑜静静瞧着他，晚月上前去，冷着声道："还请顾大人回自己的马车，否则休怪奴婢无礼了。"

顾楚生没有说话，只盯着楚瑜。他虽然什么都没说，楚瑜却也知道，他是不会罢休的。她叹了口气，有些无奈："有什么话，进来说吧。你这样，不好看。"

晚月皱了皱眉头，看了一眼楚瑜，却见楚瑜抱着暖炉，斜靠在马车上，神色泰然。晚月明白了楚瑜的意思，退了出去。

九　去长公主府，怎的如入龙潭虎穴一般？

　　顾楚生终于进得马车来，坐在离楚瑜最远的角落里。楚瑜拢了拢大氅，抬眼瞧他："有什么话想说，你便说吧。"

　　"你……知道长公主的意思？"他沙哑地开了口。然而这话说出口来，他骤然发现，他不是在责问她。分明是她捅了他一刀，他却握着那刀一点一点拔出来，刀刃划过他的肺腑，磨得他连呼吸都觉得疼。

　　楚瑜从容地应声："嗯。"

　　"为何不同我说？"

　　"我以为你知道。"

　　"我不知道。"顾楚生抬起头来，盯着她，一字一句，"我不知道她的意思，我穿好看的衣服，是给你看的。我来，也是为了多同你说几句话。我是为了你来，不是为了她。"

　　楚瑜微微一愣。她从未面对过这样的顾楚生，骤然有了几分尴尬，不自觉地扭过头去，强装平静地道："我知晓了。"

　　"你之前不知晓吗？"顾楚生嘲讽出声来，他盯着她，仿佛要将这女子生吞入腹一般，"我说喜欢你，我想带你走，我想娶你，你以为，我是同你说笑吗？！"

　　楚瑜没说话。听到顾楚生说喜欢她，她总觉得是在做梦一般。甚至她想，这真的是重生，而不是她的一场梦境吗？梦里她学会了放下，学会了不执着，而她曾经的执念却反过来开始苦苦痴求。

　　她忍不住轻笑起来，看着面前的顾楚生，道："那又与我何干呢？"

　　这话是顾楚生当年对她说过的。当年她认认真真地同他说："顾楚生，我喜欢你。"那时他也是如此，双手抱在胸前，冷笑出声："那又与我何干？"说起来，她的语气，可比他好上太多了。

　　这句话顾楚生也记得，所以在楚瑜说出口时，他忍不住愣住了。他看着面前的姑娘，觉得上辈子的一切仿佛是倒了个个儿。当年他嘲讽她，如今她就嘲讽他。他慢慢闭上眼睛，捏紧了拳头。"是，是与你无关。"他忍住气血翻涌，艰难地道，"可是，哪怕你不屑于这份情意，也不该作践。你明知我喜欢你，你又怎能……"

　　"作践？"听到这个词，楚瑜忍不住笑出了声来。回忆开了口，就无法关上，楚瑜瞧着面前这人熟悉的面容，从那句"我喜欢你"开始，无数回忆倾泻而出。那些回忆让她手脚冰凉，她死死盯着他，一时之间，居然有些分不清这到底是前世，还是今生。公主府的酒劲儿太大，有些上头，她感到自己的情绪被扩大开来，看着坐在对面的顾楚生，仿佛是在看着上辈子的人。她捏紧了暖炉，身子微微颤抖。而顾楚生看着她，脑中全是疑问。

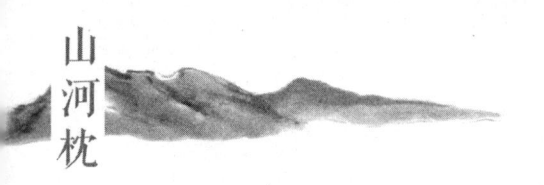

为什么她会是这样的态度？哪怕不喜欢他，哪怕讨厌他，怎么就能厌恶到这样的程度？仿佛她若控制不住自己，随时随地都会抽剑杀了他。那目光他见过的，在她临死前一刻，她说："若得再生，愿能与君，再无纠葛。"那时她的目光里，就包含着这样的愤怒与恨。

顾楚生手足冰凉，总觉得自己忽略了什么。而楚瑜压抑不住自己，冰冷地笑开："顾楚生，你喜欢听故事吗？"

他想说不，可他说不出口，只是呆呆地看着她。只听楚瑜笑着道："你不是说我作践你的情意吗？我给你说个故事，你就听着，我来告诉你，什么才算真正的作践。……有一个姑娘，她喜欢上了一个人，那人落难，被贬出京城，于是她抛弃荣华富贵，夜奔千里，终于找到他。你说，这份情意，可算深重？"

听到这话，顾楚生的脑子轰然炸开！被贬出京，夜奔千里。他盯着楚瑜，目光里全然是不敢相信。然而楚瑜深陷于自己的情绪之中，根本顾及不到顾楚生此刻的神情。

"若千里夜奔不算什么，那她后来散尽自己所有钱财，拼了满身武艺，护他升至金部主事，又可算是恩德？"

散尽钱财，金部主事。顾楚生慢慢闭上了眼睛。外面的雨声噼里啪啦，他脑海中又是那一年，昆阳官道夜雨，少女红衣染泥，手中提着长剑，独身驾马，奔赴千里而来。"别怕。"她在马车外含笑，染了雨水的脸上，笑容足以驱开云雨雾霾，看得人心明朗。她瞧着他，目光里全是情意："顾楚生，我来送你。"而这一送，就送了他一辈子。送他到昆阳，送他从九品县令升迁至金部主事，又一路升作户部尚书，入内阁为大学士，最后，官拜首辅。那一路她相伴相随，整整十二年。

他以为他重生回来，是与她重新开始，却终于在这一刻明白了。——他回来，只是为了接受这场迟来的审判。他上辈子欠下她的，便要在这辈子，统统还予她。

马车摇摇晃晃，她用着别人的口吻，述说着他们二人的平生。"她的侍女将死时，她苦苦求他相救。"她的声音疲惫，"她从来没有后悔过自己的这份感情，他不喜欢她，不愿意对她好，是她强求。然而直到侍女死去那时，她才觉得，她后悔了。她不该喜欢，也不该强求。"

顾楚生听出她声音里的软弱，抬起头来。然而楚瑜的目光里没有他，她的声音似觉意兴阑珊："后来她离开了京城，去到了那男人的家乡，侍奉他的母亲。再后来婆婆病故，她就一个人留在了那里。也不知是过了多少年，她生了病，想回去见她父亲。那时候她身边已经没有人了，她一封一封信写给他，却直到最后，也没见到她父亲。"

"顾楚生，"她的目光终于看向他，仿若菩萨佛陀，无悲无喜，"你说我作践你？如今你可知,一个人作践另一个人的感情,能作践到什么程度?不喜欢无妨,可不喜欢一个人,却也不放开一个人,一定要将她拉扯在身边,一直逼到她死,这才是天大的作践。所以啊,喜不喜欢这件事,你别强求。"

楚瑜觉得自己的神志终于回来了几分,她笑了笑:"不把自己的心放在别人脚下,也就不会被作践了。"

顾楚生没说话。如今他怎可能还不明白楚瑜的态度?他没有机会。一旦楚瑜知道他还是上辈子的顾楚生,他绝无机会可言。他放不开她,上辈子,这辈子,他都放不开。可他也明白,如果楚瑜是重生而来,怀着对自己这样的心思,此时此刻看着自己,该有多恶心,多想要他死。如今他没被楚瑜捅个对穿,不过是因为,她不知道自己就是那个罪人。因此他不敢告诉她,他不敢说话,他怕只要他一动,就会露出马脚。

楚瑜没理会他,她斜靠在马车上,看着帘子起起伏伏。许久后,楚瑜听到外面传来人声,马车停下,卫韫清朗的声音从窗外传了进来:

"嫂嫂,今日雨大,我来接你了。"

十　以后你要的，我都会给得起

楚瑜微微一愣，片刻后，她轻轻对外应了一声，随后转头同顾楚生道："等一会儿马车绕到后门，你再下去吧。"说着，她便掀开帘子一角走了出去。

刚走到帘子外，便有雨伞遮住了她上方，楚瑜抬眼看去，却是卫韫在撑着伞。伞不大，他这样高举在她头上，雨就纷纷落到了他身上。他瞧着她，面容上全是欢喜，身上带着她早已失去的那份朝气，似乎就让她的整个世界都变得明亮起来。

楚瑜静静瞧着他，颇有些呆了。卫韫感到奇怪，唤了一声："嫂嫂？"

这一声唤让楚瑜将神志拉了回来，她慌忙收起恍惚，低头下了马车。卫韫还在给她撑伞，马车重新动起来，他回过头去，看见那晃动的车帘间，竟是露出了顾楚生的面容。卫韫心上一紧，面上却是不动声色，只是将伞又向楚瑜再靠近了一些。

人的伤心事，从来都是越想越伤心。楚瑜方才同顾楚生将过去的事原原本本过了一遍，说完之后，她就觉得自己仿佛是将上一世人生重新走了一遭，整个人累得连路都走不动了。一股子疲倦从楚瑜身上散发出来，伴随而来的还有悲悸与绝望，哪怕她什么都不说，可跟在她旁边的卫韫却是清清楚楚地察觉了出来。

卫韫的目光落在楚瑜的脸上，只见她面带倦容，神色仿佛一个迟暮老人，似乎随时随地都有可能坐化而去。这世上似乎没有她留恋的人和事，她的来或走都变得格外不可操控。他心里不由得有些发慌，紧随在楚瑜身后。

楚瑜进了屋，发现卫韫还在后面跟着，不由得失笑："你跟过来做什么？"

"闻见嫂嫂身上有酒气，怕嫂嫂是喝酒上了头，有些担心。"卫韫在楚瑜对面跪坐下来，楚瑜散了头发，斜卧在榻上，平静地道："无妨，我的酒量不止于此，不过浅醉，无甚大碍。"

"可是，嫂嫂的样子，却似乎是醉得深了。"卫韫轻笑起来，"容我陪着吧，我安心些。"

十　以后你要的，我都会给得起

楚瑜明了他的心思。她不是个藏得住心事的人，尤其是在自己的亲人面前，她更不需要藏。——是什么时候把卫韫当成亲人了的呢？楚瑜也不知道。她手里捧着暖炉，目光平静地审视着面前这个少年。

她的酒意其实是上来了的，她自己不察觉，却在行动上有所体现。她觉得燥热，便踢了罗袜，卫韫瞧着她垂在小榻前的一双赤足，不由自主就上前去捡起了那罗袜，低头替她穿上。旁边的卫夏瞧见了，忙上前拉扯长月一起出去，长月有些不明白，卫夏一个劲儿捂住她的嘴就往外拖。

房间里只剩下卫韫和楚瑜。楚瑜的思维还有些木木的，目光就凝在卫韫身上，看那少年半蹲在她身前，平静地替她穿袜子，还抬头朝她笑了笑，温柔地出声道：“冬日地寒，还是穿上罗袜吧，便不要任性了。”

楚瑜沉默着，她垂下眼眸，全然不想理会任何人。卫韫瞧她披散的头发上沾了雨水，带了潮意，便站起身来从旁边取了帕子，站到她身后，温和地道：“嫂嫂，我帮你把头发擦干吧？”

此刻楚瑜思索不了太多事，她低低应了一声，坐立起来，任卫韫握住了她的头发。她的头发很长，又黑又密。卫韫用帕子一点一点擦着，那双能握住几十斤长枪搅动乾坤的手，在这一刻变得格外温柔细致起来。他的温度就在她身后，提醒着她这个人的存在。楚瑜没有说话，他也就不言语。她的长发垂下来，遮住了她的面容。

过了许久，卫韫突然觉得有什么东西落在了他的手背上。他微微一愣，随后便慌了："嫂嫂，是不是我手太重了？"

楚瑜没有说话。她本不觉得委屈，但卫韫这么一问，她突然就觉得有天大的委屈涌了上来。前世的、今生的，所有的一切加在一起，楚瑜咬住了唇没法出声，唇色都被咬得泛白，肩头微微颤抖。

卫韫没敢再说话。他只看着这个女子不出声地落着眼泪，心里仿佛千军万马碾过一般地疼。这个女子其实是这样清瘦娇小，她像一朵纤细美好的花，在风雨中轻轻摇曳，美好得让他心生向往，又柔弱得让他如此疼惜。他听着她的哭声，感受着她周遭翻涌起来的那份孤寂，想说什么，却又不知道该如何安慰。无能为力侵蚀着他，让他只能静静站着。许久后，他终于没忍住，伸出手去，按着她的头，让她轻轻靠在了自己身上。

温暖触及的瞬间，楚瑜再也扛不住，爆发出哭声来。她压抑了那么久，那么多年。前世十二年她未曾这般哭过，今生她未曾这般哭过，此刻她却在这个少年怀里，终于找到了一席安心之地，放声大哭。而卫韫静静站着，任由她靠着，手温柔地梳理着她的发丝。他甚至没有问她在哭什么，只是给她依靠，不问缘由。

楚瑜哭了许久，终于累了，竟是直接在卫韫怀里像个孩子一般哭着睡了过去。卫韫轻轻将她放到榻上，给她盖上被子，小心翼翼地走了出去。然而一出门，他就朝着后院客房大步寻了过去。卫夏看了一眼他身上的泪渍，感受到他身上磅礴的怒气，什么也不敢问。

卫韫一路冲到顾楚生的门前，一脚踹开了大门。顾楚生没有换衣服，正狼狈地跪坐在蒲团上，垂眸看着一支簪子。卫韫的目光落到那簪子上，二话不说，抬脚就朝他胸口狠狠一踹。顾楚生被这一脚猛地踹到一旁，卫韫上前一把揪起他的衣领，如狼一般狠狠逼近："你同我嫂嫂说了什么？"

顾楚生没说话，神色如死灰一般。卫韫一巴掌抽过去，怒吼出声："说话！"

被这么一吼，顾楚生的目光才慢慢回到卫韫脸上。东西散了一地，他瞧见那支簪子，伸手便想去拿。卫韫却抬手将他的脸按到地上，他的身子撞上小桌，发出"哐"的一声巨响，卫韫声音里带着冷意："你哑了？"

"顾大人，侯爷问什么，您就说吧。"看到卫韫这样子，卫夏便知道不好。卫韫的性子算不上好，若他大吼大叫，那便是发怒了；但若他声音冷下来，那便是起了杀意。于是卫夏赶紧站出来打圆场，他毫不怀疑，如果顾楚生再说什么不中听的话，卫韫定会拔了他的舌头。

顾楚生听着卫夏的劝，眼里的茫然渐渐消退。他的神色亦冷静下来，同卫韫道："你先放开我。"

卫韫盯着他，他却也迎着卫韫的目光，没有半分退缩。许久后，卫韫慢慢放了手，顾楚生挣扎着撑住自己爬起来，又伸手去摸那支簪子。

那是一支镶嵌着红色玛瑙石的木质发簪，是楚瑜十五岁前最爱戴的一支簪子。楚瑜决心与顾楚生私奔的那天晚上，便是将这簪子作为信物送到了顾府。顾楚生连夜让人退还回去，楚瑜不肯收，顾楚生便干脆将它扔进了院子里的池塘。而后顾楚生重生回来，在池塘里找了好久，才终于把它找了出来。他原本以为这会是他与楚瑜重新开始的信物，毕竟这是楚瑜送他的第一件礼物，然而如今他却发现，或许这也会是楚瑜送他的最后一件礼物。

他擦净脸上被卫韫打出来的血，握住簪子，用帕子细细擦拭着。卫韫注意到那支簪子，却见顾楚生的神色太温柔，那温柔里还带着说不出来的酸涩，让人看着便觉得有那么几分可怜。只见顾楚生将簪子贴身藏好，这才抬头看向卫韫："她可还好？"

"不太好。"卫韫的气已慢慢消了一些，但声音仍冰冷，"我从未见过嫂嫂如此难过。"

十　以后你要的，我都会给得起

顾楚生苦笑了一下。楚瑜的难过，他明白。任是谁经历了那样的一辈子，都会觉得难过。他自己都不知道自己当年怎么能做出这么混账的事来，归根到底，人就是有着不断打破底线的劣根性。对一个人好，和借钱是一样的道理。借一百个铜板给对方，对方能记很久；借一百金给对方，对方就当成了习惯，觉得这是你应该给的，若有一日你不给了，对方还会心生怨恨。楚瑜就是对他太好，好得他习惯了，于是他终究觉得，楚瑜给他这么多，都是举手之劳，他无须感恩戴德。

然而，等回头再看，这世上哪里有谁该给谁好？给是情意，不给是道理。而踩着别人的情意，将之当成道理，那就是畜生不如的东西。给狗喂食，狗尚且知道感恩，况人乎？

顾楚生深吸了一口气，抬眼看向卫韫："我与大夫人说了一些旧事。"

卫韫没说话，跪坐在他对面，目光如刀。

"然而，此事已了，还请侯爷放心。"顾楚生苦涩地笑开，"日后，我不会再纠缠大夫人。"

——直到他把罪赎清的那一天。

"她为什么哭？"卫韫得了自己想要的结果，才问出来自己最关心的事。顾楚生垂下眼眸，许久后，终于道："是我辜负了她。"

话音刚落，卫韫的袖刀猛地插进顾楚生身后的墙上，他低头俯视着顾楚生，眼中全是警告。刀风划破了顾楚生的脸，鲜血流下来，顾楚生却一动不动，甚至连眼皮都没抬起半分，仿佛生死在此，早已无所谓了。

"既然滚了就别回来，"卫韫也没管他这一副求死的态度，冷着声音道，"不然我会让你明白，什么叫作后悔为人。"

说完，卫韫收了袖刀，转身离开。而顾楚生捧起热茶，闭上了眼睛，轻叹出声。

楚瑜昏昏沉沉睡了一夜，第二天醒来时已是日上三竿，尚带着宿醉后的头疼。晚月捧了汤药过来，见楚瑜果真捂着头，便笑了起来："可是头疼了？"

楚瑜抬眼朝晚月看过去，见她正笑意盈盈，便"啊"了一声，又道："是，好久没这样了。我的酒量没这么差的啊？"

"约是公主府的酒后劲儿大吧。"晚月将汤药递给楚瑜。楚瑜瞧见那一碗黑黑的汤，顿时皱起了眉头道："这是什么？"

"小侯爷知道您醒来会头疼，特意让人准备了治头疼的药。您喝了也该起了，小侯爷都等了您许久了。"

"他等我做什么？"楚瑜将药咕噜咕噜喝了下去。因着汤药通常都太过苦涩，她惯来是不太爱喝的，然而今日这醒酒汤，却是带着些甜味，格外好喝。大约是卫韫让人调了甜的东西在里面，让口感好上了许多。

晚月从楚瑜手中接过瓷碗，压抑不住笑容："小侯爷说给夫人准备了一份大礼，大清早就送过来了。见您没醒，他又回去看了会儿公文才过来的。"

这话说得楚瑜越发好奇起来，她梳洗之后便朝庭院走了过去。昨日下了大雨，今日云破雾散，天朗气清。此刻已是午时，阳光正好。卫韫一袭白衣，背对着她，正蹲在地上，不知道嘀嘀咕咕地在同谁说着些什么。

等楚瑜靠近了，才听清他的声音："哎你别跑！我叫你别跑！你他娘别钻我裤腿，哎哎哎，你别往树底下钻啊……"

楚瑜更加好奇了，三两步走到他身后，拍了拍他的肩，跟着他蹲下来道："你蹲在这里做什么？"

说话间，楚瑜就觉得有什么毛茸茸的东西钻到了自己的裙子下面，她吓了一跳，赶忙站起来，原来却是一只白色的小奶猫。它蹲坐在地上，看上去不足两个月的模样，水汪汪的大眼睛看着楚瑜，楚瑜瞬间便没有了任何招架的能力。她蹲下身来，便立刻又看见一只黑色的小猫从卫韫另一侧跑了出来，欢天喜地，仿佛什么都不怕的样子。

楚瑜本就喜欢奶猫，如今有两只奶猫在侧，她简直欢喜得不行。她摸着小猫的脑袋，低头笑道："你怎么突然弄了这么多小猫来啊？"

"上次嫂嫂说，想养五只猫儿。"卫韫说着，又从旁边将另外三只抓了过来，分别是橘、灰和三花。五只猫每一只颜色都不一样，却都是刚刚断奶的年纪，十分招人怜爱。它们一落地就想跑，卫韫想把它们全都放在一处，已是十分艰难，他还想把它们排成一排让楚瑜好好瞧瞧，便更是痴心妄想了。

楚瑜同卫韫蹲在一起，看着他把这个小猫抓过来，又把那个小猫抓过去。她笑了起来，觉得这人真是少年心性。"我说想养猫儿，你就给我养啦？"楚瑜撑着下巴逗弄他，"那我的其他要求呢？你可还记得？"

然而出乎意料地，卫韫却是点了点头，认真地道："记得。"

楚瑜微微一愣，看见卫韫的手还放在一只小猫身上，目光却是落在自己的脸上，仿佛许下什么誓言一般，语气里没带半分敷衍地道："嫂嫂想要什么，小七都记着，早晚有一日，小七都会给得起。"

"来，嫂嫂。"这次他学聪明了，终于抓到了五只小猫，用手臂齐齐地夹着，横在胸前，上方露出十只小爪子。五只小猫排在他胸口，边叫边挣扎，卫韫抱着小猫往楚瑜的方向送过去，终于算是给了楚瑜一个好好观赏的机会。卫韫捏起白色小猫的爪子，露出粉红色的肉垫,笑眯眯地道:"这些猫都是我选来的,你看好不好看?"

楚瑜咽了咽口水。

——上辈子的梦想,总算成功实现一个了。

那些小奶猫都只有一个半月大,喂养起来很费事。卫韫专门给楚瑜找了个养猫的人来伺候,以免她把小猫给养死了。楚瑜和卫韫熟悉了这五只猫,又用"招财进宝发"五个字给猫儿取了名字,卫韫还有其他事,便先离开了。

晚月看着楚瑜逗弄猫儿,上前给楚瑜递了碗银耳汤,小声地道:"有一件事,奴婢不知当讲不当讲。"

"你说这话,不是打定了主意要讲吗?"楚瑜从长月手里接过温热的帕子擦了擦手,又从晚月手里接过银耳汤,目光却仍落在那小猫崽身上。晚月踌躇了片刻,终于道:"昨日我去给您煲醒酒汤时,长月同我说,小侯爷与您单独交谈了片刻?"

"嗯。"昨晚上的事情楚瑜大约记得,但也不甚清晰了,她抬眼道,"如何了?"

"奴婢就是觉得,您毕竟是新丧之身,男女有别,是不是……"晚月没有将后面的话说出来,楚瑜却是听明白了。晚月向来是个心细的,如今说了这话,必然是她体会出了几分不妥。而楚瑜从小在边疆长大,身边的人大多是男丁,十几岁时还能在沙场上和人摔跤,男女之防的确向来看得不重。加上卫韫年幼,明显还是个孩子,她一时倒真也忘了。

晚月见楚瑜垂眉思索,便接着道:"奴婢知道您是觉得侯爷年幼,无甚大碍。但算起来,侯爷今年也满十五了,算不得孩童,当避着的还是避着一些为好。"

"嗯。"楚瑜知道晚月的担忧,点了点头道,"我晓得。不过他孩子心性,你也别想太多,无妨的。"晚月见楚瑜有了主意,也不再多劝,候着楚瑜吃了银耳汤,便见楚瑜抱起一只小猫进屋去了。

卫韫对淳德帝称病,平日也就不怎么上朝,在家里同蒋纯一起教导五位小公子。如今家里有了猫儿,小公子对猫儿好奇,卫韫便每天定时带着小公子来玩。这时候蒋纯也就顺便带了账簿过来,同楚瑜对账。

如此平静不过两三日,李春华让人递了消息过来,再过两日她将和皇帝出宫微服私访,让顾楚生午时躲到福祥赌坊去。楚瑜想了想,有些担忧地道:"可是,若是两日后,顾楚生没刚好撞在陛下面前呢?"

"福祥赌坊是姚家的产业。"去福祥赌坊是卫韫出的主意,他自然有他的考量,"姚勇如今既然要杀顾楚生,姚家各地的产业怕是早就得到了消息。我们今晚先连夜送顾楚生出府,让他自己找个姚家产业下的客栈歇息。姚家人一旦发现他,一定会连夜追杀,到时

229

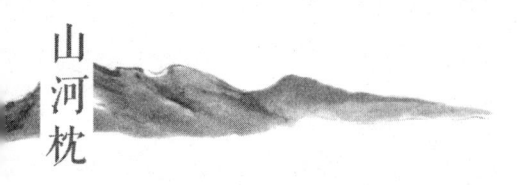

候就看顾楚生的本事，如何一路逃到福祥去了。"

"那顾楚生要是不行呢？"楚瑜再问。卫韫平静地道："那我就暗中相助，偷偷帮他。"然而，这个帮忙的人是谁，卫韫说是自己，楚瑜却明白，其实她去更合适。她手里有卫韫写给她的放妻书，与顾楚生又有那么一段众人皆知的情意。她去帮顾楚生，哪怕后来被人查到，也可搪塞过去。而若是卫家派去的人被查到，以淳德帝的心思，怕是会认定卫家刻意陷害姚勇。

罢了，楚瑜思索着，大不了出事的时候她去帮个忙就好。她放下心来，点了点头，没再多说。

当天晚上，卫家连夜暗中将顾楚生送出卫府，楚瑜便该做什么做什么，并没有太担心。然而第二日，悠悠地喝茶到夜里，卫夏突然冲进楚瑜房中，焦急地道："大夫人，不好了。"

"嗯？"楚瑜的声音平缓，站起身来，"何事？"

"姚家派了两队人马追顾大人，我们若不出手，他怕是跑不掉了。小侯爷现已准备好去帮忙了，打算一个人带着顾大人躲一下。"卫夏焦急地汇报道。楚瑜早做好了准备，抬手便让卫夏出去，同他道："你拦住他，此事我去。你就同他说我已经赶出去了，哪怕日后查出来，也是我顾念过往情意救的顾大人，与卫府没有什么关系。"楚瑜说完，转身去换了一身夜行衣，便直接往马厩赶了过去。

然而，马厩里，楚瑜刚准备上马，便听到卫韫焦急的声音："嫂嫂别走！此事我去！"

"你要去？"楚瑜的声音有了冷意。"嫂嫂……"卫韫见楚瑜带了怒意，气势顿时矮了下去。她猛地提高声音："堂堂镇国公，这点小事轮得到你去？给我让开！"卫韫愣了愣，楚瑜已翻身上马，用鞭子指着他的鼻尖道，"你给我好好待在卫府装病，该用着你的时候再上！"

"嫂嫂……"

"长兄如父，长嫂如母！"楚瑜厉喝出声，"别耽误时间，给我回去！"说完，楚瑜又吩咐卫夏道，"看住他。"随后她便驾马冲了出去。

卫韫呆呆地看着楚瑜的背影，张了张口想说什么，却发现什么都说不出口。深深的无力感涌来，他不是不想拦她，也不是拦不住她，然而看着她这样焦急的模样，他何尝不明白，她吵着要去，无非是为了那个人罢了。上一次去昆阳，她是想救那个人，如今也不过是如此。他瞧着那女子打马而去，也说不清心里是什么滋味。卫夏叹了口气道："侯爷，大夫人说得对，此事不该是您出头的。您也别难过了。"

十 以后你要的,我都会给得起

听到那句"别难过",卫秋悠悠地瞧了卫夏一眼。卫韫笑了笑,有些奇怪地道:"我有什么好难过的?我不过就是担心而已。"

卫夏微微一愣,随后忙点头:"是我说错了。"

可是怪得很,卫韫说完这句话,竟觉得卫夏的话似乎也有那么几分对,在他心里,仿佛还真有那么一点点微弱的酸楚。他也不明白这是什么感觉,思来想去,大约就和年少时看见母亲更宠爱大哥那样的情绪差不多吧。他抿了抿唇,转身往庭院走去。

楚瑜出了卫府,一路往顾楚生被围困的地方追去。

顾楚生正被围在一片林子里,他在林子里设了陷阱,对方在他手下吃了几次闷亏,也不敢往前,就这么僵持着。楚瑜躲在树上,观察着局势。杀手小心翼翼地搜索着草丛,却是完全看不见顾楚生的身影。

那些杀手不敢分开,全都背靠着背,而另一批人则围在外圈,防止顾楚生逃跑。这样的搜索方式虽然慢,但顾楚生却是早晚要被找到的。楚瑜不敢妄动,在暗处静静等着。

顾楚生擅长奇门遁甲,对方搜了这么久都没搜到,那必然是顾楚生用了些什么法子。对方有些焦急,其中一个干脆道:"我们不如将这一片放火烧了!我就不信这龟儿子还不出来!这人武功不行,跑不出去,我们就在外面守株待兔好了。"

听到这话,楚瑜心中一凛,却见那群人说干就干,外圈的人迅速清出一条足有一丈宽的防火带来,随后所有人围在防火带边上,朝里面泼了酒,堆起柴火,点起火来。楚瑜看见他们往火里扔了什么东西,立刻屏住了呼吸。火势越来越大,从外围往里烧,楚瑜站在树顶端,一直盯着被围困的那一块地。

火烧了一刻钟,因为冬日多干柴,外圈便已经彻底燃了起来。那块地烟熏火燎,楚瑜的心不禁提了起来。这放火烧山,大多数人都不是被烧死的,而是因吸入大量烟尘窒息而死。若顾楚生再不出现,再烧一会儿,怕是她也得离开了。

她还在思量,已见外圈火势甚大。那些人看见这样的火势,其中一个笑着道:"我说,咱们也不找了,就这么围着,他若不出来,就等着给他收尸好了。软筋散也放进去了,这里面怕是连兔子都动不了。"

一听这话,楚瑜也不再犹豫,顺着树干就滑了下去,动作灵巧如鬼魅。落下地面来,她立刻屏住呼吸,拿出一方手帕,滴了药剂在上面,捂在鼻尖隔绝了烟尘和软筋散。她猫着腰,借着火光快速扫着每一块地面,过了没有片刻,便听到一声呼唤:"阿瑜……"

楚瑜霍然回身,疾步走到一堆草丛前,看见了趴在地上、全身是伤的顾楚生。他已经几乎动不了了,楚瑜二话不说,将他扛在肩头。她习练的功法偏属阴性,这让她身形轻

231

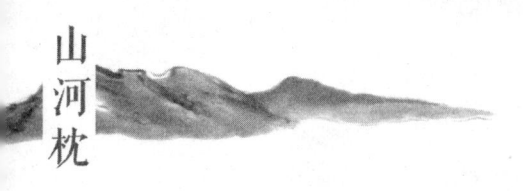

巧，轻功比常人要好得多，此刻不仅扛着顾楚生上了树，还借着树枝一路跑远了去。

顾楚生被她扛着，用尽全力转过头去看她。月色下，楚瑜面部的轮廓清晰可见。她的眼睛，她的鼻梁，她的唇角，十六岁的楚瑜尚在她最美好的年华。顾楚生瞧着她，不忍心移开目光半分。他心知此刻宝贵，以往楚瑜也总是这样救他，他年少的时候，楚瑜就无数次这般扛着他跑。

到了安全区域，楚瑜寻了一间破庙，直接将顾楚生扔了进去。她抬手捏着他的下巴给他塞了颗药，又迅速丢了一堆药瓶子给他，随后道："余下的你自己安排，我躲在暗处，不到关键时刻我不能出来。你赶紧上药，等火势下去，他们便知道你没死，怕就要追上来了。"

"嗯。"顾楚生低头应了一声，吃了楚瑜给的药，终于能够动弹，缓慢地起身捡起瓶子，也没再说话。楚瑜见他今日无话，不由得有些奇怪，回头看了他一眼，却又想到，他有没有话又和自己有什么关系？于是她二话不说，翻身上梁，双手护剑抱在胸前，就这么倒头睡了。

顾楚生坐在梁下，抬头看了一眼楚瑜的方向，恍惚觉得，那女子在他头顶，便如他的一片天。

就这样歇息到第二日，清晨楚瑜早早已醒，和顾楚生商议好了往赌场去的暗号，顾楚生又故意留下了一些痕迹，两人便往城中赶去。顾楚生在明，楚瑜在暗。

两人刚入城没有多久，一群人就追上了他。他沿着小路一路狂奔，跑得极有技巧，只走一个人能过的巷子，那些人也只能一个一个来追。他一面跑一面扔东西，楚瑜也暗中帮着给那些人设置障碍，倒是半天没给人抓着。

而此时，李春华已经哄着淳德帝进了福祥，卫家暗卫追上楚瑜，给楚瑜打了招呼，楚瑜便按照约定从屋檐上扔了一块瓦下去。

见到楚瑜的暗号，顾楚生凭着他三脚猫的轻功勉强爬上房顶，一路朝着赌坊冲去。那些人追红了眼，也顾不得招摇不招摇，跟着顾楚生便也从房顶上踩了过去。而楚瑜在屋檐下挂着，跟在了他们的后面。

三批人前后来到福祥赌坊外，顾楚生从一扇窗户往里猛地一撞，便砸进了赌场之中。这一番变故惊了众人，李春华和淳德帝伪装成普通百姓，正在赌桌前押注，听到这一声响,李春华瞬间上前一步护在淳德帝身前,带着侍卫们护着淳德帝往外走去。

而此时杀手们也冲了进来,因着是姚家的产业,他们压根儿没收手。加上一夜追逐,这些杀手早被顾楚生激起了火气,因此哪怕闹得人仰马翻,他们还是毫无顾忌地一路追砍。顾楚生武功不好,被困在这种地方,那就是瓮中捉鳖,插翅难飞。好在他在桌下又滚又爬,动作倒是灵巧。

李春华护着淳德帝,焦急地道:"老爷,咱们先……"

"等等。"淳德帝按住了李春华,目光落到顾楚生身上,皱着眉头瞧了一会儿,慢慢地道:"那人我瞧着,怎么这么像顾家那个公子?"当初顾楚生亲自入宫告发自己的父亲,这样的举动一般人做不出来,因此淳德帝对顾楚生的印象还是很深的。

见他被人左追右砍,淳德帝的眉头越皱越紧。他身后头发半白的奴才上前,小声地道:"老爷,是顾楚生。"淳德帝闻言,神色一凛,用扇子敲了敲旁边一个侍卫,吩咐道:"把人给我救下来。"

此时顾楚生已经好几次差点被砍到,亏得他善用地势,居然借着桌子和那些人周旋了这么久。而淳德帝身边的近卫都是精英,此时一入战局,局势瞬间颠倒。其中一个杀手怒喝出声:"休管闲事!"

楚瑜在梁上听着这话,顿时有些奇怪。这一声"休管闲事"里,带着些若有似无的北狄腔调。华京的人大概听不出来,然而在边疆与北狄接触过多年的楚瑜却是瞬间察觉到了不对劲。

这些明明都是姚勇派来的人,怎么还有带北狄口音的?如今大楚正与北狄打得难舍难分,姚勇身为主帅,若与北狄有勾结……想到这里,楚瑜顿时一身冷汗。可旋即她又冷静下来,不对,若是姚勇与北狄有勾结,怎么敢将一个北狄人当成自己的杀手来用?

楚瑜一时想不明白这是怎么回事,便将目光盯在了那杀手身上。盯了一会儿,楚瑜便从那杀手的招式里慢慢体会出了蹊跷。他的剑法看上去是大楚的路子,却总在收剑时下意识地让剑锋微微倾斜。北狄多用圆月弯刀,刀锋微斜可以保证砍在目标身上更加有力,故而这是北狄人惯常的动作。但放在大楚来讲,没有一个门派的剑法有这样的习惯。而与那个杀手交战的侍卫明显是个出身京城的贵族子弟,路子纯正,剑法磅礴,一心一意光顾着交战,根本没看出这杀手的不对来。

楚瑜思索片刻,觉得此人不能死在这里,便暗中取了块银子,在那杀手靠近窗户时,朝那侍卫弹了过去。也就是这片刻阻碍,让那杀手成功越窗冲了出去,楚瑜瞬间跟上。如今顾楚生既然被皇帝发现,便是得救了,她也不用再守着,不如跟上这个杀手,半路将人截过来。

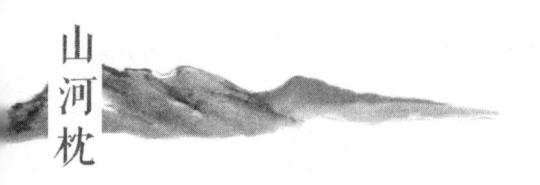

那杀手是个聪明人,知道皇帝根本没有多余人手追他。见自己安全了,他喘息着靠在小巷墙上,单手拿出一个药瓶,咬开上面的瓶塞,将那药丸一口倒完。而后他将药瓶扔在一边,又拿出布条娴熟地给自己包扎好伤口。

做完这一切,他用剑撑着自己起来,正打算离开,却听到一个女声笑着道:"壮士既然包扎好伤口,便随我走一趟吧?"那人闻言,猛地向后拔剑,也就是这瞬间,女子抬手扶住他的手肘,在他剑落的瞬间,便出手点在他的穴位上,又在他反应过来的下一瞬间就手法熟练地卸了他的下颚。

那人僵住身子,楚瑜瞧了他一眼,喃喃了一句:"个子挺大啊。"说着,她将剑往腰间一挂,说了句"得罪了",便单肩扛起那人,直接上了房顶,几个起落就到了卫家接应的地方。

卫秋带着人等在这里,看见楚瑜扛着个大个子往这边来,愣在了当下。他皱了皱眉头:"大夫人,这是谁?"

"哦,我觉得他不对劲儿,就把他捡回来了。"楚瑜将人放下来,一把拉开了对方脸上的蒙脸布,一张端端正正的脸出现在众人面前。这人五官深邃,轮廓刚毅,倒是典型的北狄人长相,然而相比真正的北狄人,其眼窝又浅了些,肤色也白上了许多,倒让人一时分不清他是哪里人了。

在场的卫家人看见这长相,都不由得皱起眉头。卫秋转头看向楚瑜,询问道:"您是觉得他是北狄细作?"听到这话,那人明显是急了,想说什么,支支吾吾了半天。楚瑜点了点头,吩咐卫秋道:"先把他嘴里清一遍,把毒药全清干净了再合上他下颚。"卫秋领命,将人扔上马车,随后一行人便回了卫府。

卫府里,卫韫早就在等着了。楚瑜一赶回来便抬手同他道:"我先去换件衣服,具体情况卫秋同你说。"说完她便风风火火地去沐浴更衣,卫韫转头看向卫秋,却是道:"没事吧?"

卫秋明白卫韫问的是什么,点头道:"大夫人没事,不过带回来了一个人。"卫韫皱了皱眉头,卫秋继续道,"长得像北狄人,现在关押到地牢里去了。"

"我去看看。"一听到"北狄"两个字,卫韫便留了心。他来到地牢,那人已经被挂在了刑架上。卫韫站在那人身前,静静瞧着他。谁知那青年看见卫韫,竟嗤笑出声来:"原来是卫家那个胆小鬼啊,怎么,躲在后方捡回一条命,如今就到老子面前来耀武扬威了?"

旁边的人都没说话。"我认识你。"卫韫沉默地盯了他片刻,冷声开口,"九月初三,你曾与我交过手,那时候你还是北狄的人。"

十　以后你要的，我都会给得起

　　卫韫记得他，这个青年身手不错，人又狡诈，当时他夜里带了一百人来偷袭粮草，刚好遇到卫韫守夜。其实也不是卫韫刚好在守夜，而是那天他父亲特别吩咐了他，让他一定要守好粮仓。当初不觉得什么，卫忠叫他守他便守，结果一守真守出了事。这青年在他手下走了几个回合，武艺当得上一声"不错"，因此卫韫对他记忆深刻。

　　此刻见到他被关在这里，卫韫皱起眉头道："你来华京做什么？"

　　"大夫人说，他是此番来刺杀顾大人的杀手之一。"

　　听到这话，卫韫的眉头皱得更深，他抬眼看向那青年："你是谁派来的？"

　　"关你屁事！"他"呸"了一声，卫韫冷笑起来："行，你骨头硬，我便看你能硬到什么程度！堂堂大楚人认北狄为主，怕是北狄的一条好狗。"

　　"你放屁！"对方被这么一激，大吼出声，"放你娘的千年陈屁！卫小王八我告诉你，你可以骂老子，但你不能说老子是北狄的狗。我他妈在北狄忍辱负重这么多年，不都是为了大楚吗？！要不是老子放水，你以为那天老子烧不掉你那些破粮草？！"

　　"你不是北狄派来的，又还能是谁派来的？别以为随便说几句冠冕堂皇的话就能糊弄我。"卫韫把目光落到烙铁上，平静道，"给他一晚上时间，今晚他不说实话，明天就给他脸上烙一个'北狄狗'。"

　　"卫韫我操你大爷！"那青年怒吼出声来，卫韫却是勾了勾嘴角："有本事你就操。"

　　那青年："……"

　　卫韫懒得和他纠缠，吩咐了卫秋要问些什么后，转头就走。等出了门，卫夏小声地道："侯爷，这人看上去呆头呆脑的，不像个细作啊。"

　　"他不是。"卫韫肯定地开口。其实那青年说得对，当初他的确是有机会烧了粮草的，是他故意放了水。而且看那人的长相……卫韫抿了抿唇。

　　大楚北境与北狄常年争战不断，有一年卫家失利，失了一个城，城中百姓没来得及完全撤离，留了一些人，而留在那里的女子……看那青年的长相，他应该是北狄与大楚的混血。这样的孩子算不上多，其出身大多是能猜出来的。这样的人若还能当北狄的细作，那真是没有半分良知了。而此人虽然一路骂骂咧咧，气度却还算坦荡，应该做不到这个地步来。

　　卫韫思索着从地牢出来，又同卫夏吩咐道："同他们说，别真给他上刑，先饿他几顿，不说再打。"

　　"行。"卫夏点点头，还想问什么，却见卫韫已健步如飞地往大堂去了。

235

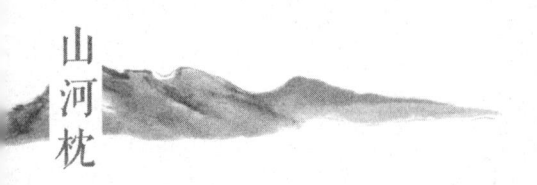

到了大堂里，卫韫坐在案前，等楚瑜过来。

楚瑜这次穿得规规矩矩，和平日的散漫大有不同。他瞧了一眼，心里有些疑惑，却也没有多问，只是道："你来之前我收到了消息，陛下将顾楚生安置在了长公主府。"

听到这话，楚瑜愣了愣，随后低下头，憋住笑，没有说话。卫韫有些疑惑，皱起眉问："你笑什么？"

"没什么。"楚瑜抿着唇，笑意却是遮掩不住，"就是想着，长公主这次倒是得偿所愿了。"

听了楚瑜的话，卫韫这才反应过来，按照李春华的性子，顾楚生去长公主府，怕是羊入虎口了，还是口感特别好的那种羊。于是他忍不住也笑了："顾大人艳福不浅，想必会是段好时光。"

"别和我贫了。"楚瑜转头看过去，"如今顾楚生定已经告了状，那下一步该怎么办？"

"我会修书给宋世澜，"卫韫平静地道，"且等着吧。"

楚瑜点点头，然而想了想，她又叹了口气道："只是可怜了百姓。"卫韫没说话，楚瑜怕他将责任揽到自己身上，便又道，"我随意说说，你别放在心上，这过错不在你，在姚勇。"

"将士不上战场，却躲在这后院玩弄诡计，这错如何不在我？"卫韫苦笑，"姚勇有错，我亦有过。只是说，"他说着，目光渐行悠远，"我并不后悔罢了。"

楚瑜没说话，她不知该如何宽慰。卫韫抬头看她，好久后，却是道："这些事且先不提，其实今日来，我主要是想同嫂嫂商议一件事。"

"你说。"见卫韫神色郑重，楚瑜忙坐直了身子。卫韫的目光里带了几分苦涩："其实卫家人才济济，很多事不需嫂嫂去做，日后嫂嫂多顾及自己，往事如烟，该散便散了吧。而若是散不了，何不重新拾起来，好好修补呢？"

楚瑜愣了愣，片刻后她便明白，卫韫指的是她两番救顾楚生一事。她忙道："其实救他不过举手之劳，我只是觉得此事比较适合让我去做。小七你是在顾虑什么？"卫韫没说话，楚瑜又想了想，"你可是担心我受伤？这你不用担心，我心里有数的。"

卫韫沉默低头，楚瑜见似乎还不对，只能再道："或者你可是觉得，我身为卫家大夫人，做这些事会失了身份？"说着，她便笑了，"这事又不是明面上做的，大家也不知情，物尽其用，我能帮忙便……"

话没说完，卫韫已站起身来："我还有他事，嫂嫂先自便吧。"

楚瑜被他这一番动作搞得莫名其妙，卫夏、卫秋跟着卫韫走出来，卫夏劝慰道："大夫人也是一番好意，虽然是鲁莽了些，但凡事看最终结果就好，您……"

"不必说了。"卫韫平静地打断卫夏的话，"是我的不是。嫂嫂说的都有道理，她有自己的选择，这事也的确是她来做最合适。她愿意做，又做得好，我除了担心，没什么好多想的。……再说顾楚生乃青年才俊，他们的事本轮不到我担心。大哥已去，总不能真让嫂嫂为他守寡一辈子。"说着，他转身走进书房，"就这样吧，不管了，也管不了。"

卫夏被他这一番话说得哑口无言，也不知道该接些什么。只见卫韫已坐到桌前开始批复各地的线报，卫夏苦着脸道："我还是去厨房看看给侯爷的药熬好了没吧。"说完，他便转身跑了。

卫秋留在卫韫身后，好久后，他慢慢地道："其实与您无关的事，您不悦什么呢？"

听到这话，卫韫的手微微一顿，墨染在了纸面上。他垂下眼眸，遮住眼中的神色。"我不喜，"他淡然出声，"却不知为何不喜。或许是为着大哥，又或许是我自私，太过依赖嫂嫂，便总想留嫂嫂在府里一辈子。……有时候我其实不太明白，这些女子为何一定要嫁人？仿佛不嫁人，不成婚，没有一个孩子，她们的一辈子就如毁了一般。但若不是遇到了喜欢的人，与自己的家人在一起过一辈子，不是很好吗？"卫韫说着，眼里带了茫然，"我会孝敬嫂嫂，她若担心无人养老送终，卫家如今还有几位没了父母的小公子，随便哪位过继给嫂嫂便好。她若担心日后在外被人欺负，我便为她挣一个诰命之身，有我护着，她捅破天去，又有何妨？……但，她嫁了人，尤其是嫁给顾楚生这样的人，日后受了欺负，你说又该怎么办？一家人管一家人的事，我难道还要去逼着顾楚生休妻不成？"

卫韫越说越苦恼，说到最后，他干脆将笔搁下，重重叹了口气道："我就是觉得顾楚生这人不行，却也拦不住。你说我能如何？"

"顾楚生不行，其他人便可以吗？"卫秋平静地发问。卫韫愣了愣，半天后，他支吾着道："如今……大约还没遇上好的吧。"

卫秋不再说话了，话说到这里，也没什么好再说下去的。他看着卫韫坐在原地，似乎还在思虑着什么，便道："侯爷，还是看线报吧。"

"嗯。"卫韫被他唤回神志，也不愿多想，低头继续看线报。然而他总觉得，内心似乎随着卫秋的发问，生起了一丝不寻常。他好像意识到了什么，却又不大明白，于是只能将那心思藏在最深处，干脆守在它边上，不再触碰。

隔天早上，顾楚生便在长公主府醒了过来。醒来时屋里炭炉烧得正旺，仿若夏日，感觉不到半分寒意。他的伤口都已经包扎好，身上穿着一件水蓝色冰丝长袍，露着大半个胸膛。

李春华坐在他边上，瞧见他睁开眼睛，赶忙探了过去，给他摇着扇子，抛了个媚眼道："哟，你醒啦？"

顾楚生一看见李春华，便心说不好。他故作镇定地抬起手，拉了拉自己的衣服，然后同趴在他上方的李春华道："公主请自重，顾某乃外男，还请公主离顾某远一些，以免玷污公主清誉。"

"哎呀，你同我谈什么清誉不清誉？"李春华眨了眨眼睛，"你都住进我府里了，还有什么清誉好讲？"顾楚生不说话，手里紧攥着自己的衣襟，盯着床顶，颇有些紧张。

便就在这时，一声轻笑从外面传来："你们这是在做什么？"李春华抬头看向外面，只见一个男子，长发被玉带束在身后，身着水蓝色长衫，端着一碗汤药，施施然走了进来。他眉目生得俊雅，五官看上去十分柔和，让人感觉不到半分威胁。这样的长相，让他整个人都显得格外近人。

听见这个声音，顾楚生舒了口气。李春华离他远了些，瞧着来人道："这顾楚生来了，你倒比我还着急。"

"为公主分忧，本也是我分内之事。"对方说着，走到顾楚生身边来，将他扶起，然后将汤药递给了他。顾楚生沉默着接过那汤药，好半天，终于是斟酌着开了口："谢过……"

"过往的名字，便不用再提了。"他这轻飘飘的一句话，便让顾楚生将剩下的话都埋进了唇齿之间。顾楚生想了想，点头道："也好。"说着，他举碗喝下汤药，仿佛感觉不到苦似的。然后那人就守着他，李春华在旁边瞧了一会儿，见着无趣，便同他道："你们慢慢聊，我先走了。"说完，也不等那人开口，她便转身离开了。

等李春华的身影彻底看不见了，顾楚生才转过头来，打量面前的人。只见他将其他人遣退下去，熟练地往炭炉里换炭火，又在炭火里加了香。

"她喜欢闻香味，随着心情不同，喜欢的风格也有所不同。"他突然开口，声音平淡，"我如今已是调香好手，但与你相比还是三脚猫的功夫。如今你刚好有时间，不如在公主府教我一二？"

"您开了口，顾某又怎敢拒绝？"顾楚生苦笑了一下，片刻后，却是道，"您如今，过得可好？"

"很好。"对方点了点头，"这半生来，从未有一段时间，让我如此安眠。"

"那便好，"顾楚生点点头，重复道，"那便好。"

"我如今有了新的名字，叫薛寒梅。"他说着，慢慢走了回来。顾楚生有些诧异，不明白他为什么要突然同自己说起这个。只听对方笑了笑，声音里有些苦涩："她还是挂念着他啊,你看那人叫梅含雪,如今我的名字,也不过是从那里来的。"

"您不用想太多……"顾楚生一时不知道该如何说。这个人和李春华的事,向来是剪不断理还乱,上辈子他没活多久就病逝了,李春华散尽身边所有面首,死活闹着追封他为驸马,将他葬进了皇陵。他上辈子就常对顾楚生说,李春华对他,不过是看在梅含雪的面子上而已。然而等他去了,顾楚生陪李春华送他入皇陵时,曾问过她:"你既然为了梅含雪留了他这么多年,为什么最后入皇陵的不是梅含雪,而是他?"

那时候李春华没说话,许久后,她轻轻笑了。年龄从来与李春华无关,无论多少岁,她都是那样美艳动人。然而,直到那一刻,顾楚生才骤然发现,长公主老了。她眼里含着眼泪,嘲讽着笑出声来:"我都把他葬进皇陵了,你们怎么还是不信,我是当真喜欢他的?……我对他说了千百遍这话,他不信。临死前,他还问我这句话,还不信。——我到底要怎么做?"她的眼泪落下来,捂住胸口,咬牙出声,"我是不是要把心挖出来,你们才明白,我当真喜欢他?!我当年喜欢梅含雪是真,我后来喜欢他,也是真!"

想到这个人和李春华的结局,顾楚生心生不忍,只能道:"长公主殿下是真心喜欢您的。"

"我知道。"对方笑了笑,"她同我说过很多次了。"——然而,他却是从来不信的。他没说出后面的话,顾楚生却也明白他的意思。这人的心思向来难以转变,顾楚生见劝不住,也不再劝了,只是问道:"您如今可有哪里不舒服?"

"问这个做什么?"薛寒梅有些奇怪,随后道,"我必然是比你好过很多。"

"您过得好,"顾楚生叹了口气,"想必我父亲也该放心了。"

薛寒梅听顾楚生提起父亲,便不再说话。他跪坐在床前,好久后才慢慢出声,却是一句:"对不起。"

顾楚生愣了愣,忙道:"您不必多想,这本也是我父亲愿意的。"

薛寒梅摇了摇头,却不肯再多话。顾楚生想了想,换了个话题道:"您近来,可有什么打算?"

"能有什么打算?"薛寒梅笑了,"我以往就求在她身边过一辈子,如今终于能在她身边了,我又有什么好打算的?"

"那……也好。"顾楚生点了点头,真心实意地笑开,"您能想开,那就再好不过了。"

当天晚上,华京下了一场特大的冬雪。顾楚生想起来,那年大楚的冬雪下了好几次,仗也打了好多场,前方节节败退,皇帝震怒不已。许多地方,甚至连信使都会被北狄的军队拦截杀害,根本传不出任何消息。

同一时刻，楚瑜正在书房里和卫韫一起看线报。她如今每天都会去找卫韫一起看线报，了解各地的消息。她近来与卫韫的话越发少了，卫韫察觉，却也没有多说，只是隐约觉得这样少话也是对的。然而多少回他仍有那么一些难受，于是和她一起看线报的时间就变得格外珍贵，两人安静地分享着消息，将有价值的消息递给对方。

"这地方可有意思了，"卫韫突然看到一条线报，笑着道，"一直向朝廷派人求援，但这地方其实根本没被围困，只是被拦截了三路人马。也不知是不是那县令吓破了胆，这么着急求救？"

"哦？"楚瑜其实不感兴趣，却还是顺口询问道，"哪个地方的守官如此胆小？若都像他们一样，这兵马……"

"凤陵。"楚瑜话没说完，卫韫就报出了名字。楚瑜猛地抬头，大惊失色，忙道："你再说一遍，哪个地方？！"

"洛州，凤陵。"

听到这话，饶是早有准备，楚瑜也是吓了一跳。

凤陵要出事她是早就知道的，可那该是宋文昌战死，楚临阳带兵偷袭北狄，绕道凤陵之后的事了，为什么会在此时就开始求援？楚瑜将凤陵的线报拿出来看，再三确认凤陵的确没有被围困，才皱着眉头道："他们派了三拨人到华京来，到底想往华京送什么？"

"我让人去看看吧。"卫韫思索了片刻，同楚瑜道，"凤陵距离此处不过两天的距离。"说完，他便招来人，吩咐去凤陵探查。

与此同时，楚瑜将其他地方的线报都翻了出来。前线几乎都在败退，没什么异象，而楚临阳一天前还在给卫韫飞鸽传书，位置在距离凤陵约一日路程的阳关。她还是放心不下，抬手给楚临阳写了书信，询问如今前线的情况。写完，她又抬头同卫韫道："你帮我给宋世澜去一封书信，就说，若遇适当时机，可杀宋文昌。"

"这么急？"卫韫有些诧异。

楚瑜垂眸，如今杀宋文昌，的确是着急了一些，然而上一次卫府之事已让她明白，要想改变这世上的命运，就得从根源上解决。只有宋文昌死，楚锦才不会去求援，楚临阳也才不会去救人，更不会为此而死。而且，反正宋文昌早晚也是要死的，不如死得有价值一点。

想了想，楚瑜又道："告诉他，若他不好下手，我去帮他。"这下卫韫更疑惑了，皱眉道："你与宋文昌有仇？"

"倒也没仇，"楚瑜看着线报，平静地道，"只是我有他近两个月内必须死的理由。"

两人说话间，卫秋将一堆纸呈了上来，同卫韫道："侯爷，地牢里那个人吐了一些东西。"

这个人叫沈佑，的确是出生于当年卫家放弃的那个城池。他年不过二十三，在大楚与北狄边境长大，因为长相而被两边都不太接纳，却也能自娱自乐同时混迹于两边。十三岁之前他在街头当混混，十三岁时被姚勇发现，专门带回来培养成了一个细作，十七岁入北狄军营，在那里待到二十三岁。不久前回大楚之后他隐姓埋名，干脆到姚勇手下当了他的杀手。这次杀顾楚生本来也轮不到他出手，只是顾楚生太难追，于是姚勇将所有杀手都派出来找人了，也包括这个沈佑。

卫韫看完纸上的内容，皱了皱眉头："他既然当着细作，为什么会突然回来？"

"他不说。"卫秋平静地道，"人已经打得不行了，再审下去怕是撑不住，属下便先来禀报。"

"你……"卫韫愣了愣，"不是说不要怎么打的吗？"

"我没打几下，"卫秋仍然平静地道，"都是些皮外伤。但他身子骨弱，受不住。"

这样一位大汉，居然是如此柔弱的男人，在场的众人内心都有点复杂。卫韫最先回神，也不再说卫秋，反而是转头同楚瑜道："你说这姚勇可真是能耐。说他行，战场上尽要些心眼，打起仗来除了弃城就是逃跑。你说他不行，专门培养了去北狄的细作这事，他又做得如此纯熟，也算厉害了。"

楚瑜没说话，她总觉得有那么几分不对劲儿。卫韫见她不语，将口供交到一旁给卫夏整理成册，吩咐道："再回去问，问出他为什么回大楚来，口供没什么问题的话，便放了。"

"他是姚勇的人……"卫秋迟疑着开口。卫韫有些无奈，叹了口气道："是我卫家不义在先，又怎能怪人怨恨？"当年卫家弃城而去，虽然已经救下了大半百姓，但没护住的就是没护住，对于那一部分人而言，这就是卫家的不义。况且，这世上大多数人做出决定，不过是各人有各人的立场，哪里又有什么道理不道理？

"若不是有大妨碍，便好好安置，不再理会了。下次再为敌，再杀不迟。"卫韫吩咐下去。这次卫秋没有劝阻，平平稳稳地道："是。"

卫韫与楚瑜说着话的时候，地牢之内，躺在地上的沈佑慢慢睁开了眼睛。他背对着守卫，守卫见他一直不动，呼吸也极弱，以为他已昏死过去，早放松了警惕。而最机敏的卫秋如今已经走了，他等了许久，便知道该是此刻了。

他抬手悄悄放到大腿内侧，抽了一根细小的管子出来，将管子里的粉末倒出，悄无声息地放到了身后。那粉末味道极其浓烈，刚放出来没多久，所有人就都闻到了异味，一个

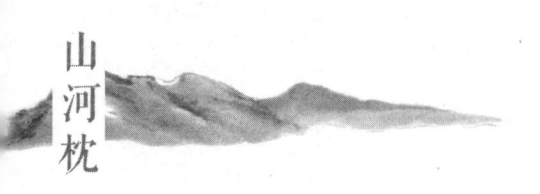

守卫皱起眉道:"是什么……"话没说完,他就觉得两眼发黑,"哐"地一下倒了下去。其他几个守卫立即察觉不好,站起来就想动手,却都没坚持住,一个接一个倒了下去。

沈佑站起身来,将手上的锁链搭上牢门的锁链,两条链子扭成一个奇怪的角度,三两下之后,就听"咔嚓"一声,门上的锁链已经断了。沈佑又从发间抽出一根小棍,这小棍是由几根更为细长的小棍折叠而成,打开之后,沈佑用它在手上的锁链上一阵倒腾,锁便被他打了开来。

他快步上前,从侍卫手中拿了钥匙、刀、银子和一些基本的药品,又换上对方的衣服,很快溜了出去。他这一系列动作都做得极快,仿佛已练习过很多遍。

卫府地牢之上正是一座假山,外面便是花园。恰巧这时王岚正扶着肚子沿着假山散步。她如今已经快临盆了,侍女颇有些担心地道:"这么冷的天,夫人您就别逛了。"

"今日是阿荣的生日,"王岚的声音温和,"他每年生日,向来喜欢在后院假山中玩耍。我今日有些想他了。"

"夫人……"侍女叹了口气,"您快临盆了,就别想这么多了。"

"无妨的。"王岚笑了笑,抬头看了看天色,"你去给我拿件衣服吧,我想一个人待一待。我就在这里不走,你快去快回吧。"侍女应了一声,退了下去。

王岚坐在一块石头上,看着旁边的水池,心里想起了卫荣来。卫荣孩子气,哪怕已经不是少年很久了,还喜欢在假山里和她玩捉迷藏、吓唬她。王岚想起夫君,忍不住笑起来,叹息着出声道:"六郎,我再过两年便要走了,你说到时候……"

话没说完,她就听见假山后传来急促的呼吸声和脚步声。她有些奇怪,刚一回头,就看见那假山之中竟凭空冒出了一个男人来!

王岚"啊"一声惊叫出来,只是她声音才出来一半,那人便冲上来捂住了她的嘴,同时拆了她的发簪抵在她脖子上,低吼了一声:"闭嘴!"他动作太快,她根本没看清,而沈佑却看见面前的女子不过十六七岁的模样,被他这么一吓,眼里顿时盈满了泪水。

边境女子多强悍,他很少近距离接触这样如娇花一样的女人。看她的穿着打扮,精致华丽,应是卫府颇有地位之人。然而此刻,她就这么怯生生地瞧着他,乖巧温顺,一句话也不说。

沈佑一时便凶不起来了,哑着声音道:"你别说话,我便放了你,你若出声,我即刻杀了你,可明白?"

王岚拼命点头。他试着放开手,见她真的不反抗,才慢慢安下心来。王岚苍白着脸,害怕地瞧着他。沈佑的目光落到她的肚子上,收了发簪:"我一般不杀妇孺。"

"您……您有大侠风范……"王岚面色惨白,汗珠从脸侧滴落下来。

十 以后你要的，我都会给得起

沈佑察觉出几分不对，不知道怎么的，他鬼使神差般小心翼翼地出了声："那……我走了？"

这话出口，沈佑顿时觉得自己有病。自己这是在逃命呢，还和人家说什么"我走了"，他们很熟吗？想到这里，沈佑转身就走，随即就听"啪"一声响，那女子却是骤然摔了下来，扶在石头上，斜躺着开始急促地喘息。

沈佑瞬间走了回来，有些害怕地问道："你……你怎么了？"

王岚听到他说话，燃起了几分希望，她抓住沈佑的袖子，眼里全是期盼："大侠，妾身胆小，方才被您吓到了……如今……怕……怕是要生产了。"

"什么？！"沈佑呆愣了片刻，随后赶紧道，"你……你等等，我替你叫人。"可是说完他就愣了，叫个屁的人啊，他在逃命啊！这不等于叫人来抓他吗？他脑子有坑啊？！

"谢谢……"王岚喘息着道，"谢谢大侠……"

听见这话，沈佑一时也没了法子，他向来是个敢作敢当的，尤其是对女人。他想了想，终究是咬牙道："算了。"说着，他便站起身来，"你等着，我去给你叫人。"

"大侠别走！"王岚哪里肯让他走了，死死拽着他的衣袖道，"妾身害怕……"说着，王岚的眼泪就落了下来。

沈佑一看她哭了，顿时没了法子，只能道："行行行，我就在这里给你叫人。"他沉了口气，用了内力大吼，"来——人——啊！有人在假山这里生孩子啦——"

沈佑这一声大吼，几乎卫府前前后后全都听见了。他又连着吼了几声，再迟钝的人也反应了过来。如今卫府即将临盆的也就是一个王岚，楚瑜和卫韫察觉不好，赶紧让人去叫大夫和产婆，拔脚便朝着声音的方向赶了过去。

而沈佑喊完之后，立刻回头同王岚道："姑奶奶，我现在在跑路，人我已经给你喊了，我先走了啊？"

"大侠……"王岚哭着道，"您怎能抛下妾身一人在此？您做的事，您得负责啊。"

"我的天，"沈佑倒吸了一口凉气，"这孩子不是我的啊！我是撞了你，但我也给你叫了人，我这跑着路呢，你还想怎么样？"

"你至少……要等到有人来……万一……万一我死在这里了，怎么办啊？"王岚越想越害怕，裙子底下已经见了红。

沈佑哪里见过这个场面，当场就吓傻了，看着女子裙下的红色，结巴着道："那……那……那现在我怎么办？"

王岚说不出话了，她重重喘息着，沈佑赶紧用手搭住她，一个劲儿给她输送内力。被沈佑用内力吊着，王岚这才勉强撑着清醒。这时楚瑜和卫韫赶了过来，看见这场景，赶紧

243

让人将她送进产房，又派人去给她拿参汤。

王岚被人抬到担架上，勉强朝沈佑笑了笑道："给大侠……添麻烦了。您真是个好人。"

沈佑愣了愣。这辈子还没人这么同他说过话。他也不知道为什么，骤然就觉得有些脸红。他呆呆地看着王岚被人抬走，卫韫见了他的样子，慢慢走了过去。

"兄弟，"卫韫打量着他，勾起嘴角，"厉害啊？！"

沈佑终于反应了过来。操他大爷的，这次真把人叫来抓自己了！他面上故作镇定，冷静地道："不就是来抓我回去的吗？"说着，他伸出手，"来绑吧。"

"绑您做什么啊？"卫韫笑了笑，"来来，您请，我亲自照顾您——"

沈佑脸上一白。他就知道，自己被抓回去，肯定要完。

十一　大侠，您得对我负责啊

沈佑强撑着自己跟在卫韫身后，由卫韫毕恭毕敬地"请"回了地牢。

进入地牢，卫韫使了个眼色，卫秋上去就将沈佑牢牢实实绑在了架子上。卫韫笑着坐下来，看着一脸倔强的沈佑，从卫夏手里接过茶，道："没想到沈大人居然还是这样的人物，能从我卫府地牢从容地逃脱，顺便还救下了我卫府六夫人。"

"过奖了。"沈佑梗着脖子，"老子与你们这些华京娘娘腔不一样，要杀要剐，一句话吧。"

卫韫轻笑了一声，放下茶杯，抬起手来。卫夏将沈佑的口供册子递了过去，卫韫翻开："我本想就这样算了，却发现您竟然有这样的好手段，真是十分惊喜。沈大人这样的手段——"卫韫目光一顿，那册子里一份来自卫府的补充资料上清清楚楚地写着："沈佑于九月初七失踪，苏查四处寻找，至今未寻到其下落。"

九月初七。

九月初八是卫家埋骨之日，这个日子……真的如此巧合吗？

卫韫冷下眼神，抬眼看向沈佑："姚勇为了培养沈大人，怕是花了重金，我就这样将你匆匆放走，无异于放虎归山。不若你我做个交易，"说着，他往前探了探，"你告诉我你所知道的，我便放你走，还给你一个新身份，如何？"

"姚大人对我恩重如山，你死了这条心吧！"沈佑冷哼出声。

卫韫没说话，他翻看着手里的册子，声音平静："你今年二十三岁，算起来，二十四年前，是我卫家弃了华城。当时卫家兵力不足，若是强行守城下去，怕是会全军覆没，因此只能护住大半百姓撤离。"接着，卫韫慢慢说了一句，"对不起。"

沈佑冷下脸来没说话，卫韫抬眼看向他，目光里却带了仿若要将他千刀万剐的狠意："二十四年前，是我卫家对不起你。如今你也还了，便该算一算你欠我卫家的债了吧？"

"我如何还了？"沈佑冷笑。卫韫盯着他，目光里全是了然，嘲讽地笑开："九月初

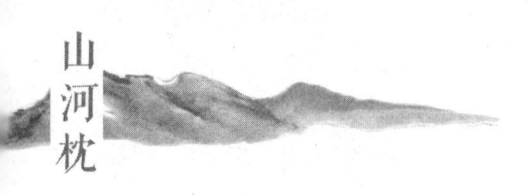

八，白帝谷发生了什么，你不记得吗？"

听见这话，沈佑面色剧变。卫韫盯着他的神色，眼中仿佛深海之下，波涛翻涌。可他克制住了自己，只是袖下的手死死抓住了座椅扶手。其实他并不知道白帝谷到底发生了什么事，他只是诈了一下沈佑。然而沈佑这个反应，却是坐实了他的猜想。沈佑知道当初发生的事，甚至与之有直接的联系！

卫韫面上装作云淡风轻的样子，仿佛什么都掌握于手中，平静地道："我看了你的资料，姚勇花了这般大价钱培养你，让你在苏查手下做到哨兵长官。然而如此高位，为什么你突然就退了？白帝谷一战前，你就消失在了战场，苏查如今还在派人找你。你做了什么，你自己心里不清楚吗？"

沈佑依旧沉默不语。他慢慢冷静下来，看着卫韫，明白自己方才那片刻的失态已让卫韫差不多猜出了始末。

而卫韫看见沈佑平静下来，也知道自己已经错过了最好的机会。他将册子放回卫夏手中，冷着声道："沈佑，不管你与我卫家是怎样的深仇大恨，可就冲你做的这件事，你岂止是助了北狄？你的行为，与卖国又有何异？！"

"我没想过卖国！"沈佑猛地出声。

卫韫看着他，又一次嘲讽地笑开。"你为一己之私协助姚勇陷害忠烈，于关键时刻将前线主帅满门害死，如此行径，你还和我说这不是卖国？！"他再也克制不住，猛地拔剑指在沈佑鼻尖，"我本没想过你有如此能耐！"

培养出沈佑这般手段的人物要花多大的代价，卫韫再清楚不过。这样的一个探子，为什么不留在北狄，反而回到了姚勇身边？一开始卫韫没想明白，可是看见沈佑的供词，看见沈佑消失的时间节点，卫韫突然意识到——一个用如此巨大的代价培养出来的棋子被收回，只有两个可能：要么沈佑在北狄不能再用了；要么，沈佑的作用已经尽到了。

可沈佑当初为什么去北狄？以姚勇的性子，他真是为国为民，为了打北狄而培养了这样的细作吗？不可能，他姚勇从来不是这样的人。所以，九月初七那日，沈佑所做的事情才是姚勇的目的，这也导致了他不得不离开北狄。

卫韫的内心气血翻涌。他的手微微颤抖，闭上了眼睛，他怕自己再看见这个人就会忍不住一剑杀了他。而沈佑看着卫韫的样子，沉默着没说话。好久后，他终于道："我真的，没有叛国。"

"解释。"卫韫捏着拳头，逼出这两个字。

沈佑又是一阵沉默，好久后才慢慢道："其实你都已经猜出来了，为什么还要我说呢？我说出来，就是我的不忠。"

"你不说，那就是你的不忠不义！"卫韫大吼出声，"对国不忠，对百姓不义！沈佑，你以为我为什么让你说？我是在给你一个机会赎罪！我卫府满门落到今日，我卫家军七万人落到今日，白城百姓落到今日，你难道没有半分愧疚吗？！"

沈佑依旧沉默着，卫韫的杀气划过他的脸，他却纹丝未动。只听得卫韫再吼出声："说话！"

"我对不起卫家诸位，"沈佑抬眼看向卫韫，神色平静，"可卫家也对不住我母亲……"

他话没说完，卫韫已一巴掌抽了过去："我说卫家对不起你，是我卫家给自己的要求。可这不是世间道理！我卫家可以自责，却轮不到你来责备！"

"你讲不讲理？"沈佑冷笑，"犯了错还不让人说了？"

"行。"卫韫点头，提了鞭子过来，冷声道，"你若要讲这世间道理，我便与你讲这道理！当年我卫家守城，不过三千儿郎，对敌一万，我卫家没有即刻弃城，反而立刻组织疏散，与敌军激战一天一夜，护住大半百姓出城。一日之后，三千兵士仅存不到一半，而出城的百姓近乎无伤。于情于理，我卫家作为将士，可是尽了责任？"

"可你们把我母亲留在了城……"沈佑的话还在唇齿间，一鞭子已狠狠抽了过来，打得他脑袋发晕，嘴里全是血气。

"我卫府是做什么的？是保家卫国，而不是为了护你一家！你自己没了解过那一战吗？若再拖延，他们占了城池，追兵上来，谁都活不下去！为了保住你母亲一干人等，要所有人等着一起送死吗？！且我再问——"卫韫的内心有无数恶毒的念头涌上来，他提着鞭子指着沈佑，"是不是在你心里，百姓的命是命，那些征战沙场的儿郎，他们的命就不是命了？！城中总共只有几百百姓，为了这几百人，我卫家子弟一定要死完最后一人，才是正理？而且那些人为什么没有及时出城，你自己又不明了吗？回去拿银子的、回去找人的、躲着不愿离开的……再退一步说，"他的声音慢慢低了下来，"哪怕我卫家在此战中有错，却何至于此？"沈佑低着头，没敢看他，只听见面前少年的声音沙哑，"何至于，七万儿郎葬身谷底，再不得回？！"

全场安静下来，卫韫看着沈佑，有些疲惫地道："沈佑，但凡你有一点良知，便不该做出此事来。"

"我……没想的。"沈佑慢慢闭上了眼睛，"卫韫，我虽埋怨卫家，但从没想过要让卫家走到这一条路上。……是，是我给的消息。"他深吸了一口气，睁开眼睛，仿佛下定了某种决心，"是我得知北狄欲在白帝谷设伏，并假作残兵被你们追击，然后在白帝谷以十万兵马伏击，所以我传出了消息。可我不知道发生了什么，明明我已经给了信，第二日你父亲还是追了出去……还是……"他抿了抿唇，咬牙道，"这件事我不知道我有没有错，我不知道卫将军为什么出城追击。可是卫韫，我从未想过要害你卫家，从未想过害你卫家军。"

听到这话，卫韫没说话。他看着沈佑，听沈佑继续道："我得了消息，传给姚大人，我以为你们会想出什么办法。而一旦苏查的伏击失败，怕是我就会暴露，所以我连夜出逃，回到了姚大人军中。然而后来的一切出乎我意料，可这已经不是我能掌控的了。"

"姚勇没做什么吗？"卫韫冷着声问。沈佑眼里带了嘲讽："你以为，我会知道？"

卫韫被沈佑的反问梗住了，沉默下来。沈佑问得对，他怎么可能知道姚勇做了什么？

卫韫没有多说，他转过身去，只留了一句"看好他"，便离开了。

回到花园里，卫韫赶紧朝王岚的产房赶去。蒋纯搀扶着柳雪阳，正和楚瑜一起站在门口，满脸焦急。产房里面没有什么动静，反而让人觉得不安。

卫韫走到楚瑜身旁去，询问道："六嫂如何了？"

"没消息就是好消息。"楚瑜倒也不担心，笑了笑道，"等着吧。"

说着，楚瑜便看到了卫韫衣角的血迹。如今他总是喜穿素白的衣服，沾染了血就格外明显。楚瑜有些疑惑："不是说随便问问吗，怎么就突然动了手？"

"嗯？"卫韫低头看了一眼自己的衣角，随后漫不经心地道，"问出了一些东西来，等一会儿我再同你说吧。"

一直等到晚上，王岚终于顺利生产。产婆捧了个奶娃娃出来，笑着朝柳雪阳道："恭喜老夫人，是位千金呢！"柳雪阳小心翼翼地接过那奶娃娃，楚瑜则先走了进去，王岚还躺在床上，房间里弥漫着一股血腥气。

"阿瑜……"王岚的声音从床上传来，楚瑜赶忙走过去，蹲下来道："我在这儿呢，怎么了？"

"那位大侠，"王岚虚弱地道，"可还好？"

听到她问起沈佑，楚瑜迟疑了片刻："应该……还好吧。"

"我觉得他是个好人……"王岚瞧着楚瑜，小声道，"要是没犯什么大错，同小七说，便算了吧……"

楚瑜笑了笑："你先养身子，别担心这些，我会去同小七说的。"听了这话，王岚才放心地点了点头。楚瑜见她也累了，便让她先休息，柳雪阳已抱了孩子进来，轻轻放到她边上，楚瑜便让蒋纯和柳雪阳守着，自己转身出去了。

卫韫还在门外候着，楚瑜见他神色担忧，便道："没事，你放心吧。"

卫韫点了点头，眉目舒展了很多。两人一起随意地走在长廊上，也不知道是往哪里去。楚瑜思索着道："那个沈佑是怎么惹了你，还要你亲自动手？"

卫韫没说话，有很多东西压在他身上，可他却不能说。楚瑜察觉他情绪不对，皱着眉道："可是有什么事？"

"我总算知道，"卫韫控制着语气，尽量平静地道，"当初父亲为什么出兵了。"楚瑜猛地顿住步子，回过头来看他。卫韫立在长廊里，神色淡定，慢慢开口："沈佑告诉我，他是姚勇派到北狄的细作，九月初七，他提前获知北狄会假装战败引诱我父亲出城，再在白帝谷设伏，于是他就传信给姚勇，提醒姚勇做好准备。"

楚瑜点了点头，猜测着道："姚勇没告诉卫将军？"

"告诉了。"卫韫的神色里带了几分嘲讽，"如果姚勇没告诉我父亲这件事，如果不是他们制订了某个必须让我父亲出城追击的方案，我父亲稳妥了一辈子，又怎么可能明知有诈还强行追击？"

"那……"楚瑜思索了片刻，慢慢地道，"莫非姚勇与你父亲打算将计就计，最后姚勇却放任你父亲……"她没有说下去。将这样的政治手腕放在军人身上，着实太过残忍。但卫韫却还是摇了摇头："你记得最后统报白帝谷那一战，交战双方的兵马数量吗？"

"二十万对七万？"楚瑜认真地回想着。卫韫提醒她道："可沈佑说，他得了消息，白帝谷中埋伏着十万兵马。"

楚瑜微微一愣。沈佑说白帝谷有十万兵马，可最后战报却说是二十万，那么要么是沈佑在说谎，要么是清点的人在说谎。而当时卫韫就在战场上，那人想在他眼皮子底下做手脚，怕是不能。

"当时北狄人的尸体就有将近十万，"卫韫平静地道，"所以沈佑的数据不对。"

"那他说了谎？"

"你可知苏查是什么人物？"卫韫没有回答楚瑜，却突然拐弯到北狄二皇子苏查身上。楚瑜思索了片刻，迅速将北狄皇室关系给捋了一下。

这个苏查是二皇子，生母却是一个婢女，在他年幼时犯了事被赐死，从此他被皇后收养，作为六皇子——也就是太子苏灿的左膀右臂培养长大。然而他能力太过显著，上辈子苏灿登基时，苏查已经独霸一方，完全有自立为王的能力。只是他忠心耿耿，故而兄弟俩还没有生出嫌隙。

"你没有和他交过手，苏查此人极为机敏。你想想，沈佑是华城出生的孩子，苏查怎么就能如此信任他？而沈佑在苏查手下又是什么角色？不过一个先锋官。设计埋伏我军之事，怎么一个先锋官就能知道？而且还知道得如此精准，具体到有多少人马？所以，若不是沈佑叛国，那就是苏查故意设计了。"

楚瑜听明白了卫韫的话，皱起眉头。卫韫继续道："姚勇怕也是着了苏查的道。此次出军，应是姚勇收到了消息，而太子好大喜功，认为这个机会千载难逢，然后让姚勇与我父亲将计就计。当时姚勇藏了九万军马在白城，提前到白帝谷设伏。而卫家军三万驻城，七万迎敌。父亲本以为以我卫家精锐之师，加上姚勇的九万人，十六万军打对方十万，应该是尽歼之局，谁想那个消息从一开始就是假的。"

说着，卫韫慢慢闭上了眼睛，双手笼在袖中，声音沙哑："我父兄被困谷中时才发现，那不是十万军，而是整整二十万。而姚勇知道，整个白城的军力全部加起来也不过十九万，如果这一仗要硬打，他手中的九万人马怕是剩不了多少。"

楚瑜明白了卫韫设想的局面，她静静地打量着他。上一辈子，卫韫在没有任何人的帮助之下，尚能在绝境中翻身，取姚勇人头进宫，逼着皇帝给卫家追封，可见这个人的心智、手腕都极为高明。后来的"文顾武卫"，绝不是卫韫靠好运气得来的。

然而知道是一回事，如今卫韫在她身边，从来都是一副纯良无害的模样，于是她在很长一段时间里都觉得他似乎就是一只温驯的家犬，不开心时，也顶多就是龇牙咧嘴，甚至还有些傻气。直到此刻，楚瑜才发现，这人哪里能用"傻气"来形容？！

仅凭沈佑的供词外加战场考察，他便能从这零零碎碎的细节中，去还原一件事原本的样子。所有人听见沈佑的事，第一个反应都是姚勇有问题，是姚勇叛了卫忠。他却能想明白，姚勇不但告诉了卫忠，还准备了一个计策。所以，在这件事的开始，没有任何人要想叛国叛家。只是后来所有人走在自己的路上，因着自己的性子，被"逼"上了不同的方向。

他如今，也不过十五岁而已。楚瑜想到这里，看着卫韫，一时心中五味杂陈。

而卫韫没有睁眼，笼在袖中的手微微颤抖，继续着他的推测："他向来胆小，事情超出预料，怕早已吓破了胆。加上卫家军与他根本没有任何交情，我父兄一死，他还可从此成为元帅。"

所以，这个局，或许开局无意。然而走到那个程度时，对于姚勇不过两个结局——要么和太子一起领罪，背上此战巨损之过；要么驻守在山上，眼睁睁看着卫家军在白帝谷全军被歼，再在最后时刻假作从青州赶来救援。而战场上的将士根本不知道发生了什么，兵荒马乱，他们只知道听命，让冲就冲，让停就停。

所以，姚勇不是没打。但他在卫家满门都倒下后才去打，又有什么意义？这场战役从头到尾都是太子、姚勇、卫忠三人的密谋，卫忠死了，也就谁都不知道了。而太子和姚勇在宫里的耳目众多，卫忠的书信根本送不到皇帝手里。

后来皇帝凭着自己的直觉及各种蛛丝马迹，大概知道是太子好大喜功让卫家背了锅，却根本不能想象竟是姚勇爱惜羽毛，怕被皇帝责怪，而用七万人来掩盖自己的无能！而且，这不仅仅是推卸责任，而是这七万人根本不该死，这场仗本有机会赢！如果他姚勇拼尽全力与卫家一起拼死反抗，以卫家七万人斩十万之勇，他们如何赢不了？！

也正是因为如此，如果不是沈佑说出了当时的密情，大家对姚勇的作为也都只能是猜测，而拿不出任何实锤。而如果不是卫韫曾亲自去勘察过地形，又熟悉马的种类，能够分辨出姚勇的人马当时在场，怕是连沈佑自己都不会知道，他的消息竟是被拿来这样使用了。

卫韫咬着牙关，却止不住喉间腥甜，唇齿轻颤。楚瑜察觉他不对，担忧地道："小七……"

"我没事。"他眼里全是冷意，捏着拳头，声音打着战，"嫂嫂，我没事。"

这怎么能是没事？楚瑜看着他，心里涌出无限怜惜。卫韫抬眼看见她的目光，也不知道为什么，骤然生出许多狼狈。他转过身去，沙哑着声音道："我想一个人静静，我先走了。"

"我陪你吧。"楚瑜赶忙出声。

卫韫顿住了脚步。他没回头，仍背对着她，少年的身形格外萧索。"嫂嫂……"他的声音带着疲惫，"有些路，注定得一个人走。谁都陪不了——"他慢慢抬眼，看向长廊尽处。那是卫家祠堂，祠堂大门如今正大开着，祭桌上点着蜡烛，灯火摇曳，映照着灵位上的名字。卫韫看着那个方向，缓慢地道，"也谁都不该陪。"

这些路那么苦、那么脏、那么难，又何必拖人下水，让她跟着自己一起在这泥泞的世间滚打？说完，卫韫朝祠堂疾步走去，然后"轰"的一声，关上了大门。楚瑜站在长廊上，目光慢慢往上挪去，看见了那四个黑底金字——千古流芳。

见楚瑜久久不言，长月有些不明白："夫人，您在看什么啊？"楚瑜没说话。晚月给她披上大氅，温声道，"夫人，一切都会过去的。"

"过去是会过去，"楚瑜转过头来，轻声叹息，"我就是心疼。我这辈子啊，从没这样心疼过一个人。"

上辈子她对顾楚生没这么心疼过，因为她总觉得顾楚生不会倒下，所有的疼痛都不会打倒他，所有的困难都不会阻碍他。而这辈子的卫韫，明明同少年顾楚生相差无几，都是家中落难，都是自己重新站起来，可楚瑜看着他一路跌跌撞撞，心里骤然就疼了起来。

她疼惜这个人。这是楚瑜第一次发现，对于这个孩子，她所投注的感情，早已超过自己以为的道德和责任。她叹息出声，走上前去，手扶在门框上，许久后，终于唤了一声：

"小七。"

里面的人没出声，他跪坐在蒲团上，卸下玉冠，神色平静地看着那些灵位。他觉得那些灵位似乎就是一双双眼睛，注视着他，审视着他，要求他挺直了腰板，将这份国恨家仇记在心里。这些眼睛注视下的世界，天寒地冻，冷酷如斯。

然而便是这个时候，有人仿佛是在冬夜寒雪中，提了一盏带着暖意的橘灯而来。她来时，光落天地苍宇，化冰雪于春溪，融夜色于明月。她就站在门外，轻声说道："小七，你别难过，哪怕你父兄不在了，日后你还有我。……嫂嫂陪着你，你别怕，嗯？"

卫韫没说话。他看着眼前闪烁的灯火，看着那灯火映照出卫珺的名字。他觉得似如兄长在前，却又有那么几分不同。这样的不同让他不敢言语。他不明白这是为什么，只能挺直腰背，闭上眼睛，一言不发。

楚瑜等了一会儿，见里面依然没有声响，叹息了一声，只能说道："我先走了，你待一会儿便回去吧，祠堂冷，别受寒。"说完，她便转过身往自己房间走去了。

等她的脚步声彻底远了，卫韫的心才终于安静下来。

楚瑜本担心卫韫太过难过，一时缓不过来，便一直在问卫韫的消息。听到他终于睡下，她才舒了口气，安心睡了。第二日醒来，楚瑜忙去找他。这日出了太阳，清晨阳光甚好，她赶过去时，看见卫韫蹲在长廊前，正低头喂猫儿。

卫韫也不知道是从何时起，学着华京那些贵族公子的模样，穿上了繁复华丽的广袖长衫，还戴上了雕刻精美的玉冠。他低头逗弄着猫儿的时候，衣袖垂在地面上。他给猫儿顺着毛，那猫儿似乎是十分黏他，在他手下蹭来蹭去。

楚瑜看见这样的卫韫，顿时舒了口气，上前道："小七今日看上去心情还好？"

"谢谢嫂嫂关心，"卫韫笑了笑，"尚算得不错。"

"想开了？"楚瑜站到他身后来，他抱着猫儿起身，同楚瑜一起往饭厅走去。一面走，卫韫一面道："哪里有什么想开想不开的？事情都已经发生了，我不过是因为明白了他们怎么去的，有些难过罢了。"

"姚勇不会有好下场。"楚瑜笨拙地安慰道。听到这话，卫韫温和地笑了笑："是，我信。"

"小七……"楚瑜犹豫了片刻，终于道，"虽然姚勇做这些很不对，可我还是希望你不要被他影响。这世上还是好人比较多的。"

"嫂嫂想说什么？"卫韫摸着猫儿，其实已经明白了楚瑜的意思，却还是明知故问。楚瑜叹了口气："我怕你走歪路。"

上辈子的卫韫，杀人如麻，曾屠城以震吓敌军。对于他的仇人，他的手段从来算不得光明。然而另一方面，他撑起大楚北方边境，守大楚安定十二年，对于对他好的人，他行事磊落光明，知恩必报。可是，如果可以，楚瑜还是希望，那些"活阎王"之类的名声，不要跟着卫韫。本是少年名将，何必成为奸雄？

卫韫听了楚瑜的话，慢慢笑了。"嫂嫂放心吧，"他的手落在猫儿身上，一下一下拂过猫儿柔顺的毛发，"有人曾告诉我，人一生不过修行，欲求出世，先得入世。在红尘看过大悲大苦大恶，仍能保持本心不负，方为大善。……我想，我所经历的一切，不过就是修行。"卫韫弯下腰，将猫儿放到地面上，"走过了，便是圆满。所以，我不着急。歪路我不会走，嫂嫂放心吧。"

路有明灯，哪怕红尘遮眼，也能循灯而行。只是这些话卫韫不会说出口，他慢慢地发现，有些话，似乎并不该说出来。而她，也都懂。

见卫韫想得开，楚瑜放下心，又同他聊了几句，便去了王岚那里。王岚正坐在床上写些什么，楚瑜卷帘走进去，含笑道："这是在写什么呢？"

"我听闻那位壮士被关在地牢，是个危险人物。但他毕竟救过我，我救不了他，便打算给他送些好吃的，也算报恩吧。"说着，王岚抿了抿唇，颇有些不好意思地道，"我正想写个纸条，同他说明这是报恩的饭菜，让他不用多虑。"

楚瑜听了，随意地点了点头："挺好。"

卫韫关押沈佑的理由楚瑜已经明白，这事大概率算不到沈佑身上，如今还关着他，也不过是卫韫怕哪里推断有误，所以先观望一阵，暂不放人罢了。于是王岚要送，楚瑜便帮她去送。

沈佑拿过纸条，只见上面写着："恩公相救，妾身不胜感激，特备膳食，望恩公笑纳。"他冷笑一声，同楚瑜道："你帮我给她带句话，就说明知道恩公被关着还不来救，拿一顿好吃的就想打发，她当我是乞丐啊？！我没跑掉是她的责任，她得对我负责！"

楚瑜有些无奈，谁知沈佑想了想，又道："哦，就算我说了，你还是有可能不带。你拿纸笔来，我给她写，她得在纸上回复我看过了才行！"

楚瑜："……"

她不想多和沈佑纠缠，便他说什么就是什么，赶紧给王岚把信送了回去。

王岚看见信就哭了，一边抽噎一边道："我也不是故意的，他被关能怪我吗？又不是我让他犯事的，我为什么要负这个责啊……"

楚瑜："……"

她觉得王岚的想法可能也就沈佑能理解了。而接下来，两个人开始用纸条对骂，骂来

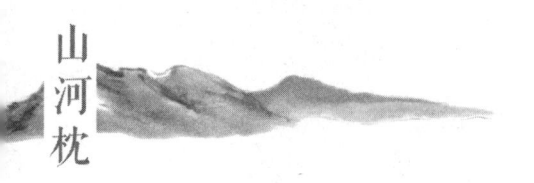

骂去，纸条内容也莫名开始不给人看了。

此时已经开春，皇帝终于忍无可忍，逼着宋家出军。宋世澜不肯，宋文昌积了好一肚子火气。楚瑜算了算时间，也该是宋文昌被困的时候，这是杀他的最好时机。上辈子宋文昌单独领军被困，如果不是宋世澜碍于父命一直帮着他，他早就死了，哪里还能撑一个月，等楚临阳去救援？

这一次不一样了，宋世澜得到了卫韫的支持，哪怕他取了宋文昌的性命，他爹闹起来，卫韫甚至可借兵给他，支持他直接与他爹对抗。所以，对于宋世澜而言，他不怕他爹，宋文昌也就没有了保的价值。而没有他来保宋文昌，宋文昌根本撑不了几天。

然而，事态发展得比楚瑜预料的还快。春分当日，边境便传来消息，宋文昌被困。

楚瑜上午收到消息，下午楚锦便找了上来。楚瑜知道她要说什么，让人将她放了进来。只见她神色匆忙，眼里全是惶恐。

"姐姐……"她全然乱了心思，"我听说宋世子在战场上被困了？姐姐，卫小侯爷在不在？你去求求小侯爷，让他救救宋世子吧！"

听到楚锦说求卫韫，楚瑜微微一愣。她放下茶杯，叹了口气道："阿锦，这战场上的事，不是随着你性子来的。你若是担心宋世子有什么三长两短会影响你的婚事，这你不必多虑……"

"你把我想成什么人了？！"楚锦提高了声音，"你以为，我就只在意他的身份地位吗？！"

楚瑜被楚锦吼愣了，却见楚锦抿紧了唇："姐姐，人心都是肉长的，他待我好，我不是不知晓。……姐姐，"她跪了下来，"算我求你，救救他吧。"

楚瑜没说话，好久后，她慢慢地道："人心都是肉长的，卫小侯爷待我好，我也不是不知晓。我既然知晓，又怎么能让他去冒这样的险？小七如今为什么还待在华京，你看不明白吗？"这话听得楚锦脸色煞白，楚瑜平静地继续道，"阿锦，你想救他，你可以去救，这我不反对。可你去救，别拖上别人。你若有情有义，便到他身边去。求着别人为你牺牲，这又是怎么回事？"说着，她有些疲惫，站起身来，"话便说到这里，我先走了。"

楚锦跪在地上，看着楚瑜转身，身体微微颤抖。她咬着牙关，许久后，她突然站起身来，毅然走了出去。

楚锦刚走出卫府，楚瑜便将暗卫叫了过来，吩咐道："她若去找宋世子，只要靠近洛州，你就将人拦下来，一直到此战结束再放她出来。必要的时候，"楚瑜闭上了眼睛，"用一些非常手段，也非不可。"

十一　大侠，您得对我负责啊

楚锦走后，楚瑜双手拢在身前，看着庭院里的积雪在暖阳下化开。

楚锦来求她了，那么宋文昌的事便就再耽误不得，哪怕楚锦走不到洛州，她也不能让宋文昌再活着。想了片刻，她正要吩咐什么，外面下人来报，却是蒋纯来了。

如今家中大小事务几乎都是蒋纯在管，蒋纯过来，大多是来同楚瑜对账或是说些需要出去交际之事。然而账本前两天她们才对过，今日蒋纯又来，楚瑜不由得有些疑惑。不过她也没有多想，上前迎了蒋纯进来，笑着道："无事不登三宝殿，前两天才对了账，今日怎么来了？"

"我过来，是有件事想要同你说的。"蒋纯上前来，叹了口气，"我近日打算出门一趟。"

这话让楚瑜愣了愣，但她很快反应过来："你想出去，同婆婆打了招呼便是，有何需要吩咐我的？"说着，她笑了起来，"这兵荒马乱的，是要出远门吗？"

楚瑜的话说完，蒋纯却没否认，点了点头。

楚瑜诧异地瞧着她。蒋纯嫁进卫府多年，从来十分规矩，虽然不像王岚、张晗那样大门不出二门不迈，但平日也很少外出，多是去寺庙中进香拜佛，连娘家都没回过几次。于是楚瑜放下茶杯来，有些担忧地问道："可是出了什么事？"

"我听闻如今兵近汾水，我有一位发小在那里。"蒋纯说着，叹了口气道，"说来你也别笑话我，我这次想去汾水给我那位发小出出气，若是可以，我大概会将那发小接回卫府，给她安排一个位子做活。"

"这是小事。"楚瑜点了点头，有些好奇地道，"那位夫人是怎么了？"

"她与丈夫是指腹为婚，长大后，她丈夫不喜她，执意想迎一位青楼里的清倌儿做夫人，她婆婆便逼着她丈夫娶了她，迎了那女子做妾。她丈夫宠妾灭妻，她如今过得十分凄惨。"说着，蒋纯叹了口气，"我前些时日收到她的来信，说她有个孩子，不愿再放在府中，想托付于我。我本想忙过这阵子再过去的，但今日得了消息说兵近汾水，我怕打到她那里去，她丈夫必然不会带她逃难，到时候再想找人便难了。"

楚瑜明白蒋纯的心思，她这辈子本也没几个贴心人，所谓发小，大概就是于她很重要的人了。于是楚瑜忙道："那让小七准备一队人马给你，你快去快回吧。如今北狄的确逼近汾水，去晚了怕就打起来了。"说着，楚瑜又道，"我再给你一封书信，到时候若有任

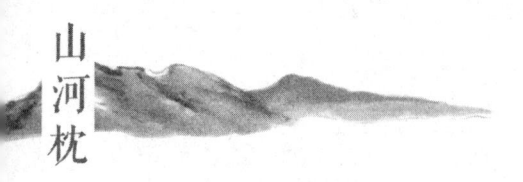

何事，你可以去找宋世澜……"

话没说完，楚瑜就愣了。她本还在考虑找谁去给宋世澜送信，杀兄之事事关重大，不可走漏半点风声，如果不是让宋世澜彻底放心的卫家心腹，他绝不会妄动。如今蒋纯过去，她是卫家二夫人，无论如何也假不了。而且蒋纯带着卫家精锐过去，再正常不过，杀了宋文昌便回来，谁也不能将这二者关联起来。

楚瑜想了想，转身同蒋纯道："姐姐，我有一事想要相托。"

"嗯？"蒋纯抬头，楚瑜站起身来，到书桌前快速写了一封信，装入信封之中，交到蒋纯手里："我会让小七给你两队人马，一队在明，是普通护卫，一队在暗，是精锐杀手。你到时候明着去汾水，暗地里带杀手夜赴宣城，将此信交给宋世澜，然后协助他杀了宋文昌。"

听见这话，蒋纯的神色严肃起来："你要让宋世澜取而代之？"

"这是小七与宋世澜之间的交易。"

蒋纯沉默片刻，谨慎地道："可如今动手，会不会太过仓促？"

"宋文昌已经在小橘县被北狄围困，"楚瑜给蒋纯分析道，"如今全靠宋世澜在旁边打骚扰战牵制北狄，才保住宋文昌一条命。而且，北狄也有可能是想用宋文昌作为诱饵，诱大楚出兵宣城，方便空出其他关键的节点来给他们进攻。我怕我大哥当真去救他，所以此人既然要死，不如早死。我们可让宋世澜夜袭北狄，北狄乱起来，宋文昌必定要上城楼观战。届时杀手趁乱摸上城墙，取宋文昌首级后将人扔入战场，伪装成北狄刺客，然后立刻抽身。这次过去的人身上都带着火折子，"楚瑜说到这里，抿了抿唇，终于还是道，"一旦被发现，点火自燃，不会留半分辨识痕迹。"

杀宋文昌这件事，不能被查出与宋世澜有半分联系，与卫家更不能。

蒋纯没说话，片刻后，她点了点头道："我明了，此事你放心。我明日起程，到时候府里就靠你多照看。你若有事出去，便将事务都交给阿岚。"

楚瑜应了一声，蒋纯想了想，又皱眉道："还有一件事，就是阿岚和牢里的那个人，你要多看着些。"

"他们怎么了？"楚瑜有些奇怪，不明白蒋纯为何突然提到这件事。不过蒋纯如今管家，家中大事小务她知道得清楚，她让自己看着，必然是发生了什么。

"我是觉得，如今阿岚与那人通信，颇为频繁了些。"蒋纯担忧地道，"那人毕竟是关在地牢里的，我怕身份上……有些不合适。可这毕竟是阿岚的选择，我也干涉不了太多……"

蒋纯说到这里，楚瑜总算是明白过来。她睁大了眼，有些奇怪地道："就沈佑那嘴皮子，不是在和阿岚吵架吗？我……他们第一次通信，阿岚都被他气哭了！"

蒋纯听了楚瑜的话，有些无奈地瞧着她："你平日在其他事上七巧玲珑心，这件事怎么就没明白过来呢？吵架哪里有这么天天传着书信吵的？两看相厌就不看了，怎么还会像现在这样天天巴不得送五顿饭过去传信的？"

"啊？"楚瑜真的有些奇怪了，就沈佑那样的人，不被他气死就好了，还能天天念着？还吃五顿？！

"早上送早饭，中午送午饭，下午送点心，晚上送晚饭，等到了夜里，还得送夜宵！"

楚瑜没说话了，她想，沈佑在卫府，一定过得是极好了。蒋纯瞧着她明白过来的模样，叹了口气道："其实阿岚喜欢就好，只是这个人的身份到底……"

"身份，倒不是问题。"问题在于，沈佑做过的事。归根到底，楚瑜对于卫家的感情，其实更多的只是追随。她将卫家作为她信念的支撑，所以她来到了卫府。卫府给她温暖，她感激。直到后来她认识蒋纯、卫韫这些人，和他们熟悉了，这才将卫府从一块块牌匾上，慢慢放正，放在心里，当成亲人一般鲜活的存在。

可她终究不是王岚这样与丈夫相爱、有了子嗣的女人，所以在看待沈佑的问题时，她能看得更清楚。白帝谷一战，沈佑是带错了消息，可消息半真半假，也不算全错。当时本就是守城消耗之战，哪怕对方埋伏十万人，其实都不该出兵的。楚瑜千叮万嘱，本就是因为无论当年还是现在来看，那一战就该固守城池，等到北狄粮草不济，自会退兵。

楚瑜不知道卫忠为什么出兵，更不知道卫忠为什么要带着卫家满门出兵。如果当时卫家守城不出，哪怕这个消息说错了人数，也不至于此。更重要的是，就算出兵，也不是不可，十九万对二十万，本也是对开局面，谁又能料到姚勇竟临阵脱逃，以致惨败。

这一场战，决定性的问题根本不在于沈佑。且不说问题在不在沈佑，退一步来说，就算他有罪，失职有之，但他并非有意，且客观上无法避免。这样的罪和当年卫家抛下华城一样，只能是良心罪，惩罚不过以示惩戒。在细作这样的高风险之事上，若竭尽全力了却还是要被治罪，这世上又还有谁愿意去做此等难事？

可是对于当事人而言，失去丈夫的王岚，失去父兄的卫韫，以及被迫在战场上出生的沈佑，他们很难放下这份芥蒂——所有与卫家之死有关联的人，怕都难以面对。故而卫韫、王岚等人和沈佑之间的纠葛，楚瑜放得下，王岚却未必能接受。

楚瑜想了想，同蒋纯道："此事你不用多想，我会看着他们的。"

蒋纯点了点头，她明白，楚瑜既然管着了，自己也就不用多操这个心。于是她又和楚瑜核对了一下去汾水后的细节，便改道去找卫韫了。

楚瑜在房间里坐了一会儿,想了想,来到了地牢。

沈佑正在吃东西,一面吃着,一面还在写着什么,看上去极为开心。在地牢里待了这些日子,他似乎胖了许多,比一开始的那个杀手形象看上去灵动了几分。楚瑜一进来,只见他一手提了鸡腿,一手握着笔道:"你先别来收,我还没写完呢。"

"你要写多久啊?"楚瑜笑着坐到椅子上,沈佑愣了愣,随后抬头看向楚瑜,诧异地道:"你来做什么?能招的我都招了啊!"

楚瑜含笑不语,打量了他片刻才道:"沈公子好气色啊,看来在我卫府过得不错。"

沈佑放下鸡腿,有些窘迫地道:"有事你就说,别和我拐弯抹角。"

"好,"楚瑜点点头,"我就是来问问,听说你和我卫府六夫人近来关系不错?"

听到这话,沈佑的面色僵了僵:"你胡说八道什么呢,就那小娘子,我天天和她吵架都来不及,还什么关系不错?"

"哦,如此一般,"楚瑜点点头道,"我就放心了。"沈佑舒了口气,却听楚瑜继续道,"你做过些什么,你还记得吧?"

沈佑微微一颤,他转过头来,看向楚瑜。楚瑜的目光温和:"我并不是想找你的麻烦,只是沈佑,一份感情得坦坦荡荡。你对阿岚没有意思最好,若你对阿岚有意思,有些事,你得早说清楚。"

沈佑没说话,好半天,他才沉着声音问道:"你说的是什么事?"

"我说的是什么事,你自己心里不清楚吗?沈佑,"楚瑜的身子往前探了探,"这件事,你是真觉得自己半点过错都没有吗?"

沈佑冷笑出声:"我有什么过错?"

"你若觉得自己没有过错,那你告诉小七这些事做什么?"楚瑜盯着他,目光里全是了然,"你不说,我们或许一辈子都不会知道这件事与你有关,当然,或许小七一辈子,也都知道不了真相。……你告诉了我们,不就是因为你想补偿吗?你拿了错消息,虽非自愿,可终究是拿错了。你如今已经受了小侯爷一顿鞭子,卫府也就不再追究。可你自己的良心里,没有愧疚吗?"

"当然,你有。"楚瑜肯定地出声,她盯着他的眼睛,眼神里全是通透,"你本可以一直在姚勇手下安心当杀手的,可你不但来了华京追杀顾楚生,还当着众人的面暴露了你的口音,那句话本可以不是你来喊的,对不对?"

沈佑沉默不语。楚瑜的语气颇有些惋惜:"你知道卫家人在,所以你是故意想被抓。你在供词里刻意把九月初七这个日子点了出来,如果你真想要隐藏,大可以换一个不那么敏感的时间。你做的这一切,都是为了引我们'逼'你说出来。但是,你以为这样的法子,就对得起你的恩公姚勇吗?还是说,你觉得在卫家挨那么一顿打,就能让你心里舒服一点?……沈佑,何必呢?"楚瑜轻轻叹气,慢慢地道,"事已至此,过去的,也就罢了。只是你与六夫人的事情,你自己要想明白。"

"若我不让她知道,"沈佑终于沙哑着声音开口,"你会去说吗?"

"我没想过。"楚瑜看向沈佑,"你会不说吗?"空气里安静了片刻,她叹道,"本是大好男儿,何必强作如此姿态?"

"好。"楚瑜的话音刚落,沈佑突然开口,他深吸了一口气道:"那劳烦夫人,能否让我沐浴更衣,我亲自去同她说?"

楚瑜点了点头,吩咐了下去。然而走到门前,却突然听沈佑又道:"夫人。"

楚瑜顿住脚步,回头看他,只见他跪在地上,神色平静:"我做如此姿态,是因为我知道原谅一个人有多难。……当年卫家已尽全力,我母亲仍因此落难,我看卫家,尚且心有芥蒂,而卫家因我传错消息至此,若谈原谅,未免太过憋屈。故而沈某其实害怕卫家因心胸磊落而原谅我。卫家恨,可大大方方恨,沈某如此心思狭隘之人,不值得这份磊落,要打要骂,要杀要剐,悉听尊便。"

楚瑜瞧着他,摇了摇头,叹了口气道:"你死又有何意义?若真是愧疚,何不为国为民多做点事,来安你自己的心?至于原谅不原谅的,坦然来说,于我心中,你之过错在此战中微不足道,本无须如此责怪。"

听闻此话,沈佑恭敬地叩首:"沈佑……谢过夫人。"

楚瑜点了点头,转身离开。

回到大厅里,楚瑜看着书卷等了一会儿,晚月通报说沈佑来了。此时他穿着白衫青袍,发束松木冠。楚瑜放下书来,点头道:"随我来吧。"说着,她便带着沈佑往王岚房间走去。

王岚如今还在休养,正抱着孩子在床上逗玩。楚瑜走进房里,笑着道:"阿岚身体可还安好?"王岚见楚瑜来了,连忙就要起身,楚瑜却快步走到她身前来,"你且先停着,我今日是受人所托而来。"

"嗯?"王岚眨了眨眼,"大夫人是有什么事吗?"

"沈佑想见你。"楚瑜笑着开口。

王岚愣了愣,随后忙道:"这……这怎的好?他本就是外男,还是……"

"你先别忙着拒绝。"楚瑜叹了口气,"你家里之前同卫府说过,等孩子两岁,你便

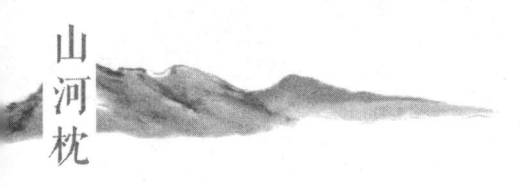

是要回王家的。"

王岚没说话，她抿了抿唇，没有出声。楚瑜瞧着她的神态，温和地道："沈佑于你，怕是有心的。"

"这事，"王岚叹了口气，"等以后再说吧。这两年，我只想安安心心守在卫府。"

"可你对他，当真没有半分意思吗？"

"大夫人……"

"若是有这意思，有一些话，还是当面说开的好。"楚瑜固执地道，"你且先听听他要说什么吧。"

王岚闻言，抿了抿唇，终究是道："那还请大夫人稍等，我梳洗后就来。"

楚瑜应了一声，去了前堂，让人设置了屏风，沈佑候在屏风外。她拍了拍沈佑的肩膀，平静地道："那我先出去了。"沈佑应了一声，看上去似乎颇为紧张。

过了一会儿，王岚从里屋走出来，手持团扇遮住脸，在屏风后端正地跪坐下来，柔声唤道："沈公子。"沈佑一时有些无措，他跪坐在地上，沉默无言。

两人静静等了一会儿，王岚有些按捺不住，先开了口："方才大夫人同我说，沈公子有话要说，不知沈公子是想说什么？"

王岚说完，自己忍不住低了头。其实沈佑要说什么，她是猜测出了几分的。近来通信，虽然都是吵吵闹闹，可若说对那人的心思半分不知，也是假的。卫荣去了并不久，她如此做，过不了心里的坎，可是那人写了信来，她又忍不住回。于是每次她都告诉自己，不过是规规矩矩回个信，无妨，却又在深夜里辗转难眠，唾弃自己的这份放浪。

如今沈佑来了，她更觉不好，怕对方说出来，又怕对方不说，心中忐忑难安。她只是觉得，若是他说出来，她便拒绝了吧。真的喜欢她，那么他会等她。若是不能等，那就算不得喜欢。

做好了所有盘算，王岚这才开了口。然而却久久不闻人声，等了许久她才听到对方沙哑的声音："沈佑来此，是特意来向六夫人，请罪。"他一句话顿了两回，说得极为艰难。王岚有些诧异："你有何罪相请？"

沈佑闭上了眼睛："害卫家之罪，沈佑，特来相请。"

听到这话，王岚霎时睁大了眼睛。而沈佑却是在黑暗中找到了那份坚定。其实来时他就做好了所有的打算，如今又在怕什么呢？面对卫韫那双眼睛他都没怕过，如今不过是屏风后的一个小姑娘，他又有什么好怕？

沈佑的声音平缓，慢慢道出了自己的生平。

他出生于华城烟花巷。他母亲当年城破时被北狄掳去，卖而为娼，他在烟花巷长到十三岁，受尽屈辱，母亲也被折辱而亡。直到一个将军攻下那座城池，救出所有大楚百姓。他为报母仇，被那位将军带回去，培养成了一名细作，十七岁投身北狄军营，后来成为二皇子苏查手下的先锋官。然后，他拿了假消息，卫家七万人死于白帝谷。

　　他跪伏在王岚身前，沙哑着道："我虽不知到底发生了什么，却也知道，卫家之事，与我必有关系。沈佑虽为小人，却未失良知，辗转反侧，借以杀顾楚生之机，特意前来卫府自首。"

　　听到这些话，王岚整个人都愣住了。她看着屏风外这个男人的轮廓，内心不知该是个什么情绪才好。她眼里忍不住蕴满热泪，却也知如此哭泣是在人前失礼，于是只能道："这些话，沈公子与侯爷说过便好，事已至此，沈公子向妾身请罪，又有何意？……人已不复……"她的声音里带着哽咽，"纵使怪罪，妾身又奈何？"

　　这哭声将沈佑接下来所有的话都堵在了唇齿间，让他觉得自己的一切心思都变得格外卑劣。他本还想说，之所以向夫人请罪，是因在下有求娶之心，愿赴汤蹈火以赎此罪，望夫人垂怜。然而这哭声将他的话狠狠堵住，他再如何，也说不出了。

　　于是他跪在地上，许久后，只能道："夫人方才生产，切勿太过伤心。沈佑有罪，愿为夫人做牛做马，哪怕夫人不愿，沈佑也要为夫人效犬马之力。"

　　"你走吧！"王岚不愿再听。对间接害了自己丈夫的人有了那样的心思，当是何等难堪？！她将悲伤化作屈辱，提了声道，"你我勿再相见，你速速出去吧！"

　　沈佑听着这话，便已明白，对于王岚来说，或许这一辈子，都不愿再见他了。他跪伏在地，忍不住慢慢抬起了头来。

　　屏风之后，他依稀只能看见一个人影。然而他却清楚地记得，第一次撞见她时，那眼中的盈盈水光。而他哪里是见了女色就昏头？也不过是这眼睛瞧进他心里，他方才动了恻隐之心。

　　他贪婪地看着那屏风之后。这份感情，说已是山盟海誓，那未必。可这份浅浅的心动，对于沈佑来说，却是头一次。这是他头一次来华京、来南方，这里如他所想，风物精致细腻，便连一份喜欢，都能温柔又缠绵。

　　他听着那哭声，终于是慢慢垂下了头去。"听夫人吩咐，沈佑这就退下了。"说着，他叩首行礼，站起身来。然而行到门口，他终于还是忍不住回头。"六夫人，"他看着那屏风，沙哑地开口，"此言虽然不齿，可在下对六夫人，确有真心。"

　　王岚微微一愣，沈佑已转身离开，夹风带雪，一如他平日在北方那样干净利落，再无回头。王岚慢慢抬起头来，屏风外只有树枝在风中轻轻摇曳。她咬紧下唇，终于是忍耐不住，啜泣出声。

楚瑜就等在长廊上。她双手笼在袖中，斜斜靠在廊柱上，见沈佑走过来，她直起了身子，问道："说好了？"

"嗯。"

楚瑜送沈佑回地牢："你大概还要在卫府再待一阵子，事情查清楚之前，姚勇不死，你怕是不能出去。"

"嗯。"

楚瑜瞧见他的神色，淡道："谈得不好吧？"

"应该的。"

楚瑜想了想，道："你既然一开始就对六夫人有心思，为何不早说？"

沈佑沉默不语，许久后，他终于道："我本没有这个心思，不过是随意客套应付。在牢中我不知道该做什么，她来了信，我便回信。"说着，沈佑抬头看看天空，慢慢道，"后来有了心思，我不敢说，也没打算说，想着等我离开卫府，这事也就了了。"

"如今呢？"

沈佑没有说话，好久后，他深吸了一口气："我想娶她。"

他抬头看向楚瑜，楚瑜顿住步子，颇有些诧异。却见沈佑的目光坚定："方才你同我说的话，我想得清楚。你说得对，我今日就算死了，又有何意义？白帝谷一战，疑点重重，绝非我一人之过。我会帮着小侯爷查清真相，等我帮卫家报了仇，我再为她做牛做马。这辈子她喜欢我，那很好，不喜欢我，那也无所谓。"

"你同她认识才不久吧？"楚瑜有些不能理解这样的感情。

沈佑轻轻笑开："我没喜欢过人，实话说，如果她只是一个普通小姑娘，她拒绝了我，那我离开就是。可她是六夫人。"他的眼里有些苦涩。她是卫家的六夫人，他欠了卫家，欠了她。哪怕不喜欢她，也该补偿她。守在她身边，是赎罪，也是追求。他不知道哪一天她会放下，哪一天自己会心安。但是这条路，他却想走。

楚瑜明白他话里的意思。两人正沉默着，一个清朗的少年声音响起："你怎么在这里？"

楚瑜和沈佑回头，看见卫韫站在长廊另一头，正皱着眉头盯着沈佑。楚瑜正要解释，就听沈佑笑了一声道："老子神通广大，将你卫大夫人迷得七荤八素……"话没说完，卫韫便一袖子直接把人抽翻，滚进了庭院。沈佑翻身起来，大骂道："卫韫我操你……"

那话音还挂在嘴里，卫秋就直接塞了一个布团进去，让人押着沈佑下去了。他看向楚瑜，她有些尴尬地道："他胡说八道……"卫韫点点头："我知晓。"说着，他转过身，"嫂嫂可打算去饭厅用饭？"

"是时候了。"楚瑜点点头，同卫韫一同往饭厅走去。赶着这当口儿，卫韫虽然没开口问，楚瑜却赶紧将她把沈佑带出来的事添油加醋地说了一通。卫韫皱着眉头听着，有些疑惑地道："嫂嫂的意思是，沈佑看上了六嫂？"

"是了。"楚瑜点点头，打量着卫韫的神色，犹豫着道，"我想你的确不大喜欢他……"

卫韫明白楚瑜指的是什么，他摇了摇头："此事我分得清楚。我只是有些好奇，"他笑了起来，神色温和，"他这样的一个人，竟也会死心塌地喜欢一个人？"

"遇到了，谁都一样。"楚瑜笑了笑，抬手拂过自己耳边的碎发。卫韫转头瞧她，见那花苞落在枝头，恰好挂在她身后，他忍不住开口："喜欢一个人，真会喜欢到为她放弃所有吗？"

楚瑜有些诧异，随后想起来，十五岁的少年，怕正是好奇的时候。于是她抿嘴轻笑："那要看你有多喜欢了。"

卫韫皱起眉头，似乎认真思索起什么，那猫儿一样的眼如琉璃，干净漂亮。楚瑜瞧着他的样子，忍不住大笑起来。"小七，"她拍着他的肩，弯着眉眼，"若你日后喜欢上一个人，一定要记得告诉嫂嫂你的心得。……想必，是极有意思的。"

卫韫瞧着女子笑若春光盈堂，沉默不语。楚瑜有些奇怪："你怎的不说话？"卫韫却面无表情地点了点头，应声道："好。"说完，他便转过身，从她手下滑开，往饭厅走去了。

楚瑜尴尬地摸了摸鼻子——她就知道卫韫最近不开心。然而，此刻卫韫心里想的却是他跪在祠堂里看着卫珺灵位的那一刻。那时，他觉得有什么东西在胸腔里呼之欲出，却又不敢言语，于是他不听不言，只觉得一日复一日地压抑了下去。

春花已经开始蓄势，绿叶抽出枝芽，少年素衣玉冠行于木质长廊之上，手握暖炉，和着春光，竟让楚瑜有一瞬间觉得目眩。看着对方的背影，楚瑜忍不住回头，询问晚月道："你说小七是不是长高了一些？"

晚月抿唇一笑："小侯爷毕竟长大了呢。"

楚瑜微微一愣。是了，早晚有一日，这个少年会长大。他会有比肩他父亲的优秀俊朗，会如十二岁那年入城时那些华京女子所盼，堪称一声，卫家玉郎。

沈佑被关回地牢之后，当天夜里，蒋纯便领着人出发了。出发前楚瑜千叮万嘱让她务必小心，她笑道："我不妨事，你平日里多照看一下婆婆就好了。"楚瑜应了，又拉着她的手嘱咐了一遍，这才放她离开。

蒋纯离开后没隔两日,谢韵急急忙忙找上了门来。听到是谢韵来了,楚瑜便知道必然是楚锦有了动作,于是她倒也没着急,将谢韵请至屋中,给她倒了茶。谢韵满脸焦急,方才落座,便同楚瑜道:"阿瑜,阿锦不见了!"

"嗯?"楚瑜抬起头来,面上带了诧异,"如何不见的?"

"就昨日,"谢韵眼里带了眼泪,"白日里她说她去买些胭脂水粉,我也无甚在意。晚上我睡得早,等今日起来我才发现,她竟是一夜未归。我这才让人四处去找,如今也找不到人了。"

"她身边的随从呢?"楚瑜其实大概猜到楚锦去了哪里,但面上却不能显露。谢韵叹了口气道:"随从也不见了,怕是一起走的。我本打算报官,却从她枕下找到了书信,说她要去洛州找临阳,这可怎么是好?!"

楚瑜听到这话,眼神冷了下来,却是不动声色地道:"那再找找吧,我先给大哥去封信问问。"

"我已经派人去了,可是这一路颠簸,她一个女孩子……"谢韵说着就落起泪来,一面哭一面道,"也怪我了,以前你父亲让她学武我不乐意,如今这世道,她武艺要有你一半好,我又何必操这个心?"

"妹妹有她自己的好。"楚瑜笑了笑,又安抚了谢韵片刻,便让人招呼着谢韵走了出去。谢韵一走,楚瑜立刻让人去联系跟着楚锦的暗卫,又写了一封信给楚临阳,说明自己会派人去找她,让他不要担心。

做完这些,楚瑜将府中账本拿出来看了看。如今同楚临阳借了钱,在洛州买了耕种的地,又在兰州置办了商铺产业,卫府过得紧巴巴的,钱都要省着花。这样一看便看到了夜里,派出去找楚锦的人终于赶回来了。楚瑜本不在意,抬头一看,却见两个人走进来,其中一个颇为狼狈,身上全是泥,正是派去跟着楚锦的人。

楚瑜皱起眉头:"你怎么回来了?"那人立刻跪了下去,提了声音道:"属下有罪,将二小姐跟丢了!"

"跟丢了?"楚瑜愣了愣,猛地站起来,"如何跟丢的?"

"二小姐昨日出京,直奔洛州,属下本打算在接近洛州的地面上动手,谁知今日晨时遇见流匪,属下为护住当地几位百姓及二小姐,与贼寇激战,等回头时,二小姐便不见了!"

"找!"楚瑜冷着声,"即刻去找!"

这一找就找了两天,楚锦却是音讯全无。战线一点一点向华京逼近,华京城中一片颓靡,许多百姓开始往后方转移,朝廷上气氛也明显一日不如一日。皇帝三番五次派人来请

十一 大侠，您得对我负责啊

卫韫，卫韫都躺在床上装病不见。皇帝拿他没有办法，只能不断要朝臣出主意，却是谁都没敢站出来领这一份军令状。

又过了七日，前线终于传来第一份捷报。然而看见捷报的时候，皇帝面上却不见半分喜色。那捷报上的消息，卫家早已提前半天知晓。它"捷"在北狄发兵汾水后不到半日，便被宋世澜领兵击退。而皇帝之所以脸色如此不佳，是因宋世澜在汾水击退敌军后，直接回头强攻了小橘县。最后他拿下了小橘县，而其兄长宋文昌却死在了战乱中。

一直在打败仗的军队，却于半天之内就收复了汾水，对于皇帝来说，这就证明了之前的战役里宋世澜没有倾尽全力。而这样一个人要代替宋文昌接替宋家世子之位，名正言顺地掌握宋家兵权，皇帝感到心肝都疼了。他到底都养了一批什么样的狼崽子？！

可皇帝哪怕心里明白宋世澜和宋文昌是怎么回事，明面上却仍旧是一句话都不能说的。不仅不能说，还得表！于是他咬着牙，给宋世澜下了册封世子的圣旨，还赏了绸缎、黄金。这样的赏赐可以说是小气了，可如今国难当头，大家也没说什么。

当天淳德帝的表现，全都送到了卫韫手中。卫韫看着线报，乐不可支地同楚瑜说道："如今陛下心中一定十分憋屈，怕是会气坏身子吧。"

"气坏身子没什么，"楚瑜笑着道，"气坏脑子，就不太好了。"

说话间，外面传来通报声，卫秋见怪不怪地道："侯爷，陛下又派人来了。"一听这话，卫韫赶紧道："快给我准备血包，我先回床上去。"

如今装病这件事，卫韫已经做得十分熟练，传旨太监才来到大堂，卫韫已经在卧房里躺好了。楚瑜在大堂接见了传旨太监，起身迎着对方道："小侯爷如今还在床上躺着，怕是难以来前厅接旨，还望公公见谅。这圣旨便由妾身代领，不知可否？"

代领圣旨这种事，若是放在平日，那当真是荒唐极了。然而如今早已君不君臣不臣，战场上几乎没有将领听皇帝的，卫韫不过是让楚瑜代领圣旨，倒也显得不算什么了。于是那传旨太监倒也没生气，笑了笑道："不妨事。"

然而楚瑜刚舒了口气，正要说什么，便听那太监道："这圣旨，本也是下给大夫人的。"

楚瑜诧异地抬头，睁大了眼："陛下何故下旨？"

"今日陛下邀请了卫老夫人进宫品茶。"对方笑得十分灿烂，"老夫人在宫中寂寞，想召大夫人前去一见，不知可还方便？"

一听这话，楚瑜瞬间冷了神色。蒋纯出门，柳雪阳放心不下，特意选中今日去给蒋纯烧香祈福。楚瑜已经给柳雪阳安排了侍从，但却没想到，淳德帝居然疯成了这样？！

"在华京城中公然掳走大臣家眷，"楚瑜咬牙开口，"陛下可曾想过，若其他朝臣得

265

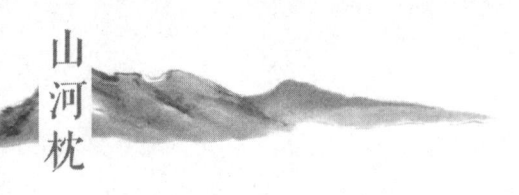

知，会如何作想？"

"哎呀呀，卫大夫人这是说的什么话？"那太监将拂尘往手里一掸，满脸讨好的笑容，"不过就是请去喝杯茶，还是老夫人同意了的，您您的如此大惊小怪？"

楚瑜没说话，她深深吸了一口气，心知此时须得冷静。却又听那太监笑着道："母亲在宫中，不知小侯爷是否有力气来接旨了？小侯爷病得实在严重，也无甚关系，大夫人代替着进宫一趟，也是可以的。"说着，那太监似乎已经笃定地相信楚瑜会去，让开了路，做出一个"请"的动作道，"大夫人，走吧？"

楚瑜沉默着，那太监笑眯眯地瞧着她，似乎就在等着她发怒一般。片刻后，楚瑜却是轻轻一笑道："那劳烦公公稍等，妾身梳洗后就来。"说着，楚瑜也不等那太监说话，转身就走进了内堂。回到屋中，她迅速拿出许多首饰插在脑袋上，而后在衣衫里穿上了软甲，又对跟进来的晚月道："去同小侯爷说，我进宫去接母亲出来，让他好好装病。如今皇帝就是在逼他出来，他切勿轻举妄动。"

卫韫这场局布了这么久，就是等着把淳德帝逼到退无可退，那时他再出来，淳德帝才能无条件退让。而如今大楚看上去被打得有多惨，到了卫韫回来拯救战局时，就能有多亮眼。此刻姚勇还未彻底溃败，卫韫就不能出来，否则前面的功夫就全白费了。淳德帝还没有被逼到绝境，姚勇也还没被铲除，此刻卫韫上战场，怕是要重蹈他父兄的覆辙。

楚瑜思索着局势，穿上外套，系上腰带，快速地道："让他放心，我会办好一切。"说完，她已收拾妥帖，往外走去。

那太监颇有些焦急，来来回回地踱步，见楚瑜出来，舒了口气，恢复镇定："大夫人，请吧。"

楚瑜微微一笑，神色泰然："公公请。"

（上卷）完